# 果てしなき渇き

# プロローグ

濡れそぼった顔をタオルで拭いて、エンジンをかける。

フロントウインドウの水をワイパーで一掃させる。風の勢いを借りた雨滴は、間断なくウインドウを叩きつづける。視界は限りなくゼロに近く、暗闇とあたりの照明が溶け合っている。

無線で通信センターに連絡。旅行で無人となっている契約者の家の窓がきちんと施錠されていなかった。暴風雨で窓が開け放たれ、警報機が誤作動したことを伝える。今夜だけでなんべん、同じせりふを唱《とな》えただろうか。

八月。早い台風シーズンの訪れだった。夜になってからはいっそう、湿気と熱気が渦巻いている。警備員の男にとっては、かつてない忙しさとなる。風に吹き飛ばされた木切れや鳥が、ビルや住居のガラスを直撃する。センサーが頻繁《ひんぱん》に異常を告げる。つめているべき事務所には、夕方の出所以来、一度も戻ってはいない。

目の下には大きく隈《くま》が浮かんでいる。夜勤が身体《からだ》にこたえるようになった。ハンドルを片手で握り、凝り固まった肩をほぐす。アクセルを踏む足がひどくだるい。目の奥にしこりのようなものを感じる。焦点を合わせるのにさえ苦労する時もある。歳をとった。男は諦観《ていかん》したようなため息をついた。

無線がまた新たな警報作動を知らせる。心はすっかりうんざりしていたが、マイクを取って了承する。全員がフル稼動で動いているため、文句もいえない。飯を食う暇さえもない。時間はすでに深夜二時を過ぎている。

ファイブマーケット深作店。二十四時間営業のコンビニ店だ。男がいる東大宮から目と鼻の先だ。国道十六号に近い住宅街の中にある。無線は、すでに最寄りの警察署に通報済みだと告げる。馬鹿野郎が。知った顔の連中と面《つら》を突き合わせるかもしれないと男は思う。

区画整理中の新興住宅地にいたる。コンビニのオレンジ色の照明が雨粒越しにうっすらと見えてくる。紫の誘虫灯の隣で、警報作動を示す赤色ランプが回転している。駐車場に車が二台、店の軒下《のきした》にはスクーターが停めてある。

ヴァンを駐車場に停め、後部座席に転がしておいたヘルメットをかぶり、ドアを開ける。真横に吹きつける雨が音を立てて風防に当たる。濡れていたシャツの袖が、さらに水を吸って肌にまとわりつく。

うなじの毛が逆立つ。

大雨の中、店のガラスドアが開け放たれている。リノリウムの床は濡れ、入口近くに置いてあった新聞は風雨によって黒く変色している。人気《ひとけ》はない。カウンターに店員すらもいない。雨ざらしとなっている己《おのれ》に気づき、足を踏み入れる。装備品として差していた腰の警棒を抜く。泥除けマットを踏みしめると雨水が染み出る。

男は息をひそめて近づき、カウンターの中を見下ろす。はっとした。

赤い制服をはおった青年がうずくまっている。はいているブルージーンズが黒く変色している。床は血溜まりができている。レジとカウンターには、赤いペンキを指で塗りたくったような跡がある。レジスターは開けっぱなし。小銭があたり一面にばらまかれている。

男はカウンターに身を乗り出す。声をかけようとして思いとどまる。濃い血液と排泄物の動物的な臭いが鼻を襲う。青年の腹は制服とその下のTシャツごと大きく裂かれ、あふれ出た内臓を抱えるようにして背を丸めている。抵抗の跡を示すかのように制服のいたるところを切られ、ちぎられ、腕や胸にも深い切り傷が赤く大きく口を開け、脂肪とピンク色の肉を露出させている。

背後の棚に置かれていたはずのゲームソフトやＤＶＤが床の血に浸っている。凄惨《せいさん》な様子とは裏腹に、店内は能天気なポップスとおでんの香りが満ちている。煮物と生々《なまなま》しい死の臭いに、男は吐き気を覚える。

「おい」

男は青年に駆け寄る。その途中で、店の奥で横倒しになった人らしき頭に気づく。茶色い髪を束ねた中年女性が床に投げ出されている。ノースリーブとショートパンツという簡素な格好。籠《かご》が放り出され、乾きもののツマミやペットボトルだのが散乱している。

膝をついて声をかける。同時に顔をしかめざるを得ない異臭に気づく。長い睫毛《まつげ》の下には、瞳孔の開いた洞穴のような瞳。血走った眼球が、眼窩《がんか》からせり出している。床に届きそうなほど垂れ下がった舌。首には紫のうっ血を示す紐状の痕がある。股間がびしょびしょに濡れている。

男は店内を半周する。乳製品の棚に寄りかかった眼鏡の少年。糸の切れた操り人形のようにだらりと手足を伸ばしたまま微動だにしない。白かったであろうコットンのタンクトップは、赤黒く変色している。首には大きな裂け目がある。まるで妖怪の微笑み。胸にはいくつもの穴が穿《うが》たれ、あたりはスプレー缶を破裂させたように血のしぶきに染まっている。赤い雫《しずく》を滴らせた菓子パン、牛乳、チーズ、コーンフレーク。

「誰か」

死体には免疫がある。だがそんな男の声にも、不安と恐怖の色が混じる。永遠に続く悪夢を振り払うようにして、バックヤードの扉を蹴る。得体の知れない昂《たかぶ》りと恐怖を覚える。コンクリと鉄骨がむき出しとなった狭い倉庫だ。ジュースやカップ麺の段ボールが山のように積まれている。何者も存在しないことを確認し、安堵し、落胆する。ヘルメットの風防を開けて、額から垂れる汗を袖でぬぐう。

スーパーカブのエンジン音が近づく。彼はバックヤードを出る。二人の制服警官が見えた。黒い合羽《かっぱ》を着た若い警官は、入口で石のように固まっている。もう一人は、腹のせり出した三十代の警官。見知った顔だ。駅前の派出所につめている。

彼に向かってうなずく。若い警官がカウンターの中の店員を見やり、少女のような金切り声をあげる。中年警官が無線機のマイクを握りながら切迫した声を出す。数十分後には、駐車場はあふれんばかりの警察車両で埋まることになるだろう。

男は憂鬱になる。機捜隊、それに捜一や所轄。はたしていくつの顔と出くわすだろうか。店を出て、血と臓物と排泄物の混じった殺人の臭いから逃れる。店を出て豪雨の中を突っ切る。ヘルメットをはずして車の無線マイクをつかむ。激しい雨音をかき消すように、騒々しいサイレンの音が耳に入ってきた。

# 1

目の中に汗が入りこむ。

藤島秋弘は袖で顔をぬぐった。太陽とアスファルトの照り返しが、容赦なく身体をあぶりつづけていた。汗は、くっきりと路上に映った藤島の影の上に落ちた。さいたま市内、大成町の大型ショッピングセンターの一角だった。店の入口近くに設けられたＡＴＭ内の現金を回収するのは若い中川の仕事だった。

身長百八十センチの藤島が警棒を握り、それとなく周囲を威圧しながら警戒に当たった。ヘルメット、ジャケット、ホルスターのフル装備が、暑さをことさらひどいものへと変えていた。

店の玄関に吊るされている風鈴が、自動ドアが開くたびに涼しげな音を奏《かな》でた。遠く離れた公園から秋の訪れを示すかのように、蜩《ひぐらし》がはかなげに鳴いた。特売日の夕暮れ時だ。数百台は収容できるであろうコンクリートの平原は、陽炎《かげろう》を昇らせながらやって来る車の波で埋めつくされていた。車がそばを通り過ぎるたびに、身震いするほどの熱気を投げかけていく。中川が現金をケースに入れ、ＡＴＭに施錠した。銀色の輸送車に乗りこむ。

冷房を全開にさせた。ガラス越しの紫外線が肌を突き刺した。ブルーの制服が汗でにじみ、まだら模様をつくっていた。煙草をくわえ、車内を燻蒸《くんじょう》した。充満する汗やきつい体臭をニコチンのカビ臭さで中和した。二人とも口数は少なかった。たとえ現金の回収が終わったところで、今日は通しの夜勤が待っていた。

沈黙に耐えきれなくなったのか、中川はラジオをつけた。藤島はうんざりした。偶然とはいえ、ラジオのニュースショーはあの事件について語っている。

三名が惨殺されたコンビニ強盗事件だった。もしくは強盗に見せかけた大量殺人。一週間がすでに経過しているが、警察は容疑者の特定にはいたっていなかった。ラジオはそれほど多くを語らずに次の話題に移った。早くもニュースとしての価値は薄れつつあるのだろう。消費されるセンセーショナル。少額の金のために三人もの人間を無差別に殺害した。警察が匂わせ、それに呼応するようにマスコミはアジア系外国人の犯行を示唆していた。それもいつのまにか立ち消えになりつつあった。事件は外国人への偏見、排斥だのといった問題にすり替えられつつあった。

中川が口を開いた。

「刑事、今日もまた来てるんじゃないですか」

「どうだろうな」

藤島はただ虚《うつ》ろな目で外を見やり、心ここにあらずといった調子で答えた。

「結局のところ、犯人、誰なんすかね」

「さあな」

「おれ、やっぱ外人だと思いますよ。売上げ、八万程度だったらしいじゃないすか。そんなはした金で三人殺すなんて、うちらの感覚じゃふつう無理でしょ。なに考えてんすかね」

事件を思い出さない日はない。動物的な臭いと間抜けなBGMが頭からこびりついて離れない。

藤島は事件の第一発見者だった。一週間のうちに何度も彼らの夢を見た。グロテスクな裂傷と漏れ出した内臓、垂れ下がった舌。打ち消すには大量の睡眠薬が必要だった。目撃者なし。物証なし。殺された三人に共通点はない。犯人の数は未発表。被害者の数と同数、もしくはそれ以上。いや、単独犯。マスコミは好き勝手に書き連ねていた。

一人が店内に入るなり、カウンターへ向かい店員をめった刺し。もう一人は少年を追い、首を裂き、胸を刺した。中年女性は悲鳴をあげて籠を放り出し、逃げまどう。三人目の犯人は入口に留まり、女の逃げ道を防ぎ、鈍器で頭をないだ。首を紐状のもので絞めた。その犯行を一人でやった。二人でやった。もっと大勢でやった。納得できる情報はなかった。

確かなことが二つある。犯人は冷静だった。三人を屠《ほふ》った後に、監視カメラのビデオを抜き取っていたという。警報機を鳴らしたのは店員だったという。最後の力を振り絞ってボタンを押したというが、おそらくあと数分、警報機が鳴るのが早ければ、四人目の犠牲者として藤島自身の名があがっていたのは間違いなかった。発汗しながら皮膚が粟立った。あれほど間近に自身の死を感じたことはなかった。

信号が赤に変わったのを機に、中川はシフトをニュートラルに入れた。

「でも藤島さん、最悪にツイてないっすよね。やっぱ担当地区広すぎると、ロクな目に遭《あ》わないですよ。ヤバ過ぎですよ」

「おれだって、好きで受け持ってるわけじゃない」

「藤島さん、所長のお気に入りですもんね」

警備会社に職を得て、まだ一年しか経っていない。それでも藤島はさいたま市の東部の多くを、担当として受け持たされていた。それは体力のありあまったベテランでも持てあます量だった。上司である所長は「藤島さんなら、こなせるよね」と軽々しくいった。所長とはそりが合わない。

中川が身を乗り出していった。

「それで、本当はどうなんですか」

「なにがだ」

「頼みます、教えてくださいよ。昔の同僚からなにか聞いてないですか。おれ、外人のほうに二万賭けてるんですよ」

藤島は煙草を、吸殻で山盛りになった灰皿に押しこんだ。中川は続けた。

「藤島さんだって、気になって仕方ないんでしょ。あの事件の載ってる新聞や雑誌、買いまくってるそうじゃないですか。昔の血、けっこう騒いでるんでしょう?」

中川は野卑な笑みを浮かべていた。誰もが藤島を軽んじていた。だが血が沸騰《ふっとう》することもない。どうということはない。彼は迎合するような笑みを浮かべた。神経科医から与えられた抗不安剤が怒りの芽を摘み取っていた。

「あいにく、もう身内じゃないんでな」

「そんでも昔のこと、けっこう忘れられないんでしょ」

「進んで忘れたぐらいだ」

「推理だけでいいんすよ。やり手だったって、聞いてますよ」

「だったらこんなところにいるはずないだろ」

「まあそりゃ、そうすね」

中川は、露骨に失望を顔いっぱいに表しながらハンドルを握った。青と同時にアクセルを強く踏み込む。前方の車との距離をぐっと縮め、急ブレーキをわざわざ踏んだ。

「そういじめるなよ」

藤島は新たな煙草をくわえ、ふたたび窓へと目を移した。荒っぽい運転を繰り返しながら、マニュアルどおりに車は進んだ。東北線を横切り、大宮公園を周回した。

公園の競輪場から帰る客が見えた。ビールやワンカップを持った男たちが、思い思いに地べたに腰をおろしていた。座りこんで酒をすする自分の姿が見えたような気がした。首を裂かれ、腹からあふれた内臓をかき集める自身の姿が見えた。興味がないはずがない。抗不安剤を飲んでいても、ふいに割りこんでくる悪夢からは逃れられなかった。


回収したATMの金を銀行に納入し、事務所へ戻った。彼が勤めるのは大手の警備会社。国道十六号沿いの広大な駐車場と灰色の建造物。輸送車を軒下に停めた。二階の事務所へと上がった。ドアをくぐると同時に、ごま塩頭の所長が顔をあげ、うんざりしたように顎を応接セットへと向けた。


黒革のソファに身を沈めていた男が立ち上がった。小柄、猪首《いくび》、まるでダルマのような身体つきをした浅井と、肩幅と背丈のある捜査一課の男だった。コンビで幾度も藤島の元を訪れている。浅井は立ち上がったまま頭を下げた。一課の男は立たなかった。つまりそういう役割だ。浅井は伏し目がちにいった。

「すいません」

藤島はソファに尻を落とした。

「来ると思っていた」

「はい」

「それで?」

「地取りと敷鑑の繰り返しです」

「あの日の行動を一から話せ、か」

浅井はうなずいた。

「いやなこった」

「係長――」

「誰が係長だ」

「すいません」

「帰って調書を読め。それが全部だ」

一課の男が頬をゆがませて、背もたれから身を乗り出した。

「全部ね」

藤島は長い時間をかけて男を見た。あぐらをかいた鼻、分厚い瞼《まぶた》。相手の心情など屁とも思わない捜一の男にふさわしい面構え。

「駆けつけた巡査がいっていたが、あんた、店のバックヤードから出てきたそうじゃないか。なにをしてたんだ」

「調書を読めよ」

「店員にはまだ息があったかもしれなかった。あんた傍観していただけだ」

「……」

「あんたが現れたのはホシが逃げてから、ほんの数十秒後だったんだ。いいかげん、なにか見ただろう」

藤島は、置かれてあった麦茶を一飲みすると立ち上がった。

「まだ終わっちゃいねえぞ」

男は恫喝《どうかつ》そのものの声色《こわいろ》で吠えた。事務所の空気が凍った。浅井は彼をたしなめるような目で見た。浅井衛巡査部長。大宮署の刑事課一係に配属されていた。一年半前までは藤島と共にコンビを組んだ仲だった。

男が上目づかいでにらみつけた。

「現場に踏みこんだのがあんたじゃなけりゃ、こうも足を運ぶことはなかった。その昔免職されたデカで、うちのカイシャに恨みを抱いている。物証を盗み取ったとはいわねえが、証言の一つや二つをノんでいたとしてもおかしくはねえ。上はそう考えてる」

「免職じゃない、依願退職だ」

「どっちにしろ、あんた不服だったはずだ。気持ちはよくわかる。強行班の藤島警部補といえば職人だ。今でもあんたをボロクソにいうやつもいるが、とにかく捜一入りも目前だった。貧乏クジを引かされた。今でもそう思ってるんじゃないか」

浅井が口を挟んだ。

「河岸《かし》、変えませんか。もし時間があいてるようでしたら」

「ここで充分だ」

藤島は煙草をくわえていった。大ぶりな応接用のガラス灰皿を引き寄せる。男の警戒するような目が、灰皿に注がれた。

「気持ちはわかる。おれにも家庭がある。たいした甲斐性もねえ。いつになったら家に帰れるかもわからねえ。捜査捜査でひいこらいってるあいだに、なにがあっても不思議じゃねえ」

藤島はひっそりと笑みを浮かべながら、男のせりふに聞き入った。抗不安剤の効果は確かだが、装備品の特殊警棒をひどく意識した。

「よしましょう」

浅井が固い表情でいった。男をたしなめるためにいったのか。藤島に警告をうながしたのか。

男が軽くせき払いをした。

「昔をどうこういうつもりはねえ。駆け引きはなしだ。要は、あんたがその後、なにかを思い出してくれたかどうかを訊きてえんだ」

藤島は首を振った。

「調書を読め。あれがすべてだ」

しばらくにらみ合いが続いた。そして男が勢いよく立ち上がり、床を踏み鳴らしながら事務所を出ていった。

「すみません」

浅井は慇懃《いんぎん》に頭を下げた。

「いや」

藤島は灰皿に押しつけられた何本もの吸殻を見やった。まったく笑えない。捜一の男。まるでかつての自分を見ているようだった。浅井が取りなすようにいった。

「その後、どうですか」

「なにがだ」

「ご家庭のほうは」

「ああ……」

藤島はソファに身を預けた。身に覚えのない疲労が際限なく湧き出た。「退職した後に判を押した。親権もすべてあっちだ」

「娘さん、高校生でしたよね」

「ここ一年、会ってない」

「そうですか……」

浅井は沈黙を避けようと言葉を続けた。「今度、うちにも来てくださいよ」

「うん？」

「嫁に料理作らせて、待ってますから」

藤島は灰皿に煙草を押しつけながらうなずいた。

浅井はうれしそうに微笑む。藤島は、決して世話好きと呼べるような男ではない。他人に好かれるような性質ではない。浅井とはコンビを組んだが、特にウマがあった覚えもない。

「失礼します」

彼は腰を折って頭を下げた。藤島はうつむきながら、手を軽く振って見送った。直視はできなかった。彼の目に浮かぶ憐憫《れんびん》のようなものに、心の底からうんざりしていた。

## 2

静かな夜だった。一週間前の、まるでおもちゃ箱をひっくり返したような雷雨と、発生した事件の騒々しさが嘘のように思えるほどだった。報告書を作成しながら、沈黙したままの無線に安堵した。他の若い連中はＴＶゲームに興じていた。

直通電話が鳴り、ふいに彼は顔をあげた。視界に現れたのはあのコンビニ店だった。棚にもたれた少年の喉から、蛇口から流れる水のように血が間断なくあふれる。

「……ええ。カードを通してから、暗証番号を入力してください、はい、はい」

若い社員の一人が気だるげに答える。どこかの店舗のアルバイターが施錠の仕方を誤ったのだろう。マニュアルどおりに返答すると、ふたたびゲーム機のコントローラーを握った。

「証言の一つや二つをノんでいたとしてもおかしくはねえ」

捜一の男の言葉がよみがえった。隠していることなどなにもありはしない。何度あの夜を思い出したことか。ファイブマーケットにたどりつく寸前にホシは姿を消した。逃走する姿を、車を、なにかを記憶に求めた。強烈に吹きつける雨滴の向こう側に、そのなにかが現れることはついになかった。

また直通電話。緊張はなく、動悸はおさまっていた。眼前の死体も姿を消していた。

「藤島さん」

若い社員が受話器を振っていた。「あの、奥さんからっすよ」彼の目が好奇で輝いているように思えた。

ほんの一瞬、血が沸騰した。薬の効果が薄れだしたのかもしれない。血の気の多さは充分に承知していた。だが、もし質《たち》の悪い冗談のつもりであれば、社員を殺してやろうと決めた。叩きのめす算段を思い描きながら受話器を取った。

「もしもし」

反応はない。

「もしもし」

顔から血の気が引いていくのがわかる。拳《こぶし》を固めた瞬間、ためらいがちな声が聞こえた。

「私よ」

藤島は小さく息を吸いこんだ。当惑を覚えずにはいられなかった。彼女とはすでに数ヶ月も顔を合わせていなかった。調停も終わり、会う口実さえも失っていた。これからもないものと覚悟を決めていた。

「ああ……よかった。急に、ごめんなさい、でも——」

努めて冷静を装った。

「どうしたんだ」

「話があるの」

「話」藤島はおうむ返しにいった。「今になって、なんの話をするというんだ?」

自制が切り崩されるのを感じた。警察を退職する日が決まると同時に離婚届が送りつけられた。退職は、彼が引き起こした事件のせいだった。彼女は事件の翌日のうちに家を出た。娘の加奈子をともなって実家へ。幾度、電話や訪問を繰り返し、話し合いを求めたかわからない。だが送付された届けに判を押すまで、一度として彼に会おうとはしなかった。

「お願い、そのままで。訊いて、お願いだから」

元妻の桐子の声は異様に逼迫《ひっぱく》していた。思いがけない状況に、澱《よど》んでいた頭が警報を鳴らした。

桐子の声は涙で濡れていた。激情家の彼女にはありがちなことではあったが——。

「それで?」

「加奈子のことよ」

「待て」

藤島は受話器をおろした。机を離れて更衣室へと向かった。好奇の視線を背中に感じながら、暗い廊下を渡り、ロッカーの中に収納していたジャケットへ手を伸ばした。

胸ポケットに入れていた携帯電話を取り出して電源を入れた。ポケットのアルミ包装された錠剤を開けて、三つ口内へと放る。警察と同じくマッチョ思想あふれる職場において、決して周囲に見られてはならない姿の一つだ。久しぶりの会話に、昂りを抑えられずにいる自分を呪った。ティーンエイジャーのように胸を躍らせる自分に憐《あわ》れさえ感じた。

電話をかける前に、驚きとショックに備えた。自分の娘を思い浮かべた。確か十七になり、浦和の女子高校に通っている。成績は優秀で、都内の国立大学を志望している。

あとは……。いくらひねりだそうとしても、それだけだった。彼自身もあきれるほどに情報は少なかった。刑事時代はずっと働き通しだった。家族を顧《かえり》みなかった。

かけた先は桐子の住むマンションだった。それはかつて藤島が購入し、調停の末に明け渡したわが家だ。落ち着け。自身にいい聞かせながら通話ボタンを押した。ワンコールもしないうちにつながった。

「加奈子がどうした」

「あなたのところにいるんじゃないの?」

「なんだと?」

「お願い、隠さないで」

「ふざけるな!」

藤島は反射的に吠えた。彼の努力は危機にさらされた。桐子の声が言葉ではなくなり、すすり泣きに変わった。受話器を片手に、テーブルに肘をついて頭を抱える桐子の姿が目に浮かんだ。

かつて星の数ほど眺めた姿だった。

「なにがあった。加奈子がなぜおれのところへ来る必要がある。一つ一つ説明するんだ」

「……いないのよ、家に帰ってきてないのよ」

悲嘆に暮れたような声だった。打算の臭いも嗅ぎ取れなくはなかった。

「仕返しといいたいのか？　見損なうな」

「そんなんじゃ……」

「嘘をつけ。加奈子がおれのところに来ると、本当に思ったのか？　あいつは決しておれの味方じゃなかった。いいかげん、訊き方を変えたらどうだ。加奈子をさらったのかとな」

藤島は携帯電話へまくしたてた。桐子はしばらく絶句したまま、鼻をかんだ。液晶に表示された通話時間が五秒、十秒と加算されていった。

加奈子を想う。小さな顔と華奢《きやしや》な身体。それに色素の薄い大きな瞳。どちらかといえば母親に似た薄い唇と細い鼻梁《びりよう》。癇《かん》の強そうな印象を人に与える顔だち。父親の目から見ても美しい少女に映った。自分とコミュニケーションがとれてさえいれば、自慢の娘として胸を張っていただろう。

数少ない記憶を掘り返す。彼女が十二かそこらの頃だった。何人もの親族連中から私立中学の進学を勧められた。藤島だけが反対した。マンションを購入した直後の出来事だった。刑事の給料でまかなえる学費ではなかった。地方銀行の重役である義父からの、これ見よがしな援助にも耐えられなかった。加奈子自身が、市立中学に進学する友人らと離れたくないといい、話は立ち消えとなった。

あの出来事が、彼と彼の家族の分岐点となった。それまで教育熱心だった妻が仕事を持ちはじめた。父親のコネを利用して、不動産会社の事務員になった。仕事のおもしろさに目覚めたのか、夕刻を過ぎても帰宅しない日が増え、夜半を過ぎても帰宅しない日が増え、ついにそれが日常となった。夫婦という間柄を放棄し、娘を放任した。口論はなかった。互いを焼きつくすような熱は過ぎ、冷却の時へと移っていた。私立への進学を拒んだ夫と娘に対する当てつけもあったろう。箱入り娘の彼女には、そんな子供じみた一面がある。

娘がいなくなった。桐子が気づいたのは、はたしていつの話だろうか。

「おれはなにも関わっていない。それだけだ」

電話から悲鳴がもれた。少しばかりの意趣返しがうまくいき、奇妙な昂揚にとらわれた。

「いつからだ」

不自然なほどあいだがあいた。

「おい、聞こえてるのか？」

「昨日から。昨日の朝、私が仕事に出てから、ずっとよ」

藤島は携帯を持つ手をかえて、汗ばむ掌《てのひら》をスラックスでぬぐった。十代の娘が、夏休み中に親の知らぬところで何晩か外泊するのは、そうめずらしいとは思えなかった。むしろ桐子の取り乱しようが気になった。

「夏休み中はずっと予備校の講習を受けてたみたいだった。もちろん昨日も。予備校に連絡して、確認したの。昨日の午後までは、予備校にちゃんといたらしいわ」

「彼女の友達には？　行方を知らないはずがないだろう」

「連絡はとったわ。でも誰も……昨日の夕方別れたって」

「本気で信じたわけじゃあるまい」

「どれが嘘かなんてわからないわよ！」

激情の後、ひとしきり嗚咽《おえつ》をもらしてから桐子はいった。

「あなた、不思議に思ってるんでしょう？　気でも違ったかといいたいんでしょう」

「ああ」

「そうね。馬鹿みたいにヒステリー起こして。まるで母親みたいじゃないかって。滑稽《こっけい》に思えるかもしれないわね」

声とすすり泣きとともに固い音が混じる。なにかをテーブルに置く音がした。スコッチ入りのグラスだろう。

「うちに来て。どうしても見てほしいものがあるの」

「どうかな。おまえの弁護士に止められている」

「お願い！」

「待て。どうして警察に届けてない」

本当に娘が失踪状態にあるならば、署に届け出ているはずだった。彼女ならば、むしろ藤島よりも警察に頼るほうが自然だった。そしてとうの昔に捜査員らが、重要参考人として彼を尋問しているはずだった。子供の誘拐、拉致《らち》は親権を奪われた親の犯行が大半を占めている。疑われるだけの理由もあった。

「うちに来て。そうすればわかるわ、本当に」

「昨日の夜、おまえはどうしていた」

「どうして私の――」

「正直に答えるんだ。いいな。それによっておれの返答も変わる。加奈子の失踪に気づいたのはいつだ」

「……今日の夕方」

「おまえは昨日のうちに気づいてやれなかった。つまり一晩中家にいなかった。そうだな？」

「今は、あの娘《こ》の話をしてるのよ」

「どこにいたんだ。ホテルか、それともあの男のマンションか」

「違うわ」

ただいっただけという口調。それから「そうよ」

「それで」

「マンションよ。あの」

「なにをしていた」

藤島の息づかいは次第に荒くなっていく。

「ねえ……ねえ、そんなことといってる場合じゃないでしょう」

「なにをしていた！」

重苦しい沈黙が続いた。ときおり、鼻をすする水っぽい音が聞こえる。

「野郎のことがそんなに大事か」

「お願いだから、勝手に決めつけないで」

「今さら、母親ぶるなよ」

「あの人とは、もう終わってるわ」

「少しは恥というものを知るんだな」

「そんなんじゃない、聞いて！」

「おい――」

「聞いて！　隠す理由なんて全然ないの。そもそも誰のせいだと思ってるのよ。今もあの人はあなたのことを心底、怖れてる。一晩中話し合っても、まともに私の顔さえ見てくれなかった」

細い泣き声がうんざりするほど続いた。

「今すぐ署に電話するんだ。おれからもいっておく。だから」

「できないっていってるでしょう！　お願い、わかって。ここまで来ればわかるのよ！」

桐子の頑《かたく》なさとでたらめぶりにとまどう。またわが家に戻れる。犬っころのように尻尾を振って喜ぶ自分にとまどう。

「当直が明け次第、そっちに向かう」

「本当？」

それ以上、なにもいえずに電話を切った。電源を切って、ふたたびジャケットへしまいこむと机へ向かった。昼とは異なる粘《ねば》ついた汗が背中を伝った。感情がうまく湧かない。他人ごとのようだった。まるで刑事の頃のようだった。

藤島は娘について考える。加奈子は、母親の前から黙って身を隠すような少女だったのだろうか。友人らの家を転々とし、夕食をスナック菓子で済ませるような娘だったのだろうか。それとも規則正しく学校生活を送り、仕事で疲労した母親に代わって家事をこなすような娘だったのだろうか。藤島は自嘲した。そんな紋切り型でしか判別できない自分に腹が立った。

平静を装い、いかにも退屈そうなあくびを一つした。他の社員は相変わらずＴＶゲームに興じていた。書類仕事に戻る気もせず、手近にあったスポーツ紙をつかんで広げた。字面を追いながら、さらに考えにふけった。

どこへ。家出などするような娘だったのか。わかるはずもない。あの売女《ばいた》、いまさらよくも電話なんぞできたものだ。男と乳繰り合っているあいだに、娘が失踪するとは。いかにも彼女らしい話だ。ここまで来ればわかるだと？　たった今、話したのははたして本当に桐子だったのか。

「馬鹿な女だ」

歯の隙間から声にならないつぶやきがもれた。

# 3

当直勤務が明けると同時に、出勤したての所長をつかまえた。非番である今日に加えて、もう一日の休暇を切り出した。

「妻とのことで」

理由を告げると、事情を知る彼は顔をこわばらせた。

「なにもありはしませんよ」

「本当だな。確かなんだろうな」

うんざりするほど念を押された。更衣室でスーツに着替え、通用門を抜けると、空気はすでに粘り気を帯びはじめていた。今日も暑くなりそうだった。容赦のない陽射しが頭皮を焼き、熱せられたアスファルトが靴の底を焼いた。

自家用車はグレイのカローラ。扉を開けると同時に吐き気を催すような熱気に襲われる。前妻の待つ宮原方面へ向かった。信号を待つあいだにカフェインの錠剤を三つ含んだ。久しぶりの道程だった。かつてわが家と呼んでいたマンション。旧中山道から国道へ出た。あの日も今と同じルートを走っていた。はっきりと覚えていた。

一昨年の十月。さいたま、川越、春日部、三市を中心とした二十五件もの連続放火事件に追われていた。

容疑者は川口のドヤに身を置く住所不定の三十男にすぎなかった。あってもなくてもよいような動機と死体が二つ、それに燃えつきたオートバイと家屋が無数に生みだされた。だが容疑者からの自供を引き出し、送検も万事つつがなく終えた。検事は差し出された餌を食い、男は起訴された。

署での軽い祝勝会に参加した後での帰路だった。時計は十時を過ぎていた。短い休暇をとった。上機嫌だった。たとえわが家と呼べるものではなかったとしても、戻ればその日はすべてがうまくいく予感さえあった。間抜けな夢をむさぼっていたとしか思えない。家族とのあいだはとうの昔に冷えきっていた。あくまで主人の藤島のいない状態が、平時の家庭として成立していた。

藤島がマンション近くまでやって来ると、マンションからいれちがいに一台の軽自動車が出ていった。赤いテールランプの尾を引きながら。淡いブルーのワゴンR。桐子の車だった。あれこれと考える前に身体が反応していた。藤島はアクセルを踏み、車を追っていた。新大宮バイパスへ出て、浦和方面へと走っていった。二台の車をあいだに置いて桐子を尾けた。走行中に携帯を取り出していた。無駄だと気がついた。桐子が携帯電話を所持しているかさえも知らなかった。自宅のマンションに電話をして、娘の加奈子に問いただすか。携帯電話をポケットに入れた。両親の、これから恥部となりえそうな出来事を、わざわざ知らせる必要はなかった。きっと加奈子ならばすべてを知っていてもおかしくはないような気がした。だが自分に忠義立てしてくれるとは思えなかった。

下半身に尿意のようなものがせりあがっていた。与野から高速に乗り、少なくとも桐子が自分の実家に行くのではないのだと悟った。桐子の実家は浦和にあった。淡い期待はかき消え、恐ろしいまでの悪寒《おかん》が背骨を貫いていた。自分にそれだけの感情が残っていることに驚きさえ覚えた。憤怒《ふんぬ》と諦観の中を泳ぐようにして都心まで。さほど運転がうまくもなかったはずの桐子は、慣れた手つきで狭いコインパーキングへと車を入れた。ライトグレイのスーツ、美容院に行ったばかりと思われるウェーブされた髪、遠くから確認できるほど濃いめに引かれたルージュ。精一杯に自分を飾り立て、ヒールの音を鳴らして彼女は護国寺の高級マンションの中へと消えていった。オートロックのガラスドアの向こう側には、磨かれた大理石の玄関ホールが広がっていた。

あとを追って桐子を取り押さえようとは考えなかった。足も動かず、声も出なかった。たとえ駆けつけて腕をつかんだとしても、桐子が謝罪するとは思えなかった。せいぜいショックで顔を蒼ざめさせるぐらいだろう。藤島を蔑《さげす》み、批難の言葉を浴びせるに違いなかった。とても耐えられそうになかった。目的の部屋へと向かう桐子は美しかった。昂揚した妻の姿を長いあいだ忘れていた。涙腺がゆるんだ。

彼女の行き先を割り出すのは簡単だった。桐子の携帯電話をほんの少しのぞくだけでよかったのだ。マンションの持ち主は不動産会社役員、彼女の雇い主である岩中なる男だった。アロハの似合いそうな精悍《せいかん》な顔だちの二枚目だった。仕事の後にはワークアウトに精を出し、どこかに鏡があれば立ち止まり、腕にロレックスを巻いた己の姿を検分せずにはいられない人種だ。彼女が勤めている会社の住所録には、当然のごとく岩中の自宅が記載されていた。

与えられた休暇の大半を、男の身元割り出しと監視に使った。どうこうするつもりなどなかった。すべてあきらめていた。終わりが来たところで抗弁できる関係ではない。自分に向かって、そういい含めていた。休暇の最終日にパチンコをはじき、酒を飲むまでは。

十月下旬だった。護国寺のマンションは、管理人常駐の堅牢な城だった。地下の駐車場を除いては。打ちっぱなしのコンクリートの駐車場にカメラはなく、白く冷えた光を放つ蛍光灯が天井にあるだけだった。高級車が並ぶなかで、藤島は岩中の駐車スペースにカローラを停めて帰りを待った。顔が火照り、アルコールの息が車内に充満した。

そこから記憶は紗《しゃ》がかかったようにおぼろげになり、ひどく断片的なものになる。自分の酒癖が決してよくないものであることは熟知していた。度を過ぎればどうなるかわかっていたはずだった。だが今であれば理解できる。最初から、着飾った妻が訪れた時から、襲撃する腹づもりでいたのだ。

覚えているのは岩中のコロンの匂い、錆びた金属を想わせる血液の臭いだ。滑稽なほど大きな屁の音。特殊警棒で叩き割ったサイドウインドウが雹《あられ》のような粒となって飛び、アウディから引きずり降ろされた岩中が胃液をまき散らした。肘までしびれるような重い衝撃。ぶらぶらと紐状に垂れ下がった歯肉とフレームのゆがんだサングラス。

あまりの惨状に藤島自身がおびえ、駐車場を駆けていた。怒りをともなった自己憐憫が湧いた。抜け殻のような日々が続いた。新聞に事件が載る日はついにやってこなかったが、三日もしないうちに警務の連中がまわりをうろつくようになった。数度にわたる取調べと辞職勧告。従えば逮捕も訴追もないと上司はいった。断る理由はなかった。手帳、家族、そして生きがい、誇り。多くのものを失った。だがかろうじて、塀の外を歩くことだけは許された。

藤島は車を駐車場のあいたスペースに停めて、久しぶりの自宅を見上げた。

八階建ての茶色を基調とした4DKマンション。オートロックのガラスドアで外界を締め出していた。一階には狭いながらもロビーが存在し、何脚かの椅子と机が置かれていた。バブルが破綻し、価格が暴落した後に買い抜けた物件だったが、それでも藤島の給料でまかなえるものではなかった。かつての義父から受けた援助の賜物《たまもの》だった。

見上げれば、主婦たちがベランダに洗濯物を干していた。玄関に向かう彼を軽く一瞥《いちべつ》した。インターフォンのボタンを押した。あいだを置かずにつながる。「待って」目前のガラスドアが開かれた。中へ入ると、エレベーターのドアにコインでこすったような傷が目に入った。ロビーの天井は煙草のヤニがこびりついていた。歳をとったと思った。彼自身もマンションも。

桐子が住む一〇三号室の前で呼び鈴を押した。すでに訪問を予告しているにもかかわらず、桐子は施錠を怠ってはいなかった。ロックがはずされ、ドアチェーンが滑った。

「入って」

藤島は息をのむ。彼女は、肩までかかるカフェオレ色の頭髪を頬に貼りつかせていた。腫れ上がった瞼。目は赤く充血していた。満足に睡眠をとっていないことを証明するかのように黒々とした隈が浮き出ていた。よれた白シャツ、ストッキングにタイトスカート。仕事から帰った後、着替えすらもしていなかったらしい。桐子の身体からは香水に混じって、強いアルコールの臭いがした。逮捕をじっと待つ容疑者らと同じ臭いがした。疲弊《ひへい》と絶望にまみれた人間の臭いだ。

おぼつかない足取りでキッチンに向かう桐子を目で追いながら思い返した。

桐子は強い虚栄心にとらわれた女だった。以前よりも数が増した北欧風の家具やガラス棚から垣間見える気泡入りの食器類を見て、やはり相変わらずだと思った。洗面所には、彼が知る頃よりもさらに多くの化粧セットの瓶が林立しているだろう。肌と身体の曲線を維持するためならば、修行僧のような努力も辞さなかった。それが今は。

サイフォンをいじる桐子にいった。

「なにがあった」

びくりと彼女は肩を震わせる。底にたまったコーヒーに目をやったまま、顔をあげようとはしなかった。田舎芝居としか思えなかったが、その瞳には本物の恐怖が浮かんでいた。

「ええ、そうね」みずからにいい聞かせるように何度もうなずいた。「加奈子の部屋に行って。それでわかるわ」

桐子は、それが精一杯とでもいうように口をつぐんだ。藤島は振り返って、今しがた自分が通ってきた廊下へと目をやった。数日分の埃が浮いていた。

「なにがあったと、おれは訊いてるんだ」

「行けば、わかるの」

「一人で行ってかまわないのか」

桐子は反射的にコードレスフォンを見やった。苦い思い出だった。彼女の不貞を目撃して以来、盗聴器を仕かけていた時期があった。

「おまえの口から訊きたいんだ」

「わからないの」

「わからない？」

桐子はアイボリーのカップにコーヒーを注いだ。手が震えていた。

「わからない。私の見間違いだったかもしれないから」

「そんなはずはないだろう。なんだ」

「あの娘《こ》の名誉のためにも、これ以上なにも訊かないで。見間違いであってほしいの」

「ふざけるな」

藤島はにらみながら踏み出した。彼女はキッチンの奥へと後じさり、冷蔵庫に痛々しいほど強く背中をぶつけた。藤島の心に傷がついた。なにもしやしない！

「ごめんなさい。とてもいえそうにない。許して」

ステンレスの流しに手をついて嗚咽した。あきらかに過剰でヒステリックな動作だった。藤島が知る彼女はもっとタフだった。特にあの時の彼女はすばやくもあった。加奈子を連れて家を出た。父親から有能な弁護士を紹介してもらい、入院中の岩中とも話をつめた。一方的に離婚届を送り、裁判をも辞さないかまえを見せた。警務らの追及から逃れた藤島は、すぐにこの部屋を明け渡すように強く迫られた。

じっと悲しみの渦中にある彼女を見つめた。目尻や顎のラインに歳相応の疲れや衰えが見てとれた。護国寺のマンションへ入る桐子の姿が交錯した。奥歯を噛みしめながら廊下へと踏み出した。ドアに触れた。不安と焦燥が伝染せずにはいられなかった。そっと開けて身を滑らせた。加奈子の部屋を見渡した。

カーテンが引かれていない部屋は、朝日を受けて室内が明るく照らしだされていた。こざっぱりとした印象のフローリングの部屋だ。薄い化粧水の匂いがした。荒れた様子を想像していただけに、はぐらかされたような気がした。

むしろ生活臭が希薄と思えるほど整頓が行き届いていた。パイプベッドとテーブル、書籍がぎっしりとつめこまれた本棚があり、コンポ、ノートパソコンが整然と配置されてあった。少女趣味的なぬいぐるみやアーティストのポスターはなかった。彩《いろど》りをそえるアクセサリーも決して多くはなかった。室内を飾り立てているのは、いくつかの観葉植物の鉢と写真立てと、それに大量の文庫本、ハードカバーの小説だった。ずっと昔に買い与えた大ぶりな学習机はすでに姿を消し、インテリア重視のシンプルなテーブルにかわっていた。上には何冊かの教科書や参考書がブックエンドに挟みこまれていた。

写真立てをつかんだ。なにかの行事の日に撮影されたのか、制服姿の少女らがカメラに向かって、Vサインや思い思いのポーズを決めて屈託《くったく》なく笑っていた。加奈子は右端で、肩をすくめながら小さく微笑んでいた。他の少女らとは温度差があったが、藤島を驚かせるには充分だった。加奈子にもこんな表情ができたのだ。

加奈子の成績は優秀だった。母親の若い頃を想わせる美しい鼻梁の持ち主でもあった。だがまともに顔を合わす機会は驚くほど少なかった。彼女が部屋から出ることは滅多になかった。いつも音楽の流れるヘッドホンをして、両親とのあいだに壁を設けた。酔った勢いも手伝い、腹立ちまぎれに何度か部屋のドアを蹴飛ばした。そのうちコミュニケーションのやり方がわからなくなった。

ベッドを見やった。夏がけのタオルケットが皺くちゃのまま残されていた。そこではじめて加奈子がここで暮らしていたのだという実感が湧いた。

藤島はいぶかる。ただかつがれただけなのか。彼女は、今日もふつうに予備校で補習を受けているんじゃないか。わからなかった。桐子はみずからの美化に努力を惜しみはしないだろうが、自分を醜く弱く演出するなど、思いつきもしないだろう。

半ばまで開かれたクローゼットのドア。滑らせて開け放った。

何枚ものワイシャツ、高校の制服とプリーツスカート、それに冬物、夏物の私服。黒や白を基調としたシックなものが多かった。襟元に目をやるが、衣服のブランドなど知らなかった。なんとなく値の張るもののような気がした。膝元の収納ケースを開けると、下着類やTシャツが折りたたまれたまま、ぎっしりとつまっていた。

たくさんの衣服は、失踪が彼女の意図によって行われたものではないと能弁に語っていた。後で洗面用具や化粧品の有無も確かめなければならない。犯罪に巻きこまれたか、何者かに拉致されたか。藤島は低いうなり声をもらした。どんな理由であれ、桐子にもただの家出ではないとわかっていたはずだ。即座に警察に駆けこむべきだったのだ。

収納ケースの隣には紺色の通学鞄が置かれていた。ファスナーは開いていた。数冊の参考書、数式や英単語がびっしりと書きこまれたノート、生理用品の入った巾着があった。何枚かのMD、小さな化粧水の瓶、コンパクト、口紅の入ったポーチ。期待していた携帯電話は見つからなかった。

鞄の底から藤島は見つけた。

暗闇から引っ張りだしたそれは黒く、男ものとしか思えないセカンドバッグだ。唐突な出現にとまどいながら、ファスナーを開けて手を入れた。背中に冷たい汗を感じた。屈みこんでバッグを逆さに振る。中身は音も立てずに床に落ちた。

一センチ四方程度の小さな袋だった。その上を転がるプラスチックの注射器に、銀色に輝くアルミホイルの手製パイプ。煙草のハイライト。この意味を悟るまでに数秒の時間を要した。パイプのくぼみには焼け焦げた跡があった。震える手で透明な小袋を取り上げた。中には透明な粒が入っている。桐子の気分がわかったような気がした。

手にしているのはガンコロだった。覚せい剤の結晶だ。パケと呼ばれる小袋の数を数えた。ざっと百個ほどあった。パケの重量はわからない。経験上から、それが末端では百万円を軽く超すほどの価値があることだけはわかった。よほどの中毒者でなければしばらくはたのしめる量だった。単なる女子高校生が遊びで持てる量とも思えなかった。

目の前に転がっているのは使い慣れた常用者の必須用具ばかりだった。アルミのパイプは燃やした覚せい剤の煙をたのしむ。ハイライトは、フィルターだけを取り出し、注射器用の簡易濾過《ろか》器《き》として使用する。どれも生活安全課時代に教えられた。職業柄、めずらしいものではなかった。しかしそれが娘の部屋でとなれば別だ。質《たち》の悪いジョークとしか思えなかった。

藤島はしばらく見つめた後、意を決したようにパケを慎重に破いた。結晶を指先に乗せた。これが青酸カリでない保証はない。だがそのまま結晶を口の中に入れ、指で歯茎にこすりつけた。歯茎の上をざらりと転がりながら消えていった。本当に覚せい剤かどうかはわからなかった。少なくとも樟脳《しょうのう》や砂糖ではないのは確かだった。ライターを取り出し、パケの破り目をあぶってふさいだ。注射器を取り上げ、先端のケースをはずして針を見た。ポンプも針もきれいなものだった。元のセカンドバッグにすべてをおさめ、足早にリヴィングに戻った。覚せい剤のせいか、驚愕のせいか、胸の鼓動がひどかった。

桐子は悄然《しょうぜん》とソファに腰かけていた。テーブルの上にバッグを荒々しく放った。抗不安剤の与えるまどろみはなんの足しにもならなかった。

コーヒーを乱暴に隅へとどけ、バッグの中身をふたたびぶちまけた。さらさらとパケが音を立てた。テーブルの端から絨毯へコーヒーが滴った。彼女は固く目を閉じた。目の周囲にはくっきりとカラスの足跡が浮かんでいた。失笑したくなるほどその顔はくたびれきっていた。

「おまえのものか、桐子」

藤島は続けた。「あの娘のか」

返答はなかった。

「おまえもわかっているだろう。そのとおりだった。覚せい剤と注射器、それにこっちは手製パイプだ。シャブ中の必須用具がつまっていた。どうしてこの家に、こんなもんがまぎれこんでいる？」

返答はなかった。

「加奈子の体重に変化はなかったか。急に痩せはしなかったか。食が極端に細くなりはしなかったか。言動はどうだ」

桐子は目を開いた。首は涙や汗で蒸れたのか、びっしりと赤い汗疹《あせも》が浮かんでいた。彼女は何度もしゃくり上げながら、声を裏返させた。

「あの娘が、そんなことするはずないじゃない」

「おまえのか」

「ふざけないで」

「ふざけているのはおまえだろうが」

ソファに腰をおろした。テーブルの上の覚せい剤を挟んで妻と対峙《たいじ》し、意味もなく再度立ち上がっては、彼女を見下ろした。

「おまえのものじゃないんだな」

「ええ、ええ」

藤島は顔をなでまわした。じっとりとした脂と汗が手にへばりついてきた。

「おまえたちはクソだ」

桐子はじっと押し黙ったまま、目を泳がせた。目の前のブツに気圧《けお》されていた。

「娘がシャブの虜《とりこ》になっていたとはな。まったく、最高だとは思わないか?」

「やめて」

「昔、さんざん父親失格だと吼《ほ》えてくれたな。聞いたふうな口ききやがって。おまえはどうなんだ。あいつをシャブ中にするのがおまえの夢だったのか?　いいかげんにしろ」

「やめて!　自分の娘なのよ。どうしてそんなひどいことがいえるのよ!」

桐子は元の夫を激しくにらみつけた。だが表情に力はない。泣き顔のまま、充血しきった目。これほどまじまじと相手の顔を見つめあったのは、はたしていつ以来のことだろうか。

「わからないからだ。あいつがどんなふうに育ったのか。どんな友達がいて、どんな食い物が好きなのか。おれは父親なのに、少しも知らない」

「でも――」

「今となっては、本当に娘がいたのかすら疑問に思っていたところだ。とてもおれの味方だとはいえなかったからな」

「あなた……本気でいってるの」

「おまえのせいだろうが」

口論している暇はないと手を振った。「あの娘は、なにかの事件に巻きこまれている」

「事件……加奈子はただの」

「ただの高校生が遊びで持てる量じゃないんだよ。部屋を見渡してみたが、衣服を持ち出した様子はない。旅行鞄もそのままだった。ふつうの神経をしていたら、こいつを置いたまま外泊するはずもないだろうが」

桐子の顔から表情が欠落していった。ゆるんだ口元からは長く、細い息が漏れ出た。こんな顔をした女を、何人も見たことがあった。近親者の犯罪、もしくは訃報《ふほう》を聞かされた者の顔だった。

「あの娘は、どうして――」

「それを確かめるために呼んだんだろうが」

桐子は声を裏返した。

「警察に知らせないつもり?」

「当たり前だろう」

「どうしてよ! だめよ、そんなのだめ」桐子は、藤島の手を取って、子供のようにすがった。救いを求めるような目で見上げ、長い爪を手首に食いこませた。「こんなの、私たちだけでどうにかできるわけないじゃない!」

「じゃあ、なぜおれを呼んだんだ。おまえも最初からそのつもりなんだろうが」

彼女をぞんざいに払いのけた。パケや注射器、アルミのパイプをセカンドバッグにつめた。起き上がった彼女は、突如すがりつく相手をコードレスフォンへとかえた。

「やめろ!」

桐子の手首をつかんだ。思いのほか強い力で振り払おうとした。

「離して、離してよ」

先に左手でコードレスフォンをつかむ。暴れる桐子を抱きすくめた。むせかえるような香水の匂いがした。それにきつい汗とアルコールの臭いがした。柔らかい腕の感触と背中から伝わるぬくもりに、思わず腰が引けた。

「聞け。これをやつらに知られたらどうなると思う。刑事の妻だったんだ。わかるだろう」

「離して！　早く、あの娘が」

「聞くんだ。おれたちの娘はトラブルに巻きこまれている。やつらが泣いて喜びそうなネタだ。おまえにそれが耐えられるのか？　加奈子はどうなる。マスコミが勘づけば、あの娘の一生は終わったも同然だ。耐えられるのか」

腕の中で、抗《あらが》う力が徐々に失われていった。耐えられるはずもなかった。言葉をかけるたびに、数えきれないほどの想いが錯綜《さくそう》したに違いなかった。

たとえば官舎に住んでいた時代。早くも警察官の妻という立場に飽いていた彼女は、周囲でも浮いた存在だった。警察社会の中に溶けこもうとするのをよしとせず、高い位置からあたりを睥睨《へいげい》し、娘である加奈子にもそれを強いた。娘の教育に心血を注ぎ、彼女の私立中学への進学を機に、自分の身分にふさわしい新しいコミュニティーへの参画をもくろんでいた。

「気まぐれな家出に決まってる。きっとそうだ」

彼女の喉から悲鳴に近い慟哭《どうこく》がもれた。

「あなたに、なにがわかるのよ」

「おれに任せるんだ」

胸に痛みが走る。顔を彼のシャツに埋めたまま、胸の肉に爪を食いこませていた。昏《くら》い感情が伝わってきた。彼はつかむ手を引きはがし、代わりに持っていたコードレスフォンを握らせた。

渡された桐子は途方に暮れたような瞳で藤島を見つめ返した。さも使い方など忘れてしまったかのように。

「ずるいわよ……こんなの、卑怯よ」

「しないのなら、早く風呂に入ってアルコールを抜け。山ほど話を訊かなきゃならない」

「あなたなんかに、頼ろうとしたなんて」

搾《しぼ》りだすようにいうと、桐子はコードレスフォンをテーブルの上に置いた。のろのろとリヴィングから出ていった。やがて洗面台から水の流れる音が聞こえはじめた。

藤島は黙ったまま煙草をくわえた。ライターを持つ手が震えた。まともでないことは百も承知だ。事の重大さに押しつぶされそうになった。一人でなにができるというんだ。なにもできはしない。彼は顔をくしゃくしゃにゆがめた。

いずれ誰かが加奈子の不在に気づき、騒ぎだすだろう。刑事としての勘が告げた。娘は無事ではない。己の保身ばかり考える両親には、似つかわしい末路かもしれなかった。とても認められはしない。たとえどんな形であれ、生きた彼女を連れ戻したとしたら。藤島は夢を見る。家具も、食器も、音楽や香りもよそよそしさしか感じさせなかったが、それでもこの部屋こそがわが家に違いなかった。独りでいるには、あまりにも歳をとり過ぎた。

食器棚のガラス扉を開けた。合鍵の場所は変わっていなかった。重ねられた皿の脇にひっそりと置かれていた。鍵には見覚えのある傷がついていた。かつて彼が使用していたものの一枚。それをポケットに入れた。加奈子を想った。夏の暑さの中で朽ち果てている姿が目に浮かんだ。そんな想像しかできない己を呪った。

## 三年前　1

ぼくは机いっぱいに書かれた落書きから目をそらして立ち上がった。

すでにホームルームの時間は終わり、放課後を示す鐘が鳴り響いている。一日の終わりを告げる解放の音。鞄をかついでできるだけ急いで教室を出た。

無事に廊下へと出る。自然と背筋が丸まっていく。息をひそめずにはいられない。廊下の隅をうつむいて歩く。その姿は、まるで薄汚れたホームレスみたいだと、奴らにからかわれたこともある。みっともないという自覚はある。けれどすっかりそれが身体の芯《しん》まで身についてしまった。

ここ数ヶ月で、ぼくは完全に打ちのめされた。廊下にいる彼らや彼女らの視線が痛い。たとえぼくを見ていようと、いまいと。すれ違いざまに殴られる。蹴られる。ひっぱたかれる。それに備えようとして身をすくませる。何事もなかったかとほっと息をついては、へとへとになる。そんな毎日の繰り返しだった。

今日というひどい一日もこれで終わる。終わるだろうか。赤みを含んだ太陽に照らされた昇降口。たどりついたぼくは深いため息をつき、その場で立ちつくす。

靴箱には、あるべきぼくのスニーカーがなかった。頭の中に退屈と悲しみが忍び寄ってくる。あたりに目を走らせる。昇降口の外や、踏みしめているすのこの下などに。誰かが気まぐれに放り投げただけだと信じて。

すぐかたわらを彼らや彼女らがすり抜けていく。なにがそれほどおかしいのか、笑いながら、はしゃぎながら。やがて数が増えて、ぼくはそのあいだをかきわけるようにしてうろつく。近くの教室やトイレにまで足を伸ばして目を走らせる。それでも見つからない。

あきらめて上ばきで帰ろうかと考えた。でもその先を考えると思いとどまるしかなかった。両親によけいなことを知られたくはない。あの二人はいまだぼくを、ふつうに学校生活をたのしんでいる中学生と思っているはずだ。

途方に暮れてたたずむぼくを、下校する女子生徒らが不審そうに見やる。ぼくは恥ずかしくなってうつむく。行き場を失い、ぼんやりとしていると、視界の端で笑っている奴らが見えた。

奴らというのは、同じクラスの連中だ。名前は、四月にクラス替えがあったばかりで覚えていない。覚えていられるはずもない。

大柄で長い髪型のAと、柔道部にいるらしい太った五厘刈りのB。そしてにやけた笑顔を張りつかせた二人とは違い、上目で激しくにらむ島津がいた。

奴らにいった。

「ぼくの靴を、返してくれ」

島津はふざけるなとばかりに唾を吐いた。Aが手招きする。

「ちょっと来いよ、おまえ。なに、速攻で帰ろうとしてんだよ」

「ぼくのを、返してくれ」

Bが耳の穴をほじっている。

「なにいってんだか、わかんねえな」

島津が吐き捨てるようにいった。

「ふざけやがって……誰が逃げていいっていったよ」

じっと立ったままでいるぼくに、Aは顎でどこかの教室を指した。人気《ひとけ》のない工作室。ぼくは首を振った。

「来いよ、ひょっとするとわかるかもしれないぜ。びびってねえで速くしろよ」

三人がさっさと工作室まで歩きだす。Bが振り向いては、かん高く笑っていう。

「ついて来なけりゃ、焼却炉行きだぜ、おまえの」

脚が仕方なしに動いていく。あんなおんぼろスニーカーなど好きにすればいい。それでも上ばきのままで帰宅するというのはさすがにつらかった。

三人が工作室に入っていく。Aが入口から顔を出し、たのしげなパーティーに誘うかのように、にこやかに笑って手招きをする。

入ったとたんに、ぼくは胸ぐらをつかまれて引き寄せられ、島津に腹を蹴飛ばされた。身体がくの字に曲がり、息がつまる。

Bは奇声をあげながら、足を払って投げ飛ばした。ぼくは腰からリノリウムの床に落ちて、背中をしたたかに打ちつけた。

Aの足が頬をかすめた。もう一度、その灰色に汚れた上ばきが振り上げられる。ぼくは顔の前を両腕でかばった。Aのつま先が手首や肘の骨を容赦なく打った。響くような痛みが脳にまで走った。きっとまっ黒な痣《あざ》になるだろうと思う。

鼻の真ん中めがけて飛んでくる踵《かかと》を掌で受けた。投げつけられた野球ボールを素手で受け止めたようだった。どうしても顔を傷つけたくはなかった。汚したくはなかった。

いかにも暴力やイジメを受けたという証《あかし》を、残したくはなかった。まるで罪人に押しつけられる焼印のようで、暴力を受けているその時よりも、よほどみじめに思えたからだった。

クラスのほとんどがぼくの敵となった。中にはゲリラのような連中もいて、目を離した隙にノートや教科書をびりびりに破いたり、落書きを残していったりする。奴らは中でも極めつけだった。

Aは昂奮したように息をはずませた。

「ふざけんなよ」

顔がだめだとわかると、肩や足を踏みしめた。黒い制服に埃のついた足跡がついた。Bが脚の萎《な》えたぼくを、襟のカラーをつかんで引きずり起こした。

胸のボタンがはじけ飛んだ。首に太い腕が絡みつき、頸動脈だの気道だのを絞め上げた。みっともないうめき声がもれ、口の中が涎《よだれ》でいっぱいになった。

ゆがむ視界の真ん中では、頬をチックのように震わせる島津の顔があった。笑っているのか、怒っているのか、判別のできない表情だった。

Bが耳元で吠えた。ひどい口臭がした。

「ちゃんと持ってきたんだろうな、いいかげん」

ぼくは答えずに黙っていた。言葉など出るはずもなかったし、首は万力で挟まれたようにがっちりと固定されていて、とても抗えそうにもない。意識ははっきりとしていて、ただひたすら胃液が出てしまいそうになった。

「どうなんだよ」

Bが耳元で吠えた。歯茎が腐っているとしか思えない臭いがした。

首に巻きついていた力がゆるんだ。咳きこみながら床に膝をついた。制服は肩から足先まで埃でまっ白に汚れている。尻ポケットに入れていた財布を抜き取られた。

取り返すべく動いた腕はむなしく空《くう》を切るだけだった。だがすぐに舌打ちと共に財布は投げ返された。中には小銭以外入れてはいなかった。

「金は？」

Aがぼくの太腿を踏みしめながらいった。ぼくは首を振った。

「それでいいと思ってるのかよ」

Bが問いただすようにいった。まじめくさった口ぶりだった。罪悪感などこれっぽっちもない。自分に正義があると固く信じている者の声だった。

島津がじっとぼくを見下ろしている。その瞳はぎらぎらと、まるで油でも注がれたかのように光っている。それがなにを意味しているのかはわかっているつもりだった。蔑みや嘲りのない純粋な憎しみだけを感じた。

「裏切りもんが……」

奴は低い声でつぶやいた。そしてもはやお題目と化した言葉を唱えた。「勝手に抜けておいて……なんの挨拶もなく辞められるとでも思ってるのかよ」

ぼくは首を振りつづける。

「とうの昔に、監督には部の変更届を出してある――」

「うるせえ」

「ぼくはもう――」

「うるせえ」

島津は低くうなりながら、ぼくの身体をなめるように見まわした。そしてお題目。

「髪、伸ばしやがって」

奴の腕が伸びて、ぼくの前髪に指を這わせた。奴のもういっぽうの手が、ぼくの頬に触れた。

「なんか女らしくなったんじゃねえか？　オカマ」

奴らがどっと笑う。

島津も頬をひくつかせて笑った。過去二年間も、ぼくはその病的な笑顔を毎日のように見つづけていた。奴は奴で、そのオカマ野郎と同じレギュラーの座を競ってきた。

島津は顔を近づけていった。吐く息が顔に降りかかった。

「金なんかいらねえ。その代わり、死ねよ。死んであいつのケツでも追っかけてろ」

奴らがまた笑った。

奴が、あいつと呼んだ彼の姿が脳裏をよぎった。

血管が透けて見えそうなほどの白い頬。そしてそれこそ放課後の女の子のように、口紅をつけたとしか思えないほど鮮やかな紅い唇。男子たちの暗闇をさんざんあおって死んだ緒方誠一の整った顔だった。

萎えていたはずの両足が床を蹴っていた。腰を深く折って、ぼくはサイのように頭から島津の腹へとぶつかっていった。額に固い制服のボタンが当たり、目に涙がたまるほどの痛みに貫かれる。島津は短いうめきをもらすと、腹を押さえてうずくまる。

ぼくはその様子を呆然と見下ろした。自分がしでかした行為にとまどい、奴らにおもねって謝るべきか、このまま全力で逃げるべきか。結局のところなにもできずに固まっていた。

額に手を当てた。掌に、小さな血の染みがついていた。額の傷口が、小さなものであることを願った。気まずそうにぼくを見つめる担任の顔や、問いつめようと表情を硬くする父や母の顔がよぎった。

「てめえ、なにやってんだ！」「この野郎！」
Ａ、Ｂが同時に叫ぶ。すごむように言ったけれど、顔はまるでなにかに裏切られたかのように、傷つけられたかのように、驚きとせつなさがいっぱいに広がっていた。猫や子犬に噛まれたような顔をしていた。悲しかった。
Ｂに圧倒的な力で羽交《はが》い締《じ》めにされた。身動きできなくなったぼくに、Ａは顔をまっ赤にさせながら拳を振るった。もう余裕はなく、手加減のないパンチがばちばちと音を立てて頬や額に当たった。歯で切れた唇が熱を持ったように痛む。

「ちくしょう、ちくしょう」

口いっぱいに錆びた金属のような血の味が広がり、衝撃を受けた頬骨が燃えるように熱かった。そして島津。下腹を押さえたまま、上目でにらむその顔は、地獄から這い上がった亡者のようにひどくゆがんでいた。

島津は殴りかかってはこなかった。ポケットに手を突っこんでなにかを取り出した。

「ぶっ殺してやる」

奴の手から銀色の羽のようなものが飛び出る。ナイフだとわかり、処刑台に上がらされたような気持ちになった。Ａの目が驚愕で大きく広がっていた。羽交い締めの力が少しゆるんだ。

「おい……」

Ｂの放心したような声が後ろからした。ナイフを握る島津の手は小刻みに震えていた。本気のように思えた。

「ぶっ殺してやる」

島津が、舌打ちをもらしながらとっさにナイフを太腿へと隠した。扉が開き、白髪混じりの教師が教室に入ってきた。

彼はぎょっとしたように立ちすくみ、丸くした目をぼくに向けた。どういうわけか、しまったという表情が一瞬だけのぞけたような気がした。

「おまえら、なにをしてるんだ」

「なにも」

Aが表情を消していった。

「おれたち、なんにもやってないっすよ」

Bは陽気だった声を平板なものへと変えた。いかにも大人が怖れる不気味な声色だった。それで充分だった。教師は、すでにぼくを見ようとはしていなかった。島津がぼくをにらんでいた。なにかいってみろ、殺してやる！

「早く、帰りなさい」

それだけいって教師は身体をひるがえした。扉さえもきちんと閉めて。Bが溜めていた息を吐き出した。

「やばいんじゃねえの？　見られたかな」

「たいしたことねえよ、たぶんな」

Aが顔をこわばらせていった。島津がふたたびナイフの刃をのぞかせた。Aが首を振った。

「もういいだろう。とりあえずしまえよ」

島津は、ナイフをぼくの目の高さまで持ち上げた。まるで魅入られたかのように、刃を頬のあたりまで近づけた。Aが声を荒げた。

「おい！　もういいっつうの」

息を荒くつきながら、奴は惜しそうにナイフを離し、刃を折りたたんだ。しつけの悪い犬のように低くうなった。

「裏切りもんが……」

「おれたちの名前までは、知らねえよなあ。あの先公」

Bがすがるようにいった。

「一応、ずらかっておくか」

「ああ」

白けたような空気が広がった。羽交い締めにされていた身体がはずされ、ぼくはずるずると床に崩れ落ちた。頬や唇が熱くて、鼻の奥がずきずきと痛んで、息苦しかった。ワイシャツの襟元に血がついている。鏡を見るのが恐ろしくて仕方がなかった。

「逆にキレてんじゃねえよ。おまえ、頭下げる立場だろうが」

「絶対、持ってこいよ。今度、財布に万札入ってなかったら殺すからな」

AとBの足音が遠ざかっていった。島津が唾を吐いた。制服にかかり、まるで辱《はずかし》められたようで、心がずるっと滑り落ちていく。

奴らが笑いながら部屋を出てから、ぼくはのろのろと立ち上がった。制服に白くこびりついた埃を払った。ついた唾液をぬぐった。さっきのように誰かに入ってこられるとも限らない。そんな時、もうどんな顔をしてよいのかもわからない。

意図もせずに身体中の空気が抜けるほど深いため息がもれた。スニーカーが教卓の横に放置されていた。遠目にもわかるほどに切り裂かれ、中の綿がむき出しになっている。傷口はどれも執拗で、今にも血があふれ出すんじゃないかと思った。

スニーカーを拾い上げた。死んだ子犬を抱えているような気分になった。

廊下へ出た。すぐ目の前を何人かの女子らがよぎる。それまで快活だった会話を打ち切らせて、足早に歩き去っていく。先ほどの教師と同じく、なにかまずいものを目にしたような表情で。廊下に置いてあったごみ箱にスニーカーを放った。はけるものではなかったし、家に持って帰れるはずもなかった。

歩くたびに鼻血が床に雫となって垂れた。誰にも声をかけられたくはなかった。とはいえ、声をかけるような物好きがいるとは思えなかったけれど。

クラスの教室とは正反対のほうに歩を進めた。誰もぼくを知らない場所に行きたかった。水道を見つけて顔を洗った。冷たい水が、熱く火照った皮膚には心地よかった。

目に熱さを感じて、ハンカチで顔をぬぐった。

涙だ。やめてくれ！　もうやめてくれ！　自分に向かってつぶやいた。どうかもうこれ以上、みじめな目に遭わせないでくれ。祈ったけれど、願ったけれど、涙は鼻や口内にまで厚かましくも侵入しようとした。

何度も顔に水を叩きつけた。なんとか冷静を取り戻そうと必死に深呼吸をした。顔を伏せてじっとしていると、ふいにあいつの顔が見えた。

今のぼくと同じように、水道で顔を洗っている。同じクラスだった緒方の顔だ。そうだった。彼も目を真っ赤に染めながら、さかんに蛇口を拳で叩いていた。

「ちくしょう」

彼はその紅い唇を震わせながら繰り返した。

「ちくしょう、ちくしょう」

もう何ヶ月も前の話だ。確か練習を終えた頃だったから、夕刻をかなり過ぎた遅い時間だったと思う。ちょうど教室に忘れ物を取りにきた時に、彼を見かけたのだ。

拳を金槌のように叩きつけ、水道管を揺らしていた。手の甲が割れて、血が流れ出る水と混ざり合っていた。ただ黙って見ているぼくに気づいた緒方は、恥ずかしそうに首をすくめた。泣いているのか、笑っているのか、曖昧な顔をしていた。

「嫌なところ見られちゃったな」

そこでのぼくの反応はというと、なんのことはない。しまったという表情を浮かべる彼らや彼女らとまるで同じだ。なにもいわずに通り過ぎたのだ。

どうして緒方の名を聞いて、あれほど奴らに激昂したのだろう。あんなふうに暴力を振るったのは、生まれてはじめてだった。まるで友人を侮辱され、いきり立つ熱血漢。恥ずかしくなって、また水を顔に浴びた。

彼とは同じ教室で、同じ空気を吸っていたにすぎない。友達だったといえば、きっと彼が墓場から這い上がってきて、問いつめようとするだろう。

流れる水から後頭部を引きあげた。伸びた頭髪から水滴が垂れて、肩をびしょびしょに濡らした。やっと涙の発作がおさまってくれたようだった。だからといって心が安らぐことはない。奴らの嗜虐的《しぎゃくてき》な笑みや、落書きや、裂かれたスニーカーが幾度となくちらつき、涙を誘おうとした。

窓から外を見下ろした。ちょうどグラウンドでは、かつてぼくがいた部の連中がウォームアップのキャッチボールをやっていた。

きびきびと流星のようにボールを投げ合う者。疲れているのか、崩れたフォームで放物線を描く者。もうすぐ島津も準備をして、彼らの輪に加わるだろう。

春になって一年生が入ったせいか、新しく幼い顔だちの部員が見えた。だがほとんどは知った顔ばかりだった。仲間という言葉を使ってもおかしくないほどの。

これ以上は見ていられなかった。ハンカチを絞っては、濡れた髪を握って水気を払った。

突然、柔らかな感触がうなじに降り注いだ。反射的に身構えて振り返った。青いスポーツタオルが首からはがれ落ちた。一人の少女が無表情のまま立っていた。顔は……知っていた。とっさに名前が思い浮かばなかった。

「……なに?」

震えた声が口から出ていた。なにも女の子相手にそんな声が出なくとも。顔から火が出るような思いでうつむいた。すっかりぼくはおびえきっていたのだ。

「使いなよ、これ」

彼女は落ちたタオルを拾いあげて、ぼくによこした。ようやく彼女の名前を思い出した。藤島加奈子だ。二年の時に同じクラスだった。また彼女でなければ、こんなにすぐに、名前など思い浮かばなかったに違いない。

「あ、ありがとう」

あわてて手を伸ばしてタオルを受け取りながら、久しぶりに見るその顔に目を移した。彼女はとてもきれいな顔だちをしていた。丸みを帯びた細い眉。白人のような色の薄い瞳。細く削げた頬と少し尖って見える顎。それに少し骨ばって見えるほど痩せた身体つき。ぼくよりも高い背丈。とても同じ中学生とは思えなかった。

彼女は印象深い女の子だった。単なる偏見かもしれないけれど、女の子というのは常に群れて行動する生き物だ。特に学校などという場所では。そうしていないと不安なのだという話を、大学生の従姉《いとこ》から聞いていた。今のぼくならすんなりとうなずける。一人でいるというのはいろいろと最悪だ。

にもかかわらず、彼女は一人でいることが多かった。休み時間や放課後を、どこかの人の輪に加わろうともせずに、本や漫画を読んでいるか、もしくはぼくらの知らないどこかを歩いているかのどちらかだった。ぼくにとって彼女は、少年少女の中に間違って飛びこんできた大人のようにしか思えなかった。

「貸しとくよ」

彼女はあっさりと背を向けた。

「待って、待ってよ」

「なに?」

「なんで?」

彼女は持っていた鞄のチャックを締めると、不思議そうに眉をあげた。

「ずぶ濡れだったから。残念だけど、包帯までは持ってないの。早く、病院行ったほうがいいよ。ほっとくと化膿《かのう》するから」

彼女は自分の額のあたりを指さした。彼女の言葉はとても当たり前だった。ぼくはただうなずくしかなかった。

「そうだけど」

「血が落ちなかったら、無理に返さなくてもいいよ」

なかなか噛み合わない会話にもどかしさを感じながら、タオルで濡れた顔をぬぐった。

「……え、ああ、うん」

「じゃあね」

よりはっきりとなった視界の向こうに、薄く微笑む彼女の姿があった。とっさに息がつまった。立ち去る彼女を黙って見送るしかなかった。なにかをいおうとすれば、とんでもないことを口走ってしまいそうだった。

そっと鏡を見た。ひどかった。鼻から唇にかけて乾いた血がこびりついていた。片頬が熟れすぎた桃のように赤く腫《は》れ上がっていた。目は赤く潤《うる》んでいた。ぼくは深いため息をつきながら首を振った。

少しは緒方に似ていたのかな。そう思って自分の顔をのぞいてみたけれど、とんでもない間違いだとさとらされるだけの話だった。

死んだ緒方は、ぼくとは友達でもなんでもなかった。けれど藤島加奈子とはどうだっただろうか。友達、仲間、恋人。どういう言葉でくくってよいのかわからない。

ただぼくは見たことがあった。休日に池袋の駅前を、二人一緒で歩く姿を。その時の彼女は、無邪気な笑顔を浮かべていた。学校にいる時のような、退屈そうな無表情ではなかった。

タオルを頭に押し当てた。石鹸とは違う甘い匂いがした。髪をふきながら、彼女が緒方に見せていたあの笑顔を何度も思い返していた。

# 4

一昨日の朝。加奈子は、いつものように夏期講習のために予備校へと出かけていった。一昨日の夜。桐子は岩中のマンションから、何度も自宅へ電話をかけた。留守番電話のままだった。加奈子の携帯に電話した。電源が切られたまま、つながることはなかった。不安を抱えたまま桐子は会社に出勤した。仕事の合間にも何度か携帯や自宅に電話をかけた。応答はない。終業時間と同時に桐子は飛ぶようにして自宅へ戻った。加奈子が帰宅していないと知り、予備校に通う何名かの友人らに電話をかけた。一昨日の夕方、ファストフード店に立ち寄った後に、別れたきりだという。以後の加奈子を知る者はいない。

学校の名簿はあったが、誰が友人で、誰がそうでないかの区別も彼女にはつかなかった。学校や警察への連絡が頭に浮かんだが踏み切れはしなかった。あの娘と、あの娘を育てた彼女自身の経歴に傷をつけたくはなかった。別居と離婚で充分すぎるほど傷は負っていた。

日が完全に沈んだ頃、なにか手がかりをと桐子は娘の部屋をあさりはじめた。やがてクローゼットの奥からバッグを見つけた。驚愕と恐怖でしばらく時間を忘れた。記憶から追放しつつあった夫に連絡をとった。

藤島は娘の交友関係について訊いた。桐子の口から出たのは、同じ予備校に通う同級生、それに幼《おさな》なじみ。数は多くなかった。

「それだけか。男は?」

「わからない、いたかもしれないけど」

「誰だ」

「そんなの、わかるはずないわ」

「どんなやつだと思う」

「わからない、いないかもしれないから」

桐子は頰を紅潮させた。彼の目に浮かぶ蔑みの色に気づいた。

「仕方がないでしょう。今はみんな携帯やパソコンでやり取りしているのよ。私たちが知る余地なんてありはしない。でも」首を傾《かし》げて、考えこむような仕草。「でも、きっといたと思う。それも同世代じゃなくて、年上の」

「なぜ」

「ただの勘よ。意味なんてない。けど、同じ年頃の娘らよりも、なんていえばいいの? あの娘は、賢すぎたのよ」

洗面所には、加奈子の洗面用具と化粧品がそのまま置かれていた。桐子にそれを確認させると、彼女は表情を固めたまま、細いため息をついた。

ふたたび娘の部屋に戻り、捜索した。彼女に一つ一つ検分を求めた。クローゼットの衣服について問いただした。半分は買ってやったものだが、残り半分は知らないと彼女はいった。

「あの娘はバイトをしていたのか?」

桐子は首を振る。アルバイトは学校で禁止されているし、そんなことをしていた様子はないという。藤島は衣服をつまんで尋ねた。

「高いブランドものか？」

「たぶん、そうだと思うけれど、私もよくは知らないわ」

桐子は答えを曖昧にした。裕福でもなく、アルバイトもしていない高校生が高価な衣服を買うには、それほど多くの手段があるわけではない。なるほど年上の男がいてもおかしくはない。署や派出所に引っ張られてきた少女たちの顔が思い浮かんだ。身体を売っていたのか、とは訊かなかった。自分の娘をその一人として加えるのには、いまだに抵抗を覚えた。

机の下段の引き出しからクリーム色のポーチを見つけた。アルミに包まれたカプセル剤と粉薬の入った紙袋があった。

「身体の具合が悪かったのか？」

桐子はわからないという顔をした。紙袋には薬局の名前が刷りこまれていた。そして中には神経科の名前が記載された紙切れがあった。マジックで二週間分と大書されていた。

中身は睡眠薬、抗不安剤、抗鬱剤の類だと理解した。親子三人揃って薬物依存者だったかと自嘲した。アルコールも立派な薬物に違いなかった。

本棚の下段に、写真屋が現像した際に渡すような簡素なアルバムが数冊。友人やクラスメイトと撮ったと思われる写真が挟んであった。肩よりも長い黒髪、他のクラスメイトよりも頭一つ抜きん出た身長。修学旅行、文化祭、運動会——。時代を徐々にさかのぼり、中学時代の制服を身に着けた彼女にたどりついた。少しばかり幼さの残った、まだそれなりに会話があった頃の、なじみ深い顔が写っていた。

最後の一冊。写真の数は少なく、アルバムの中にまばらに配置されていた。彼はページをめくる手を止めて、眉をひそめた。

「おい」

気が抜けたように立ちつくす桐子にアルバムを見せた。

「こいつは誰だ」

すべての写真には、一人の少年が写っていた。中学時代の加奈子と肩を並べて照れたような笑みを浮かべていた。加奈子自身が撮影したのか、少年一人がカメラに向かって手を振る姿もあった。

「緒方君……」

「緒方?」

加奈子よりも背が低く、肌が白く、唇は紅い。身体は細く、どこか気弱そうな印象を与えていた。学生服を着ているおかげで少年と判別できるものの、眉までかかった前髪、細身の姿は少女のようですらあった。

写真は、二人の仲を推し量るには充分だった。おそらく恋仲にあったのだろう。どの写真よりも加奈子は美しく、愛らしかった。藤島は時間をたっぷりおいてそれを眺めた。やがてその緒方という少年に対して馬鹿げた嫉妬《しっと》のようなものが、胸のうちに湧くのを感じた。

桐子はしばしそれを見つめた後に、首を振ってアルバムを返す。

「なんだ?」

「加奈子の中学時代のクラスメイトだけど、この子ならもういないわ」

「どういう意味だ」

「死んだのよ」

藤島は妻を見やった。彼女は努めて無表情を装っていた。藤島は写真に目を落とした。青空を背にして笑う加奈子。彼を失った時の加奈子。一度として気づいてやれはしなかった。

手帳を開き、挟んでいた写真にふたたび目を落とした。買ったばかりの栄養ドリンクを含みながら。喉に絡みつくような甘味が滑り降りていく。大宮駅西口近くのコンビニ店の前にいた。時計は十二時を過ぎていた。瓶を腐臭の漂うごみ箱へと押しこんだ。昼時とあって、たいして広くもない店内は大勢の予備校生で混み合っていた。誰もが弁当やペットボトルだのを抱えていた。店員は一心にレジを打ち、客はこの暑さの中、身を寄せ合うようにして買い物を済ませていた。

藤島はあたりに注意を払った。所轄を含めた近隣三署では地域課全員の非番を返上させて、総動員でコンビニ店への巡回を強化しているという話だった。警官の姿はなかった。昼食後特有の気だるさを漂わせたサラリーマンと学生、百貨店での買い物をたのしむ老婦。西口前のショッピングビルから、陽射しに負けないほどの強烈なボリュームで音楽が流され、さらなる暑さを演出していた。そして写真の彼女らがコンビニから出てきた。

「ちょっと」

松下恵美と長野智子は、写真とは違い、顔には不審といらだちが浮かんでいた。場所柄、スカウトマンと勘違いしていた。

二人とも身体のラインがあらわになる短めのTシャツにジーンズという簡素な服装だった。ただでさえ長身の松下は底の厚いサンダルをはいているため、藤島と肩を並べるほどの身長を誇っていた。肩まで伸びた黒髪と勝気な印象を与える顔だちの持ち主だった。

長野は、同じく臍《へそ》が見えそうな短い迷彩柄のTシャツに銀のチョーカー。金のピアスとオレンジ色のショートヘアー。カラフルな外見とは裏腹に、今にも風に吹き飛ばされそうな細い身体つきをしていた。見上げる目には、見知らぬ者へのおびえや怖れのようなものが見えた。

「待ってくれ」

モデルのような長い手足をした松下は、声をかけられるのはめずらしくもないのか、物怖じしない目で見返してきた。

「加奈子の父親なんだ」

松下は値踏みするように一瞥すると、軽く眉をあげた。特に驚きは見られなかった。オレンジ色の長野は固い顔のまま松下の後ろへと下がった。

「加奈子、帰ってきました？」

松下はガムを嚙みながら尋ねた。藤島は首を振った。

「君らに連絡は？」

「あたしらも。携帯もずっとつながらないし」

長野も松下の後ろで同じようにうなずいた。まるで男装の麗人に匿《かくま》われるお姫さまだ。桐子が真っ先に連絡をとったのがこの二人だった。娘とは高校の同級生であり、松下は上尾から、長野は与野から学校や予備校へと通学していた。加奈子の写真は、その彼女たちとセットで撮られたものが多かった。同じ予備校に通い、修学旅行で共に行動をし、文化祭で時を過ごした。

松下は「それで？」と肩をあげた。藤島は手を額に当てて、いかにもたまらないとばかりに庇《ひさし》を作った。事実、頭蓋骨が焼けた鉄板のように熱を持ちはじめていた。顎で数軒先のファストフード店の看板を指した。

「少し話を訊かせてくれないか」

「だけど」

買ったばかりの茶色のコンビニ袋を松下は持ち上げた。

「頼むよ」

松下はこれみよがしなため息をついた。どうする？　二人は困ったように顔を見合わせる。長野はこわばった表情を友人に向けていた。言葉はなくとも、早く逃げ出したいという心情をわかりやすく伝えていた。まったく、たいした友人をお持ちじゃないか。藤島は見えない加奈子にいった。

「あたしたちだって、どこに行ったかなんて知らないですよ。心配はしてますけど」

「手間はとらせない。質問に答えてくれるだけでいい」

松下は目を細めた。

「これ、仕事なんですか？」

「なんだって？」

「思い出したんです。お父さんって刑事なんでしょ。加奈子がいってた」

「警察は辞めたんだ」

「じゃあ知らせたんですか。警察に」

「いや」

「どうして？」

「知らせたほうがいいかい？」

「さあ。そんなのわかんないけど。だけど心配じゃないんですか？」

松下は唇を尖《とが》らした。彼はつめ寄り、有無をいわせない調子で告げた。

「心配だよ。だからこうして訊いて歩いてる」

百貨店の紙袋を下げた中年女性らが、胡乱《うろん》な目つきでかたわらを通り過ぎた。藤島は首を傾けて後ろの少女にいった。

「頼む」

長野は視線をアスファルトに向けていた。

「まあいいですけど」

割って入るように松下はいい、気の強そうな眼差しを向けた。その雰囲気が加奈子に似ているような気がした。同じような目を、娘からも向けられたことがあった。

ごった返すファストフード店に入り、二人に座席を確保させる。彼はコーヒーのカップを載せたトレイを抱えて座った。

「なにか思い出してくれたことはないか。あの娘の母親に話したこと以外に」

「さあ。本当にわからないから」

「君はどうかな」

藤島は長野にいった。低く、消え入りそうな声が返ってきた。彼は何度も訊き返さなければならない。

「あたしも、全然わからないです」

「一昨日について、もう一度教えてくれないか。どんなふうに過ごしたのかな」

「ええと――」

答えかけた松下を掌をあげて制し、長野を指さした。

「彼女に訊いてるんだ」

松下は驚いたように息をのみ、侮辱されたかのように怒気を放ちながら押し黙った。

「あの日も予備校で一緒だったんだろう?」

「一緒にっていっても、午前中だけです」

かたわらで松下が口を尖らせながらうなずいた。

「どういう意味かな」

「あたしと恵美は私立文系のコースだから、午前中は三人で英語の講義を受けてたんですけど、午後からは別々になったんです。加奈子は国立志望だから、午後は、彼女は数学とかのほうに行って」

「帰りは一緒だったんじゃないのかい?」

「いつもはそうなんですけど」長野はたどたどしく言葉を選ぶ。「一昨日も、ちょうどここで待ってたんです。でも、その日は全然来なくて。きっと先に帰ったものとばかり思ってました」

「それで彼女はどこに?」

松下がいらだたしげに指でテーブルを叩いた。

「今、いったでしょう。家に帰ったと思ったって」

「家には帰ってない。どこに行ったと思う?」

「さあ。加奈子の行き先なんて。年中、一緒にいるわけじゃないし」

質問を次々に投げかけた。なるべく考える時間を与えたくはなかった。

「男に逢ってた?　誰か特定の」

松下は鼻で笑う。

「加奈子が?　まさか」

「なにがおかしい」

「なによ」

「まじめに答えてくれ。もっとも君らがかばっているのなら別だが」

「かばってる？　うちらが？」

子供連れの主婦たちが振り返った。松下は心外そうに天を仰ぐと、立ち上がった。

「行こ。なんか、疑われてるみたいだから」

「まだ話は終わってない、座るんだ」

「命令しないでよ」

沈黙と喧騒。耳障りなポップスが神経を逆なでした。藤島は額の汗を袖でぬぐい、頭を下げた。

「悪かった。謝るよ」

腰を浮かせていた松下は、むくれっ面のまま腰をおろした。

藤島はいった。

「彼女は家を出たんじゃない。誰かが連れ去ったんだ」

「どうしてそんなことといえんのよ。ただの気分転換で、どっかで外泊してるだけでしょう？　勉強、勉強で、相当煮つまってたみたいだったし」

「だが娘には収入があった。彼女はウリをやっていたのか？」

「あんた、本当に加奈子の父親？」

松下は顔を嫌悪でゆがませた。

「馬鹿なこと、いわないでください」

長野が怒りをあらわにした。固く目をつむりながら震えていた。

「彼女にはそう思われるだけの理由がある」

「信じられない」

長野はこらえきれずに涙をこぼした。松下はいった。

「男、いるかもしれない」

「なんだって？」

「男いるかもしれないっていったの。あんたがいった、特定の男ってやつ」

「誰だね」

「さあね。加奈子は教えてくれなかった。うちらだって頭にきてんの。加奈子がこっちを避けてたんだから。携帯にもろくに出ないし、つきあい悪いし。もう夏休み前からずっとよ。一昨日みたいな日はめずらしくもなんともなかったたし、前から勝手な娘だとは思ってたけど、あそこまで露骨だとは思わなかった。ただの勘でしかないけど、その男と旅行にでも行ってるんじゃないの？　夏だし」

「君もそう思うかい？」

長野が涙をふきながら首を振った。

「あたしには……」

「そのうち飽きたら帰って来るよ。もういい？　そろそろ時間だから」

「君らも、加奈子をよく知らないんだな。友達のわりには」

藤島は挑発したが、立ち上がった松下は薄く笑うだけだった。それが激しい憎悪を示す彼女のやり方だとすぐに理解した。

「誰が友達だなんていった？」

藤島は言葉につまる。松下はコンビニの袋をぶら下げて通路へ。長野があとを追いかけた。藤島は出し抜けに長野の肘をつかんだ。細く固い骨の感触が掌に伝わった。彼女の肘の内側に目を走らせた。

長野の身体は凍りついていた。血相を変えた松下が大股で近づき、藤島の頬を張った。

## 5

長野と松下を逃した。彼女らの予備校内まで足を踏み入れ、教室をのぞいた。若者の集う場所に闖入《ちんにゅう》する中年の男。特にとがめられはしなかった。しかしどの部屋をのぞいても、彼女らの姿には出くわさなかった。

非常口の扉が開け放たれていた。予備校から駅まで駆け、彼女らの姿を追った。ショッピングビルを渡り歩いた。西口のアルシェ、駅ビルのルミネ、そごう、東口の商店街を抜けてロフトへ。同じような背格好の少女を何度も呼び止め、不審を買った。

少なくともお姫さまである長野は覚せい剤を経験済みだ。もしくは経験中だ。注射痕は見つからなかった。もっとも、注射は腕ばかりとは限らない。注射ではないやり方もある。ただの勘でしかなかったが確信していた。いずれ必ず訊きだしてやる。

五時。強い西日が目玉を突き刺した。サンバイザーを降ろした。フロントウインドウの汚れが際立ち、視界がさえぎられた。冷房を最大にしても、鋭い熱線からは逃れられなかった。

粘ついた渋滞。のろのろとさいたま新都心へ向かった。人工的な建築物のあいだを抜けて路上った。

に車を停めた。タウンページから破り取った紙切れを開いて再確認した。辻村神経科クリニックの大きな広告スペースがあった。周辺地図と診療時間。新都心駅東口の真新しいビルの二階にあった。

クリニックは盛況だった。暖色系の柔らかな照明と木目調の壁。観葉植物、熱帯魚入りの水槽で装飾されていた。室内はぬるく、人いきれが冷房を中和していた。テーブルにはキャンデーの入ったボウルが置かれ、それを囲む椅子はほぼ満杯だった。仕事帰りの会社員、主婦、携帯ゲーム機に目を落とす少年らで埋まっていた。

受付で藤島は一枚の名刺を差しだす。通院していた患者について訊きたいと。名刺は、何年も前にコンビを組んでいた大宮署の生活安全課係長の名刺だった。当の本人はすでに退官していた。事務員はためらいがちに待合室の椅子をすすめた。

永遠とも思える時間を、思索と観察に費やした。加奈子はこの椅子に座りながらなにを思っていたのだろうか。患者の一人が乏《とぼ》しい表情のままでボウルを見つめていた。加奈子はなにを眺めながら順番を待ったのだろうか。患者の大半は薬を受け取って次々と出ていく。新たな患者が補充され、引きも切らない。一時間弱の待ち時間の後に診療室へと通された。

辻村は腹の突き出た四十男だった。身につけている装飾品が派手に自己を主張していた。太いフレームの遮光眼鏡と金印のような指輪。ブルガリのリストウォッチ。カルテと名刺に目を通していた。あらためて藤島は身分を名乗り、丸椅子に腰を落とした。

「藤島加奈子。訊きたいというのは、彼女かね」
「彼女の家族から捜索願が出てまして」
「捜索願……家出したということかな?」

「もしくはなんらかの事件に関わった可能性もあります。むしろそちらの可能性が高い。すでに失踪から三日が経過しております。特に自宅から荷物が持ち出された様子もないうえに、行方をくらますような動機も今のところ見つかっていません」

セカンドバッグから薬の入っていた紙袋を取り出した。明記されていた日時はちょうど一週間前のものだった。

「彼女の足取りと交友関係の両面から捜査を始めていますが、こちらの診断にも大いに興味を持っております」

辻村はカルテと薬を照らし合わせていた。

「先生」

「処方したのは抗不安剤と軽い睡眠薬だね」

「彼女はここでどんなことを話していきましたか」

辻村はあきれたように首を振った。

「残念だが、患者のプライバシーに関わることは一切話せんよ」

今度は藤島があきれたように凝視した。

「彼女は、現在危険な状況にあると思われます。時間がありません」

「診察に訪れたのは、もう三ヶ月も前の話だ。一週間前は、薬の受け取りに来たんだろう。私は会っていない」

「何ヶ月前だろうとかまいませんよ」

辻村はうんざりしたように目頭を揉む。

「お願いします。人命がかかっているんです」

「一つだけ教えてやってもいい」

藤島は無言のままうなずいた。机上のカルテに目をやる。それを奪えたらどれだけ娘に近づけるだろうか、などと思いながら。目の前の医者にわずかな嫉妬を覚えた。

「彼女の父親は警官だった」

「そうです」

「だが今はそうではない。彼女がいうには、一年と九ヶ月に、妻の浮気相手を襲い、全治三ヶ月の重傷を負わせて、その職を追われたらしい。月日が経ち、その娘の診療内容を知りたいと、名刺一枚持って男が近づいてきた……」

「……」

「私は、どうすればいいと思う」

喉や口内がからからに乾いていた。

「警察手帳を見せてもらえないだろうか」

「私が身分を詐称《さしょう》していると?」

「だが診療内容を教えてくれと頼みにくる人間は多くてね。人の秘密を嗅ぎ取ろうとするハイエナのような連中が。慎重にならざるを得ん」

辻村は受話器を持ち上げた。「見せられんのかね」

「待ってくれ」

辻村はいささか芝居がかった調子で受話器を強く叩きつけた。黒縁眼鏡の目を吊り上げた。

「帰りたまえ、本物を呼ばれる前に。このやりとりはなかったことにしてやる」

「待ってくれ」

「いいかげんにしたまえ」

「そうだ。私はあの娘の父親だ。だが失踪は本当なんだ」

辻村はカルテに目を落としながら、憐れむように首を振った。

「そんな話は耳にしていない。どのみち警察官でもない君に、話せることなどありはせんよ。すでに辞職しているんだろう。親権も、今は母親に譲渡されている。つまり君は、藤島加奈子について訊ける家族ですらないということだ」

「娘が死んでもかまわないというのか！」

「誰か！」

辻村が呼ぶのとほぼ同時に診療室の扉が開いた。師長とおぼしき年かさのナースが、蒼い顔をして入ってきた。首を伸ばして好奇の視線を向ける患者たち。振り返った藤島の目にひるむ。彼らを突き飛ばすようにして部屋を出る。昂奮がおさまらなかった。妻に言った言葉を思い返していた。いまさら母親ぶるなよ。

いまさら父親ぶるな。辻村からそういわれたような気がした。振り向きざまに叫んだ。

「娘になにかあれば、貴様のせいだ」

辻村はすでに別のカルテに目を通していた。カルテを持つ手が震えているように見えた。藤島は靴の踵を踏みつぶしながら、クリニックのガラス扉を突いた。

久しぶりだった。これほどまでに感情が乱されるのは。くそ、くそ。車が揺れるほど強くハンドルを叩いた。小指の付け根が内出血を起こしていた。

あの野郎はなにか知っている。そうとしか思えない。カルテには答えを指し示すなにかがある。

だからこそ藤島を拒んだとしか思えなかった。クリニックに侵入してでも奪う。とてもできそうにはなかった。ただでさえ辻村が電話を一本入れるだけで、頭の痛い事態が待っていた。元警官による身分詐称。やつらは威信や面子《メンツ》にこだわる。辞めたおまわりにはひどく冷たくもある。エチゾラムを二錠含んで、冷静さが戻るのをひらすら祈った。国道十七号を走り大宮まで戻った。おかしいぞ。低くうなりながら断続的にハンドルを叩いた。自分は刑事だったはずだ。なんだこの無様な結果は。いや、今のやり取りだけが問題だったのではない。はなからすべてがおかしいのだ。確固たる組織もなく、仲間もない。脆弱《ぜいじゃく》な一般人でしかないと思い知らされた。急に足元がおぼつかなくなり、暗闇を手探りで歩くような不安が湧いた。

ハンドルを握りながら携帯を操作した。携帯には山のように着信履歴が残っていた。桐子はすがるような声でいった。加奈子はまだ帰っていない。

「あなたは？　あなたは見つけたの？」

「まだだ」

質問攻めにあった。落胆から揶揄《やゆ》に変わり、罵倒《ばとう》に転じたところで電話を切った。すでに娘が姿を消して三晩目に入る。松下と長野の自宅に、予備校の事務員と名乗って電話をかけた。どちらも彼女たちの母親が応答し、どちらも外出中だといった。ともに行き先を尋ねるといぶかりだした。

二日分の体臭がした。車を住まいのある土呂へと走らせた。駅から徒歩二十分。まわりは田畑に囲まれた木造モルタルのアパートだ。それでも家賃は馬鹿にならない。室内は、即席のサウナと化していた。１Ｋの狭い室内にはビール缶と酒瓶が林立していた。ポルノ雑誌と劇画とごみのつまった袋が床を占めていた。

汗だらけのシャツを脱ぎ、カビだらけのユニットバスでシャワーを浴びた。髪を洗うあいだ、顔をぬぐうあいだにも加奈子がちらついた。ありもしない死臭におののき、ユニットバスの壁に後頭部を打ちつけた。中年太りの男と加奈子が絡んでいた。おぞましさに吐き気を覚えた。充血する股間を見て見ぬふりをした。

旅行鞄を押し入れから引っ張りだした。刑事時代に使っていた牛革の愛用品だった。シャツと洗面用具を入れた。加えて刑事時代に没収した凶器を入れた。刃渡り十五センチほどのフォールディングナイフと特殊警棒だった。いずれあの覚せい剤の本当の持ち主と出くわした時に必要になると思った。

灼熱のごみ溜めから逃れた。階段を降りてから、部屋の施錠を忘れていたことに気づいた。かまわずにカローラへ乗りこみ、ダッシュボードにナイフを忍ばせた。

九時になると、娘の幼なじみに電話をかけた。昨夜、妻が電話をかけた相手の三人目。神永朱美は昼間を、スーパーマーケットのアルバイトに費やしていた。遅い時間帯を詫びながら、外で話を訊かせてくれないかと頼みこんだ。ＴＶドラマが終わった後ならと、低い声色で答えた。どいつもこいつもふざけている。冷たいシャワーを浴びて、死体のように冷えていた身体が火照りだしていた。

旧十七号線沿いのファミリーレストランで待ち合わせる。かつて藤島の自宅だったマンションと、神永が住む一戸建ての家との距離は思いのほか近かった。四人がけのボックス席で待った。神永は約束時間よりもさらに二十分遅れて登場した。

神永は七分袖のＴシャツにジャージパンツ。くびれのない太めの身体と手をかけている様子のない黒髪。腫れぼったい瞼と斜視ぎみの瞳の持ち主だった。藤島は彼女を知らなかった。中学の時に、毎朝のようにマンションへ加奈子を迎えに来ていたらしいが。ソーダフロートを注文してからいった。

「その後、連絡はあったかな」

「え？」

「加奈子から君のほうにだよ」

神永はさも意外そうな顔をし、失笑に近い笑みを浮かべていた。

「いえ、なにも。だって加奈ちゃんがいなくなったっていう報《しら》せ、加奈ちゃんのお母さんから聞いたぐらいですから」

「最近、娘とは会ったかな？」

神永は首を振った。ぼそぼそと話す声が喧騒に混じって何度もかき消された。

「いえ、もう二年ぐらい、会ってないです」

「二年？」

「はい。それぐらいになると思うんですけど」

「そうなのか」

内心、ため息がもれた。人選を誤ったと思った。

「加奈子とは小学校からのつきあいだったね」

「ええ、まあ。小学校の、五年ぐらいから一緒でした」

藤島はうなずいた。七年前にマンションを購入。すべてのつまずきはあれから始まったようなものだ。部屋のレベルの高さに満足する妻と娘の誇らしげな表情が視界をよぎった。

「今は何年も会わずにいる」

神永はストローでバニラアイスをもてあそびながら、じっと見上げた。傾いた瞳から恥じらいのようなものがのぞけた。

「なにかあったわけじゃないですよ。学校も変わって、お互いに別の友達、できたから」

「噂でもなんでもかまわない。なにか聞いていないかな」

彼女は考える仕草を見せてから、やはり首を振った。

これ以上の質問は徒労に終わる予感がした。目の前の少女はすでに娘の友人でさえない。それを裏づけるように彼女は、加奈子やファッショナブルな格好をした加奈子の同級生らとは、あまりにも毛色が違っていた。

「何度か見かけたことはあるんですけど」

「娘をか?」

「マンションに入っていくところとか」

「最近は?」

「一ヶ月前に。たいていはコンビニに行った帰りとかに見かけるんですけど。たぶん、夜の一時を過ぎた頃だったと思います。携帯で誰かと話してて」

「どうしてかな」

「は?」

「加奈子だよ。君と一緒にいた頃は、中学の頃は、あの娘はまじめな子供だったんだ。少なくとも深夜まで外をふらつくような娘じゃなかった」

部屋に覚せい剤を隠し持つような娘でも決してなかった。

神永は長いスプーンでアイスをなめながら、ほうけたようにいった。

「どうかなあ」

「どうかな、というのは？」

「いえ別に……」

精一杯、大人ぶった思わせぶりな表情だった。藤島の眉間に皺が寄った。

「情報屋を気取るつもりかね」

「別に。でもふつう、幼なじみのこと、悪くなんかいえないじゃないですか」

「ふざけるな」

藤島の声はかすれた。まばらな客と、おしゃべりに夢中のウェイトレス。だからといって頬を叩くには無理のあるロケーションには違いなかった。神永の喉が激しく動いていた。

「後でやる。話せ」

「今で……いいですよ。誰も援交だとは思わないでしょうから」

藤島は札入れから抜いた一万円札を折りたたんで手渡した。彼女はそれをくしゃくしゃにしてポケットにしまった。

「助かりました。ほら、うちって加奈ちゃんのところと違って貧乏だから大変なんですよ。父親の失業保険で持ってるようなもんですから。高校生がスーパーでレジ打っても、いくらにもならないし」

「話せ」

神永は二人の名前を挙げた。一人は男、もう一人は女だった。神永はのろのろと遠まわしに話しだした。

中学の同級生で、遊びにたけた連中のことを。ドライブと繁華街を好み、朝早い登校を望まず、煙草と香水の匂いをぷんぷんさせていた。同世代の子にとっては恐怖の対象以外の何者でもなかった。つまり不良グループとつるんでいた。彼らが運転する車を近所でよく見かけたという。

「中学三年ぐらいの話だけど。ローライダーとか、不良が乗りそうな大きな車に乗ってて、いつもうちの脇あたりに停めて、うるさい音楽かけまくってた。学校やおじさんは知らなかったんだろうけど、昔からそういう娘だよ、加奈ちゃんって」

藤島は家から持ち出した写真の束を渡した。大勢の加奈子と友人、知人、クラスメイトが写っていた。

「そいつはどれだ」

やがて神永が指を差した。卒業アルバムから切り取ったクラスの全体写真だった。加奈子とは別のクラスの写真だ。ずらりと三段に並んだ少年少女らが直立していた。

遠藤那美は集合写真には参加しなかったのか、モノクロの顔写真が右隅に挿入されていた。明らかに入学時のものと思われるその顔は、他のクラスメイトよりも幼い。校則どおりに切り揃えられた頭髪と固い表情。整ってはいるが、憂鬱と怒りをにじませたような顔つきをしていた。

少年の棟方《むなかた》泰博は集合写真の一番端にいた。茶色い髪とほっそりとした顎のつくり。美少年ともいえる顔は不気味なほど無表情だった。両隣の少年らは彼の仲間だろうか、まるでそれが美徳であるとでもいうように、眉間に皺を刻ませながらレンズをにらんでいた。

「これじゃ小さくてわからん。スナップのほうは？」

机の上のスナップ写真を指さした。すべて加奈子が写っていた。つるんでいるとすれば、きっと彼らの姿があるに違いない。彼女はしばらくそれらを見つめ、めくった。そして首を振った。

「これにはない」

「そのとおりだ」

彼はひったくるようにして写真の束を奪う。加奈子の部屋にあったすべてのアルバムに目を通していた。そんな物騒な連中と一緒にいれば、すぐに気づく。

「金を返してもらおうか。君の話は嘘っぱちだ」

神永は落ち着いた様子でソーダを口にした。

「嘘なんかついてません。あたしだけが知ってるんです。証明しろといわれても困るけど」

「嘘なら、金を返すだけで済まさんぞ」

「警察官が、そんなこといっていいんですか」

いい返すのもおっくうだった。

「まあ、いい」

今はこの娘の言葉を信じるしかなかった。裏づけるには時間も人手もない。

テーブルの卒業写真に目を落とした。中学時代の加奈子は表情に乏しかった。美しかったが死人のようにすら見えた。

「こいつは？」

別のクラスの卒業写真だった。遠藤那美と同様に右隅に挿入されたモノクロの顔写真を指した。柔らかな微笑みを浮かべた顔の白い少年。加奈子と親しげに笑っていた緒方という少年だった。卒業写真を撮影した頃には、すでにこの世にはいなかった。

「彼が、どうかしたんですか？」

「加奈子の彼氏だったんだろう」

「そうだったんですか？」

「彼は自殺したらしいな」

「さあ、よくは知らないですけど」

ふたたび彼は札入れを取り出した。彼女の目が吸い寄せられたところを見計らって、サンダルばきの足を革靴で踏みつけた。短い悲鳴があがった。彼はそっとあたりを見渡したが、店内の様子に変わりはなかった。

「頼むよ。思い出してくれ」

力をこめた。神永の表情が激しくゆがむ。

「叫びますよ」

「頼むよ。こっちは寝ずに朝から必死に探していたんだ。娘の命を切り売りされたら、誰でも腹が立つんじゃないかな」

テーブルの隅にあった灰皿を握った。藤島の口調が平板になっていた。本心なのか、演技なのか、その境界線は彼自身もあやふやだった。神永の顔が白くなった。

「そうかも。そうだと思います」

「娘とは仲がよかったのかな、彼は」

神永はうなずいた。脂汗《あぶらあせ》を額ににじませていた。足を離すと、彼女は反射的に足をあげた。膝をしたたかにテーブルに打ちつけ、衝撃でグラスが横転した。氷や冷水がテーブルにぶちまけられる。ウェイトレスがふきんを片手に飛んでくる。藤島は心配ないと笑顔で応じた。

「仲はよかったと思います。だって加奈ちゃんが……」

神永は、加奈子と緒方少年が並んだ写真を見た。「あの加奈ちゃんが、こんなに笑ってるところなんて見たことないから」

「それで、どんな子だったんだ。彼は」

「そんなこと、別に関係ないと思うけど」

「小さいのをあと五枚やってもいい」

彼女は上目で探るようにのぞいた。手を差し出そうとはしなかった。彼は五千円札をたたんでコースターの下に入れた。彼女はそれをしばらく見つめたままいった。

「運に見放された草食動物」

「なんだって?」

「昔、よくみんな、そういってた。弱くて、ちっこくて。なんか兎みたいなやつだった。二年の時に転校してきたんだけど、腎臓かどっか悪くて、友達もいなかった。いつも一人で、イヤホンつけて音楽ばかり聴いてた」

藤島は写真の緒方を見た。内臓疾患を抱えている人間の顔色といえなくもない。だがどの笑顔も明るかった。

「家が金持ちだったから、よくお金脅しとられたりしてた」

「娘は、どうしてその彼と仲よくなったんだ」

「わからない。本当にわからない。加奈ちゃんの考えてることなんて誰もわからない」

彼は、神永の顔を見た。彼女の顔は恐怖でこわばっていたが、深く追及する気にはなれなかった。

「加奈子は、友達が少なかったのか?」

「さあ」彼女は視線を天井へとさまよわせた。「というより、いなかったんじゃないかな。加奈ちゃん、あの頃からもうずっと大人だったたから。まわりがみんな馬鹿なんじゃないかって感じてたと思う。最小限のつきあいだけ、こなしてるっていうのがミエミエだった。よくいるでしょう、ドラマとかでも。もうとっくに世界のすべてに飽き飽きしてるって感じの娘」

藤島はうなずいた。たまに家で会う彼女は、周囲を拒絶するような冷たい雰囲気をまとっていた。それだけに緒方少年といる彼女の姿は受け入れがたいものがあった。

「彼は死んだんだろう。加奈子は、どうだったんだ」

「どうだったって?」

「娘は、悲しんだと思うか?」

「さあ、覚えてないですよ。報せを聞かされた時も、お葬式の時も。たぶんふつうだったんじゃないですか。人の目さえなければ、英単語のカードでも見てたと思う」

まるで感情がこぼれ落ちるのを防ぐためのような、ぶっきらぼうないい方だった。

「君は?」

「え?」

「君も、この緒方君が好きだったのか」

「あたしが?」

「違うのか?」

「あたしは違います……私は」

どこか物憂げな表情で彼女はいった。

「じゃあ、どうしてあの娘を憎む」

五千円札の上のコースターを突ついた。「これは復讐のつもりだろう? 加奈子への」

「どうかな」

静かに神永が笑った。「寂しかったんだと思う。だって加奈ちゃんは変わっちゃったから。昔は誰かとつるんだり、仲よくしたり、そんなこと考えられなかった」

けたたましい悲鳴があがった。斜め前の席にいる浴衣《ゆかた》姿の女が、裾にコーヒーをこぼして騒いでいた。それをしおに彼女は座席を立つ。痛めた片足を浮かせてオーバーに足をひきずった。

「もういいですか。明日もバイト早いし」

「待て。まだ料金分を話しちゃいない」

五千円の上のコースターをもう一度突ついた。

「もうわかったでしょう?」

彼女は鼻をすすりながら、懸命に涙をこらえていた。

「なんだって?」

「悲しい顔をしてることに。あの娘の近くにいる人間はみんなそうだったでしょう?」

神永は金を取らずに出口へと向かった。泣き顔を隠そうとはしなかった。何人かの客やウェイトレスがそれに気づき、藤島に好奇の視線を浴びせた。

## 三年前　２

ぼくは孤立していた。

クラブ活動から逃げたせいだった。結局のところそれが、力も背丈も人より劣っていたぼくの、たどるべき道だったのかもしれない。

元々、スポーツがさかんな学校だった。中でも規則や練習が厳しいと知られる名門の野球部を選んだ。身体や心を変えたいという強い意志を、あの頃は持っていた。

噂どおり練習は厳しかった。つまらなくもあった。ボールにはまともに触らせてさえもらえなかった。中腰のまま何時間も声を出していなければならなかった。真夏の太陽の下で、何周も何周もぐるぐるとバターになるまでグラウンドを走らされた。

肉体だけがつらいのではなく、先輩部員らのいびりや下僕のような扱いにも耐えなければならなかった。土、日も、夏休みも冬休みもほとんど練習試合などでつぶれてしまう。一年も経たないうちに入った部員の半分以上が来なくなっていた。

ぼくもそうしていたらと思う。単なる球拾いが一人消えただけということで済み、誰も怒ったり、憎んだり、傷ついたりはしなかっただろう。

でも得たものも大きかった。痩せっぽちだったぼくが、風邪一つひかなくなっていた。百メートルを十三秒で走り、グラウンドを何周も走ってもさほど疲れを感じなくなった。頑健とまではいえないまでも、まずまずの身体が手に入ったのだ。そして仲間たち。厳しい規則や練習を乗り越えてきた精鋭たちばかりだった。なにをするのも一緒だった。

夜遅くに疲れた身体をひきずるようにして共に帰宅した。練習試合へと向かうバスの中でよくトランプをした。合宿では、朝早くに練習があるというのに、夜更けまで好きな女の子の話や、くだらない下ネタで盛り上がった。部室で周囲の目におびえるようにしてタバコを吸った。唯一の休みであるお盆や正月の時も、結局はグラウンドに集まって花火を打ち上げ、監督の家で鍋を囲んだ。思い出そうとすれば、もうきりがない。

キャプテンの石橋は、セカンドベースまで矢のような球を放る強肩キャッチャーだった。自信過剰で鼻持ちならないところがあったけれど、それでも誰もが認める四番打者に違いなかった。何度も試合では夢を見させてくれた。何点ものビハインドを背負っているところを、長打で試合をひっくり返してしまうさまは、それこそ窮地を救うために現れたスーパーヒーローだった。

ピッチャーの宮下の心臓にはびっしりと毛が生えていた。どんなピンチが待っていても、少し抜けているような微笑を絶やさなかった。驚くほどの大食漢で、合宿の時に鍋物や舟盛りの刺身といった料理が出ると、あっという間に空《から》にするため、誰もが彼のまわりに座るのを嫌がった。尻がやけに大きく、よくピッチングと同時にユニフォームの尻のあたりがびりっと破け、ぼくらの笑いを誘ったものだった。

レフトの手塚は学校の生徒会長でもあった。練習漬けの毎日で、勉強する暇などどこにもなかったはずなのに、彼はいつも学年全体でテストの成績が十番以内に入っていた。クラブ活動を大義名分として勉強から目をそらしていたぼくらにとって、少しばかりうるさい存在でもあった。

けれど彼には誰もが救われていたのだ。誠実な人柄で、後輩をむやみにいびる連中をそっと諌《いさ》めたり、いざこざがあった時はいつも仲介役を買って出ていた。後輩を中心に、みんなから慕われていた。ぼくも例外ではなかった。いつかは彼のようになりたいと思っていた。

おもしろい連中がたくさんいて、ぼくはその中で、ライトで八番のあたりをうろうろしたり、控えに回ってベンチを暖めたりしていた。五十人以上の大所帯だった。その中で、常にとはいかずとも、スタメンの座を手にできたのだ。運動が不得意だったはずのぼくにしては、信じられない快挙だ。

でもそれはたいして重要ではない。試合になれば、たとえベンチに座っていようとも、まるで自分が打席に立っているような、グラブをかまえているような感覚に陥《おち》るからだ。誰かがヒットを打てば、奇跡のようなファインプレーを見せれば、まるで自分のことのように驚き、昂奮したものだった。彼らの痛みはぼくの痛みでもあり、ぼくのよろこびは彼らのよろこびでもあった。

ぼくらは一つの身体のようなもので、同じ部員同士がいがみ合っているのを見ると、たとえ関係がなかったとしても、それがとても悲しかったし、誰かがけがをすると不思議とそれは連鎖して、次々となにかに憑《つ》かれたかのようにけがをした。

だから同じ部員の誰かが練習に来なくなって幽霊化したり、他の部に変更したりすると、身体の一部を喪失したような痛みを覚えた。なぜか腹立たしくなり、そんな彼らと校内で出会うたびににらんだり、あるいは無視したりした。裏切り者。唾棄すべき脱落者として。だから彼らの怒りはよく理解しているつもりだった。二年ものあいだ、共に闘ったあげく、レギュラーの座さえも手にしておきながら、ぼくは無責任に放り出してしまったのだから。

ぼくがそこを抜けたのには、これといった理由はない。ただあの強い一体感に窮屈さを感じていたからかもしれない。仲間とはいえ、いつもあたたかい友情で結ばれているわけでもない。レギュラー争いともなれば、陰湿な闘いに発展することもある。練習中に水を飲んだと知られれば、さっきまでタバコなんかを吸っていた仲だというのに、魔女狩りのように吊るし上げをくらう時もあった。

身体能力が劣っていれば、後輩からも馬鹿にされる。入りたての新入生の中にもリトルリーグ出身の凄腕《すごうで》がいたりするから油断はできない。だからぼくらはどこまでも激しくのめりこんだ。身体中の水分がすべて蒸発してしまうような厳しい練習の後、家に帰ってからも素振りだのをした。手に血豆をこさえるまで。プロテインを飲み、数万円もするグローブやスパイクを親にねだった。急き立てられているような焦りが、いつでもぼくらに降りかかっていた。

その日、九州の嬉野《うれしの》に住んでいる祖父が心不全で急死した。バタバタと帰省の準備をする両親に向かっていった。

「ぼくは行けないよ」

九州。そして葬式ともなれば、少なくとも三日ぐらいは休まなければならない。三日も！休んでいるあいだに自分が築き上げてきた地位を脅かされるかもしれないと思うと、いくら近しい者の葬式であろうと我慢がならなかった。

レギュラーであろうと、ベンチを暖めるだけの控えであろうと、やはりぼくも例外ではなかったのだ。たとえば公式戦となれば、背番号をつけてベンチに入れるのは十五人までだ。後は数多くの後輩らと共にスタンドからの応援となる。とても耐えられそうになかった。そんなんじゃ自分はいったいなんのためにがんばってきたのか。

背番号が欲しかった。それさえも手に入らなければ、これまでの闘いがすべてフイになってしまうような気がした。監督は実力主義で、ぼくらの面子やプライドなどを考えてくれるはずもなかった。

喪服だのを鞄にしまう手を止めて、二人はいった。

「だめか」「そうねえ」

「練習、今日もあるし」

二人は顔を見合わせた。

「どうする？」「少なくとも……三日は家をあけるけど、それでも大丈夫？」

「大丈夫だよ」

「そうだな。今が大事な時だもんな」「一人で、過ごせる？」

自分でいい出しておきながら、二人の顔を見るにつれて段々といらだちがこみ上げていた。二人ともお人よしで、時々自分の息子に対しても気を遣いすぎてわけのわからないことをいいだすのだ。

ここはぼくの冷たさを嘆き、自分勝手さに怒るかしなければならないはずだった。生まれついての天邪鬼《あまのじゃく》が騒ぎだして、ふたたび準備に精を出している二人にいった。

「やっぱり行くよ」

よく昔は年に何度かを嬉野で過ごした。祖父と祖母はいつだってぼくらを歓待してくれた。田舎ふうの家屋と日本茶の香り。驚くほど節くれだった祖父の手には、畑から摘《つ》んでくるか、冬場であればハウス農家からもらってくるかして、必ずといっていいほどたくさんのイチゴが抱えられていた。

訪れるたびに、小さなお年玉用ののし袋に入れたお小遣いをくれた。黒光りする太い柱の前にぼくを立たせて、伸びていく身長を巻尺で測っては、顔をくしゃくしゃにして笑った。ぼくは祖父が好きだった。中学生になってから、一度も訪れてはいなかったけれど。

飛行機の中でも、電車の中でも、線香の煙がただよう祖父の家に着いてからも、ぼくはクラブのことばかりを考えていた。でも棺おけに納まった祖父の顔を見た時、やっぱり泣いた。

久しぶりに会った親戚や従兄弟たちからは目を丸くされた。三年前に柱で測ったぼくの身長は、今の胸元あたりしかなかったからだ。

あいた時間に従兄弟たちと遊んだ。祖父の家には、そうして息子や娘家族が集まった時のために、納屋にサッカーボールやバトミントン、野球道具が山と積まれていた。どれもが子供サイズで、今のぼくたちには全部小さすぎたけれど、充分に遊べた。それに大勢で囲む食事。わが家でもないというのに、両親と顔を合わせての食事は久しぶりだった。どちらも共働きで、帰宅する時間は三人ともバラバラだった。

死んだ祖父には悪いとは思ったけれど、とてもたのしかった。毎日の素振りを忘れてしまうぐらいに。三日目の朝になって父がいった。葬式が済み、集まった親戚たちもそれぞれの家へと帰ろうとしていた頃だった。

「温泉でも、行ってみないか?」

父は、自分の実父が亡くなったことで一週間の休みをとっていた。母も同様だった。

「こうして家族三人で来ること、ずっとなかっただろう? 九州なんか、そうそう来れるもんでもないだろうし」

冗談じゃない、早く帰ろう。

語気鋭く叫んでいたかもしれない。ここへ来る前ならば。けれど自分の父親を失ったばかりの父の頼みをすげなく断ることはできなかったし、そうした感傷的な気分も理解できなくはなかった。少しばかり故郷の地を見て回りたいと思うのは当然かもしれない。ぼくはうなずいていた。二人は意外そうに顔を見合わせていた。

祖父が乗っていたブルーバードで別府まで行き、そこで一泊した。次の日は西に反転して、父が高校の時までよく遊んでいたという佐世保へ行き、米兵がたくさん集うというレストランでピザを食べた。そして嬉野まで戻って温泉宿で一泊した。

野球部がいつも借りるマイクロバスの中で、カードゲームをしながら移動するのもたのしかったが、セダン車に乗りながら、車窓から風景をぼうっと眺めるのも悪くはないと思った。

結局のところ、ぼくはまるまる一週間も学校を休んでいた。胸いっぱいに不安を抱えて次の週から登校したものの、だからといって特別変化があるわけでもなく、若干進んでしまった授業に追いつけなくなっていたぐらいで、クラブの練習には居場所がなくなっていたということもなかった。いつものようにライトのポジションが待っていたし、そこでノックを受け、順番どおりにピッチングマシーンを相手に打撃練習をした。

変わったのは、むしろぼくのほうだ。急き立てられているような感覚が消えていた。以前のように、自主トレの朝練には出なくなっていた。土曜や日曜には理由をつけて休むことが多くなった。

あいた時間を、貯めていた小遣いをはたいて旅行に行った。行き先はどこでもよかった。宇都宮だの、前橋だの。行ったところでなにかがあるわけではなかったけれど、列車から見える風景をじっと眺めつづけるのに、ぼくはすっかりハマっていた。

当然だけれど、段々と仲間うちからも白い目で見られるようになった。彼らにとって、まじめに練習をしない人間ほど腹が立つものはないだろう。ぼくもそうだった。ぼくらは一つの身体だ。怠慢なぼくを見るたびに、膿《う》んでいく傷口を見るような思いだっただろう。監督からも呼び出しを受けた。

「なにかあったのか」

監督はそんなぼくの背後に、きっと重大な理由があると思ったのだろう。なにもないとはいえず口を閉ざすぼくに、さらに膝をつき合わせるようにして前のめりになって訊いた。質問は家の経済状況だの、不良の名前を出して交友関係にまで及んでいた。ぼくはなにも答えられなかった。それとまったく同じことを、部員の父兄からも問いつめられた。教師でもないのに、監督並みに大きな顔をする、あまりありがたくない人たちだ。ぼくはまじめな顔つきさえも維持できなくなって、むっとしていた。

そうしていっそう、居場所をなくしていった。仲間からも、「ちゃんと練習に来い」とグローブで頭を叩かれながら注意を受けることが多くなった。無断で休む日はさらに多くなっていた。

その日も、冬場ということもあってジョギングと筋肉トレーニングが練習の中心だった。ジョギングしながら、喉の渇きを覚えた。夏の時のような、死さえも感じるような圧倒的なものではなかったけれど、足を止めて校舎の水道でむさぼるように水を飲んだ。

それを島津は見ていた。まるで鬼の首を取ったようにグラウンドまで駆け、号外のビラでもまかんばかりに吠えまくった。

仲間たちがグラウンドに集結し、戻ったぼくを、ゲロかうんこでも見るような目で迎えていた。おそらくあの目を、ぼくは一生忘れることはない。

監督に部の変更を申し出た。学校の校則では必ずどこかのクラブに属さなければならなかった。

とはいえ文科系のクラブには名前だけが存在して、実際には活動はしていないところがごろごろあった。

事実上の退部届だった。監督はもうなにもいわなかった。いつものように頬を張ろうとさえしなかった。なぜだと問われたが、ぼくはその場しのぎに受験のためだと答えた。彼はやはりむっとしていたが、もはやなにもいわなかった。

後悔ばかりが胸の中を占める。もう少しマシな答えを用意しておけばよかったと思う。誰もがなにかを犠牲にして打ちこんでいる中で、その場を切り抜けるためだとはいえ、受験勉強と答えたぼくの言葉を、仲間たちはいったいどんな気持ちで聞いただろう。

同じ時期、同じクラスだった緒方誠一が死んだ。

学校は上から下まで大騒ぎとなった。死因は首吊り自殺。イジメによる自殺だとぼくは思っていた。乱暴者で知られる連中は、中性的な彼の美貌にまるで魅せられたかのように彼をいたぶった。女子は彼の衣服を隠し、丸文字でホモだのなんだのと黒板に書いてからかった。

後になって彼の自殺はイジメとは無関係と、学校からも警察からも発表された。

遺書がなかったせいもあったし、以前ならともかく、自殺する一ヶ月以上前には、すでに彼に対するイジメはやんでいたというのが、その理由だった。

全校集会の中で、涙を浮かべる校長をよそに、釈然としない思いでぼくは立ちつくしていた。

緒方が水飲場で泣いていたのは死の二週間前だった。

彼の死の原因はわからない。ぼくは緒方とは友人でもなんでもなかった。

それでも警察の事情聴取というのはそれなりに厳しかったらしい。緒方をイジメた生徒の中には、疲労とショックのあまりに何日も休む者もいたくらいだった。

彼の家でとりおこなわれた葬儀の時に、顔を涙で濡らす女子生徒を横目で見ながら、彼のあとをついでしまうのは自分なのだろうなと思った。

そして彼女を探した。

藤島加奈子はその薄い色の瞳を、掲げられている遺影に向けていた。淡々とした表情で手を合わせていた。ぼくにはそれが誰よりも物悲しく見え、彼を悼《いた》むのにふさわしい仕草のように思えた。

ぼくは何度か彼の墓に線香を持って訪れた。どうしてかはわからない。救ってやれなかったことへの贖罪の意味もあったかもしれない。

いや、ただ単純に彼を忘れたくなかったのだ。

いつ行っても、彼の墓のまわりはきれいに清掃されていた。雑草はほとんど抜き取られ、地面はほうきで掃かれた跡があった。常に果物やジュースがそなえられていた。日によっては線香の煙が漂っている時さえあった。ぼくにはわかった。それが彼女の手によってなされているのだと。彼女にそうまでさせる彼がうらやましくもあった。

ぼくはといえば、やはり予想したとおりの道が待っていた。皆、急によそよそしくなり、口をきいてくれなくなった。それだけでひどく傷ついたけれど。

三年生になって、死んだ緒方の余波がおさまった頃には、彼があけた席にぼくはついていた。

# 6

ドアを開けると、食器が触れあう家庭的な音がした。

桐子がキッチンに立ち、フライパンを洗っていた。テーブルには二人分の飯茶碗と汁用の碗が伏せてあった。真ん中には里芋の煮物と焼いた白身魚がラップに包まれていた。

「食べるでしょ」

蛇口をひねり、落ち着いた調子で桐子はいった。とまどいを感じながら藤島はうなずいた。旅行鞄を手に持ち、リヴィングの片隅に置いた。彼女はなにもいわなかった。

椅子に座る。もう一組の茶碗と箸が加奈子の分であると気づいた。食器をぬぐう妻の顔を盗み見た。やはりやつれてはいるものの、薄い化粧と口紅でいくらかの美貌を取り戻していた。

碗に飯と味噌汁が盛られた。その温気だけで胸がつまった。食欲はなく、ただ椅子の背もたれと背中が同化してしまいそうな重い疲労だけがあった。

「落ち着いたのか」

「騒ぐのに、疲れただけ」

藤島は惣菜《そうざい》をつつきながら一日を報告した。

秀才で、なおかつ不良グループとつるんでいたらしく、友人と思われた少女たちには憎まれていて、そして長年神経科医に出入りしていた娘のことを。

「神経科?　つまり精神病院ってこと?」

藤島は顔をしかめた。自身も二週間に一度、診察を受けていた。

「精神病院じゃない。神経科だ」

「私には、ずっと歯医者に行ってるっていってた」

彼女はひどく傷ついたような顔をした。「結局、あの娘って、どんな人間だったのかしら」

藤島は押し黙った。似たような疑問が、父親である彼の頭の中でも渦まいていた。

その少女は、学校にまじめに通い、休みともなれば予備校に通い、国立大学を目指す優等生だった。英語が得意で、中学生の時に将来は翻訳家になりたいという夢を持っていた。いっぽうで中学時代に不良グループとつるんでいた。今もそれは続いているのだろう。高校時代には、帰宅が深夜に及ぶ日もしばしばあった。さらに覚せい剤と、常用者特有のアイテムを持っていた。藤島は刑事時代を思い出した。裕福な家庭に育ち、一流と呼べる学校に通いながら、薬や暴力で破滅する若者を多く目にしてきた。つまり加奈子もその一人だったということか。

「これはあの娘が、私たちを罰するためにやってるんだって。そうは思わない?」

彼は冷蔵庫を物色した。強い陽光にさらされつづけた身体がビールを欲した。桐子は続けた。

「今なら認めるわ。確かにあの娘を放任してきた。いえ、放任なんて格好よすぎるわね。ずっとあてつけがましく無視してきたわ。あの娘が、あなたの言葉に従ったから。私の望む中学に進まなかったから。ただそれだけで私は失望して、仕事をいいことに、自分のことだけしか考えなかった。あの娘をずっと独りにしてきたのよ」

適当に相槌を打ちながらビールを一気に飲んだ。

「怒らないで訊いて。怒らないでね。あなたも同様だった。事案、事案で、あなたも自分のことしか頭になかった。だから、いつこんなことが起きても不思議じゃなかった。あの娘は私たちに愛想をつかしたのよ」

失踪は彼女の意志ではない。憎悪だの愛だのが介在しない、もっと単純で即物的ななにかが彼女を襲ったとしか思えなかった。だが彼はなにもいわずにうなずいた。

「決してあの娘を問いつめたりはしない。もしまだ責め足りないというのなら、帰ってこなくともかまわない。ただ元気で過ごしているのか、それだけ教えてくれれば充分……ただ声だけでも聞かせてくれれば……」

桐子はすでに乾ききっている食器をいつまでもぬぐいつづけていた。夕飯の大半を残し、リヴィングのカウチに寝転んだ。旅行鞄から睡眠薬を取りだし、二日分を一度に飲んだ。桐子はカウチに根を張る彼を一瞥した。だがなにもいわなかった。

加奈子の写真を一枚一枚眺めた。印画紙を片手にまどろむ彼の身体に夏掛けがかけられた。長い一日。そして今日ほど娘を直視したことはない。この世に彼女が生を享《う》けて今にいたるまで、世間並みとはいえないが、父親として彼女の成長を、節目ごとに確認してきたつもりだった。だが今日一日分にはとても及ばない。

死んだ緒方という少年とのスナップ。動物園とおぼしき場所で、なんらかの動物が入った檻《おり》の前で二人並んで直立していた。この撮影者は誰だろうか。二人とも滑稽に思えるほどかしこまったような顔で背筋を伸ばしていた。鈍色《にびいろ》の空、そして木々の陰に残った雪の塊。写真に日付はなかったが、おそらく中学二年の冬だろう。いかにも中学生らしく、初々《ういうい》しく、睦《むつ》まじそうに微笑む彼らを見るたびに胸が痛んだ。

年代別に並べて見た。中学生の加奈子のまわりには、やはりどこにも不良少年、不良少女らしき姿は見当たらなかった。ましてや覚せい剤の売人らしき人物といるところも。

高校生の加奈子は、あどけなさがどこかに消え、さらに身長を伸ばし、手足を伸ばし、髪を背中のあたりまで伸ばしていた。色は白く、大人びた雰囲気をまとっていた。まるで節制を義務とした気鋭のモデルのようだ。こんな娘だっただろうかと首をひねった。この頃の藤島は一係にいた。事件に取りつかれていた。だからといって、これだけの変貌になぜ気づかなかったのか。私服、制服。さまざまな格好と豊かな表情。アルカイックスマイルから白い歯をのぞかせる満面の笑みまでさまざまな笑顔が見えた。そうかと思えば、唇を尖らせてすねたような顔も見せていた。

暗闇。いつのまにか頭上の電灯が消えていたことに気づいた。写真は手をすべり、まどろみの中で加奈子の姿を反芻《はんすう》していたのだと知った。疲労が四肢を溶かしていた。睡眠薬の効果もあって、視界がふらついていた。ひたすら瞼が重い。すでに桐子は寝室へと消えていた。ビデオデッキのデジタル時計が午前四時を表示していた。ひどく喉が渇いているような気がした。身を起こし、水を求めてキッチンへ。水道水はコップの半分も喉を通りはしなかった。足が寝室のほうへと向かっていた。

扉を静かに開けた。セミダブルのベッドの上で、桐子は扉に背を向けて眠っていた。静かに布団の端をはがした。パジャマ姿の彼女は身じろぎ一つしなかった。濃厚な体臭に背筋が震えた。パジャマの隙間からのぞける下着が官能的だった。幾分、身体の線はかつてよりも崩れてはいたが、やはり年齢よりも若く、身体のくびれは保たれていた。

彼は着ていたシャツを脱いだ。上半身だけ裸になり、ベッドへと身を滑らせた。ほのかに汗ばんだ彼女の身体を引き寄せ、肩に触れた。彼女の寝顔が目に入った。

鋭利な刃物で突かれたような痛みを覚えた。寝顔ではなかった。眉間に深い皺を寄せ、苦痛に耐えるかのように歯を噛みしめていた。なにかをいおうとしたが、彼女はさえぎるようにゆっくりと首を振った。逃げ出したくなるような羞恥心に襲われる。退くわけにもいかず、迎合するような笑みを浮かべながら、かまわずに身体をまさぐる。張りを失わずにいる彼女の乳房に触れ、顔を彼女の首筋に埋める。

「だめ」

彼女は身をよじって彼の腕を振りほどく。長い爪が手の甲に食いこみ、容赦のない痛みに昂奮を奪われそうになった。

「だめ」

「どうしてだ」

顔を彼女の腹にうずめた。

「お願い、やめて!」

強い力で突き飛ばされる。まるで強姦から逃れようとする女のような、本能的な力を感じた。桐子の掌が喉仏に当たる。彼は喘息《ぜんそく》のように咳きこんだ。

「こんな時に。どうかしてるわよ」

「おれはただ——」

忌々《いまいま》しいほど咳がつきあげ、言葉をさまたげた。

「やめて、なにも聞きたくない」

「おれは、おまえたちと一からやり直したかっただけだ」

「冗談でしょう」

「どうして冗談なんだ」

「とにかく、嘘よ」

「どうして嘘なんだ」

「あなたは本当に変わってない。本当にどうかしてるのよ。娘がどうなってるかわからないっていうのに、どうしてしようなんて思うのよ。やり直したいなら、どうして――」

　憐れむように藤島を上目で見た。

「おれなら、加奈子を見つけられる」

「それだって、どうなのよ？　本当に、どうなの？」

　さすがに「生きたまま」とは口にしなかった。

「おれは、全力を尽くしている」

「それで、どうなるの？」

「見つけるといってるだろうが」

　抑えきれずに激昂し、取りつくろうようにいった。「一人でいるのは、もううんざりなんだ。孤独に勝てる歳でもない」

　彼女は顔をこわばらせ、ベッドの縁ぎりぎりまで退いていた。

「なんにしても無理、やり直すだなんて」

「どうしてだ」

「いわせるの？　わかってるでしょう？」

「どうしてだと、訊いてるんだ」

「あなたが理解できないからよ。恐ろしいのよ。あなたは……。とにかく、とてもじゃないけれど、一緒になんて考えられない」

「それじゃ、おれは」

なんのためにあの娘を探していると思っているんだ。顔や言葉にしたつもりはない。いや、思ってさえいない。だが桐子は嫌悪を通り越して嘆くように表情をゆがめた。

「あなた、ただ私を抱きたくて、娘を捜してるの?」

「違う」

「じゃあどうしてあなたはここにいて、私に触れようとするのよ。満足に手がかりもつかんでもいないのに、どうしてそこを勃《た》てられるのよ」

どうして、と彼は不思議に思う。言葉に窮し、勢いづく彼女に深いいらだちを覚えた。どうしてこいつは。口さえ閉じて静かにしていれば、いい女なのに。

「あなたには感謝してたわ。本当よ。頼れるのはあなたしかいなかった。やっぱりあなたは父親なんだと思った。でも」

「聞いてくれ」

彼女は身体を隠すようにして夏掛けをまとった。

「出ていって。もう耐えられない」

「馬鹿な。それで、どうやって加奈子を捜せというんだ」

「自分のアパートで寝泊まりしてても、あの娘を捜せるでしょう? あんな旅行鞄ぶら下げて、どうせコンドームも山ほどつめて来たんでしょう? 違う?」

ただ目の前がくらむような怒りだけがあった。

「それとも、私とやれなかったら、加奈子を捜さないつもり?」

急な疲労が、彼から言語を奪った。

「お願い。お金なら、用意するから。もし加奈子から連絡があれば、電話するから」

右腕が彼女の首をつかんでいた。恐怖で彼女の眼球がせり出す。左手で頬を払った。鋭い痛みに思わず短いうめきがもれた。犬歯に当たった人差し指のつけ根が切れ、血液が点々とシーツを濡らした。黒い傷口から鼓動に合わせて血がもれていた。驚く暇は与えられなかった。顎に彼女の肘が当たり、脳を揺さぶられた。

右手に力を加えた。赤くふくれあがった顔面と猿のようにむき出される白い歯。整った彼女の顔だちが醜くゆがんだ。自分には理解できない。おまえのために。娘のために。危険すら冒してまで尽くしてやろうというのに。おまえらときたら。

「殺さないで」

彼女はいった。いった意味がわからなかった。どうしておまえを殺さなければならない。額に固い衝撃を受け、赤い閃光《せんこう》が走った。彼女が手にしていたのは目覚まし時計だった。裂けた左手で時計を奪い、壁へ投げつけた。

「息をさせて」

あの時もそうした。あの間男野郎がいった。「やめてくれ」「あいつとは何度やった」「頼む、許してくれ」「おれをコケにしやがって」排気ガスの臭い。冷えた地下駐車場が脳裏にちらついた。

絞めていた右手を放した。彼女はうつぶせになり、獣のようなうめきをもらした。伏せた顔面から黄色い胃液がもれていた。やがてうめきは泣き声へと変わった。藤島は彼女の腰に触れて、パジャマを足元まで下ろした。薄桃色のショーツを下ろした。吹き出物の少ない白い尻があらわになった。彼女は抵抗しようとはしなかった。彼はトランクスを下ろし、全裸になる。腰を抱えて彼女の陰部に唾をつけ、痛いほどに勃起していた陰茎を押し入れた。パジャマをたくし上げ、乳房に触れながら腰を律動させた。感覚はひどく曖昧だった。それでも熱いこみ上げを感じ、肉をつかみながら彼は果てた。

お互いの性器に精液がこびりついていた。我に返って慄然《りつぜん》とした。悔恨と罪悪感。それも耳鳴りのようないらだちと怒りの前にかき消された。ただやり直したかっただけだというのに。金を用意するから、だと。どうしてそんな口をきくんだ。

しゃっくりのような嗚咽が彼の喉から漏れ、瞼が熱を持つ。涙が鼻筋を通った。不精髭《ぶしょうひげ》の伸びた顔を押さえながら寝室を出た。洗面所で顔を洗った。鏡には、眼球を赤く染めた子供のような面が映っていた。肋骨の浮いた胸とたるんだ腹が見えた。硬度を失った陰茎が映っていた。額には小さな赤い裂傷。

また涙があふれそうになった。救急箱の消毒液を手の傷口に振りかけた。血の滴りは止まらない。軽いめまいを覚えながら包帯をきつく巻きつけた。

リヴィングをさまよう。戸棚のスコッチの瓶に口をつけ、神経を狂わせた。旅行鞄のチャックを開けた。入っているのはコンドームなどではない。替えのパンツとスラックスをはいた。半裸のまま寝室に戻った。彼女はうつぶせのまま、だらりと四肢をベッドの上に投げ出していた。息は荒く、胸は激しく上下していた。

「シャワーを浴びろ」

うつぶせのまま、彼女は動こうとはしなかった。それほどまでにショックを受けたというのか。抱かれるのがそんな嫌だったのか。この女がそんなヤワな心の持ち主であるはずもない。両手で無理やりベッドから引きはがした。化物《ばけもの》を見るような目。それに激しい憎悪が加わっていた。それに耐えていった。

「おれは父親だ。あいつを見つけるまで、おれはここにいる」

「好きにすればいいわ。私が出ていく」

「出ていく。浦和か。奴のところか?」

彼女は答えようとはしなかった。浦和には彼女の実家がある。

彼女は奇妙なほど静かな声でいった。

「どこでもいい。全部打ち明けるわ。警察にも、捜索願を出す。あなたに頼んだことが間違いだったのよ。いくらあんな物を持っていたとしても、あの娘がやましいことをしていた証明にはならないもの。それに、もしその……覚せい剤をやっていたとしても関係ない。絶対にあの娘を守ってやれるから」

「殊勝な考えじゃないか」

額の傷がずきずきと痛んだ。

「警察が動かないなら、興信所でもなんでも頼るつもり。貯金を全部はたいてでも。足りないのなら、親族全員に頭下げてでもやるつもりよ。あなたがさかんに腰を動かしてるあいだ、そんなことを考えてた。それがひどく当たり前のことだってことに」

「そうか」

警察は動く。あれだけの覚せい剤を所持していた女子高校生に、興味を持たないはずはない。単なる家出少女としてではなく、特異捜索人の枠に彼女を組みこもうとするだろう。マスコミを利用した大々的なものへと発展するかもしれない。全国の派出所に、高速道路のサービスエリアに、町内の集会所に、娘の顔写真がはられる羽目になる。

娘が、あらゆる人間に興味本位でのぞかれる。考えただけで異様な不快感にとらわれた。

「これは……早くにそうしなかった、なにかの罰っていうことにしておくわ」

全裸の桐子はベッドから身を起こした。陰部にこびりついた体液が乾き、陰毛が白く変色していた。

彼はスラックスのポケットからパケを一つ取り出した。娘の部屋で見つけ、確認のために使ったものだった。封を引きちぎり、掌に結晶を落とす。

桐子はショーツをはいていた。半ばで手を止め、彼の掌を凝視した。

「なに……なにを、してるの？」

「おれが加奈子を見つけるんだ。やるといったら、おれがやるんだよ」

彼は包帯を巻いた左手で腹を殴る。カフェオレ色の頭髪が宙を舞い、彼女は膝を折ってベッドにしがみついた。ベッドの角にしがみつき、彼女はうなった。

「……あなた、本当に……」

「おまえらはおれが守る。必ず見つけだす。奴らにやらせるかよ」

加奈子を見つけ、抱き寄せたかった。桐子を安心させたかった。

唾を結晶の上に垂らして指でこねまわした。彼女の膣《ちつ》に、唾と覚せい剤が溶け合ったものをねじ入れた。指でこすった。彼女は夏掛けを握りながら、くぐもった悲鳴をあげた。やがてがたがたと全身を震わせた。

「あの男のところに行くんだな？　警察はおまえの話なんか聞きやしない。シャブの話をすれば、まずおまえを検査する。奴らにシャブ狂いと思われたいか？　奴らは加奈子よりも、おまえを疑う。それでも奴らに頼るのか？　奴らのほうがそんなにいいのか？」

　ふたたび股間が力を得てきた。彼女は身をすくめて震えていた。そのくせ陰毛は濡れそぼっていた。

「一歩も外に出るな。三十分ごとに電話を入れる。三回コールするあいだに取らなければ、おれが警察にタレこんでやる。おまんこにシャブを突っこんだ女がいるとな」

「だけどあなたには無理よ」

　窓から射しこむ陽に目を焼かれる。怒りを覚えるほど強い光だった。カーテンを引き直した。彼女は細い声でいった。「あの娘のこと、なにも知らないくせに」

　理由のない昂揚が胸の奥底から湧いた。きっと見つかる。藤島は自身に向かって唱《とな》えつづけながら、彼女の乳房に触れた。

# 7

　携帯電話の呼び出し音で目を開けた。

　陽光が寝室を包みこみ、熱気が充満していた。ほんのわずかだけ、眠りに落ちていたような感覚はあった。異様なまでの不快感に思わずうなった。ひどい喉の渇き。汗でシーツは湿っていた。むき出しになった陰茎が乾いた体液でこわばっていた。

　桐子の姿が見当たらなかった。寝室は荒れ果てていた。時計の残骸が散らばり、壁がへこんでいた。ベッドや床には血液の乾いた染み。左手の傷がずきずきと痛む。スラックスのポケットをあさり、携帯電話を取り出した。

「はい」

「浅井です」

「なんだ」

「今、どちらにいらっしゃいますか」

「昔の家だ」

あわてて寝室のドアを開けた。浴室からシャワーの音が聞こえ、安堵の息をついた。

「できれば、すぐにでもお会いしたいんですが」

「無理だ」

「短い時間でいいんです。そちらへうかがわせてもらうわけにはいきませんか」

奴は早口で言葉を繋いだ。奴はなぜ、とは訊かなかった。互いに時間の無駄だと知りつくしていた。官のうかがいは、うかがいではない。

「なにがあった」

「見てもらいたい写真があるんです」

事件によって、人生を狂わせられるのはなにも被害者、被疑者だけに限ったわけではない。第一発見者となれば、幾日も日常を荒される。百も承知していたつもりだったが、いざその立場になって見ると、やはりかなりの苦痛を強いられるのだと知った。

「さぞやおもしろいツラを拝ませてくれるんだろうな」

これまでにも、すでに何十枚ものモンタージュと顔写真を見せられていた。

「ええ、おそらくは」

見せられる写真は、被害者の周辺人物のものだろう。胸を穴だらけにされた眼鏡の若者、小山順平。同じく絞殺されたスナック経営者、安田伸子。腹を刺されたファイブマーケットのアルバイト店員、川本浩。

深くため息をついた。今は一分一秒でも惜しい。加奈子に少しでも近づきたい。

「マンションには来るな。妻がおまわり嫌いなのを知ってるだろう。近くにファミレスがある」

昨夜、神永と会ったレストランの名を告げた。

「わかりました」

電話を切って、彼は浴室へと続く洗面所へと向かった。シャワーの音がまだ続いていた。

「おい」

スライドドア越しに呼びかけた。返事はなかった。ドアを開けた。もうもうと煙る湯気の向こう側で、桐子はスポンジで身体を一心不乱にこすっていた。いつからそうしていたのか。泡に覆われた白い肌は、ところどころが赤く傷ついていた。

足を踏み入れて手首をつかんだ。スラックスの裾にシャワーの湯がかかる。

「よさないか！」

「放してよ！」

当てつけがましく、なおもこすろうとする。まるで藤島に触れられたことで、身体がどうしようもなく汚れてしまったかのように。転がっていたシャワーヘッドを拾い上げ、湯を彼女にかけた。短い悲鳴をあげて、痛みに背をのけぞらせた。彼はシャワーを湯船へと投げこんだ。

「さっさと上がって、じっとしてろ」

彼女は身をすくませて、大きな瞳で見返してくる。

「あなたの、せいじゃない」

「出かけるぞ。いいな、家からは一歩も出るな」

「出ていけ！」

汗と湿気だらけのままで浴室を出た。キッチンで顔を洗った。髪に櫛《くし》を入れた。櫛の歯が額の傷口に触れて、悲鳴をあげた。

ファミリーレストランまでは歩いていった。客の姿はほとんどなく、何人かのサラリーマンが朝食をとっていた。壁際の席で、すでに浅井はコーヒーを含んでいた。おそらく浅井とコンビを組んでいるのだろう。隣のボックス席にポロシャツ姿の刑事が一人座っていた。一昨日とは違う若い男だった。浅井は立ち上がって頭を下げた。

「休み中にすいません。こんな朝っぱらに」

座席に腰かける。浅井は、傷のある彼の顔をまじまじと注視していた。

「どうしたんですか？」

「少し眠れないだけだ」

「詮索する気はありませんが――」

藤島は好色な笑みを浮かべたつもりだった。

「妻とよりが戻るかもしれん」

「本当ですか」

「信じられないか」

驚いたように彼は目を見開いた。

「正直にいえば、意外な気がします」

刑事時代、酒の勢いで何度か彼をマンションへと連れていった。桐子はろくに挨拶もしなかった。加えて浅井は、藤島が起こした事件を知っていた。子供でも元の鞘《さや》に戻るとは思わないだろう。


「一昨日から風邪をひどくこじらせてる。おれが看病してる」

「そうですか」

浅井の目が刑事のそれに変わっていた。

「一つ、訊いてもいいですか?」

「詮索する気はなかったんじゃないのか?」

「娘さんは、今どちらに?」

「九州へ友達と旅行に行ってる」

浅井の額にうっすらと汗がにじむ。聞き耳を立てていた若い刑事が二人を見比べた。

「係長——」

藤島は携帯電話をつかんだ。

「おれが馬鹿なことをしでかしてると思っているな?」

浅井は答えなかった。

「あいつと娘を監禁してるとでも思ったのか?」

「いえ、そんな」

即座に自宅へ電話をかけた。三回目のコール音と同時につながった。

「はい」

魂が抜け落ちたような声。

「おれだ。結局、熱は何度あったんだ。それで？　帰りになにを買ってきてほしい」

「いったい……なんの話なの？」

「署で一緒だった浅井君、覚えてるだろう。一言挨拶したいんだそうだ」

うろたえる桐子の声を引きはがし、携帯電話をとまどい顔の浅井へと渡した。

「ほら」

桐子は性悪な女だったが、馬鹿ではない。

浅井は電話を受け取り、耳に当てていった。

「お久しぶりです。ええ、ちょうど話をうかがったところです。そうですか。ええ、どうかお大事に」

「……すみません」

手短であわただしいやり取りを終える。彼から携帯電話を受け取る。藤島は目で尋ねた。

「早く用を済ませろ。病人をほったらかしにもできん」

彼は電話を耳に当て、桐子にいった。

「おれだ」

「いったい、これはなんの真似？」

「すぐに戻るよ」

電話を切って、まくしたてる彼女の声を断った。ばつの悪そうな顔をする浅井にいった。

「あいつは助けを求めてたか？」

「いえ」

「娘がどこに行ってるか訊いたか？」

「いえ」

「なぜおれが家に呼ばれたのか、訊いたか?」

「いえ……ですが事情はわかりました」

「当たり前だ。よけいな首、突っこんでると殺すぞ」

「すみませんでした」

浅井は頭を深々と下げた。隣の若い刑事が目を丸くしていた。

「それで?」

「これです」

テーブルに広げられたのは顔写真が三枚。どれもが若く、色とりどりの頭髪をした少年らのマグショット——補導時の首実検写真だ。つまり全員、補導歴があるということだ。一人は金色に染めた髪を襟足だけ伸ばしたヤンキーふうの青年だった。もう一人はサーファーのように肌を黒々と焼き、肩まで届くような長い茶色の髪を垂らしている二十歳を過ぎた青年だった。ファッションのつもりなのか、前歯の一つを金歯にしていた。

そしてもう一人は年齢不詳だ。スキンヘッドに顎から口にかけて不精髭を伸ばしていた。耳、唇、鼻のいたるところにピアスを穿っていた。右の額から頬にかけて長大な刃物らしき傷痕があった。スキンヘッドは暗く、虚ろな目をし、ほうけたように口をわずかに開けていた。

藤島は時を忘れて見つめていた。

「どうかしましたか?」

浅井の声に我に返る。

「いい顔してるガキだな」

無関心を装いながら写真をテーブルに放った。

スキンヘッドは、加奈子とつるんでいたという棟方なる少年に酷似していた。卒業写真に載っていた頃とはまるでスタイルは変わっていた。だがとらえどころのない虚ろな目は、変わってはいなかった。

「わからんな。繰り返すぞ。あの日はひどいどしゃぶりだった。なにも見えやしない」

「間違いありませんか」

「こんな派手なガキがうろついてりゃ、嫌でも目につく」

ウェイトレスがオムレツとパンの朝食を運んできた。写真を隅へとやった。

「ホトケにも、マエがあったのか?」

店で喉を裂かれた小山について尋ねた。

「不良少年のグループとつながっていたようです。アポカリプスという名の」

「アポカリプス」

記憶の引き出しをあさった。「OBが何人か、石丸組に就職してたな」

「そうです」

「ガキに、あの殺しは無理だ」

浅井はコーヒーに口をつけた。

「そうかもしれません。でもあのアポカリプスです。三年前の中学生殺しにも、おそらく関わってた。狡猾《こうかつ》で、札つきの連中です」

「ああ」

「とはいえ、班の大半は不法外国人の洗い出しに割かれてます。上も係長と同じで、ガキにあの殺しができるとは思っていないようです」

彼はいつになく多弁だった。時には極秘であるはずの捜査状況にまで及んでいた。だが藤島の耳には届いていなかった。意識は棟方という少年のほうへと向いていた。


朝食を冷水で無理やりに流しこんだ。食べ物をすべて胃におさめ、病《やまい》の妻を案じる夫役を演じてそそくさと店を出た。電話をかけた。加奈子がかつて通っていた中学校へ。事務員と思われる男が愛想のない声で応対した。

担任だった教師の東《あずま》里恵は、すでに監督をしているテニス部の練習に行っているといった。まだ異動もないまま、同じ学校に勤めているようだった。呼びだすように伝えると、男は大儀そうに後から電話させるといった。名前と電話番号を告げて電話を切った。どのみち中学校までは目と鼻の先だ。おとなしく待ってなどいられなかった。

幾度も後ろを振り返りながら徒歩で向かった。シャツを汗でにじませながら門を潜った。校舎に人気《ひとけ》はなく、陽炎が昇るグラウンドでは数々の運動部員らがかけ声と共に汗を流していた。乾いた砂埃の匂いがした。金網に囲まれたテニスコートではくすんだ土気色の軟球を追って練習に励む少女たちの声が飛び交っていた。東はコートの後方で無表情のまま見守っている。生徒よりも頭一つほど抜き出た長身の持ち主。サンバイザーをかぶった顔は浅黒く焼けていた。おそらく三十代後半だろうが、いかにもアスリート然とした引き締まった筋肉が、年齢の特定をさまたげていた。

藤島が名乗り、来意を告げると、東は顔を険しくさせた。

「先ほど電話をくださったそうですね」

「勤務先、変わっていないと聞いて、ほっとしました」

「藤島加奈子さんのことですか……」

「三年前、先生の生徒でした」

「よく覚えています。ですが……」

藤島は、自分が妻と離婚したことを告げた。親権は母親が保有し、加奈子と会えるのは限られた時間のみになったと。でき得るかぎり誠実な表情を作った。

「長年、仕事一辺倒で生きてきたツケです。やり直せるとは思っていませんが、今のようになに一つ知らないままでいるよりも、せめて彼女を理解できればと」

顔はサンバイザーの影に覆われていた。だが疑わしそうな目をしていることはわかった。

「警察にお勤めでいらっしゃいましたね」

「警察は辞めました。今は民間の会社員です」

「こうして娘さんを知っている人を一人一人、尋ね回ってらっしゃるのですか」

「ひどく無意味なことを、と思われますか？」

「ええ。逆効果でしょうね。そんな刑事の訊きこみみたいなやり方では」

練習の様子に目を走らせながら東は続けた。「ですが、気持ちはお察しします。私にも小さな娘がいますから。自分の子供のこととなると、親はみんな冷静ではいられなくなるものです」

東は小さな笑みを浮かべた。そして無言で足元の軟球をつかむと、ラケットを振っている部員の一人に投げつけた。さほど力をこめたわけでもなく、柔らかなボールは放物線を描いて地面に落ちる。だが部員である少女はバネ仕かけの人形のように、東へ深々と頭を下げた。

東は多くの少女たちに手を叩きながら指示を与え、校舎へと歩きだす。ひんやりとした職員玄関を経て誰もいない職員室へ。古ぼけた応接セットのソファを藤島に勧め、麦茶の入ったグラスを差し出した。

藤島は彼女の記憶力を褒めた。三年前に卒業した生徒の、ましてや父親の職業など、よほど印象深くなければ覚えているはずもない。彼女は肩をすくめた。

「それには答えがあるんです」

手に持っていた葉書を渡した。裏面に朝顔のイラストが刷られた暑中見舞い。大学受験の準備に忙殺されていると、簡単な近況が水色のカラーペンで記されていた。それは間違いなく加奈子の文字だった。

「時々、こうして便りをいただけるんですよ。もっともたとえ連絡がなかったとしても、きっと覚えているに違いありませんけど」

「娘は、印象深い生徒でしたか」

「ええ。とても利発で、それにかわいらしいというよりも、美しくて。自己を主張するようなタイプではありませんでしたが、人を惹きつける魅力にあふれてました」葉書を見つめてさらにいった。「それに人の喜ばせ方を、よく知ってました。こうして葉書を何年経ってもいただけるなんて、長いこと教師をやってますけど」

「それで――」

彼女は言葉をさえぎった。

「わかってます。彼のことを訊きにいらっしゃったんでしょう?」

「彼?」

「ご存じじゃない?」

「いえ。そのとおりです。当時、娘にはボーイフレンドがいたと聞きました。彼が、みずから死を選んだとも」

「あの日のことは、おそらくこれからもずっと忘れられないでしょう」

「加奈子は、ショックを受けてましたか？」

「あの当時は、誰もがみんなひどいショックを受けました」

「娘はさほど悲しんでいる様子を見せなかったと聞いてます」

「誰がそんなことを？」

「この世には、娘に好意を持ってる人間ばかりがいるわけじゃありません」

「弔意の表し方は、なにも涙を流すことだけじゃありませんよ」

「なるほど」

いずれにせよ加奈子は一言も話してはくれなかった。

写真の束を見せる。遠藤那美と棟方泰博の二人を指した。

「彼らとつき合うようになったのは、緒方君が亡くなったせいですか？」

彼女は歯切れ悪そうにいった。

「二人とも決して悪い子ではなかったんですが」

「この棟方という生徒。アポカリプスという名の不良グループの一員だった」

「だいぶ、くわしく調べられたんですね」

彼女の表情がけげんなものへと変わった。やはり自分の目は間違ってはいなかったのだと藤島は確信する。スキンヘッドの少年は棟方だったのだ。

「母親からも頼まれているんです。娘は、私たち二人とはもう何年もコミュニケーションを断っている。賢く、たくましい娘です。奨学金で大学に進み、自活の道を選ぶでしょう。私たちとは関わりを断って。だからこそあの娘がどんな過去を歩んできたのか、できるだけたくさん知りたいんです。ひどく自分勝手な言い草だと理解はしています」

でまかせではない。今、彼女を見つけなければ永遠に姿をのぞめない。そんな気がした。

東の視線を痛いほど感じた。瞳には、真贋《しんがん》を見極めようとする強い光があった。

「加奈子さんが不登校に陥った時期がありました。勉強はおろか、食事や睡眠もまともにとっていなかったのか、顔色も悪く、やつれていました。三年になって、すぐのことです」

「え？」

「緒方君がああいう形で亡くなって、精神的に大きなショックを受けていたのは間違いありません。ですが今になってもあれは、それだけではないと思っています。彼女自身はきっぱりと否定していましたが」

「薬物ですか」

東は驚いたように目を見開いた。そして大きなため息を一つついた。

「当時は迷いました。あなたがたご両親に伝えるべきかどうか。彼女の場合は、あきらかに薬物の怖さを知ったうえで使用しているようでした。ゆるやかに自殺を試みているような」

「まるで気づいてやれなかった」

「彼女は責めたのだと思います。自分を。誰よりも厳しく。徐々に悲しみから癒えようとしていた私たちとは逆に。日常へ戻ることさえも、よしとはせずに。棟方君たちは、それら薬物を取り寄せる手段を持っていました。とても私たちには考えられないようなものまで」

「それで、娘は――」

一転して東は苦しげな表情を浮かべた。

「実をいうとその頃の記憶が曖昧なんです。なにせ、あの三年前には多くのことが起きましたから。緒方君の自殺をはじめとして」

「ああ。そうでしたね」

藤島の記憶がよみがえろうとしていた。三年前といえば、この中学校の生徒が何者かに殺害されるというショッキングな事件が起きていた。死体が他市で発見されたために、大宮署の藤島が関わることはなかった。

そしてそれ以外にも、確か同じく三年前にここの生徒が被害者となる未解決事案があったはずだが――。

東が取りなすようにいった。

「ある程度、落ち着いた時期に彼女とは話をしました。彼女はきっぱりといいました。薬物はやめて、棟方君らとのつきあいもやめたと」

藤島はうなずいた。たわ言だと思いながらも。

東は藤島の顔をじっと直視した。

「会うつもりですか。棟方君にも、遠藤さんにも。だったら、それは――」

彼は首を振った。

「いや。もう充分です。いくら過去を掘り返したところで状況は変わらない。重要なのは、私たちが娘とどう向き合うかでしょうから」

「聡明な彼女なら、いずれきっと理解してくれるはずです」

藤島は立ち上がって手を差し出した。

「あなたと話せてよかった」

彼女の手を握った。陽に焼けたそれは少年のように大きく、掌は厚かった。扇風機の柔らかな風が彼女の髪をなびかせた。辞去しかけた時に、ふいに彼女はいった。

「お元気ですか、彼女は」

「忙しくやっているようです。いろいろと」

一礼して職員室を出た。油蟬がうなりはじめたエンジンのようにわめいていた。

陽は高く、玄関を出ると砂埃の匂いが強まった。すり減った靴底からアスファルトの熱が伝わる。歩道を、幼い身体つきの野球少年が、痩せた野良犬のように喘ぎながら歩いていた。喉が渇いているのか、物欲しそうに水飲場のあたりに目をやっていた。

臼歯が砂を噛んだ。校門を潜る際に、かたわらを通り過ぎる加奈子の姿を認めた。鞄を持つ手は木ぎれのようにか細い。顔色は白く蒼ざめていた。手をかざして訊いた。大丈夫か。

加奈子は力なく笑うだけだった。唇をつり上げた皮肉っぽい微笑みだった。なにかをいったようだったが、聞きとれはしなかった。彼女は陽炎の彼方へと去り、揺らめきながら散っていった。

## 三年前　３

太い針金で後ろ手に縛られながら、ぼくは放課後の廊下を駆けていた。

通り過ぎる生徒たちは驚いたり、笑っていたりする。大勢の人間がいる中で、ぼくはひどい孤独を感じていた。

「待て」「逃げんな」「捕まえろ」

かん高い声をあげながら、追ってくるのもまた大勢だった。先頭を走っているのはA、B、それにぼくよりチビでお調子者のC。

顔も名前もわかっているが、思い出すのが嫌だった。それに島津の刈りこまれた頭も見えた。

床につまずき、受身も取れないままに廊下を転がった。けたたましいほどの笑い声が起きた。針金が手首に食いこんで痛む。やすやすと取り囲まれ、何本もの柱のような黒い脚に視界を覆われた。島津が手首をつかんで引っ張る。

「来いよ、この野郎」

よろめいて尻餅を突きそうになりながら、後ろに歩いた。廊下を渡りきり、階段を昇らされた。三階から、さらに階段を昇った先にあるものといえば屋上しかない。

連中の声が天井に反響した。施錠されているはずの扉が開く。生徒の中に、職員室に保管されているはずの鍵を盗み出したやつがいるらしく、鍵のコピーが存在するという話だった。ぼくの歯がかちかちと小さく鳴った。

後ろ手のまま床に転がされた。割れたコンクリートから生えた雑草と土が口に入った。いくつものにやけた顔に見下ろされた。

誰かがいった。

「今さら練習に来いとはいわねえよ。もうおまえなんか、知ったことかよ」

島津が眉に皺を寄せながら言葉を継いだ。

「だからっつって、帰ってんじゃねえよ。ボケ。今から塾にでも行くのか？　汚えんだよ、てめえは。おれたちが終わるまで、ずっとそこにいろ。いいな？」

「だったら、おまえも塾に行けばいいいじゃないか」

ぼくはいった。

奴や、部外者でしかないAやBの目が鋭角になっていく。腹に強烈なキックが入った。内臓が跳ねあがり、息苦しさに耐えかねて背を丸めた。

「なんていった？　なんていったよ、この野郎」「こいつ全然わかってねえよ」

何本もの腕が伸び、がちゃがちゃと音を立ててベルトが抜き取られた。

「やめろ！」

ズボンを脱がされる。太腿に外気の冷たさを感じ、恐怖を覚えながら転げ回った。狂ったような笑い声が降り注いだ。膝を曲げて抵抗すると、衣服のどこかが破れる音がした。上ばきが脱げた。下半身はパンツだけになり、限りない恥ずかしさを感じた。

島津がズボンを掲げていった。べとつくような憎しみが、顔からこぼれ出していた。

「こうすりゃ嫌でも帰れねえだろう。これで道端歩ける根性があるんなら別だけどな」「パンツも取ってフルチンにしちまえ」「そんなの触りたくもねえ」

嫌な笑い声があがった。

「行こうぜ」

満たされたような表情で、奴らは背を向けた。

「待て」

奴らはぼくのズボンを持ったまま屋上から出ていった。

「待て！」

つま先がコンクリートの床を滑る。扉が閉じられ、鍵がかけられる音がした。ぼくは巻きついている針金を何度も揺すり、どうにか手首をはずした。皮膚がすり切れてささくれ立ち、血がにじんでいる。扉に駆け寄り、ドアノブに手をかける。ノブは空回りするだけだった。

扉を叩いても、けたたましい音を立てるものの、なんの反応も返ってはこなかった。

「この……馬鹿野郎」

扉から離れて屋上をあてもなく歩いた。五月の風は、裸になった脚には冷たかった。本当にこんな場所に何時間も閉じこめられるのかと思うと、怒りよりも恐ろしさでいっぱいになった。吐き気を覚えて、屋上を取り囲む金網にもたれた。

建物の下では、何人もの生徒らがたのしそうに下校している。クラブ活動の準備をしている。まるで自分だけが、どこか遠い異次元に取り残されたようだった。ひどい想像が頭をもたげた。このまま奴らは思い思いに練習で汗を流すと、閉じこめたぼくのことなどきれいに忘れて、仲間たちとスナックなんかをほおばったりするのではないか。

神経が焼き切れてしまうような感覚にさいなまれた。

「ちくしょう」

金網から見える地面がやけに近く見える。明日も、明後日も、その次の日も、こんな屈辱を受けつづけるのか。

そう思うと、硬いアスファルトが与えてくれる暗闇が、とても魅力的なもののように思えた。きっと柔らかく、あたたかくぼくを迎えてくれるような予感があった。

金網に頭からもたれかかった。このままなんらかの拍子で金網がはずれ、ぼくと共に崩れ落ちてくれないだろうか。何度か揺すったけれど、金網は意外と丈夫にできていて、闇へ傾こうとするぼくを拒んだ。

でもなんのことはない。隔てている金網は元々、胸元あたりまでの高さしかなかった。踏み越えればいいのだ——。

我に返り、床から脚を引きはがすようにして後じさりをした。自分が地面に叩きつけられ、脳ミソをまき散らす姿が目に浮かんだ。

水をかぶったような汗が全身から噴き出し、風が吹くたびに、背中に冷たさを感じた。制服の袖で額をぬぐった。首を吊って絶命した緒方の死に顔がよぎった。馬鹿をいうな、ぼくが彼の二の舞になるだなんて。

扉の鍵がふいに音を立て、ぼくを驚かせる。

反射的に隠れられる場所を探した。奴らがなにかの拍子に戻ってきたとすれば、またひどい目に遭わされるに決まっている。もし違っていたら、こんな格好を見られるわけにはいかなかった。

しかしこのだだっ広いコンクリートの広場に身を隠す場所などありはしない。ただ立ちつくすだけだった。

ぼくの口がほうけたように開かれた。

現れたのは藤島加奈子だった。

風で肩まで伸びた髪が揺れた。ぼくを認めると、少し顎を引いてけげんそうな顔をしながら立ち止まった。またか、とうんざりしている顔のようにも見えた。

「なにしてるの？　こんなところで」

「あ、ぼくは……」

彼女は上から下へと遠慮なしに見下ろした。恥ずかしさのあまりに、ふたたび屋上から飛び降りてしまいたいという衝動に駆られた。

彼女は立ち去ろうというそぶりも見せず、持っていた鞄の中を探りながらいった。

「そういうのが、好きなの？」

「え？」

「だから、縛られたり、ほったらかしにされるのが好きなの？」

彼女の視線は、跡の残ったぼくの手首に注がれていた。

「そんな！」

自分でも馬鹿馬鹿しいほど大きな声がもれる。「そんなはず、ないよ」

「冗談よ」

彼女は少し唇をあげて微笑んだ。よかった。よそよそしくされたり、逃げ出されたくはなかった。彼女にだけは。

「まだ、ちょっと寒い」

彼女は揺れる髪を押さえていった。もういっぽうの手には黒い瓶が握られていた。

彼女は瓶のコルク栓を抜くと、口をつけて何かを飲み下した。その突然の動作に、ぼくはとまどいを覚えた。

「それは――」

「そんな格好でいたんだから冷えてるでしょう？　飲んだら？」

「……ありがとう」

瓶を手渡された。葡萄とアルコールの甘い香りが瓶の口から立ち昇ってきた。おずおずと口をつけると、やはりそれは赤ワインで、タバコならば何度か吹かしたことはあっても、飲み慣れない酒の味に咳きこみそうになった。

口の中にほろ苦さが残る。胃の中がじんわりとした熱さに包まれた。

「なんでこんなものを。よく、ここには来るの？　これを飲みに」

「そうね。よく来てるかもしれない。まさか教室でやるわけにもいかないし」

瓶を手渡した。彼女は口をつけては、ふたたび瓶を傾けた。その仕草は堂に入ったもので、ぼくらのように背伸びするわけでもなく、どこか必要に迫られて飲んでいるような大人な感じの飲み方だった。

「それで、ズボン、どこにあるの？」

暗い感情がふたたび心を支配した。

「……わからない。たぶん、部室だと思うけれど」

「部室？」

「野球部だよ、ぼくが前にいた」

「今の時間、その部室には誰かいるの？」

ぼくは外を見下ろした。グラウンドにはすでに白いボールが飛び交っている。

「誰もいないと思う。今は」

「そう」

「行くつもりなの？」

思わず素っ頓狂な声が飛び出た。

「その格好で校舎を歩くつもり？」

ぼくは必死になって言葉を探した。

「君に、迷惑がかかるかもしれない」

「へえ」

「こんなのは……ぼく独りでいい」

「じゃあ、私になにかあったら、守ってくれる？」

「え？」

「冗談よ」

彼女はまた酒瓶をぼくに押しつけると、背を向けながら扉へと歩いていった。

彼女が立ち去ると、胸に穴があいたような喪失感に襲われた。彼女の鞄だの、中身が入った酒瓶だのがこの場に残されてはいる。けれどあの藤島ならば、それさえも置き去りにしたままどこかへ行ってしまったとしても、不思議ではないように思えた。

顔がほのかに火照っていた。頭のどこかがぴりぴりとしびれているような感じがする。危ういなと思いつつも、さらにもう一口。特にうまいとは思えなかったけれど、彼女と秘密を共有しているかと思うと、特別の味がした。

扉は開け放たれたままだった。このままでは、ひょっとすると校内を巡回する教師が昇ってくるかもしれない。そうなるとパンツをむき出したままの格好で酒瓶を抱えたぼくに、はたしてどのようなおとがめを下すだろうか。

恐ろしいと思いながらも、扉はそのままにしておこうと思った。

誰かが階段を昇ってくる。固唾《かたず》を呑んで入口を見守った。現れたのはやはり藤島で、手にはぼくのズボンがあった。

「あったよ、あった」

彼女は陽気にズボンを掲げて見せた。白い頬がワインのためか、昂奮のためか、紅潮していた。

「それにしても汚い部室ね。床にほったらかしにされてたから、こんなに汚れてる」

ズボンについた埃を払って、彼女はぼくに渡した。涙がこみ上げてきて、まわりの風景や、彼女がゆがんだ。唇をきつく噛んで顔をあげ、どうにかこらえた。

「ありがとう」

どういたしましてとでもいうように、彼女は軽く肩をすくめた。

ぼくは屋上の端まで歩き、隠れるようにしてズボンをはいた。すでにパンツ姿を見られていながらも、なんとなく彼女の目の前ではくのはためらわれた。

「私はもう少し、ここにいるわ」

彼女は文庫本を鞄から取り出しながらいった。そうして給水塔の壁にもたれるようにして腰かける。すぐ横には酒瓶があった。それがいつもの彼女の過ごし方なのだろう。壁で風さえしのげれば、陽が照っていてあたたかく、心地よく過ごせなくはなかった。

「これで二度目だ。君に助けられたのは」

「そう」

ぼくは切り出した。

「緒方にも、こんなふうに？」

彼女はわずかに眉をあげて、不思議そうにぼくを見た。琥珀色の瞳に当惑しながら続けた。

「昔、一緒にいるところを池袋で見たんだ。君とあいつと。それで、なんだかたのしそうだった」

彼女は遠い風景に目をやっていた。その視線の先には荒川と河川敷の大きなグラウンドが見えた。怒らせてしまっただろうかと、不安に陥りながらも止まらなかった。

「だからぼくは心配だった。その後、ずっと」

「心配？」

「君のことが心配だった。緒方が死んで、ショックを受けたと思ってた」

彼女は小さく笑った。

「いろんなふうに見られてるのね、私も」

「……ごめん」

「別に。でも、そんなふうにいってくれたのは君で二人目」

「二人目」

「最初は、今の私の担任」

「担任。東に？」

陽に焼けた女教師の顔が浮かんだ。女子テニス部の監督をしている体育教師だ。生徒たちの人気は高く、女子からはよく姉貴とか姉御とか呼ばれて慕われているらしい。口さがない男子からはアマゾネスなどと揶揄されてたりする。

「東は、なんて……」

「さあ、もう忘れちゃった」

彼女は酒瓶を傾けて口に含んだ。そうして酒を飲むことで、緒方の死をぬぐい去ろうとしているように、ぼくには思えた。

「誠一とはじめて会ったのは、ここだった」

「え？」

「あなたと同じよ。私がここから飛ぼうとした時に、誠一がちょうど姿を現したの。あいつ、いつもイジメられてたから、よくここに来て一人で泣いてたらしいわ」

「ちょ、ちょっと待って。飛ぼうって……なに？」

さらりと口にする彼女の言葉に、ぼくは当惑した。藤島はただ遠くのほうを見ながら少し笑うだけだった。

「誠一はいったわ。『ぼくと同じだね』って。私はあいつに助けられたの」

ぼくは言葉を失っていた。たくさん問いただしたいと思っているのに。飛ぶということは、ぼくと同じように死ぬつもりだったというのか。どうして君が死ななければならないんだ。〝同じ〟ってどういう意味なんだ。君もイジメられていたということなのか。

「彼のお墓に、時々線香を立ててくれたのは、君でしょう？」

ぼくは何度か迷った後にうなずいた。

「え、ああ……うん」

「ありがとう」

目を欠けた月のように丸く細めて、小さなえくぼをのぞかせながら、彼女は笑った。ぼくの心臓がでたらめに鼓動する。

そして彼女は酒瓶をぼくに手渡した。

「もう少し飲む?」

ぼくはうなずいて、彼女の隣に座った。不思議な気分だった。うれしくもあり、寂しくもあった。

「ぼくも緒方みたいになれないかな」

「え?」

風が言葉をさえぎっていた。ぼくは酔っているんだろうなと思った。

質問をぶつけるのが怖くて、結局、彼女を相変わらず理解できないでいる。それでも一つだけわかったことがあった。

彼女は今でも死んだ緒方のほうを向いている。あの女みたいな痩せっぽちの少年のほうを。

彼女の横顔を盗み見ながらもう一度、小さくつぶやく。どうしたら彼のようになれるだろうか。

彼女が緒方に見せていたような笑顔を、ぼくにも向けてほしいと思った。だいぶ目減りしたワインを含みながら、ずっとそんなことを考えつづけた。

## 8

車で西部図書館の脇を過ぎ、日進方面へ。

放置自転車の並ぶ商店街を抜け、線路沿いの狭い路地を進んだ。ラジオからは暑苦しいポップス。商店街の裏側には、ひと昔前の新興住宅地と思われる画一的で古ぼけた家々が並んでいた。路上に車を停めた。やがて玄関に木目調の表札を掲げている一軒の家を見つけた。すりきれた字で棟方と書かれてあった。

高校生となった加奈子がどんな生活を営み、そして失踪にいたったのか。不明な点はまだ数えきれない。だが少なくとも自分が向かうべき方向だけはわかりかけたような気がする。

二面性を持った少女だった。優秀な成績をおさめ、有名大学を志望する受験生でもあった。もういっぽうでは、ついに薬物との関係を絶てず、法に触れる闇の世界に片足を踏み入れていた。自分だけでは飽き足らず、まわりの同級生にも覚せい剤をすすめていたかもしれない。長野がそのいい例だ。頭の切れる加奈子のことだ。はじめの頃こそ食事もまともにとらず、依存症者のように耽溺《たんでき》していたが、そのまま死へと向かわずに折り合いをつける術《すべ》を身につけたとしても不思議ではない。

一般に、覚せい剤に対するイメージは極端なものが多い。絶対的な精神依存と凶暴なまでの覚せい。幻覚や妄想の果てに凶悪犯罪を引き起こし、病院で拘束される。だがそこまでいたるには長い年月と、極端な乱用の過程を踏む。現実はそれほど劇的ではない。ほとんどは金が続かず、入手方法を司直の手によって閉ざされ、自然とやめざるを得ない者もいれば、十年二十年と恒常的に使いつづける者もいる。あるいは彼女自身は使用をきっぱりと断ち、売りさばくことに専念していたのかもしれない。

その結果、姿を消さざるを得ない事態に陥ったのではないだろうか。当たってほしくはない。だが覚せい剤には暴力団の影が常につきまとう。彼女自身が逃げだしたのでなければ、真相は最悪なものでしかない。

呼び鈴に触れた。壊れているらしく、ベルは鳴らなかった。玄関のドアをノックし、何度か呼びかけた。拳の骨がしびれてきた頃に、ようやくドアの向こう側で物音がした。

「どなた、ですか？」

中年女性の気の弱そうな声がした。

「警察の者です」

返事はなかった。しばらくの沈黙の後に、ドアが開かれた。皺だらけのワンピースを着た小柄な女だった。ひっつめた髪。だが顔は化粧をきちんと施していた。

それでも唇にあるかさぶたや眼球の底に浮かんだ出血は隠しきれていなかった。見上げる瞳がおびえたように細かく動きつづけていた。

「あの……」

「大宮署の藤島と申します」

前の職場の名刺を見せた。未練がましく持っていたが、ふたたび使う日が来るとは思っていなかった。棟方の母親と思われる女は、手帳を見せろとはいわなかった。

「泰博君、いらっしゃいますか？」

「また、息子がなにか……」

「いえ、彼はなにも。ただ彼の知り合いと思われる男性が、ちょっとした傷害事件に巻きこまれまして、それで話をうかがいに来たんです」

母親の様子は変わらなかった。名刺を持つ手が震えていた。屋内からは醬油を煮る匂いがした。

「本当ですか？」

「ええ、それで泰博君は」

「今は、おりません」

「どちらに？」

彼女は力なく首を振った。

「申しわけありませんが、私にも」

「居場所に心当たりはありませんか？」

「心当たりはいくつかありますが、三日前に出ていったきりで」

三日前。加奈子が姿を消した日と同じだった。

「三日前の何時頃に、家を出ましたか？」

母親の表情が曇った。

「夕方ぐらいだと。夕食もとらずに出ていって。あの、息子は本当になにも？」

「大丈夫ですよ」

「どこか友達の家にいると思います」

彼女は息子の友人の名前を挙げた。自宅の電話番号と住所を紙切れに書き留めた。

「夜になれば、たぶん、第二公園の川べりにいることが多いらしいです」

「川べり……芝川の？」

彼女はうなずいた。芝川は大宮を北から東へと抜ける小さな川だ。大宮第二公園の川のあたりは、広い田畑と空き地に囲まれている。八月の終わりには花火大会も催される。夏の夜となれば、昔から暴走族や不良少年の溜まり場と化していた。

「もし家に戻って来られた時は、連絡をいただけますか？　私の携帯電話のほうに。裏に書いてあります。署をいつも留守がちにしてるもんですから」

「はい……」

「その傷は息子さんによるものですか？」

欠けた右の前歯から黒い洞穴のような口腔がのぞけた。長袖のワンピースを着ているのも、傷を隠すためのものだろう。彼女ははじかれたように顔をあげて否定した。

「違います、そんなんじゃありません。これは、そういうあれじゃ……」

彼女の表情が凍りついた。彼女は逃げるようにしてドアを閉めた。

狭い庭に目を向けた。雑草だらけの地面に、タイヤのない原付バイクが転がっていた。オイル缶やペットボトルが散乱し、半ば木屑と化している犬小屋と鎖が放置されていた。まるで家庭環境を如実に語るかのように荒れ果てていた。

車に戻り、彼の友人たちに電話をした。本人が出ることはなかった。留守番電話の応対が二件。ボケかけた老人が出たのが一件。「棟方など知らない」と強く主張する、友人の母親らしき人物が一件。

狭い路地を抜けて国道十六号に出た。のろのろとさいたま市を周回する。やがて広大な畑、それに巨大な葦と雑草の生い茂った芝川にたどりついた。公園の屋外プールから子供の喚声が聞こえる。川岸に設けられた駐車場はすでに満杯だった。三分の一が放置された自動車の残骸ばかりではあったが。タイヤはなく、ガラスはぶち破られ、べたべたと闇金融のチラシが貼られていた。あちこちにバッテリーやドアミラー、部品の類が捨てられていた。コンクリートで固められた地面には、無数のタイヤ痕が色濃く残っていた。連中がたむろするには、相変わらず格好のスポットでありつづけていた。昼間の今はタクシーと会社の営業車で埋まり、そのどれもが車をアイドリングさせてエアコンをきかせていた。

まだ彼らの時間ではない。ふたたび車に乗りこんだ。

松下と長野の家に電話をかけた。松下は留守番電話。長野のほうは母親らしき人物が応対し、外出しているとそっけなく答えた。大宮駅西口まで走らせた。三時。車を駅の屋上駐車場に停め、予備校まで歩いた。ショッピングビルからの騒音と人だかり。暑さ。昨日と同じ風景、同じ感覚だった。

教室の扉を静かに開けた。講義の真っ最中だった。広い教室にぎっしりと生徒がつまっていた。色とりどりの後頭部がのぞけた。長い黒髪とオレンジ色の頭を探した。

窓際に松下の姿があった。黒髪が陽光で輝いている。長野の姿はなかった。マイクを片手にホワイトボードを叩く講師の熱意をよそに、ぼんやりと外を眺めていた。

扉にもたれたまま彼女を見つめた。ふいに彼女が振り返った。視線が合う。彼女は驚きの表情を見せたが、知らぬふりをしてホワイトボードを向いた。頬杖をつきながら、ノートにペンを走らせた。だが意を決したように勢いよく立ち上がると、彼のほうへと近づいてきた。早く出てよ。

火が飛び出そうな形相と追い払うような仕草。廊下で対峙した。

「なんの真似よ」

「逃げるなら、追いかけるしかないだろう」

「逃げてなんかない」

「オレンジ色の彼女は？　昨日の彼女にも話があるんだ」

「来てない。風邪をひいたって」

「彼女の母親は家にいないといってたよ」

「ああ、そう」

彼女はいらだたしげに短く舌打ちした。

「くだらない追いかけっこはやめて、話し合わないか。どうせ君が匿っているんだろう」

「なにいってんだが全然わかんない」

「加奈子から連絡は？」

「ないわ」

陽の当たらない廊下。人気《ひとけ》はない。

「なら話をさせてくれ。君よりも、むしろあの娘のほうに用があるんだ」

彼女の顔が、暗がりでも確認できるほどにはっきりと朱に染まった。

「会って、なんの話するつもり？　何度もいうけど、私らは加奈子の居場所なんて、本当に知らないんだから」

「居場所を知らなくとも、彼女のやっていたことぐらいは知っているだろう」

「なんの話だか、全然わかんない」

「加奈子の部屋から、大量の薬物が見つかった」

彼女はじっと藤島を値踏みするようににらみつけていた。赤い額に粒のような汗が浮かぶ。

藤島は続けた。

「昨日確信した。君の友達は覚せい剤をやっていた。そうだろう?」

彼女は藤島をにらみつけたまま沈黙した。

「加奈子は売人だった。君は彼女から買ったことがあるか?」

「ない。そんなこと、一度だってしたことなんかない」

「おれは警察官じゃない。とがめたりもしない。知りたいのは、加奈子だけだ。そのためにはどうしても彼女に会わなければならない」

彼は近づいて訴えた。ふいに彼女は後じさり、荒い息を繰り返しついた。

「……加奈子とは友達だった。あいつ、カラオケは救い難いくらい下手だったけど、頭もよくて、気前もよかった。服とかアクセサリーとか、もらったこともある。認めたくないけど、人に自慢したくなるような友達だった。あんただって、そうだったでしょう?」

「ああ。人に自慢したくなるような子だったよ」

「加奈子は……いつも薬持ってきてた。元気が出るって。ああいう勉強漬けの学校にいると欲しがるやつがいっぱいいて、すごい人気だった。みんなあれがスピードだってことぐらいわかってたけど」

「それで?」

「加奈子は掌を返して、一気にしみったれるようになった。なかなか手に入らないとかいって、金を取るようになってた。一万から二万に吊り上げたり。みんなムカついたけど、誰も警察なんかにタレこもうとはしなかった。加奈子のバックにはギャングがついてるって、噂あったし」

「アポカリプスか？」

彼女はため息とともにうなずいた。

「長野は放っておいてよ。ようやく立ち直れそうなんだから。そこへのこのこやって来て、傷をほじくり返されたらたまんないの」

「友達思いなんだな」

「うるせえよ」

「それで、長野はどこだ」

彼女はあきれたように口を開け、挑戦的に目をむいた。

「話、聞いてる？」

「彼女は、親にもバレないほど金を持ったお嬢さんだったのか？」

松下はけげんそうに眉をひそめた。

「どうやって、シャブを買う金を稼いでいたんだ」

「知らない。そんなこと。なんの関係があるのよ」

「アポカリプスのバックには、石丸組という暴力団がいる。女の働く場所をいくつも持っている。そこで働いていた可能性もある。娘の行方を知る者がいるかもしれない」

松下はゆっくりと首を振った。

「あんたには、絶対に会わせない」

彼女は踵《きびす》を返して教室の扉に手をかけた。

「待て」

「加奈子なんか、どうなろうと知ったこっちゃない」

藤島は手を伸ばし、腕をつかんだ。

「訊いてくれ。娘の命がかかっているんだ」

振り向いた彼女の顔は蒼ざめていた。目を大きく見開きながら全身を震わせ、今にも大声を張り上げそうに口を開けた。藤島はたじろいだ。

彼女はその場で崩れ落ちた。黒髪が顔を覆い、表情が隠れて見えなくなった。

「おい」

床に伏す彼女の肩を揺すった。瞼が細かく痙攣《けいれん》していた。歯を強く嚙み締めていた。「おい」彼女の顔が恐怖でゆがむ。今にも叫び声をあげようと息を吸いこんだ。

「落ち着け。なにもしやしない」

彼女は床に手をつきながら、浅い息を何度も繰り返した。それから落ち着きを取り戻そうとするかのように深呼吸をした。「なにもしやしない」力が抜けたように彼女はうなずいた。

「消えてほしいのなら消える」

「もう最悪」

固く震えた声だった。

「悪かった」

「離して」

肩に触れていた手を振り払いながら彼女はいった。彼女は立ち上がる。おぼつかない足取りだった。まわりに人気がないと知り、安堵したように息をついた。目尻に涙がにじんでいた。

「いったい、なにがあった」

彼女は恥じるように顔をうつむかせた。

「消えるんじゃなかったの？」

「長野をどこに匿ってる」

「知らない」

「逃げなきゃならないほど、なにかを知っているのか」

「知らねえよ、本当に」

ハンカチで涙をぬぐいながら、いらだたしげにうなった。「昨日、あんたが私らの前に現れてから、おびえてるのよ。家にもいられないっていうから」

「なぜ」

「さあね。ただ、ようやく笑えるようになったんだ。ようやく。スピードでいかれた笑いじゃなくて。ようやく元に戻ろうとしてたのに」

「なにも訊かないまま匿ってるのか」

「仕方ないでしょう」

やや寂しげな調子で彼女はいった。

「会わせてくれ」

濡れた瞳がじっと見つめ返してきた。

「少し、待って」

「だめだ。今日中じゃなければ」

「だめ。あんたがあいつを襲わないという保証はないから」

「馬鹿な」

「本気よ。番号教えて」

名刺の裏にボールペンで携帯電話の番号を記し、渡した。

「昔、なにがあったんだ」

「うるせえよ」

松下は携帯電話に番号を登録すると、名刺を丸めてごみ箱へと放った。藤島から逃げるようにして、女子トイレへと入っていった。

## 9

商店街のラーメン店に入った。ぬるいラーメンをすすりながら自宅に電話をかけた。何度コールしてもつながらなかった。小銭を放って店を出た。

マンションの窓はカーテンでさえぎられていた。オートロックの玄関で呼び鈴を鳴らした。反応はなかった。扉にキーを差しこんだ。

室内に人のいる様子はなかった。怒りがこみ上げ、土足のまま上がった。リヴィングには彼が飲み干したスコッチの瓶が転がったままだった。寝室はまるで空き巣に入られたようなありさまだった。簞笥《たんす》はほぼ全段にわたって開けっぱなしにされていた。クローゼットから衣服がこぼれ出していた。桐子が怒りに任せてキャリーバッグにつめこむ様子が目に浮かんだ。そして娘の部屋にも姿はない。くそ。書棚に置かれた本を床に払い落とした。ＣＤを床に投げ、ステレオを床に放った。プラスチックケースがけたたましい音を立て、ステレオからなにかが砕ける音がした。ポケットに入れていた安定剤のアルミ包装を破る。次々と錠剤を口に入れて噛み砕いた。化学的な苦味が口いっぱいに広がった。唇から白い粉が舞った。

携帯電話をかけた。相手が電話に出た。

「桐子、おまえわかってるんだろうな」

恫喝《どうかつ》するように彼は低くうなった。

「君こそ、私の娘になにをした」

電話から、しわがれた老人の声がした。桐子の父親、秋葉だった。

「桐子に代わってもらえませんか。いるんでしょう？　そっちに」

藤島は早口でいった。対照的に、秋葉はしばらく沈黙した。汗が目にしみた。

「やはり君か。娘と孫には近づくなといっておいたというのに。まさか君は、娘たちの部屋にいるんじゃあるまいな」

「桐子と代わってくれませんか。話をさせてください」

「あの娘は今も泣き伏したままだ。いったい、なんの真似だ」

一瞬のめまいに身体が傾いだ。自分が見捨てられたのだと悟る。屈辱で頭蓋が燃え尽きてしまいそうだった。彼女を犯した。覚せい剤を使った。ふつうではないとわかっていたが、信じていた。

「これは二人の問題だ。あんたには関係ない」

「ふざけるんじゃない！　孫は、加奈子は？　加奈子をどこにやった。そこにいるのか？」

秋葉はなにも知らされていない。あんたの愛娘に覚せい剤をねじこんでやった。孫は覚せい剤を同級生らに売りさばいていた。聞かせてやれば彼はどんな顔をするだろうか。秋葉は四年前に心臓のバイパス手術を受けていた。

「伝えてください。戻るんなら今のうちだと」

「君は……自分がどんな立場にいるのかわかっているのか。警察を呼ばれたいのか」

「やってみろ。困るのは桐子のほうだ。あんたの立派な経歴に傷をつけられたくなかったら、黙ってることだ」

「なんだと?」

電話をカウチへ放った。

目が潤み、視界が水びたしになった。裏切りやがって。今ならはっきりといえる。彼女を愛していた。きっと彼女は戻ってはこないだろう。彼がここから立ち退かないかぎり。もう一度三人で暮らしたかった。凍てつきもせず、焼けつくこともない安寧な暮らしを築きたかった。加奈子を見つけ、彼女らの英雄となる夢をむさぼりつづけた。彼女らの父親であり、夫でありたかった。ちくしょう。震える唇から情けない嗚咽がもれた。粘り気を帯びた夏の夕闇が、心を悲観的なものへと変えた。妻は殻へと閉じこもり、娘は海とも山とも知れない僻地《へきち》で朽ち果てている。桐子の肌のぬくもりを想い、加奈子の歩んだ人生を想い、そのたびに涙があふれつづけた。

洟《はな》をかみ、鳴りつづける携帯電話を拾い上げ、電源を切った。鏡台に映る自分の顔に恥ずかしさを覚えた。赤く二重になった瞼。スコッチの瓶を投げつけて鏡を割った。蜘蛛の巣状に入ったひびが藤島の顔を押しつぶした。

十時四十五分。替えの下着を身に着け、撥水性《はっすいせい》のジャージを着た。田舎のやくざのような格好だったが、これからのことを考えるとこの服装がベストと思えた。部屋を出て、カローラに乗った。時速五十キロから六十、八十から九十キロへ。深夜の国道十六号を突っ切った。

奴らの巣の手前、芝川の橋に車を停めた。助手席に転がせておいた特殊警棒を腹にさして車を降りた。近くには市営プールのすべり台。遠くにはさいたま新都心のビル群の灯りが見えた。駐車場は深い暗闇に包まれていた。圧倒的な静けさ。川からは涼しげな虫の音が聞こえた。花火もなく、排気音もなく、ガキどもの嬌声もない。まだ奴らの時間ではなかったか。拍子抜けしたように彼は首を伸ばした。駐車場には打ち捨てられたスクラップとともに、ローライダーや大型のシボレー、セルシオ。それにマフラーのいじられた原付バイクや中型バイクがいくつもあった。

息をのんだ。緊張がいっそうひどくなるのを自覚しながら近づいていった。やがて異様な事態に遭遇しているのだと悟った。バイクは横倒しにされ、ライトは叩き割られ、オイルが漏れていた。セダンやシボレーも例外ではなかった。近づくにつれ、惨状が徐々にあきらかになっていく。サイドウインドウは割られ、アスファルトには粒状のガラス片が散らばっていた。フロントウインドウは白く、蜘蛛の巣状のひびが入っていた。ドアは鈍器のようなものでへこまされ、塗装がはがれ落ちていた。タイヤに穴が開いているのか、車は斜めに傾いでいた。

頬を張られたような気がした。藤島は警棒を引き伸ばし、彼らの姿を探した。襲撃、リンチ。暴力的な言葉がよぎり、あの日の光景がよみがえった。濡れた水色の警備服。闇の中に点在していたコンビニ店では赤色灯がチカチカと回っていた。血にまみれ湯気の湧いた内臓、せり出した眼球。拳銃が欲しかった。応援を呼びたかった。恐怖で足の筋肉がこわばっていた。自分が何者でもないことに気づき、打ちひしがれた。

セダンの中に人影を見たような気がした。髪の長い若い女だ。

「加奈子」

短く叫びながら早足でセダンに近寄った。呪縛から逃れたように足の硬直が消えていた。中腰になって中をのぞきこんだ。豹柄のシート。けばけばしく車内を覆う造花。助手席にはガラスの破片をかぶったまま頭を抱えている若い女がいた。加奈子ではない。汚らしくブリーチされた頭髪。花柄のキャミソールからのぞける陽焼けした肩はガラス片で傷つき、赤く血をにじませていた。

「おい！　なんだ、なにがあった！」

女は頭を抱えてうずくまっている。へこんだ運転席のドアを開け、手を伸ばして彼女の腕を揺さぶった。錆色《さびいろ》の髪が顔を覆い隠していた。加奈子ではないことに憎悪さえ抱きそうだった。女は、よほどの恐怖を味わったのか、容易に頭をあげようとはしない。

「おい！」

パラパラと髪についていたガラス片がこぼれ落ちた。

「棟方はいるのか？　どうなんだ！」

顔をあげて藤島を凝視した。マスカラが落ち、ペンで描かれた眉が落ち、顔半分を炭でもすりつけたように黒く汚していた。

「あっち、あっち」

震える指が公園へと続くアスファルトの歩道をさしていた。途中にある公衆トイレの寒々しい蛍光灯以外に光はなく、さらに深い暗闇が続いていた。

幅の広い遊歩道に人気《ひとけ》はなかった。やがて白い光を放つ街灯の下にいたった。胸が悪くなりそうなほどの数の羽虫が群れていた。そばにあるテニス場はすでに閉められていた。人の声が聞こえた。怒号とも悲鳴ともつかないかん高い声だった。小さな川のある遊歩道のほうからだった。

道端に人の頭が見えた。十人ほどのさまざまな格好をした少年らがうずくまり、川の金網にもたれ、仰向けに倒れていた。どれもが薄汚れ、頭髪は乱れていた。暗闇の中であっても、彼らが執拗な暴力を浴びせられたことがわかった。

さらに奥の闇では動きがあった。四人の別の少年らが、実験結果を検分するかのように冷たく見下ろしている。手には金属バット、テーピングをした鉄パイプ。

一人が動いた。畑を耕す農夫のように、少年が棒状のなにかを振るう。肉を打ち、骨に響くような重い音を耳にする。赤ん坊のような悲鳴があがる。

「やめろ！　警察だ」

藤島は吠えた。少年らが一斉に彼を見た。表情はうかがいしれなかった。

警棒を持つ手が汗ばみ、震えた。左手でポケットをあさり、手帳を抜き出した。ただの黒革の手帳でしかない。だが出さずにはいられなかった。遠目から見れば警察手帳に見えなくはない。

四人の少年はぼんやりと藤島を見やった。

「助け、助けて」倒れていた少年の一人が身を起こし、藤島のほうへと這った。バットを持った黒いベースボールキャップの男が、少年の腹をサッカーボールのように蹴飛ばした。まるで藤島に見せつけるかのように。

キャップの男は小さく笑いながらいった。藤島のほうを見てはいなかった。

「田村。結局、おまえの頭にはチンカスしかつまってなかったってことだ。残念だったな」

「やめないか、おまえ！」

額から流れる汗が目に入った。田村と呼ばれた少年は茹《ゆ》でられた海老のように背を丸めながら血を吐いた。数分後の自分のように思えた。「武器を捨てろ！　動くんじゃない」

三人が藤島を凝視しながら、キャップの男を盗み見た。命令を待つ兵士のような目で。キャップの男がリーダーだと悟った。

キャップの男が藤島に目をやり、何事かを仲間らに耳打ちした。まるで藤島が警察官ではないと知っているかのような冷静な動きだった。武器を手にした少年らがうなずき合う。共に戦ってくれる仲間が欲しかった。血に狂ったガキと対峙するには、無謀なほどの勇気が必要だった。

キャップの男が腕をゆっくりと上げた。金属バットが手から離れ、高い音を発しながらアスファルトを転がった。

「おい」

仲間に向かって語りかけた。同じように三人が持っていた武器を遠くへ放った。倒れ伏した連中に奪われないためだろう。

「手だ。手をもっと高く挙げろ」

キャップの男に近寄った。「おまえが棟方だな？」

スキンヘッドの頭をキャップで隠していた。耳や唇、瞼に埋めこまれたピアス。白いタンクトップに茶色のカーゴパンツ。ほっそりとした顎の形と二重の瞼。奴は目を細めた。

「おまえは？」

「こっちに来るんだ！」

「本当におまわりか？　ちゃんと手帳を見せてくれよ」

「来るんだ！」

「もう一度見せろっていってんだよ」

「黙れ！」

棟方の腕をつかんだ。少年らの目の色が変わっていた。怒りと憎悪に凝り固まった表情。

「そこをどけ」

警棒を乱暴に振って、奴らを追い払った。ナイロンのジャージがこすれて音を立てた。

「どけ、誰も動くなよ」

足元では血染めのTシャツを着た少年がうめき声をあげていた。肺を病んだ老人のような咳が聞こえた。

棟方は無表情のまま首を振り、ポケットに手を突っこんだ。

「誰だよ、おまえ」

近づきながら警棒をやつの首筋に突きつけた。

「おまえには訊きたいことが山ほどある。さっさと来い！」

やつの腕が動いた。ポケットから抜き出された手にはなにかが握られていた。脳ミソが盛大なアラームを打ち鳴らしていた。

藤島は警棒を振り上げた。眼前に現れたのは、掌におさまる程度の小さなスプレー缶だった。ガスが漏れる音と共に、針穴のような噴出口からオレンジ色の液体が吹きかけられた。藤島は手で顔を覆う。間に合わない。

顔や手の皮膚にただれるようなひりつく痛みを覚えた。液体の細かい粒が目や鼻の奥に侵入し、口内や気管を焼いた。意図せずに荒い咳がこぼれ、涙があふれた。なにも見えず、息もできない。恐慌に陥りながら、鉄パイプやバットがアスファルトをこする音を確かに聞いた。腕に何者かがしがみつき、警棒をもぎ取られた。

「おれもあんたに訊きたい。誰だよ、おまえ」

背を向けて駆けだそうとした。まとわりつくスパイスの粒子が目玉を攻撃した。倒れている少年につまずき、道路に身体を打ちつけた。かばった腕に衝撃が広がり、アスファルトに皮膚をこそげ取られる。屈辱が身を焼き、恐怖が心を凍てつかせた。くそ！

腰に何者かがのしかかった。同時に、喉に鉄パイプの冷たさと固い感触。顎に食いこみ、引き起こされた。ポケットに何本もの手が差しこまれ、手帳を奪われた。甘ったるいコロンの匂いがした。

「なんだ。嘘っぱちかよ」

「棟方泰博だな？」

鉄パイプが喉に圧力を加えた。気管が押しつぶされた。胃液の混じったげっぷがもれた。

「質問してのはこっちだよ。おまわりさん」

のしかかっているのは棟方自身だとわかった。

「待て……おれは、藤島加奈子の父親だ」

「藤島加奈子の父親」

「おまえらなんだろうが！　娘をどこにやった。どこにさらったんだ。答えによっては、おまえらみんなぶち殺してやる！」

みずから放った言葉に昂奮し、咳きこみながら藤島は吠えた。娘になにをした。指一本触れてみろ、必ず殺してやる。彼らから返答はなく、喉を圧迫していた鉄パイプの力がゆるんだ。

掌でぬめる顔面をぬぐった。ひりつく痛みに耐え、薄く目を開いた。少年らは藤島の周囲を取り囲み、頬をゆがめて笑みを浮かべていた。さざなみのようにゆっくりと彼らは笑い声をあげた。

「なにがおかしいんだ」

鉄パイプが小刻みに揺れては、顎に当たった。

「さらう？　加奈子を？」

「なにがおかしいんだ！」

「そりゃおかしいさ」

ふたたびパイプが喉を圧迫した。「もう一度訊く。おまえは誰だ。あの売女はどこにいる。どうしておれをハメた」

気道を押しつぶされ、意識が薄れる。視界に白い靄がかかった。遠くでサイレンが鳴った。パトカーと救急車の混声合唱。

ふいに加えられていた力が消え失せた。鉄パイプがアスファルトに落ちた。少年らはすでに藤島には目もくれずに駆けていた。やがて野太いバイクと車の排気音が聞こえた。喉を押さえて路上を這う藤島を、棟方が見下ろしていた。

「おれの娘は、どこだ。どこにいる」

「へえ、本当に藤島の親父なのか。あんた」

うわ言のように言葉がもれた。娘はどこだ。

「てめえの親父まで使うとはな」

棟方も背を向けて暗闇へと駆けていった。藤島は顔面をアスファルトにつけた。小川を挟んだ向こう側は住宅地。どの家からも光がもれ、窓を開け放つ音が聞こえた。遠ざかっていく排気音。やがてサイレンがそれに取って代わった。

## 三年前　4

校門の前で立ち止まり、あらためて自分の住む世界を見渡した。

校舎は三階建ての建築物。グラウンドは一周、二百メートル。それに日当たりの悪い裏庭や花壇、プールと体育館がつけ加わる。なんにしても小さな世界だ。その箱庭のような場所で、さらにくだらない出来事で頭を悩ませているぼくは、はたしてどれほどの存在なんだろうかと自嘲したくなる。

けれどぼくは必死だ。

あの日、屋上で彼女に救われてから考えつづけた。彼女のそばに座りながら、どうすれば彼女が、死んだ緒方に向けていた時のような、あの笑顔をぼくにも向けてくれるようになるだろうかと。家に帰ってからも、その次の日も、そして休日も。

緒方にあって、ぼくにないもの。緒方にあって、ぼくにもあるもの。答えはなにも浮かばなかったけれど、もう二度と彼女に助けられるような真似はするまいと決めた。

勝手な想像をめぐらせて、そしてついにある結論にまで達した。

緒方の話だ。死ぬ一ヶ月前までに、彼に対するイジメはやんでいたという。警察だって、そんないいかげんな捜査はしないだろうから、それは事実なのだろう。

彼は闘っていたのだ。今のぼくと同じような気持ちで。そして半ばまではうまくいっていたのだ。彼は自由とプライドを取り戻しかけていたのだ。

ぼくは仲間との誓いを破った。思い出の日々に泥を塗った。だから存在をなかったことにされようと、陰口を叩かれようと、ののしられようと、いっこうにかまわない。けれどぼくの誇りや魂を、もう誰にも汚させたりはしない。

だがその日は、肩透かしをくらったかのように穏やかだった。登校すれば、いつも黒板にぼくの悪口や中傷が山ほど書かれてあるのが日常なのに、机も、ノートや教科書もきれいなものだった。

授業は進み、休み時間が訪れる。いつものようにちょっかいを出すはずのAやBは、友人の輪に加わって話しこんでいるだけだった。安堵のため息をもらしつつも、今か今かと内心、がたがたと震えるような気持ちで待ちつづけた。

給食の盛りもふつうだった。ロッカーにしまっていた体育用のジャージにもいたずらはされていなかった。相変わらず誰も口をきいてこようとはしないため、多少の孤独感にさいなまれはしたけれど。

放課後になってようやく事態の変化に気づきはじめた。毎日のようにぼくを傷つけ、踏みしだいてきた連中がついに一瞥もくれようとはしなかったのだ。

結構なことじゃないか。誰もおまえを辱めようとはしなかった。悲しませようとはしなかった。理由なんてあるものか。湧きあがる声を隅にやって、自分から奴らを追い求めていた。

Aは、ちょうど正面玄関で靴をはき替えようとしている最中だった。まわりに友人らの姿は見えない。どこか不機嫌そうに靴紐を結んでいる。それが自分と関係があるように思えた。今までは毎日のようにぼくをいたぶり、陥れてきたのだから。

Aがぼくの視線に気づいたのか、ふいに顔をあげた。奴は驚いたように目を見開き、それから熱湯で茹で上げられたかのように顔を真っ赤に染めた。ガンをつけられたとでも思ったのだろう。

「この……クソが」

Aは低くうなった。それは威嚇する犬に似ていた。そのまま耐え難い屈辱をこうむったかのように、奴はぎゅっと目をつむる。「なんで、おまえに……」

軽くため息をつきながら、狐につままれたようなとまどいを覚える。Aの背を見送りながら、とにかくよかったじゃないかと、自分にいい聞かせる。ひとたび喧嘩などになろうものなら、心得のないぼくに、勝つ要素など一つとてありはしなかったのだから。

注意しろよ——いっぽうで、即座に自分をたしなめる。心のどこかでくすぶる炎が、それが奴らの新しい趣向なのかもしれないといましめた。クラス全員の彼らや彼女らが示し合わせて、ぼくを油断させ、笑顔なんかを見せた時に、一気にドカンと引っかけるつもりに違いないんだ。

……冷静に考えれば、それは疑心暗鬼と呼ぶべきもので、奴らがそうまで回りくどい方法を取るとは思えなかった。少なくともぼくの知るAは決して演技派ではない。けれど事態を易々《やすやす》と受け入れるには、あまりに今日は劇的すぎた。

いったい、なんだというんだ。ぼくは理由を欲しながら、廊下を駆けるようにして進んだ。

体育館はすでに熱気が充満していた。バスケ部やバレー部の連中のあいだで、ボールが激しく行き来している。シューズの底が鳴っている。ぼくは端を進んで、二階のバルコニーへと昇った。そこではCのいる卓球部が練習しているはずだった。階段を昇りきると、ピンポンのはずむ軽快な音がした。目当てのCはすぐ手前でラケットを振っていた。

Cの反応はもっと露骨だった。ぼくを見るなり、女の子のような悲鳴をあげて後じさりし、腰骨を卓球台に強く打ちつけて床へ膝をついた。ひどい取り乱しようだった。

「いったい、なんなんだ」

ぼくは奴に近づいていった。一歩近づくたびに、Cは床を這って遠ざかろうとした。

「やめろ……悪かったよ」

「なにが。なにが悪いんだ」

「やめてくれ！　やりすぎてるって、おれはずっと思ってたんだ。緒方のことだってあるし、ひでえってことはわかってたんだよ。だから、おれはとめようとはしてたんだ」

Cはことさら、己の存在を強調した。時々、まわりの部員らに注意を払う。彼らは、ただ呆然とぼくらのやり取りを見守るだけで、割って入ろうとする者はいなかった。

Cの瞳は潤んでいた。ぼくの知るCは、ちょっとした俳優ではあったけれど。急にトーンを落として奴はいった。

「わかるさ。昔、お、おれもやられたんだ。わかってる。針金で縛られて、ほ、放置プレイにされるってやつさ。おれん時は、夜までそのままほったらかしにされたよ。しかも冬ん時に。信じられねえだろう？　やられると相当、キツイってのに、全然田村君はわかってねえんだよ。あんな場所に閉じこめるってのが、どういうことなのかをさ。せ、瀬岡、おまえは自分で脱出できたから、おれ、すごい安心したんだよ。だって、田村君はあのまま家に帰ろうとしたんだぜ。本当に信じらんねえよ。自分しか屋上の鍵は持ってねえのに――」

Aの名前が田村だということを、頭の片隅で思い出しながら、とめどなく口を開く生き物を見下ろした。頭をもたげる嫌悪感が、相手を人間と見なそうとするのを拒んでいた。

Cの主張は穴だらけだ。あの日、連中がぼくを取り囲むと、うれしそうに針金なんかを取り出したのはCだった。

「田村君、鍵持ってる?」屋上という牢獄に閉じこめようと、真っ先に提案したのはCだった。そればかりではない。いちいち黒板に死ねだの、来るなだのと大書して喜んでいたのもCだった。ノートや教科書の落書きも。それは殴る蹴るの暴力よりも、よほど心を暗くさせる時があった。

「ほら、瀬岡、おまえ、島津とか野球部みんなから恨み買ってただろ? だからその、あいつらを応援しなきゃとか思うわけよ。それで――」

「いいかげんにしろ!」

自分でも驚くほどの大声がほとばしった。まわりのピンポン玉の音のかけ合いがふいにやむ。

「来るんだ」

卓球台の下に潜ろうとするCの腕をつかんだ。

「わ、わかったよ。弁償する。おれが弁償する。おれはそん時いなかったけど、知ってるんだ。おまえの靴がナイフで切られたってのは」

「来るんだ!」

土から大根でも抜くように強く腕を引っ張る。Cは許しを乞うようにして腰を引く。

「知らなかったんだ。おまえがあいつらと仲がよかったなんて!」

「あいつら?」

「こういうのもなんなんだけどよ、早く……早くいえばよかったんだ。そうすりゃあ、おれたちもそこまで悪ノリすることはなかったんだ。だっておれが――」

「なんの……ことだよ」

「ちゃんとみんなには伝えたさ! だから、今日はなにもされなかっただろ? もうヤバいってことはみんな知ってるさ！」

「いったい、なんの話をしてるんだ！」

Cの胸倉をつかんで、揺すった。

「だから、アポカリプスだよ。そうなんだろう？」

くらみそうなほどの怒りが、大きな疑問符に押しやられそうになった。Cの顔をできるだけ険しい表情でにらみつけながら考えた。アポカリプス――黙示録という意味の言葉。昔の戦争映画の原題にそんなのがあったと思う。映画好きの父と一緒に観た記憶がある。だが、それではなくて、つまり――。

「アポカリプスって、あのアポカリプスのことをいってるのか？　ギャングの」

Cは唇をひきつらせた。笑っているというよりも、困っているように見えた。まわりに目を走らせると、やじ馬たちはさっと視線をはずし、練習を再開しだす。

「今さら……なにいってんだよ。おまえ……」

Cは途方に暮れたような声でいった。

「アポカリプスがどうしたというんだ。それがぼくと、いったいなんの関係がある」

Cは身をすくませて、ちらちらとまわりに目を配った。ぼくだって好きでしゃべっているわけじゃない。その不良グループの武勇伝なら、ぼくのようなふつう極まりない少年であっても、嫌でも耳に入っていた。

「誰か、親類かなにかに、いるんだろう？　そうだったんだろう？」

「訊いているのは、ぼくのほうだ！」

拳を奴の鎖骨に叩きつけていた。ぼくが暴力を振るってるなんて！　奴らとは違うはずだった。

胃から酸っぱいものがこみ上げてきそうだった。だが止まらなかった。

「わかった……わかったよ、ちょ、キツいって……苦しい」

Cの顔が赤紫色に変わっているのに気づき、あわててぼくは手を放した。奴は床に手をついた。このまま大声をあげて叫び出したくなった。

「アポカリプスに、なにかをされたのか?」

Cの顔からなにか雫のようなものが垂れる。その正体が涙とわかり、ぼくの心はいっそう沈む。

「……おれも、よくは知らない。おまえを屋上に放った、その次の日だよ。大場君や島津が帰る途中で、呼び止められたらしいんだ。棟方君らに」

大場というのはBだ。棟方というのは、学校にもロクに顔を出さない札つきの不良で有名な男だった。噂では、中学生という身分でありながら、アポカリプスの中心メンバーでいるらしく、高校生やそれ以上の年代さえも手下として従えているという話だった。だからAのような少しワルをかじっている人間からは、崇拝さえされかねない存在らしい。

Cが湿った声で続けた。

「お、脅された。これ以上おまえをイジメれば、い、一生車椅子暮らしをさせてやるって」

わけがわからなかった。

「本当に?」

「本当に決まってるだろう!」

怒鳴るとすぐにCは、迎合の笑みを浮かべようとしていた。「あ、いや、だから、もうなにもしてないだろう? 田村君も、おまえに手出したりはしなかったよな?」

「どうして」

「え？」

「どうして、アポカリプスなんかがぼくをかばったりするんだ」

純粋な疑問でしかなかった。だがCはそうは受け取らなかった。ただ怪物でも見るような目をするだけだった。

「し、知らない」

ぼくはゆっくりと息を吐いた。疑問がすべてあきらかになったわけではなかったが、それでもAがぼくを見て悔しそうな表情を見せたり、クラスにいる彼らや彼女らがよそよそしかったり、このCのようにあからさまに腰を抜かした理由はわかった。

奴らはずっと弱々しい存在だったのだ。ぼくは奴らやクラスの連中がとても恐ろしく、巨大だと思っていた。AやBといった連中に抵抗して、たとえそれがうまくいったとしても、奴らの背後には陰で笑ったり、見て見ぬふりをする連中が大勢控えている。それは強大な獣を屈服させるようで、とても実現などできはしないと思っていた。

それが今ではどうだ。虚しさのようなものを感じながら、ぼくはバルコニーの階段を降りた。訊き出せることはもうありはしない。背後から声を浴びせられた。

「いるんだろう？　あの、おれにも紹介してくれないか。アポカリプスの人。おれ、その人にも謝りたいんだよ。瀬岡君、だから……」

声を振り払いながら体育館を出た。湧き上がる吐き気に耐えながら。なにが瀬岡君だ、馬鹿野郎。ぼくはトランプゲームの大貧民をやっているわけじゃない。一番のビリっけつであるはずの大貧民が、突然の革命によってトップの大富豪にのし上がる。奴や奴らの、まるでゲームのような変わり身の速さを嫌悪した。

アポカリプスについて考えた。自分がそんな連中について考えるようになるとは思わなかったけれど。

彼らの噂といえば、いかにも悪ぶっている連中が喜びそうな、コミック的なもので満たされていた。メンバーの誰々が空手の凄腕で、春日部の暴走族を締め上げただの、ラップグループの誰々が昔メンバーで、溜まり場でよくターンテーブルを回していただの、誰々が乗る車は、秩父の峠で誰も追いつけなかっただの——よくは知らない。

同じ学校の生徒でもある棟方に関しても、よくは知らない。武闘派とかいわれているグループにいるわりには、身長が高いわけでも、屈強な肉体の持ち主というわけでもない。髪の色が少しばかり茶色くて、顔だちがけっこう整っているというぐらいが特徴の、ふつうの少年にしか見えなかった。彼から脅迫されたというのが、どれほど恐ろしいことなのかもわからなかった。

気がつくと元の教室に戻っていた。いくら考えたところでわかるはずもない。教室の戸口でぼくは緊張した。自分の鞄や教科書類を机の上に放り出したままだった。いたずらされるには充分の状況だった。ぼくは苦笑した。はたしてぼくの教科書やノートに落書きした者も、アポカリプスはとっちめてくれるだろうかと思った。

誰もいなくなった教室の中で、島津がぼくの席に座っていた。思わず壁の時計を見やった。すでに野球部も練習を始めているはずだった。島津はまだ制服のままで、着替えてさえいなかった。

「ようやく戻ってきやがった」

奴だけは変わっていないように思えた。憎悪に凝り固まった目。ぼくの姿を認めると、誇示するように椅子にふんぞり返った。机の上に置いてある鞄を指でもてあそびながら。

ぼくは無言で近づき、奪い返すようにして鞄をつかんだ。

「強気じゃねえか。やっぱり後ろ盾ができると強ええな」

首を振って取り合うのを拒んだ。

「汚ねえ、本当におまえは汚ねえ」

島津は立ち上がりながらナイフを持ち、銀色の刃を開いていた。柄を握る手は震えていた。

「ムカついたぜ。いきなり車に引っ張りこまれた。おまえに関われば殺すだとよ」

ぼくはただ夕陽に光るその刃を見つめながら黙っていた。いくら自分とは無関係だと説明しても、理解はされないだろう。

「やるつもりなのか?」

「ああ、ぶっ殺してやる! アポカリプスが、どうしたってんだよ!」

顔を真っ赤にしながら島津は吠えた。腰を低くしてぼくと対峙し、ナイフを水平にかまえていた。奴が本気なのは疑いようもなかったけれど、ぼくはただ突っ立っていた。

「やめておけよ」

「偉そうに、なにほざいてやがる。命令できる立場だと思ってんのかよ」

ぼくは首を振った。

「もうやめよう」

「うるせえ! アポカリプスなんて知ったことかよ」

「そんなこと、いってるんじゃない」

島津は胸を荒く上下させた。今にもぼくに飛びかかってきそうだった。

「アポカリプスなんて、ぼくも知ったことじゃない」

「なんだと?」

刃先が下腹にまで近づいた。

「誰も大会には行けなくなる。今までのことがすべて消えてしまうんだ」

「うるせえ！」

ひときわ、大きな声で島津が叫んだ。「うるせえ！　うるせえ！」

「すべてが無駄になるような真似はしたくないし、見たくもない」

「おまえになにがわかんだよ！」

島津の左手がぼくの顎に伸びた。喉をつかまれて、息がつまった。腹に刃物の冷たさを感じた。

島津の目は赤く、涙がこぼれていた。

「ちくしょう……」

持っていたナイフがだらりと垂れていた。悔しそうに顔をしかめ、島津はぼくを突き飛ばした。

「ちくしょう」

ぼくは腿《もも》の裏を机に打ちつけながら、奴とレギュラー争いをした日々を思い出していた。去年の秋の新人戦でライトを守ったのは島津だった。驚くほど脚が速かったために、センターとのポジションを行ったり来たりしていた。バッティングのほうでもゴロの当たりにしてしまえば、もう島津のペースだ。たいてい、内野安打にしてしまう。そうして出塁したやつを、ベンチのぼくらは固唾を呑んで見守った。盗塁は奴の代名詞のようなもので、そうして相手チームに揺さぶりをかけるのだ。縦横無尽に駆ける島津は、まるで時代劇に出てくる夜盗のように抜け目なく、それでいて格好よかった。

島津は長距離走にも秀でていた。まだぼくが部に入りたての頃、体力もない痩せっぽちでしかなかった頃の話だ。練習でグラウンドを走らされると、やがて周回遅れとなって喘ぐぼくの肩を、奴はポンと叩いては得意気に追い抜いていった。走ることが気持ちよくて仕方がない。そんな表情を見せつけられて、内心むかっ腹を立てながらも、いつかはぼくもあんなふうになれるものなのだろうかと、いつもうらやましいと思っていた。

島津の声は大きかった。応援の時も、練習の時も。得意そうに「もっと声を出せよ」といい、半ば飽き飽きしていたぼくをさらにうんざりさせた。だが新人戦で途中出場したぼくは、外野を守っていたにもかかわらず、転がってきたボールをトンネルしてしまった。その場で穴を掘って身を投げてしまいたくなるほどの間抜けなエラーだった。

「ドンマイ、ドンマイ」本心はどうであったかは知らないが、島津のひときわ大きな声が、ぼくにとってはこのうえない救いだった。

島津がすがるような目で見上げていた。

「なんでおまえ、辞めちまったんだよ。おまえなら、あいつじゃなく、選ばれただろうに」

あいつというのが、誰を指すのかわかった。ぼくらより一年下の岩間のことだろう。身長百八十センチほどの大男だ。守備や肩が特に優れているというわけではなかったが、とにかくそのバットが生みだす長打力は、キャプテンの石橋にも匹敵するほどだった。リトルリーグ出身で、鳴り物入りで現れた新人。攻撃力のみを買われてやって来たようなやつだから、守備が比較的求められないライトに据えようというのが、監督の戦略でもあった。

いつかはポジションを奪われる日が来るのではないか。口には決して出さなかったが、島津もぼくも内心穏やかではなかった。ぼくらはどちらも自尊心が強かったのだ。後輩にレギュラーの座を追われる。どこの学校でも、どこの部でも見られるおなじみの光景だろう。でもそんな事態に陥るぐらいなら、死んだほうがマシだった。それが島津とぼくの数少ない共通点だった。

「おまえだったら、よかったんだ。おまえならまだおれは我慢できたんだ」

島津は床に膝をついてうなだれた。

もう五月も終わろうとしている。最後の大会は間近。誰がレギュラーで、誰がそうでなくなるかは、発表されなくとも肌で感じられる時期でもある。

「馬鹿野郎……おまえだけ……」

思春期という時期の三年間を、ぼくはついになにかを成し遂げようともせずに、中途半端に終えてしまった。そして島津はおそらく達成感よりも、敗北と屈辱にさいなまれながらこの三年間を終える。ぼくらは似た者同士だったのだ。だからといってかける言葉はなかった。

すすり泣く島津を置いて、ぼくは教室を出た。できるだけ早足になりながら。

天井に目を向け、あふれそうになる涙をどうにかこらえた。

# 10

公園の水道で顔を洗った。回転しつづける赤いランプ。少年らが次々と担架で運ばれていった。警官とやじ馬たちのざわめきで、真昼のように騒がしい。胃がひどくむかつき、喉が焼けるように痛んだ。

「それで？　あんたは乗らんでもいいのかい？」

「ああ、大丈夫だ」

藤島は濡れた手を振り、オレンジ色の制服を着た救急隊員を追っ払った。現場では鑑識のカメラのフラッシュが明滅した。濡れそぼる彼を制服、私服を問わず警官らが見守っていた。彼の願いは叶《かな》えられなかった。警官は見知った顔ばかりだった。

「藤島さん、あんた犯人の人相を見ましたか」

眼鏡の男がいささか他人行儀な口調でいった。顔は知っていたが、名前は忘れていた。「知らん。いきなり催涙スプレーを浴びせられたんだ。転がってたガキどもに訊け」

「すぐに口がきけそうな子がいなくてね」

眼鏡は大ぶりな肩をすくめてメモをとった。かたわらにいるのは、あの捜査一課の男。高圧的な態度を隠そうともしなかった。

「あんた、あの少年らを知ってるんじゃないのか？」

「知るわけがないだろう」

「こんな時間になにをしてた？」

「この格好見てわからんのか。ジョギングだよ」

眼鏡はベルトのバックルに手をやり、突き出た腹を揺すった。

「橋に停めた車、あれ、あなたのでしょう？」

「日課だったんだ。ここまで車で来て、公園をまわるのが」

「ほお。今は、警備会社に勤めているんでしたね」

藤島はうなずいた。眼鏡は笑った。

「おれも走らなきゃな」

「公園の駐車場を通る時点で、なぜ通報しなかった。異変には気づいたはずだ。あれだけ車や単車が派手にぶっ壊されていたんだから」

捜一の男が首の節を鳴らした。

「あんた連中を知ってたんだろう」

「粋がって飛びこんだだけだ」

刑事二人は皮肉めいた笑みを浮かべた。眼鏡がおどけた。

「おれもそう思いたい。さっさと引き上げたい」

「何年も刑事やってたんだろう。こっちが納得できるだけの理由を作れよ」

煙草をくわえ、火をともした。煙が痛めた喉にしみた。

「なら教えてやる。おまえらなんざ、クソ食らえだったからだ」

「あのガキどもの中に、女房と関わりのあるやつがいたんじゃないか？」

顔から血液が引いていく音を確かに聞いた。眼鏡が男をとがめるような目で見た。藤島は微笑みかけ、男に挑みかかった。拳を固めて踏みだすと、複数の警官に押し止められた。ワゴン車に押しこめられた。中には捜査一課の連中が待っていた。膝をつめながら質問に答えた。あらためて棟方の写真を見せられた。わからないの一点張り。

「あんた、あのネタ追っかけ回してどうするつもりなんだ？」

「なんのことだ」

「とぼけるな。会社まで休んでるそうじゃないか。昔の職場に嫌がらせしたいのか？」「昔の味が忘れられないのか」

彼は首を振りつづけた。腕には擦過傷があり、顔には催涙スプレーの液体がこびりついていた。むち打ち症のような頭痛がした。永遠とも思える長さ。聴取が終わると、眼鏡がパトカーで送ろうといった。藤島は地面に唾を吐いた。すでに時計の針は午前二時を過ぎていた。

川の湿った空気が身体にまとわりついた。額には嫌な汗がにじんでいた。ひどく熱っぽかった。橋の上に停めたカローラにいたるまで、自然と足が速まっていった。

彼らはまもなく藤島と棟方を結ぶ動機を見つけるだろう。残されたのは、白いチョーク跡と血痕。青いビニールシート。ガラス片とゆがんだ何台もの車。すでにすべてをつかんだうえで泳がしているとしても不思議ではなかった。

施錠されていない車内には人影があった。藤島は眉をひそめた。浅井が運転席に座っていた。彼は小さく頭を下げた。無言で助手席に乗りこみ、キーを彼に渡した。エンジンがかかると同時にラジオが点き、エアコンの空気が勢いよく流れてくる。カップホルダーに置かれたウーロン茶のボトルをひっくり返し、ハンカチを濡らして額に当てた。

「どちらに、向かいますか？」

黄色く点滅する信号を突っ切りながら浅井が訊いた。

「マンションだ。女房が住んでいるほうの」

「病院には？」

「マンションだ」

しばしの沈黙の後に、浅井はいった。

「奥さんが夕方出ていくのを見ました。大きな旅行鞄を持って」

藤島は煙草に火をつけた。ライターを持つ手が小刻みに震えた。

「いつから張ってたんだ」

「夕方、マンションへ向かわせてもらいました。その時に」

「もっとマシな嘘をつけ」

藤島は運転を続ける浅井の横顔を凝視した。「おまえ一人で来たのか」

浅井は首を振った。

「若いやつを一人。口外するなといってあります」

藤島は目をつむった。

「娘さんはアポカリプスに拉致されたのですか？」

「旅行中だといったはずだ」

「何年も前から、娘さんは連中と関わりがあったようですね」

「……」

「アポカリプスは今、内部抗争の渦中にあります。リーダーの棟方泰博、このあいだ写真で首実検してもらったピアスにスキンヘッドの少年です。彼に対して、大部分のメンバーが反旗をひるがえしたという情報が少年係のあいだに流れていました」

「内部抗争？」

湧き上がる興味を抑えられず、彼は尋ねた。

「構成員同然の身分だった棟方が、石丸組の不興を買ったというのが理由のようです」

「それと、コンビニでの殺しがどう関係しているというんだ」

「あの事件のガイシャ、小山順平は棟方が通っていた工業高校の先輩でした。アポカリプスのメンバーだった時期もあります」

「マルＢの犯行なのか、あれは」

「まだ、それは不明です」

フロントガラスに胸を赤く染めた小山の姿が映った。血で濡れたＴシャツ。

「それで、おれになにをやらせようというんだ」

「……」

「娘は旅行中だ。公安の時のようなやり方が、おれに通用すると思うなよ」

浅井の表情に変化は見られなかった。

「私はただ――」

「おまえの目的はなんだ。おれをエスに仕立ててどうするつもりだ。あの殺しで手柄を立てることじゃあるまい」

「私はただ、係長が手錠を嚙んでる姿を見たくないだけですよ」

浅井の顔に表情はなかった。優秀な部下だった。篤実で外交的な性格のおかげで、若い連中から慕われていた。道場に頻繁に顔を出しては胸を貸してやり、署対抗の野球大会には喜んで助っ人に応じた。刑事部屋の空気にも溶けこんでいる。そこには公安出身という影は見えなかった。

「おれになにをやらせたいんだ」

「特に意味なんてありません。私の一存です。娘さんが、棟方泰博とは中学時代の同級生だった。係長がその事実を看過できないでいるのは当然だと思っているだけです」

彼の横顔をにらみつけた。マンションの玄関に着いていた。後方から尾けていた白いセダンのライトに照らされた。浅井がカローラから降りながらいった。

「なんでもいってください。力になりますから」

背後のセダンに近づいていき、彼は助手席に乗りこんだ。エンジンがうなりをあげ、カローラの脇を通り過ぎていく。藤島は遠ざかっていくテールランプをにらみつづけた。

## 11

今夜二度目のシャワーを浴びた。衣服を脱ぐたびに、洗髪するたびに公園の砂がこぼれ落ちた。湯がかかるたびに桐子にやられた額が沸騰し、棟方らにやられた顎の傷がひりついた。熱湯をしばらく浴びつづけた。それでも震えは止まらなかった。恐怖と、それを上回る恥辱で心が砕けそうになった。

棟方の言葉を思い返した。加奈子の行方を訊き返してきた。おそらく奴も本気で加奈子の姿を追い求めているように見えた。奴は石丸組から追われている。アポカリプスのメンバーらは、ヤクザの走狗《そうく》となって棟方を追っていたのだろう。今夜の棟方は返り討ちに成功した。その内ゲバの原因に、きっと加奈子が関わっていたのだろう。

ケロイド状になった腕の傷をなでた。棟方の薄い顔だちが視界に浮かんだ。それから松下のいらだつ姿と長野のおびえた瞳。神経科医が額に皺を寄せ、浅井が唇をほころばせる。彼らは皆、加奈子を知っていた。自分よりも知っていた。嫉妬が胸に食らいつき、唇からはとめどなく呪詛《じゅそ》がもれた。誰よりも彼女を熟知していなければならない。彼女を一番知っているのは自分でなければならない。

鏡に映った姿は、使い古された衣服のようだった。皮膚は皺でよれ、染みが浮かんでいた。剣道で鍛えていた身体に、その後の暴飲暴食を示す贅肉《ぜいにく》がこびりついていた。目の下にマジックで塗りつぶしたような黒々とした隈が浮かんでいた。こんな敗北は警察学校で、柔道の教官に絞め落とされて以来だった。喉に食いこんだ鉄パイプの感触を思い返していた。

留守番電話を見た。なにも録音された様子はなかった。冷蔵庫の中をあさり、冷えたワインを探し当てた。アルミの包装を破り、安定剤をワインで流しこんだ。カウチにもたれかかった。全身を融解させるような疲労が広がる。眼球が熱を帯びたようにひりつく。瓶ごとワインを口に含み、加奈子の写真に目を落とした。おまえが何者で、なにをしてきたかを説明してくれ。

どうして、おまえは。藤島はつぶやいた。冷房の風に顔をなぶられた。ワインと安定剤が効いたのか、神経が溶けたチーズのようにほぐれていった。写真が手から離れていく。埋没してしまいそうな深い眠気に襲われた。

ごつん、という固い音に目を覚ました。

彼はふたたび目を閉じた。底なしの沼に足を踏み入れたように意識が埋没していく。心地よい虫の音が聞こえた。徐々に移ろう季節を意識した。エアコンの冷たく乾いた風が身体を震わせた。関節が冷えきっていた。エアコンのリモコンは壁に据えつけてある。起きてエアコンのスイッチを切りたかった。部屋は真っ暗だった。確か部屋の灯りはつけっぱなしのまま眠ったはずだがと、彼はぼんやりと思った。起き上がろうとした。

起き上がれなかった。強いなにかによって手足を押さえつけられ、身動きがとれなかった。鉄のような金属のなにかを、強くこめかみに押しつけられた。

「な、なんだ」

それは一気に彼を覚醒させた。眠気やアルコールが吹き飛んでいた。必死に眼球をめぐらせた。暗闇の中で、強烈な懐中電灯の灯りが網膜を焼いた。

三人の男たちがじっと藤島を見下ろしていた。強い加齢臭がした。男たちの顔の皮膚が溶けているように見えた。全員がストッキングを頭からかぶっているのだと悟る。手には太いマグライトが握られていた。

「貴様ら……なんだ」

こめかみに押しつけられているのは、リボルバー型の拳銃だった。男たちからは返答がなかった。なにか悪い夢でも見ているかのように現実味がなかった。

「石丸組か、おまえら」

ふざけやがって。殺意が頭蓋を焼き、口内が唾液であふれた。同時にこらえきれないほどの尿意がこみ上がる。藤島は魅せられたように拳銃を見つめていた。本物だろうか。バレルやフレームにモデルガンという文字を求めた。ハンマーを起こす音に、我に返った。「やめろ！　撃つな！」

「じっとしてろ」

リボルバーの男がいった。それが男たちの第一声だった。声は比較的高く、三十前後の男を想わせた。男が持つ拳銃から、頭を砕こうとする野蛮な意志が伝わってくる。白い強烈な灯りが藤島に強要する。銃口から逃れようと背や腰が無意識に反っていく。

藤島は短くうなずいた。振り払って逃げるべきか。解答のない問いに煩悶する。

突然、身体をなにかに包まれる。タオルケットだった。加奈子が使っていたタオルケットだと悟る。濃いあの娘の匂いがした。なにも見えなくなった。加奈子に許しを願った。生命の危機を訴える本能が、喉から悲鳴を引き出そうとした。

「撃つなよ、頼むから撃つんじゃねえぞ。撃つんじゃねえぞ」

「どこにやった」

リボルバーがいった。

「だ、誰だ。おまえらは。いったい、なにを――」

沈黙が降りた。暴力の予感がした。「わかった。待て、待て！」

「どこにやった」

こいつらが……。彼は直感した。こいつらが加奈子に手を下したに違いない。娘を――。切迫した義務感に襲われた。「私を救って」加奈子の声を確かに聞いた。うなじが熱を持ち、頭痛さえした。だからといって動けるはずもなかった。唇がゆるみ、全身の毛穴から冷えた汗が噴き出る。精神が引きちぎられてしまいそうだった。

「クローゼットの中だ。娘の通学鞄の中にある」

タオルケット越しにまたこめかみに銃身を押しつけられる。加奈子の部屋に向かう男の靴音が聞こえた。やがて部屋の中を物色するような音が耳に入る。

眼前を火花が散った。後頭部を硬いなにかで殴られ、衝撃に目玉が飛び出そうになった。耳鳴りがやまない。銃撃されたとかん違いし、ショックのほうが強く、痛みはそれほど感じなかった。

「くそ！」

まるで声が自分のものではないようだった。さらに脛にマグライトが叩きつけられる。藤島はカウチから転がり落ちる。激痛が腰のあたりを走る。床に転がっていたサプリメントの瓶が骨盤に当たり、砕けていた。

「茶番はやめろ。シャブに用はない」

「だったら貴様らは」

「写真とネガはどこにやった」

「写真？」

汗ではないなにかが首筋から背中へと流れていった。長い時間が流れ、全身の毛が逆立った。

「待て、おれの娘が、なにをしていたというんだ」

「質問に答えろ」

「どうしてあいつの行方を訊かない。おまえらは知っているんだろう。加奈子をどうした！」

藤島はタオルケットを振り払った。拳銃や暴力の存在を忘れていた。リボルバーの足に組みついた。罵声と共に男たちの足が腹に食いこんだ。息がつまり、あばら骨や内臓が悲鳴をあげた。

「どこだ……加奈子は、どこへやった？」

胃酸で焼けた喉を絞っていった。リボルバーがいった。

「娘と一緒に逝《い》くか？」

世界が赤くゆがんだ。

「こ、殺してやる」

男の首に手を伸ばした。おかしくなりそうだった。同時になにかが風を切り、頭頂部がはじけた。

撃たれてはいなかった。時は進んでいる。銃把《じゅうは》が頭をえぐったと悟り、そして馬鹿なやつらだと彼は侮《あなど》る。いずれ必ず殺してやる。手を伸ばした先は冷たい床だった。したたかに顔面を床に打ちつけ、意識が身体を離れていった。


暗く、視界がゆがんでいた。すさまじい不快感に目を覚ました。痛みで叫びたくなる衝動を抑え、耳をすませたがなんの音も聞こえはしなかった。

頬が床に貼りついていた。錆びた金属の臭いがし、流れ出た血液が乾いて接着剤と化していた。皮膚や脂肪を破り、頭骨まで露出したグロテスクな傷口を想像し、緊張を覚える。

身を起こすのに、ひどく苦労した。腹の筋肉が引き裂かれたように痛んだ。どうにか床に尻をつき、あたりを見回した。薄目を開き、視線を這わせた。

奴らの姿は見えなかった。股間から太腿までが失禁によって濡れそぼっていた。這うようにして加奈子の部屋に。割れた窓から羽虫が舞いこみ、床には土くれと足跡が残り、踏み砕かれた写真立てやＣＤケースのかけらが散らばっていた。この世の果てのような有様に愕然とした。加奈子……加奈子。

あんまりじゃないか。彼はなにかに向かってつぶやいた。せっかく、すべてをやり直そうとしたというのに。父親たらんと誓ったというのに。身勝手な自己憐憫だと承知していた。娘が覚せい剤を残して姿を消さなければ、おそらく顔も合わせぬままに一生を終えていたのかもしれない。もう一度だけ、彼女と会いたかった。父性に満ちた姿を見てもらいたかった。

　憐憫はすぐに憎悪と変わった。奴らは娘の行方を知っている。奴らも自分より彼女を知っている。嫉妬で胸がつぶれそうになった。顔に枕を押し当てて咆哮《ほうこう》した。きっと殺してやる！

　頭から消毒液をかぶり、包帯を巻きつけ、戸棚にあった鎮痛剤を掌に盛り、ほおばるようにして飲み下した。ベースボールキャップを目深にかぶった。台所から包丁を抜き、アルミホイルで刃を包んだ。驚いたことに、覚せい剤の入ったセカンドバッグは手つかずのままだった。それをつかんで部屋を出た。ここに留まるわけにはいかなかった。

　マンションの外は世界が終わったように静かだった。執拗に視線をめぐらせて注意を払った。いつでもつかめるように助手席に包丁とナイフを転がした。セカンドバッグをダッシュボードに入れた。カローラを走らせながら、何度もミラーに目をやった。尾行はなく、サイレンもない。グラブコンパートメントに入っていたサングラスをかけ、腫れ上がった瞼を隠した。熱でフレームがわずかにゆがんでいた。国道十七号と十六号を時速百二十キロで飛ばした。多量の鎮痛剤が効いてきたのか、意識が水のように揺れた。

　片手に包丁を握り、片手にナイフを握った。藤島が住む土呂のアパート。車を降りて、部屋へ向かった。元々、部屋はごみ溜めのようなものだった。だが加奈子の部屋と同様、瓦礫《がれき》の山と化していた。万年床の敷布団は切り裂かれ、中の綿まで引きずりだされている。箪笥の棚はすべて引き出され、テレビはひっくり返されていた。畳は土くれや砂で汚されていた。奴らが踏みこんだのだろう。

同様に彼も土足で上がり、投げ出された衣服を踏みしめた。押入れの中を見た。段ボールの空き箱がバラバラに解体され、発泡スチロールの破片が散らばっていた。下段に置かれた収納ケースからは、股引《ももひき》がはみ出していた。押入れの奥には、白木の鞘におさまった模造刀が転がっていた。警察官時代に、踏みこんだゲーム賭博屋から押収した代物だった。シーツでそれを包み、脇に抱えて部屋を出た。助手席にそれを立てかけた。アクセルを踏んだ。

岩槻インターから東北自動車道に乗り、宇都宮方面へ進んだ。五分もしないうちに蓮田サービスエリアの灯りに吸いこまれた。だだっぴろい駐車場に車を停めた。大型トラックの群れ。家を持たない車上生活者。カーセックスの広場。

シーツに包まれた模造刀は、いつでも抜き出せるように柄だけを露出させた。ナイフをポケットにしまった。包丁は座席とサイドブレーキのあいだに差した。いつでも来い。それだけを終えると、ようやく考えられるだけの余裕が生まれた。奴らについて。

やくざ。拳銃の真贋はわからなかった。人相はわからなかった。格好はありふれていた。それでも醸《かも》しだす雰囲気だけは、奴らのそれに酷似していた。なによりも娘は棟方たちとつながっていた。棟方らは石丸組とつながっている。覚せい剤がなによりの証拠だったが、奴らはまるで無関心だった。

ふいに目頭が熱くなった。部屋で覚せい剤を見つけた時点で、そうなることはわかっていたのだ。心は絶望でいっぱいだった。奴らが発した声や所作の一つ一つを思い返した。衣服、それに靴の種類、身長や身体つき。声色から振るわれた暴力まで。脳ミソは克明に記していた。きっと見つけだし、殺してやる。それは純粋な誓いだった。

深いため息と共にシートを倒した。さらに何錠かの鎮痛剤をミネラルウォーターで飲み下し、頭部の痛みを散らした。朦朧《もうろう》とする意識の中でダッシュボードに手を伸ばしかけた。シャブ中の末路はいくらでも知っていた。だが、これほど激しく欲したことはない。

突然ガラスが割られ、車内に伸びる手が見える。暗い銃口からマズルフラッシュの強烈な光が網膜を焼き、身体にいくつもの穴が穿たれる。恐ろしい。ここが安全だという保証はない。すでに一歩も動けなかった。底無しに湧く恐怖を吹き飛ばしたかった。

目をつむった。瞼にあらゆる映像が浮かんだ。いつでも彼が引き倒され、なにかが振り下ろされ、脳をつぶされた。桐子とのセックスを思い出そうとしたが、股間に力は入らなかった。二人で覚せい剤の粉を吸いこむところを想像した。生と死が激しく交錯する中で、どうにか眠りへと誘う闇の尾を捕えた。

## 三年前　5

学校から帰る途中に、ようやく彼女の姿を見つけた。すでに陽は傾いていて薄暗い。

途中とはいっても、自分の家とはまるで正反対の方向だった。去年のクラスの名簿を引っ張りだし、彼女の家の住所を調べ、その近くで彼女の帰りを待っていたのだ。

彼女は軽く眉をあげると、薄い微笑を浮かべた。頬に少し赤みが差している。今日もあのワインをきこしめしていたのだろうか。

二時間近くもガードレールにもたれて、彼女が来るのを待っていた。心の準備はとうの昔にできているはずだった。それでもいざ現れると、やはり心臓の鼓動がでたらめに速まるのだった。

「家、この近くだったたっけ?」

「いや、全然。家は一丁目のほうだよ」

「そう……」

すべてを見透かすような瞳を彼女に向けられ、うなずくしかなかった。

「会って話がしたかったんだ」

「そう。正直でよろしい」

彼女はぼくの脇をすり抜けながらいった。「歩こうか」

しばらく無言のまま彼女のあとをついていく。その先には巨大なマンション群に囲まれた小さな公園があった。沈みかけていた太陽の光がマンションにさえぎられて、さらに濃い夜が忍び寄っていた。それをものともせずに、彼女は小さなオブジェをジャンプして公園に入った。

そしてブランコに腰をかけ、地面を蹴って大きく揺らした。その子供っぽい仕草にぼくは驚き、スカートの中がのぞけてしまいそうで、思わず目を伏せた。

「それで、どうしたの？」

「伝えておこうと思ったんだ。いろいろと」

「へえ、どんな？」

彼女は膝を屈伸《くっしん》させてブランコをさらに大きく揺らした。ぼくはなんとなく深呼吸をした。彼女の前で言葉を出すには、いちいち勇気が必要だった。

「最近ぼくのまわりに、人がよく集まるようになったんだ。テストの結果もよかったから、勉強を教えてくれだとか、なんだか急にね。今までさんざん無視もされたし、からかわれもしたから、いまいち安心できなかったりするんだけど」

彼女は気持ちよさそうに揺られていた。柔らかそうな髪が風になびいている。

「聞いてる。続けて」

「それに部の連中も、さっき帰ろうとするぼくに手を振ってくれたんだ。信じられないだろ？ぼくを許してくれたのかどうかは知らないけど」

「元々、気のいいやつらだった。そういいたいんでしょう？」

「そうなんだ。だからいろんなことがなくなったよ。黒板に落書きされることもなくなったし、服や靴も切り裂かれたりしなくなった。もちろん殴られたりも、蹴られたりも」

「そう」

もっと伝えたかった。あのAやBが、何事もなかったかのように話しかけてきたこと。神永という娘が、何人もの女の子を介して、ぼくに好きだと伝えようとしていること。

毎日がまるでジェットコースターのようで、質の悪い冗談のようで、いまだに奴らが罠を仕かけているとしか思えないことや、ぼくの胸の中にはまだ暗闇が残っていることを。

「ぼくは、あの日から決めてたんだ。腕を縛られて屋上に放り出された日に。もういくら罵られようと、無視されようともかまわない。だけど、もう誰にもぼくを汚させたりはしないって」

「噂で、聞いたよ」

「え?」

「君がナイフを突きつけられたって」

ぼくは少し頭を振っていった。

「でも結局はあいつもぼくを刺そうとはしなかった。あいつだって、そう悪いやつじゃなかったんだ」

ぼくはブランコの鎖をつかんだ。勢いが削がれてブランコの揺れが小さなものに変わった。彼女が静かな目でぼくを見やった。

「君なんだろう?」

「なにが?」

「君しか考えられないんだ。アポカリプスのことだよ」

夕暮れの闇と一緒に沈黙が降ってきた。ブランコが軋むかん高い音がした。

「そうよ」

彼女はいとも簡単にいった。驚きはなかった。

寂しくもあった。彼女があんなギャングとつながりがあったとは。彼女には、なんというか、孤高の存在であってほしかった。誰も到達できないところにいてほしかった。

そして知りたい。これ以上にないくらいに。君がどんな毎日を過ごしているのか。どんな人間とつながりがあるのかを。それだけじゃない。どんな食べ物が好きなのか、どんな本をよく読んでいるのか。ぼくは彼女のことをなに一つ知ってはいなかったのだ。

「棟方に連絡をしたのは私」

「どうして……」

「よけいなことをした？」

「そんなふうには、思ってないよ。今みたいになれたのは、君のおかげなんだ。でも、わからないよ。なぜそうまでして。ぼくは、君になに一つしてやれてないのに」

彼女はブランコから降りてスカートの裾を払った。人差し指でぼくの胸を軽く突いた。

「君はあの日、屋上でいったよね」

「え？」

「ぼくも緒方みたいになれないかな。そういったの、覚えてる？」

ぼくは何度か躊躇しながらも、意を決したようにうなずいた。

思い出しただけで火が出そうになる。てっきり彼女の耳には届いていないものと安心していたのに。ワインを飲んだせいかもしれない。口がなめらかになりすぎていたのだ。

「だったら知っておいてほしいの」

「いったい、どういうこと？」

「わからない？」

「緒方も、あのアポカリプスと関係があったということ？」

彼女の答えを待った。だが口が開くことはついになかった。軽く目を伏せると、またブランコをゆっくりと揺らしはじめた。その表情は透明で、なにも読みとれなかった。

ぼくは気づいた。緒方が自分の首を縊《くく》るまでにいたったのは、アポカリプスが原因なのではないかと。死の直前、緒方は学校でイジメを受けることはなくなっていた。まるで今の自分のように。クラスメイトの彼らや彼女らが、アポカリプスの名を聞いて恐れたように。

ぼくは怖ろしいと思った。ぼくも緒方と同じような末路をたどるのだろうかと。学校では何者にも虐《しいた》げられなくなった彼も、実はあの不良グループから凄惨な目に遭わされていたのかもしれない。だとしたら、どうして彼女はそんな連中とつながっているのだろう。

「明日、来てみる？」

「え？」

「彼らのパーティーがあるの」

彼女はまるで試すかのようにじっと見つめている。

「どうして、ぼくを？」

「来れば、たぶんわかるわ。彼のことも。彼らのことも」

「ぼくは……」

言葉を濁した。ぼくが一番知りたいのは君のことなんだ。そんな物騒なグループさえも動かしている君は……。

「恐い？」

「君も、アポカリプスの仲間なのか？」

「それは、どうかな」

気取られないように、ゆっくりと彼女の近くに寄った。ブランコが揺れるたびに、甘い果実のような匂いがした。

「なに？」

「かまいやしない」

「いや、なんでもないよ」

かまいやしない。ぼくは心の中でもう一度つぶやいた。たとえ彼女がぼくを陥れようとしているのだとしても。なにがあろうとも、かまいやしない。ぼくの身体には無数の棘《とげ》が突き刺さっていて、彼女はそれを取り除いてくれた。それで充分だった。

ぼくは藤島加奈子を仰ぎ見た。色の薄い瞳に街灯の光が集まって、明るい色の宝石みたいに輝いていた。ぼくはそれを、いつまでも見ていたいと思った。

# 12

太陽が顔をのぞかせると、車内は灼熱の箱と化した。それでも苦痛と妄想が漂う中で浅い眠りをつかまえつづけた。本格的に目を覚ました頃には、噴き出ていた汗をタオルでぬぐっていた。シートは濡れ、巻かれていた包帯は蒸れていた。時計はすでに八時近くをさしていた。車を降りて、トイレへ向かう。車を住居とするホームレスたちが便所を占拠していた。便器には鋭い痛みと共に紫色の血尿が放出され、膝が崩れ落ちそうになった。スナックコーナーでそばを頼んだ。そば汁を飲むのが精一杯だった。

エンジンをかけ、全開にしたエアコンの風を浴びつづけた。汗がひくと共に、薬で重くなった頭は徐々に覚めていった。後部座席に置いた旅行鞄を開いた。着替えをかきわけ、一冊のファイルを取り出した。

ファイルには、ファイブマーケットで起きた事件に関する新聞や週刊誌の切り抜きが無数に貼りつけてあった。興味を抑えきれずに作ったものだった。もう何度、目を通したかわからない。事実と臆測が無数に入り交じっていた。三人の被害者の一人、安田伸子は現場近くの小さなスナックのママだった。彼女はストーカーと化した客の一人につきまとわれていたという噂がある。

コンビニのアルバイト店員だった川本浩は、藤島が踏みこんだ時はまだ息があったという。腹を裂かれ、内臓を露出させながらも。理容師専門学校に通う二十二歳。数日前に酒に酔って商品を荒す男を店から追い出した。酔っ払いは大それた報復を企むような男ではなく、近所でもお調子者で有名な植木職人だった。事件にはおそらく関連がない。

三人目の被害者、小山順平。記事には工業高校を卒業し、専門学校に通う二十一歳の青年とだけ記されていた。彼の専門学校の講師、それに友人らの証言。自宅で催された葬式の様子。成績もよく、カメラマンになるのが夢と担任の教師は述べていた。彼は棟方とつながっていた。棟方は加奈子とつながっていた。

事件から数十分後、現場から数キロ離れた東大宮駅前の商店街で複数の中国系男性らを、客待ちしていたタクシードライバーが目撃していた。

同様に現場から近い国道十六号を暴走族とおぼしき連中が、あの大雨にもかかわらず猛スピードで走り去る音を、近所の住人が耳にしていた。

ページをめくった。どの記事も大きな見出しと文字が躍っていた。鑑識からの話では、容疑者の足跡の特定にはいたらなかったという。指紋も体液もなし。防犯カメラの映像は残されてはいなかった。

記事は躍っていた。冷酷かつ残忍な殺害方法！　酸鼻極まる事件現場！　エクスクラメーション・マークが紙面を飾っていた。額にうっすらと汗がにじみ、胸を押さえたくなるほど心臓の鼓動が速まっていった。えぐられた頭部の傷が疼きだした。昨夜のことを思い、胃袋を手で握り締められるような痛みを感じる。

アポカリプスとつながる石丸組について考えた。県内に巣食うコングロマリット。関東を中心とした広域指定暴力団、印旛《いなば》会の傘下団体だ。石丸組は飲食店、風俗店経営からおしぼり、観葉植物の搬入業、ゲーム喫茶経営から金融業、そして企業舎弟《フロント》に所沢の処分場から出た廃棄物を、秩父の山林にある最終処分場に運ばせていた。印旛会は覚せい剤をご法度《はっと》としているが、石丸組がシャブの元締めであるのは、公然の秘密のようなものだった。彼らならば、あれだけの殺しを扱う連中を抱えていたとしても不思議ではない。だが——。

胸ポケットの携帯電話から震動が伝わった。番号は非通知だった。

「はい。もしもし」

「……私、松下だけど」

ため息をのみこんだ。加奈子が自分にかけてくるはずもない。わかっていたはずだった。

「ようやくお友達を紹介してくれる気になったのか」

「まだ、そう決めたわけじゃない」

「おい——」

「うるせえな。電話しただけでもありがたいと思ってよ」

「彼女は今、どこにいるんだ」

「教えられない」

「おい、わかっているんだろう。なにが起きているのかは」

不自然なほど長い沈黙があった。

「……あの娘には警察に行くようにすすめたわ」

電話を握る腕が痛んだ。努めて冷静を装った。

「それで？」

「考えさせてって、それだけ」

疲労と虚脱が折り重なったような声色だった。

「そうか」

思わず安堵の息がもれた。気配が伝わったのか、受話器の向こう側で怒気がふくれあがるのを感じた。

「そうか？　他にいうことはないの？　わかってるわよ。なにかヤバいことが起きてるってのは。私やあんたぐらいじゃどうしようもないくらいヤバいってことも。だから警察に行くのすすめたんじゃない。私はあんたと違って、本気であの娘のことを考えてるの」

「違いなどありはしない。おれも、おまえも」

「なに、いってんのよ」

「どこに匿っているかは知らない。どうせ友達の部屋かどこかだろう。ひょっとするとおまえの部屋かもしれない。だが本気で警察に連れていきたいのなら、彼女の意志など関係なく、部屋のガラスでも叩き割ればいいんだ。勝手におまわりさんはやって来る」

反応はなく、彼女は黙りこむ。藤島は続けた。

「彼女に嫌われるのが恐かったからだろう。説得では、おびえきった彼女が簡単に応じるはずがないことぐらい、はなからわかっていたはずだ」

通話が切れた様子もなかった。

「おれとおまえに違いはない。彼女に消えてもらっては困るんだ」

反応はなく、通話が切れた様子もなかった。

「聞いているのか」

「聞いてる。胸くそ悪くて仕方ないけど」

「ガラスを叩き割ってみるか」

「調子に乗んないで」

「それで、どうするんだ」

しばしの沈黙が続いた。

「十時に、東口のロッテリアで」

「おい」

彼女はそれだけを早口で述べると、電話を切った。

間をおかずにふたたび携帯電話が震えだした。番号を見ずに通話ボタンを押した。押してからすぐに後悔した。彼女ではなかった。松下でも、加奈子でもない。

「藤島さん。あんた今どこにいるんだ」

職場の所長からだ。とっくに申請していた休暇の日々は過ぎ去っていた。

「すみません。もう一日休みをいただけませんか」

「馬鹿をいわないでくれ。あんた今うちがどういう状況なのか、わかってるはずだろう」

「すみません」

「あんたがいつまでも事情聴取を受けてるあいだ、他のもんの休み奪ってなんとかシフトをやりくりしてきたんだ」

「今日だけ、もう一日だけお願いしたいんです。はずせない用がありまして――」

「誰だってそうさ。特に若い連中カンカンだよ。それにね、営業のほうからも突き上げられてんだ。事件のせいで、うちの信用、問われてるんだから」

まるで事件が起きたのは、藤島のせいだといわんばかりの口調だった。頭の傷が疼き、暑さで腐れ落ちそうだった。

「すみません」

「こんなことはいいたくないけど、藤島さん、どんな縁故があったのか知らないけど、採ったうちの会社に感謝すべき立場にあるんじゃないの？　本来なら警察の事情聴取が済んだら、粉骨砕《ふんこつさい》身《しん》して働きますって逆に進んで頭下げてくるのがスジなんじゃないのか？」

「うるせえ」

「え？」

「うるせえんだよ、この野郎」

「あ、あんた――」

絶句しかけている所長の声を、電話を切って封じた。すぐに携帯電話が震えだした。助手席に放り投げて放置した。

職場には戻れない。ふたたび制服に袖を通して所長に頭を下げる己の姿が目に浮かんだ。悪い冗談のようにしか思えなかった。加奈子の行方を追うことがすべてだった。

陽が昇りはじめ、駐車場は夏休みの家族らの車であふれそうになっていた。小さな娘の手を取る父親を見た。複雑な感情にとらわれながらそれを見やった。

東北道を北へ遡上し、久喜インターから降りて、ふたたび大宮方面へと南下した。何度もバックミラーで背後を確かめながら。駅前の立体駐車場に車を停めた。店のシャッターを開けるブティック、商品を歩道にまで陳列させているドラッグストア、轟音を響かせるゲームセンター。始動する商店街を抜けて、松下と約束したファストフード店に入った。時計は十時を少し回っていた。

コーヒーを頼んで、二階席へと上がった。松下はすでに隅っこの席で、テーブルに目を落としていた。彼の存在に気づくと、彼女は唖然としたふうに口を開けた。

「それ、なに？」

「なにがだ」

彼女の視線が、かぶっていたキャップのほうへと向く。藤島は席に腰かけた。

「誰かに、やられたの？」

「たいしたことじゃない」

「別にあんたのこと心配してるんじゃない。いつか私らが同じ目に遭うかもしれないからいってるの」

「遭うようなことを、なにかしたのか」

「ちゃんと答えてよ。あの娘に会いたいっていうなら、隠し事はなしにして」

ものおじしないまっすぐな視線が向けられた。メモ帳を取り出し、挟んでいた写真を引き抜いた。卒業写真に写った棟方の姿を指した。

「こいつを知っているか？」

松下はそれを手にし、一瞥するとテーブルへと投げ返した。

「知らない。誰？」

「隠し事はなしだ。互いに」

松下の瞳が恐怖でかすかに泳いだような気がした。

「こいつにやられたの？」

「話をそらすな。知っているんだろう」

「知らないっていってるでしょう。あんたは話す義務があるけど、私にはないの」

彼はコーヒーを口にした。罵声が喉元までこみ上げるのをこらえた。

「長野はどこにいる」

「話して。こいつにやられたの?」

彼は一つ大きなため息をついた。

「ああ、そうだ」

「どうして?」

「こいつは加奈子の中学の同級生だった。今はアポカリプスというチームのリーダーだ。こいつが娘に覚せい剤を卸《おろ》していた可能性が高い。だから話を訊きにいった」

「どうかしてるよ、それ」

「内部抗争の真っただ中で、それに巻きこまれた。顎の傷はそれだ」

「その頭は? 包帯巻いてるんでしょう、それ」

彼はかぶっていた帽子を取った。汗で蒸れ、包帯は湿気を含んでいた。

「自分の家でやられた」

「あんたの奥さんに?」

彼女はさもおかしそうに唇をつり上げたが、ふいに沈鬱な表情へと変えた。「誰によ?」

「知らん。全員が覆面していたおかげで、顔もわからなかった。そいつらが持ってた拳銃で殴られた」

「拳銃? 本物なの?」

「おそらくな」

松下は首を振った。

「なんで、なんでそんなことになってるの?」

「何度もいっただろう。それだけヤバいことになっていると」

「嘘、じゃないでしょうね」

「好きに思えばいい。隠し事はなしだというから、いったまでだ」

「でも、そんなのって」

松下は髪をかきあげた。指のあいだから黒く整えられた頭髪が揺れた。

「君は信じられないかもしれないが、友達はこうなることを知っていた。だからあれほどおびえていたんだ」

松下は、じっと考えこむように両肘をテーブルにつけた。やがて意を決したように一人うなずくと、トートバッグに手を入れ、テーブルの上に一枚の鍵を置いた。

「これは?」

「長野から、頼まれてた」

藤島はそれを手にとって眺めた。バイクメーカーのロゴが刻まれていた。

「これをおれに?」

彼女はただうなずくだけだった。

「バイクのキーだろう。誰のだ」

「知らない。渡してくれって、それだけ」

「嘘だ。君は問いつめたはずだ」

彼女は打ちひしがれたように顔をゆがませた。二人のあいだにどんなやり取りがあったかは知らない。だが必死の形相で長野の肩を揺する彼女の姿が見えた。

「それで彼女はどこにいるんだ」

松下の顔が、急に疲れを背負いこんだようなひどい顔色に変わっていた。

「決まってるでしょう、私の家よ。どこか遠いところのホテルとか考えたけど、毎日泊まれるほど、お金あるわけじゃないし。でもはじめは、被害妄想かなにかかと思ってた。いくらもうスピードやってないっていったって、昔、フラッシュバックとか、ひどかったから。またぶり返してきたんだと思ってた」

「いつから彼女は、そんなになにかを怖れるようになったんだ」

「……一週間前ぐらいだと思う。それからほとんど昼間は予備校から外に出ようとはしなかったし、何度も家に遊びに来るようにいわれた。きっと一人で家まで帰るのが、怖かったんだと思う」

一週間前。コンビニ店の中に広がる血と排泄物と煮物の臭いを思い出した。

メモ帳から新聞の切り抜きを取り出した。殺された小山が笑っていた。

「こいつを知っているか？」

棟方の時とは違い、彼女はそれを長々と見つめた。

「知らないけど、見たことあるような気がする」藤島のいいたいことに気づき、あわてて彼女は顔をあげた。「そんな、嘘でしょう。どうしてよ」

「まだわからん。だがさっきのガキとつながっていた。事件が起きたのは、ちょうど今から一週間前のことだ」

「そんなのとは関係ないよ、きっと」

彼女の言葉は平板で、ただいってみたという調子だった。ため息をついて、ためらいがちに携帯電話を取り出していた。彼女は通話ボタンを押して耳に当てた。彼女の反応を待った。合成音声のアナウンスが彼の耳にも入った。

「おかしい。電源切られてる」

「なんのつもりだ」

「本当よ！　今までこんなことなかったのに」

彼女はふたたび通話ボタンを押し、いらだたしげに親指の爪を噛んだ。

「待って、待ってよ」

まるで自分にいい聞かせるように彼女は通話ボタンを押しつづけた。

「最後に連絡をとったのはいつだ」

「朝は、ちゃんといたのに。なんで」

今度は自宅の電話へとかけたのだろう。アナウンスは聞こえなかったが、いつまでも無言のまま耳に当てつづけていた。やがて途方に暮れたような目を彼に向けた。唇はゆるみ、顔から血の気がすっかり失せていた。


「もっとスピード出せないの？」

助手席に座る松下が責めるようにいった。彼女の自宅がある上尾方面へと向かった。ファストフード店から駅へ駆けだそうとする彼女を呼び止めて車に乗せた。家は最寄りの駅からバスで十分以上はかかる上尾市との境にあるという。

道は比較的スムーズだった。市街地から離れる下り方面の道程を、裏道を駆使して進んだ。ほとんど信号に引っかかることもなく、国道十六号に出た。

「焦っても仕方がない。こうして向かっていること自体、無意味かもしれないんだ」

赤信号にはばまれ、ブレーキを強く踏んだ。言葉とは裏腹に運転が荒くなった。シートベルトで押さえていた身体がつんのめる。彼女の横顔をのぞいた。嘔吐《おうと》をこらえるように目をつむり、手を強く握り締めていた。

「長野がいってた。最近ずっと」

藤島は青信号と同時にアクセルを踏み、八十キロのスピードを出した。

「あたし、もうヤバいかもしれないって」

「考えすぎだ」

「じゃあそのけがはなんなの？　拳銃突きつけられたって話も嘘なの？」

彼女は何度目かの通話ボタンを押し、つながらない電話をかけつづけていた。「もう充分よ。もう嫌というほど苦しんだじゃない。どうして放っておいてくれないのよ」

耳障りなポップスを流すラジオを切った。ウインカーを点滅させて車線を変えた。

「すべて加奈子が悪いんじゃない。引っ張りこんでおいて、一人だけ逃げて」

運転しながらダッシュボードを開けて、中にあったセカンドバッグをつかんだ。彼女へ投げた。松下はけげんな顔でそれを見つめ、ゆっくりとジッパーを開けた。息をのむ音が聞こえた。

「あいつはなにをしていたんだ」

彼女はバッグの中身に目を落としていた。嫌悪しているようにも、魅せられているようにも見えた。

「加奈子は、頭がよかった。顔も身体もモデルみたいに整ってて。でも心はどうしようもないぐらいに狂ってた。……ふつうなら、友達をこんなものの虜にさせたりはしないし、ウリをやらせたりもしない。そうでしょう？」

急な割りこみに、背後からクラクションを浴びせられた。

「加奈子はただ笑うだけだった。いくらつめ寄っても。長野には悪いと思ったけど、警察に行くつもりだった。他にも同じ目に遭ってる娘がいると思うとたまらなかったから」

「だが君はそうしなかった」

鼻をすする音が聞こえた。

「死にそうなほど寒い日だった。学校から帰る途中で、もうまわり、真っ暗だった。車が近づいて来て、あいつらにいきなり引きずりこまれて……」

彼女は言葉をつまらせた。予備校の廊下で見せた彼女の仕草。病的な妄想が頭をよぎった。加奈子を想った。いくら想いを馳せたところで現実味は湧かなかった。あいつらとはアポカリプスの連中だろう。ドラッグで多くの少女を惑わし、不良少年らを顎で使った。歯向かう人間には容赦なく攻撃を加えた。まるで暴君のような姿。とても思い描くことはできなかった。だが驚きも湧かなかった。

「加奈子は、生きてると思うか?」

彼女は涙で濡れた顔をあげ、不思議そうに彼を見た。返事はなかった。彼らが進む北の空は、大きな入道雲に覆われていた。


上尾市の郊外。緑が映える田園を過ぎると、唐突に巨大なマンション群が姿を現した。レンガ造りを模したいくつもの茶色い棟が迫った。棟のあいだに設けられた公園のそばを抜けた。

公園にも道路にも、さほど人気《ひとけ》はなく、静かな日常が横溢《おういつ》していた。敷地内に設けられている郵便局に、日傘を差した老婦が汗をふきながら入っていった。タンクトップを着た小さな女の子が、身の丈に合わない自転車と格闘していた。緊張をはらんだ二人とはまるで対照的だった。松下が住む棟の近くに車を停めた。同時に彼女は車から降りて駆けていた。藤島もそのあとを追った。

玄関前に並ぶ自転車を避け、エレベーターを使わずスチール製の階段を上がった。なにかに憑かれたかのように駆ける彼女に従った。どっと汗が噴き出し、四階に達した時点で足が萎え、ニコチンで黒ずんだ肺が悲鳴をあげた。

部屋がある七階にたどりつくと、すでに彼女は鍵をさし、扉を開け放っていた。白いコンクリの廊下を駆けて、部屋の玄関にいたる——。

目の前には立ちつくす彼女の背中があった。黒いTシャツには汗の染みができていた。

「おい——」

彼は思わず口をつぐんだ。ポプリの香りがした。それに生臭い空気が覆いかぶさる。もうおなじみとなりつつあった。彼女の背中越しに見える板張りの廊下には、細長く赤い染みが見えた。呼吸を忘れて凝視した。

身体を震わせている彼女を押しのけた。廊下にはすでに固まった血液の跡があった。リヴィングへと続く扉は開けられていた。淡い水色のカーペットの上に、足を交差させ、身体をねじらせて倒れている人の姿があった。心臓に丸太を打ちこまれたような衝撃。短い体軀《たいく》、オレンジ色の髪。おびえた視線を投げかける少女。それは長野智子に間違いなかった。

白いシャツを着た少女の胸に赤黒い花が咲いていた。見開いた目から頰にかけて涙の跡が残り、まるで泣いているように見えた。救急車を——。喉元までこみ上げた声を呑みこんだ。蒼く、生気のない顔色。とうの昔に絶命していた。歯を嚙み締めていた。細い眉を曲げていた。胸をつかれるような、無念そうな顔つきだった。

部屋を荒された様子はなかった。そしてテーブルの上には携帯電話。ハンカチを握った手でそれに触れた。ボタンを操作しながら、着信履歴とリダイヤルの表示を確かめた。

着信履歴には、自宅と表示されたものが数件、松下からのものが数件残っていた。リダイヤルの表示を見た。電話番号のみが表示されていた。今朝の九時半に彼女は電話をかけたことになっている。番号には覚えがあった。どこかはとっさに思い出せない。だがこれは――。

ごとんと床が鳴った。松下は糸の切れた人形のように膝をついていた。途方に暮れたような表情で唇を弛緩《しかん》させていた。

「嘘、こんなの、嘘よ」

ひどく虚ろな声が聞こえた。

もう一度遺体を見た。口元を掌で押さえた。昨夜は、自分がこうなる運命にあったかもしれない。遺体は藤島自身に、そして加奈子の姿に変わり、彼に微笑みかけた。

## 13

十年ぶりの上尾署。すでに駐車場はマスコミの人影で埋っていた。署内ではいくつもの知った人間と顔を合わせ、恥ずかしさと怒りを覚えた。手錠こそはめられていなかったが、彼らの目は犯罪者を見る時のそれにほかならなかった。

殺風景な取調べ室へと通された。言葉を選んで、最低限のことだけを述べた。行方をくらませている娘を探し、訊きこみを行っている過程で死体とぶつかった。

「もう一度最初に戻ろう。消えた娘を探してる。そうだな？」

「ああ」

「成果はあがったのか」

藤島は首を振った。

「いいや」

「声に出していってくれ。記録がとれない」

「行方を知っている人間はいたか？」

「いいや」

「なぜこっちには黙っていた。なにかやましいことでもあるのか？」

「時間の無駄だからだ」

「カイシャ辞めてから、あんたは離婚を迫られ、親権も奪われた。さんざんだったな」

「そうだな」

「今の仕事、たのしいか？　答えてくれ」

藤島は首を振った。

「声に出していうんだ。何度もいわせるな」

「いいや」

「鬱屈がたまってた。そうだな？」

「……」

「あんた、どこかに娘を閉じこめてるんじゃないか。もしくは、もうホトケにしちまったのか？」

藤島は笑みを浮かべた。奴らの挑発には乗らなかった。怒気のために視界が赤くゆがみ、こめかみの血管が脈打つのを感じていたが。

取調べのあいだ、署の別室に連れていかれた松下を想った。彼女はすべてを話すだろうか。ドラッグにまみれた加奈子について。そして奴らについて。そして松下自身が受けた仕打ちについても。加奈子の暗部が露呈してしまうかと思うとたまらなかった。父親である自分だけが胸にしまっておきたかった。

死んだ長野について想った。遺体のあったリヴィング、寝室、浴室、そしてポスターや衣服で埋まった松下の部屋。どこも荒された様子はなかった。窓を破られた様子もなかった。玄関の扉にも細工された跡はなかった。唯一の同居人である松下の母親は、朝から仕事に出かけていた。取調べの過程で、彼女が殺害された時刻は、朝十時前後と推測できた。ちょうど松下とファストフード店で会っていた頃だ。

玄関の廊下には血溜まりが残されていた。部屋に閉じこもっていた彼女は、来訪した何者かのために扉を開けた。あれほどおびえていた少女が扉を開けてやった相手とは誰だろうか。彼女はなにを思っただろうか。おそらくわずかな時間も与えられないまま、刃物を胸に受けたに違いない。腕や手に抵抗の傷もなかった。そのままリヴィングまで歩みながら、死へと近づいていったのだろう。ドアベルが鳴る。慎重な足取りで玄関へと近づく。魚眼レンズで相手を確認する。チェーンをはずし、鍵をはずす。扉を開けると、外の熱気と共に加奈子が微笑みながら入室してくる……。

藤島は乱れる感情を押しとどめた。現実が現実でなくなり、深い暗闇に呑みこまれそうな危うい感覚。許してくれ、もうこれ以上は。

「……それで、ガイシャとの面識は？」

「二日前に一度」

「彼女は、あんたの娘の行方を知っていたのか？」

「なにも」

「なにも、なんだ？」

「なにも教えてはくれなかった」

「もう一度会おうとしたのは？」

「なにかを知っていると思ったからだ」

「かっときたんじゃないか？　彼女たちはだんまりを決めこんだ。松下恵美は、あんたの頬を打ったといってる。とても耐えられなかったんじゃないのか？」

「どういう意味だ」

「あんたの場合には、充分な動機になり得る」

「ふざけるな」

「刑事時代の評判なら誰でも知ってる。なんなら当時の始末書を用意させようか？　正直、カイシャはほっとしたのさ。間男を半殺しにしてくれたせいで、ようやく厄介払いができる口実ができるってな。あんた、今でも自分を職人だと思ってるようだが――」

奴らの言葉を遮断した。雑音を追い払ったうえで考えた。警察は加奈子を特異捜索人として、重要参考人として探すだろう。すでに娘の暗闇を把握していたとしても不思議ではない。

あくまで娘は自分のものだ。窓から見える夕闇に目をやりながら、この連中に決して渡しはしないと彼は誓った。

永遠と思えた取調べが終わったのは、深夜の二時を過ぎた頃だった。松下がアリバイを証明してくれたのかもしれない。

玄関や駐車場には人気はなかった。玄関ホールを思わず振り返った。同じく連行された松下の姿は見当たらなかった。とうの昔に帰宅を許されたのだろう。明日にでもなれば、桐子の実家に刑事やマスコミが行くだろう。桐子は真っ正直に答えるだろうか。覚せい剤、アポカリプス、殺害された長野。汚されていく娘の実像に、はたして耐えられるだろうかと思った。

駐車場を横切ったところで、一台の車から、短くクラクションが鳴らされた。シルバーのスカイライン。浅井の微笑が見える。

「送りますよ」

藤島は彼をうさんくさそうに見やったが、助手席に乗った。座席を倒した。長時間の取調べのおかげで身体がこわばっていた。

「だいぶ責められたようですね」

浅井は不愉快に思えるほど朗らかな調子でいった。

車が太い排気音と共に発進した。行き先は長野が殺害された事件現場だった。藤島のカローラはあの場所に停めたままだった。スカイラインは署を出て夜の国道を走った。藤島は奇妙な既視感のようなものを覚える。昨夜も同じように暴力の痛みに耐えながら、浅井に送迎されていた。

ライトが羽虫の群れを切り裂いていく。

「ダッシュボード、開けてください」

出し抜けに浅井はいった。ダッシュボードを開けた。中には多量の刃物と黒いセカンドバッグがあった。急《せ》いた調子でジッパーを開ける。注射器、パイプ、覚せい剤の入ったパケ。どれも減った様子はなかった。

「所轄にいる仲間に頼んでいたんです。そうでなけりゃ、緊逮はまぬがれなかった」

皮膚が粟立つのを感じた。車内の冷房のせいではない。

あの時、玄関を開け放ったままで、松下は息をつまらせていた。隣室にいた主婦が顔を出し、絶叫した。身動きの取れないまま、マンションには大勢のパトカーと警官が駆けつけた。車に積んだままの覚せい剤や、ナイフ、模造刀を隠す暇さえ与えられなかった。鑑識たちが隅々までカローラを洗っていった。生きた心地がしなかった。

「おれになにをさせたい」

浅井は黙ってステアリングを握っていた。

「このヤマには、おまわりが関わっているんだろう」

浅井は黙ったままだった。

長野の携帯電話。そのリダイヤルに表示された番号を思い出していた。

大宮署の代表番号。思い当たるふしはいくつもあった。確信させたのは、死んだ長野の現場だった。彼女は松下の説得に折れ、警察に連絡したのではないだろうか。自分の過去や関わっていたことのすべてを告白するつもりで。彼女がやすやすと玄関の扉を開け放つはずもない。差し出された警察手帳を魚眼レンズで確認した彼女は、迎え入れたのではないか。刃渡り数十センチの刃物を抱えた何者かを。現れたのは決して加奈子ではない。

「いえよ。あの殺しも、そうなんだろう?」

警察官が複数殺人に関わっている。頭に犯行の様子を思い浮かべてみたが、うまくはいかなかった。

「いつから内務調査なんぞをやってる」

腸を露出させた店員の姿が見えた。

「私はあのままですよ。所轄の強行班員にすぎません」

「ふざけるな」

首を裂かれた小山の姿と、舌と眼球をこぼれださせて倒れていた女が見えた。

「いえよ」

「極秘に何名かをマーク中です」

「誰だ」

「それはいえません」

「おれになにをさせたい」

大型のトラックが猛スピードで追い抜いていった。語尾が轟音でかき消された。

「係長には、娘さんを見つけてほしいと本気で願っているんです」

「たわ言を吐くな。おまえらはどこまでつかんでる」

「彼女の所在は今も不明です。よほど頭が切れるのでしょう。今もどこかに逃亡しているものと思われますが、足跡らしきものをほとんど残していません。ですがそれも時間の問題です。彼らも彼女を追っているに違いありません」

「彼ら?」

頭をよぎったのは、加奈子の部屋に土足で踏みこんだ男たちの姿。拳銃をたずさえたストッキングと奴らのはいていた靴が見えた。

「写真か」

「なんですか?」

やがて声にならないうめきが無意識にもれた。「馬鹿な。ただそれだけの、それだけのためにあれだけの殺しをしたというのか」

怒りとも恐怖ともつかない昏い感情にめまいさえ覚え、目が涙で潤んだ。

「娘に、娘に指一本触れてみろ、必ず殺してやる。必ず」

加奈子によって苦悶の底に突き落とされた者は、はたしてどれほどいるだろうか。

それでも彼女を護ってやりたかった。周囲の暗黒が広まっていくほど、悲鳴の度合いが強まるほど。生きた彼女の姿の前に膝をつき、謝罪したかった。理解したかった。そして悲鳴をあげる者たちに代わって打擲《ちょうちゃく》してやりたかった。

「これを」

浅井が後部座席にあった一冊のクリアケースを渡した。事件で死んだ人間らの素性調査書だった。車内灯をつけて、小山順平の項に目を通した。工業高校に通うかたわら、二年前までアポカリプスのメンバーに加わっていたという。そのあいだ、万引きで二度補導されている。工業高校在籍時には写真部に在籍していた。

読みあげながら単純な推測を立てた。彼はなにかを撮影した。現像した。火力を秘めた爆弾を。その存在を奴らに嗅ぎ取られた。彼は殺される前に加奈子に託した。いや、元々彼女の命令によるものだったのかもしれない。

上尾のマンションの群れ。松下の部屋のあたりは、青いビニールシートで覆われていた。藤島のカローラは施錠もされずに、ウインドウも降ろされたまま放置されていた。おまわりどもの陰湿な嫌がらせだとしか思えなかった。

「くそ」

シートは夜気で濡れていた。ふたたびセカンドバッグをダッシュボードにしまった。どこかのコインロッカーにでも預けるべきだった。不法所持で逮捕されてはなんにもならない。だがどうしても手近な場所に置いておきたかった。呪わしい物品でしかなかったが、娘とを結びつける数少ない絆《きずな》には違いなかった。

「こいつも。忘れ物です」

浅井がスカイラインのトランクを開けた。模造刀が転がっていた。白木の鞘におさまったそれを手渡された。カローラのドアを開けて助手席に立てかけた。

「なにかいったらどうだ」

「私はなにも見ちゃいませんよ」

スカイラインが遠ざかっていくのを見届け、松下の部屋があるマンションの棟に入った。エレベーターで七階まで上がった。

通路には立ち入りを禁ずる黄色いテープが貼られていた。ハンカチを手に巻き、テープを乗り越えた。ドアノブに触れた。鍵がかけられていた。現実に起きたことなのだと確かめておきたかった。マンションを後にし、カローラに乗った。湿ったシートに身体を預けると同時に全身の力が抜け落ちる。彼女の失踪を知らされてから、まともな睡眠をとっていない。

久喜インターから東北道に乗った。ふたたび蓮田サービスエリアに車を停めた。派手なペイントの大型トラックに囲まれながら、模造刀を脇に置いて目を閉じた。

# 三年前　6

「じゃあ」

ぼくは玄関の扉に手をかけていった。「いってらっしゃい」母が返事をする。息子が夜中に外出するというのに、母の声はどことなく明るく、はずんでいるようにさえ思えた。それを聞いてはじめて、孤独だったぼくをずっと心配していてくれたのだと気づく。その真心に、もっと早く応えてあげられなかったことを恥じ、そして真実を告げられないままでいることを心の中で詫びた。

母には友達と花火をやるんだといった。六月上旬という時期につくべき嘘ではないと感じながらも、他に外出する理由など思いつかなかった。まさか不良グループの集まりに行くんだといえるはずもない。

何日も雨が降っていたせいか、少し肌寒い。何度か水溜まりを踏みしめながら、住宅地を抜けて街道に出た。片側二車線の光の川に沿って、百メートルも歩くと、コンビニの明るい看板が見える。そこが待ち合わせ場所でもあった。

彼女は昨日いっていた。

「夜八時に、そこに迎えが来ると思うから」

「君は？」

どうしても不安げなトーンを隠し切れずに訊いた。

「心配？」

「正直にいえば、不安だらけだよ」

「きっと会えるわ」

彼女は微笑んでいった。だからそれ以上、なにも訊かなかった。

コンビニの入口には何台もの自転車が停めてあって、大きなスポーツバッグを抱えた高校生らが、フライドチキンだのアメリカンドッグだのをほおばっていた。

クラブ活動時代を思い出しながら、トラックでも停められるほどの大きさの駐車場に目をやった。そこには何台かの車が停まっている。

ひときわ目につく大きな白いワゴン車があった。車にくわしくないぼくでも、それがなんというのかは知っている。シボレーアストロとかいうアメリカの車だ。

窓は黒いフィルムに覆われていて、中はうかがえない。エンジンがかかりっぱなしなのか、黒い窓から青い光のようなものだけがのぞけ、そして胸に響くような大音量の音楽が鳴っていた。ぼくは思わず喉を鳴らして唾を呑み、二の足を踏む。無骨で、でかくて、騒々しい。凶々《まがまが》しさを誇示しているかのような雰囲気に圧倒された。

「瀬岡」

黒いウインドウが降りて、中から声をかけられた。出し抜けに名前を呼ばれ、身体がびくりと反応した。中で一人の少女が手招きしていた。藤島ではなかった。髪はショートカットの茶髪で、目の上に長いつけ睫毛をつけていた。化粧もしているせいか、目のまわりが黒い。少し厚ぼったい唇をつまらなそうに尖らせながら、ぼくを上から下まで見回していた。

ひどく驚きではあった。

「なにしてんの、こっち」

ぼくはその少女を知っている。思い出すのに時間が少しばかり必要だったけれど。同じ学校の遠藤那美だ。ほとんど学校に顔を見せない連中の一人で、相手がぼくを知っているというのが、ひどく驚きではあった。

「へえ、君が瀬岡君か」

運転席のウインドウが降りて、短い金髪頭の男が顔をのぞかせた。口を横いっぱいに広げなが

ら笑っていた。前歯が一本だけ、金色に輝いている。

ぼくは車の扉をスライドさせた。はたして乗るべきなのかと何千回も自分に問いながら。

「どうするの？　乗るの？　乗らないの？」

いらだたしそうに遠藤がいった。短い制服のスカートから白い足をこれ見よがしに露出させて、

せかすように膝を揺すっていた。

「歓迎するよ。みんな待ってる」

いっぽうの金髪は、テクノミュージックのリズムに合わせるようにして身体を揺すりながら、

にこやかに笑う。それは派手派手しくて、屈託がなく、かえってとても不気味に思えた。

恐怖や臆病風を隅へと追いやり、車内へ足を踏み入れた。藤島の言葉を信じて。

「きっと忘れられない夜になる。きっとな、うん」

ふかふかの毛に覆われたシートに身を預けると、金髪が振り向いて愉快そうに笑い、シフトレ

バーを動かした。遠藤は冷ややかな目でぼくを見ていた。

大型スピーカーから鳴る轟音が胸をぐらつかせた。エアフレッシュナーと遠藤の香水が、濃く、

人工的な匂いを醸《かも》しだしている。青く光る車内灯とあちこちに飾られたトロピカルな花飾り。で

きるだけ平静を装いながら車に揺られた。

どこをどう進んだのかは、よくわからなかった。

相当なボリュームで音楽が鳴っているにもかかわらず、金髪の男が振り向いては、なにがしかの言葉を投げかけた。

「学校はたのしいか」「どんな高校を目指しているんだ」「おれがそんくらいの時といったら」「車は好きか」「あの漫画はおもしろいよな」

そのたびに耳を傾けなければならず、窓から見える風景を何度も見失った。せいぜいわかることといえば、北のほうに進んでいるという感覚ぐらいしかない。

どこへ向かっているのかと尋ねた。金髪の男は「地獄の一丁目さ」といい、さもおかしそうに声をあげて笑った。

「さあね」遠藤の答えはつれなかった。ぼくは心の中で、きっと心配するであろう両親に詫びた。この様子だと家に戻れる時間はかなり遅くなるはずだ。

小一時間ばかりも進んだだろうか、車は街灯の少ない小さな道をひた走っていた。周囲は暗い底なし沼のような田んぼが広がっていて、やがてそれさえも途切れ、木々の生い茂った丘を登っていた。何度もU字型のカーブに直面する。

「ここはいったい――」

金髪の男がハンドルを切って曲がる。あわててぼくは窓へと目を移す。

大きな看板が見えた。そこには赤い文字で〝満〟と、青い文字で〝空〟と書かれていた。ぼくは胸がドキドキするような驚きを覚えた。つまりそこはラブホテルに違いない。

それを裏づけるかのように、生垣《いけがき》で囲まれた道路の先に、白い三階建てぐらいの、いかにもな建物が見えた。屋根はメルヘンチックなとんがり屋根になっていて、レンガふうの柱が何本も立っていた。

ただ様子がおかしかった。ホテルに一切の灯りはなく、あたりや建物は、木々の濃い闇に覆われていた。生垣は伸び放題で手入れはされてなかった。時々、生い茂った枝々がアストロの側面をこすった。

ホテルまでの私道には、いくつものペットボトルや紙くずが散らばっていて、アスファルトはひび割れていた。近づいてみるとホテル自体も壁の色は褪《あ》せていて、窓とおぼしき場所にはガラスが入っていないのか、ぽっかりと穴がいくつも開いていた。

つまりホテルはすでに運営されてなく、廃墟と化していた。胸をなで下ろしながら、別の緊張が湧き上がる。まさか、こんな場所で？

アストロのライトが、進入をはばむための鎖を照らしていた。金髪の男が短くクラクションを鳴らした。ソフト帽で顔の上半分を隠した少年が生垣の闇から現れて、手馴れた様子で鎖をはずし、金髪の男に手を振った。

車はゆうゆうとホテルの敷地内へと進んでいく。

やがて生垣が消えてホテルの全貌が見えた。ホテルの下部は駐車場になっていて、思い思いの格好をした少年や少女らの姿が見えた。何台もの車やバイクが乱雑に停まっていて、そのライトが唯一の灯りとなって彼らを照らしだしていた。

「さあ、着いたぜ」

人波をかきわけるようにして車を進め、エンジンをかけたまま金髪の男は車から降りた。遠藤も扉をスライドさせて後に続いた。ぼくは深呼吸をしてから降りる。まるで野生の動物がひしめいているアフリカの大地に降り立ったような気分だった。

同時に新たな轟音に包まれた。あちこちに停められた車から好き勝手に音楽が流れている。ヒップホップに合わせて黒人がライミングしているかと思えば、まるで雑音のような激しい音色のギターがロックのリフを刻んでいた。それにテクノやドラムベースの機械的なリズムが加わって地面を規則正しく揺らしていた。

数にして二十人ぐらいはいるだろうか。だぶだぶのTシャツに太いジーンズの黒人ふう。派手なスカジャンを着ている者もいれば、開襟のシャツにスーツ姿のやくざのような格好をした男もいる。頭髪もバリエーションに富んでいて、茶髪、長髪、坊主頭、ドレッドヘアーとさまざまだった。

女の子は大半が学校の制服姿のままだった。まるで自分たちが女子高校生や女子中学生であることを強調しているかのように見えた。彼らはいくつかのグループにわかれていて、話に興じていたり、音楽のリズムに合わせて身体を揺らしたりしていた。

タバコの火が、暗闇の中でさまよっていた。そして別の手にビール瓶や酒瓶。コンクリートを打ちつけるような硬い音は、上半身裸の少年らが滑るスケートボードから発されていた。

ぼくは反射的に彼女の姿を探した。背がほっそりとしていて高く、長い髪をした藤島加奈子の姿を。

人の顔はまぶしいライトにかき消されていたり、闇にまぎれていたりしていたけれど、それほど判断に時間はかからなかった。彼女に似た姿はどこにもなく、車の中をのぞいても、駐車場の奥の闇に求めても、ついに見つけられはしなかった。

凍りつくような緊張に心が縛《いまし》められた。この場において誰も知った人間がいない。まるで裸で街を歩いているようだ。

強い調子で肩を叩かれた。振り返ると、先ほどホテルの入口の鎖を解いたソフト帽の少年が、酒かなにかに酔っているのか、しまりのない表情でぼくに笑いかけていた。

「へえ、若いね」

少年の年齢は、高校生ぐらいのように見えた。答えあぐねていると少年は続けた。「棟方に呼ばれたの？」

ぼくは藤島に呼ばれたんだ。とっさに喉元まで言葉がこみ上げたが、そのまま黙ってうなずいた。

「じゃあ、やるんだ」

少年は一人納得したように笑って、片腕をあげてみせた。ぼくは首を振った。おそらく腕っぷしのことをいっているに違いない。

「じゃあなに、バイク？　それともこれ？」

少年は人差し指を鉤状に曲げた。ぼくはふたたび首を振る。バイクに乗れるわけでも、盗みをするわけでもない。

「ぼくは――」

「わかってるさ。本当はあれだろう？　わかってるさ」

少年が目を見開いて飛びかかってきた。両腕をぼくの肩に乗せて叫んだ。まるでチンパンジーかなにかのような振る舞いにとまどう。

「がんばれよ。わかってるんだ。おれには」

運転をしていた金髪の男が、ぼくの腕を引いた。持っていたビール瓶を掌に押しつけた。

「飲みなよ。あいにくと六九年以来、ここにはワインを一切、置いてないんだけどね」

「え？」

「イーグルスさ。ホテル・カリフォルニア」

金髪の男は早くビールを口にするように、掌をあげてうながす。酒に慣れていないぼくは、苦味やアルコールに目を白黒させながら飲み下した。廃墟の中にいるというのに、ビールは驚くほど冷たかった。

「早く酔いなよ。こんなところまで来て、頭をまともにしていたんじゃしょうがない」

金髪の男が親しげに肩を組み、雑多に流れる音楽の一つに合わせるようにしてぼくを左右に揺すった。

男の言葉に従い、ぼくはもう一口、ビールをあおった。不安だの恐怖だのといった負の感情を多少なりとも抑えこむには、そして彼女を笑って迎えるためには、もう少しだけアルコールの力を借りたいと思った。小さなコンロで火をつけたように、胃の底がじんわりとあたたかくなる。ただの轟音として鼓膜を震わせていただけのいろんな音楽が、小さくほぐれて耳を通り越し、脳ミソにいたるまでに一つの濁流となってはじけた。

「いいかい？　もっとはじけちまうんだ。頭のチューニングを狂わせるのさ」

金髪の男が耳元で叫んだ。彼の言葉に従い、身体をぎこちなくだけれど上下に揺すった。単純に、それは気持ちが舞い上がるようで、とても心地がよかった。

まわりの少年や少女らが、いつのまにかぼくを見ていた。そのどれもが感じの悪くない柔らかな笑みを浮かべていた。とてもおどろおどろしい噂の張本人たちとは思えないほどの。それは本物かどうかはわからなかったけど、ぼくの心を少し安心させた。

退廃という言葉が頭をよぎる。夜中にこんな場所へと足を踏み入れ、なおかつ酒を飲み、不格好なさまで踊っている。両親はなんと思うだろうか。でも彼らがこうして集まる理由を、少しだけ理解したような気がした。

暗闇から青白いフラッシュが瞬いた。猛烈な光に目がくらんだ。ポロシャツ姿の眼鏡をかけた長髪の少年が、大ぶりなカメラを抱えて、にやにやと笑っていた。

歳は高校生ぐらいのように思えた。この場にいる者全員が、露骨に不良らしき臭いを漂わせていたのに対し、彼は場違いなほどオタク臭く見えた。

ぼくがけげんな顔をしているのもかまわずに、レンズをのぞきこんではまたもシャッターを切った。

「なにを……」

「き、記念撮影さ」

ぼくのとまどいなどおかまいなしに、男は何度もフラッシュを焚いた。

「ありがとう」

少年は笑いかけたつもりだろうか、口の端をゆがめると、暗闇の中へと消えていった。

「瀬岡、こっち」

駐車場の奥から、ぶっきらぼうな調子で遠藤がいった。いらだたしそうに顎で指図する。敵意さえ感じさせる彼女の態度が、ゆるみがちになるぼくの心を引き締めた。

ちょうど脇を原付バイクが過ぎていった。首から下げられたカメラを見て、さっきの少年だとわかった。バイクはそのままホテルの出口へと走り去っていった。まるでカメラと一緒に、ぼくの魂までを持ち去られたようで、不快な気分になった。

人のあいだをすりぬけるようにして地下へと続く奥に向かった。わずかだけれど人の数が少なくなり、夜の冷気が濃くなったように感じた。音楽のボリュームも、入口近くに比べて静かだった。

奥では茶色い髪をした男が、ぼくに背を向けていた。白いシャツに学生ズボン。色とりどりの格好をした少年少女の中では、かえってそれは異質のように感じられた。彼が棟方であると、すぐにわかった。

彼は両手になにかを抱え、壁のほうに向いていた。壁には木製の的のようなものが吊るされていて、そこには太い釘のようなものが何本も突き刺さっていた。近づくにつれて、彼が持っているものが大型の銃のように見え、やがてボウガンだとわかり、ぎょっとした。バシュッという弦がはじける音がしたと同時に、飛びだした矢は的をはずれてコンクリートの壁に跳ね返った。

彼のまわりにはテーブルや椅子が何脚かあり、酒瓶やタバコを手にした彼の仲間らが腰をかけたり、もたれたりして、矢の行方をぼんやりとした目で追っていた。

「よく来たな。待ってた」

何本かの矢を撃ち終えて、棟方がいった。

「ここは気に入ったか？」

彼は机の上に置いてあったなにかに手を伸ばした。そのなにかを口にくわえ、ライターの火を近づけた。くわえているものが鉄製のパイプだとわかった。パイプの先端から煙が昇り、彼はとても慣れた様子でたくさんの煙を吐いた。あたり一帯に草を燃やしたような匂いが充満する。

「サルビアの葉っぱさ。たいしたもんじゃない。身体がぐらぐら揺れたり、目がちかちかしたりするだけだ。やってみろよ、野球部にいたんだったら、タバコぐらい吸ったことあるだろう?」

棟方はパイプを口にくわえ、ふたたびライターの火を近づけた。先端に盛られた草のようなものが燃え、彼が煙を吐きながらぼくに渡してくれた。受け取り、吸った。

辛みのある煙にむせて、咳きこんだ。彼と彼の仲間のあいだから笑い声があがる。

「いいところだろう? ここは」

「藤島は、ここにはいないのか?」

「藤島? ここに藤島なんていたか?」

棟方はぐるりとまわりを見渡し、すぐに肩をすくめた。

「冗談さ。おっかない顔しやがって。すぐに後からやって来るさ」

「本当に?」

「あいつに、かなりのめりこんでるみたいだな」

「……」

「泣けるね、それってすごく」

椅子にもたれていた遠藤が、オーバーな仕草で笑う。やがてぼくをにらみつけていった。「早く見切りつけて帰れよ。身の程知らずも、そこまでいくと全然つまんないからさ」

驚くほど熱い感情が湧く。彼女を見つめた。にらんだといったほうがよいのかもしれない。

「へえ」

棟方がうっすらと目を見開く。

「ぼくは……」

「いいさ。アドバイスされて簡単に尻尾巻くようだったら、最初からこんなところに来やしない。

そうだろう?」

遠藤が持っていたビール瓶をぼくに投げた。瓶は足元に落ち、茶色いかけらがコンクリートに飛び散った。

「気分悪いんだよ、おまえ。さんざん学校でボコられてた虫けらのくせに、偉そうにガンたれてんじゃねえよ」

「ちょっと黙れよ」

棟方がたしなめるように遠藤を見た。周囲のざわめきがやみ、ゆるんでいた空気が張りつめたような気がした。遠藤は、打ちひしがれたような表情になって、唇を震わせながらうつむいた。水を頭からかぶせられたような気分になった。

彼はぼくに笑いかけた。

「そういうのは、けっこう好きなんだ。後押ししたくもなってくる。あいつのことを訊きたくて来たんだろう? 今日は」

「藤島は、やっぱりここのメンバーなのか?」

「メンバー? メンバーか。そうやっていちいちくくられるのは、あまり気分がいいもんじゃないけどな」

棟方は苦笑をこらえるかのように煙を鼻から吐いた。

「だが藤島なら、はっきりいえる。あいつ自身はどう考えているかは知らないがな。おれたちの立派な仲間だ」

ぼくは少なからず衝撃を受けた。彼女について、仲間なんて言葉を聞くなんて、今の今まで思いつきもしなかったのだ。彼女はいつだって独りだった。大勢の人間に囲まれてたのしく過ごしている姿など、想像できなかった。

「だが、あいつとやれたって話は聞いたことがないな。誰か、あいつとやったやつはいるか？」

彼がまわりに首をめぐらせて訊くと、下卑た笑い声があちこちからあがった。

祈るような気持ちでまわりに目を走らせた。名乗りでるやつやうなずくやつこそいなかったけれど、中には思わせぶりな顔をする男もいて、ぼくの心をかき乱そうとした。

「ほらな」

棟方が肩をすくめた。どことなくそのさまは、彼女がよくする仕草と似ていた。

「だが、それ以上あいつを追うのはやめておいたほうがいい」

「どうして」

「そうだな……」

棟方は空をにらんだ。

「どうして」

「脅してるんじゃない」

棟方は腕を組んでいった。「おまえはこのアポカリプスのなにを知ってる」

「ぼくは……」

「まあ聞けよ。暴力か？　誰かが誰かをやったとか、ぶっちめたとか、脅しまくったとか。誰かが誰かを追い抜いたとか、そんな噂じゃないか？」

「そうだけど」

「勇ましいと思わないか？　そんな噂どおりだとすると、おれたちはちょっとしたヒーローか、もしくは化物ということになる」

彼のまわりにいる連中が奇声をあげた。口笛を吹いた。

長髪の男がいった。「化物か。いいな。化物呼ばわりされたほうがイケてるよ」

ドレッドヘアーの男がいった。「プロレスラーみたいだ。リヴィング・レジェンドって自分でいってるやついたよな。アメプロに、知らねえ?」

オーケストラを前にした指揮者のように、棟方は周囲をぐるりと見渡しながらいった。

「本当は逆さ。おれたちはなにかが欠けているんだ。思いっきりな。この世で生きていくために必要なものをどっかに置いてきちまったやつばかりだ。アポカリプスってのは、こんなもんさ。馬鹿で、弱っちい連中だけが集まって、傷口をなめ合ってるにすぎない。見てればわかるだろ?」

問われたぼくは曖昧な表情を浮かべるしかなかった。

「さすがにきつくない? 棟方君」「マジにひでえよ、それ」外人があげるようなブーイング。いっぽうではさも愉快なジョークを聞かされたような笑い声。「わかってるよ。おれたち、弱いからな」「大事にされたいよね。年寄りみたいにさ」

棟方が手を叩いた。

「そこで藤島加奈子の話だ。だがおれたちも、たいしてあの女をよく知ってるわけじゃない」

自分の口から思わず大きな声が飛び出た。

「ぼくは、どんなふうに思われてもかまわない。ただもっと知りたいんだ。もっとわかりたいんだ。それがどうしてだめだというんだ」

「だめだといった覚えはないがな」

「教えてほしい。どうして彼女は、君らと一緒にいるんだ。彼女はいったい、ここでなにをしようとしているんだ」

まわりから嘲笑が湧き起こった。熱いぜとかがんばれとか。逆に気持ち悪いだとか。

「そんなにあいつがおれたちと一緒にいるのがおかしいか?」

「それは……」

棟方は居丈高な物言いをするわけでもなく、つめ寄る様子さえも見せなかった。冷静で、放つ言葉はどこか哲学的でさえあったけれど、ぼくはなぜか脅されているような気持ちになった。

「あの女を知りたいのなら、その勘違いを直すことだな。あいつが掃き溜めの中の鶴みたいに見えるだろう? さぞやたいした理由を秘めているに違いないと思うんだろう?」

ゆっくりとぼくはうなずいた。

「いい男だな、おまえ。正直で、度胸もある」

「……」

「残念だが理由なんてありはしないさ。それが答えだ。藤島もおれたちとなんら変わらない。あいつもやっぱりなにかが欠けているんだ。だからこそあいつはここに集まって、おれたちとつるむ」

駐車場にこもる熱気が、山の冷気さえも駆逐しようとしていた。たまらずぼくは、手に持ったビールを口にした。

「納得できてねえって顔だな」

「だから、ぼくにやめろというのか?」

「やめる? 違うな。近づきたければ、好きなだけ近づけばいい。これは助言でも脅しでもない。ただのたわ言さ。だがあいつはでかいんだ。欠けた穴が、おれたちよりも。あまりにもその穴は深すぎて、まわりの人間を取りこんじまう。いってる意味わかるか?」

ぼくは強く首を振った。皆目《かいもく》わからないというふうに。棟方の少しも要領を得ない言葉にはいらだちしか感じなかった。

「やっぱり、わからないよ。わかるもんか――」

「いや、わかるさ。今夜にでもな」

だだっ子を諫める父親のような口調で、棟方はいった。

「彼女はいつ、来るんだ」

「もうすぐさ。待ちきれないか?」

ビール瓶を何本も抱えて現れたのは、例の金髪の男。おぼつかない足取りでやって来ては、ビール瓶を振る舞ったり、押しつけたりしていた。ぼくにも金歯をのぞかせながら、まだ飲みきらないうちに新たな瓶を押しつけた。

棟方が瓶を掲げていった。

「飲めよ。あいつは飲めるやつが好みなんだ。覚えがあるだろう?」

彼らを見渡しながら一気に酒を含んだ。

結局のところ、どうして自分がこのような場所にいるのか。どうして彼女はぼくを呼んだのか。疑問が泡のようにふくれあがってきた。歯噛みしながらもう一口。たとえそれを言葉にしたとて、まともな答えが返ってくるとは思えなかった。

アルコールのせいか、首の後ろのあたりに鉛を埋めこまれたような重みと火照りを感じた。冷えたビールよりも、ただの水を飲んで酔いを醒ましたいと思った。少なくとも彼女が現れるまでは、まともでいなくてはならない。

それまで黙っていた遠藤が、テーブルの上をまるでほうきで掃くように薄いカードを滑らせていた。得体の知れない白い粉をかき集めていた。どこか切迫したような表情の彼女は、短く切ったストローを鼻にあてがっていた。

「なに、見てんのよ」

上目で彼女がにらむ。酒のせいなのか、恥ずかしさのせいなのか、顔を赤らめながら。見てはいけないものを見たような気がした。棟方がいった。

「クスリを見るのははじめてか?」

「え? ああ……」

「そんなにびくつくなよ。なんならおまえもやってみればいい」

「ぼくは……」

遠藤がストローの先端を粉の山へと持っていき、音を立ててそれを吸いこむ。彼女は何度か咳きこみ、そのたびに粉が白煙のように細かく散る。「ちくしょう」彼女はカードを駆使して粉を集め、ふたたび鼻から吸いこもうとした。いかにも邪《よこしま》で卑猥な行為に見えた。

遠藤が赤く潤んだ目でぼくを見上げていた。またなにか罵倒するつもりなのだろうが、ただ唇を震わせたままなにもいおうとはしなかった。鼻のまわりについた粉を指で何度もぬぐっては、あたりをはばかることなく歯茎にこすりつけていた。

棟方が彼女の肩に手を置いた。

「こいつを蔑むか?」

「いや……」

「もう一度いうが、おまえもやればいい。そうすればあいつに近づけるかもしれない」

棟方はポケットから小さなビニール袋を取り出した。中には、たった今遠藤が吸ったものとおぼしき透明な粒が入っていた。

「あいつもさんざんこれをやった。アンフェタミンの化合物。スピードってやつさ」

棟方がその小袋を投げてよこし、それは足元に落ちた。ぼくはそれを恐る恐るつまみ上げた。排泄物を手にしているような気分になった。

「藤島が、これを?」

「だからいったろう? あいつは誰よりも弱っちいんだ。欠けたものを埋めるために、よくやっていたさ」

「いいよ。こんなものをやりたくて来たわけじゃない」

棟方がビール瓶を持ちながら手を叩いた。

「そんなこったろうとは思ってた」

「ぼくを、ここから追いだすか?」

連中は常に棟方の顔色をうかがっているように見えた。つまりは彼がボスであり、彼の指示一つで、ぼくなどどうにでもなってしまうのだと遅まきながら気づいた。頭のふらつきに耐えながら。

「いいや。もうわかっただろう? おれたちはおまえを歓迎したいんだ。もてなしたいんだよ。藤島からもそういわれているしな」

「藤島が?」

「おまえは大切な賓客なんだ。おまえを迎えるために、いろいろと準備をしたんだ。このスピードにしたってそうだ。無理にやれとはいわない。だがアルコールで酔っ払うのも、スピードの粉を吸うのも、たいして変わりはない」

「でもぼくはやっぱり、やれないよ」

「わかっていたさ。だから代わりのクスリを用意した。気に入ってくれるといいんだがな」

「代わり?」

「きっと気に入るよ、絶対!」

遠藤が突然吠えた。さっきまでとはうって変わって、にこやかな笑みを投げかけながら。まわりの連中が、まるで勝どきをあげるかのように叫んだ。「イエー!」「いいねえ!」

肩まで届くくらいの長髪の男とドレッドヘアーの二人が、さっと椅子から立ち上がった。駐車場に停めてあった一台のセダン車へと駆けていった。

セダン車のドアが開かれると、誰かの短い悲鳴があがり、やがて子供のすすり泣きのような声が聞こえた。長髪とドレッドヘアーが、その声の主を引っ張っていた。二人は無言のまま、なかなか車から出てこない何者かを殴り、脚を突っこむようにして蹴り、中から引きずり出した。

誰だ。引きずり出された少年の顔は無残に腫れ上がり、目の縁は黒ずんでいた。血を流したのか、額には溶岩のようなかさぶたが張りついていた。唇は内出血を起こしているせいか、はち切れそうなほどにふくれていた。

やがてそれが島津だとわかり、ぼくはただ立ちつくした。

「これは――」

二人の男に襟首をつかまれ、島津はくしゃくしゃに顔をゆがめながら、引っ立てられた。顔を涎や涙で濡らしながら。うまく言葉にはならなかった。

「いったい、なにを……」

棟方が微笑んだ。それは艶《つや》やかと思えるほど美しい微笑だった。

「気に入ってくれたか？」

「あいつに、なにをしたんだ！」

棟方は机の上のボウガンを手にとって、ぼくに押しつけた。島津がコンクリートの地面へと投げ出された。奴は身体を震わせながら、救いを求めるようにぼくを見上げていた。

遠藤が立ち上がり、机の上の矢を取って近づいた。立ちつくすぼくにまるでキスでもするかのように顔を近づけ、ボウガンに矢を装填《そうてん》させる。

「世話の焼ける子」

棟方がいった。

「心配はいらない。腕は使えないようにしてある」

「そんな……」

ぼくは、島津の力なく垂れている右腕を見やった。骨が折れているのかはわからない。ただ肘の関節が異様なまでにふくれあがり、赤く腫れ上がっていた。

「こいつは、おまえにさんざんやってくれたそうじゃないか。話は聞いてる。調子に乗って、おまえを追っかけ回したそうだな。靴を切り刻んだり、屋上に閉じこめたり」

ぼくは島津の右腕を見ていた。たとえ骨が折れていなかったとしても、とても野球などできる状態ではない。ましてや大会に出ることなど。

激しく内臓のあたりが痛んだ。まるで自分がその凄惨な暴力の渦に巻きこまれたかのように。ぼくらは喉がかれるまで、汗が塩に変わるまで、肩や腰が痛むまで練習をした。誰にも負けたくはないと焦り、悩み、膨大な時間と肉体を捧げてきた。すべてをフイにされた。奴の絶望が流れこんできて、ぼくを息苦しくさせ、愕然とさせた。

「陰湿だな。おれたちもくだらないが、こいつも死ぬほどくだらない。怒りに身を任せるんだ。こんなやつは消しちまったほうがいい。いなくても全然かまわない」

「島津……」

暗い駐車場の中にあっても、島津の目が恐怖とショックで濡れてるのがわかった。亀のように身をすくめ、狂気じみたようすで顎を震わせていた。

連中の一人が、サッカーボールを蹴るように足を振り上げては、蹴るフリをして笑った。今の島津にはそれで効き目は充分らしく、短い悲鳴をあげ、床を這いずって逃げようとする。腕の自由が利かないのか、バランスを崩して肩をコンクリートに打ちつけた。

「ああ、ああ」

島津が言葉にならない悲鳴をもらして転がった。どっと笑い声があがった。

思わず目を背けた。あれが、ぼくと何年も対峙してきた男だとは思いたくはなかった。辛辣《しんらつ》で、蛇のように執念深く、強情だった。ぼくの知る島津は最悪にタフなやつだった。

「究極のクスリだ。好きなところを撃つといい」

「そんな……」

彼の言葉はとてもやさしく、甘い響きさえともなっていた。ぼくは棟方を見た。無邪気な屈託のない微笑み。自分の顔から表情がなくなっていくのがわかった。

遠藤がけたたましく笑う。

「うらやましい！　最高にハイになれるわ、きっと」

「これにはどんなクスリだってかなわないさ。おまえのためにカスタマイズされた、おまえだけのドラッグなんだ」

ぼくは首を振った。酔いがひどくなったのか、頭の中に綿をつめこまれたように意識が濁った。

「だめだよ。そんなのはだめだ」

「おまえは心おきなくやれる。おれたちには、力がある。こんなやつが一匹消えたところでどうってことはないほどの。好きなところを撃てばいい。そう威力があるわけじゃない。頭に打ちこんだとしても、骨をどうにか貫くだけなんだ。矢は脳ミソに突き刺さるだろうが、あいにく脳ミソには痛覚ってやつがない。ちょっとした見物だ。どこぞの部族のアクセサリーみたいにおっ刺したまま、きょとんとしているだろう。見たいと思わないか？」

「ぼくは、やれない」

「いや、おまえはやる。やりたくて仕方がないはずだ」

「ぼくは――」

「誰にもはばかることはない。おまえこそが正当なんだ。このクソったれ野郎が、おまえになにをしようとしたのかを思い出せよ」

ぼくは奴を見下ろした。すっかりおびえきっていて、連中が声をあげるたびに、足を踏み鳴らすたびに、瓶が割れるたびに頭をすくめていた。

誰かが花火をつけたせいか、緑や赤のまぶしい光が駐車場を妖しく照らした。

「助け、助けてくれ。瀬岡……」

「ナイフを突きつけておいて、助けてくれか。屈辱を与えておいて、助けてくれか。気をつけろ、次に会う時は後ろから刺すつもりだ」

ぼくはボウガンを掲げていた。棟方は、ぼくの心の底に眠る闇を代弁していた。島津と過ごした日々が次々と思い出され、そのたびに昏い感情にすべてを支配されそうになる。それは、同じ釜の飯を食べたなどという友愛に満ちたものではなく、競争の果てに見た憎悪だの屈辱だの妬みだのといった汚泥《おでい》でしかなかった。

「なあ、こいつはまだ汚いのか?」

棟方が島津にいった。奴はわからないという顔をした。脇にいた長髪の男が剣呑な空気を振りまきながら、腹を蹴飛ばした。

「なにかいえよ、この野郎」

島津は身体を丸めたままなにかを床に吐いた。

「なあ、こいつはまだ汚いか? 答えてくれよ」

「もう、もうおれは……お願いだから、病院に連れて……お願いします」

連中は、さも愉快なジョークを聞かされたかのように腹をよじらせて笑った。

「ぼくは、おまえが嫌いだった」

矢の先を島津へと向けた。奴が悲鳴をあげて顔をかばう。ボウガンをかまえるぼくから目を逸らそうとする。引き金を指にかけながら、いった。

「見るのも嫌だった。うっとうしいとも、殺してしまいたいとも。おまえはクソだよ。いつもぼくを監視して、悪い噂を振りまいていた。いつも正義面しながら」

「瀬岡……」

「ぼくは限界だった。あの屋上で死ぬことだって考えたんだ。おまえはぼくを殺そうとしたんだ。信じられないよ」

「そうだ。矢をぶちこむんだ!」

今までずっと静かな口調だった棟方の声がふいに熱を帯びた。

「おれを撃つなよ」腹を蹴った長髪の男が、奴の襟首を後ろからつかんで引き起こした。「目玉！　目玉！」「一発で殺すんじゃねえ」声があちこちから飛ぶ。まわりはいつのまにか人の数が増えていて、ぼくらを取り囲むようにしてなりゆきを見つめていた。その誰もが興奮したように、魅せられているかのように絶叫していた。

棟方が声を張り上げた。

「やれ！　おれたちの命令にそむいたその馬鹿を殺せ。混沌の一員となるんだ！」

「やめろ、撃つな。嫌だあ！」

島津のまわりに何人かの男や女が集まり、奴の両腕や両足を抱えた。まるで奴は磔《はりつけ》にされる罪人のようだった。ゾンビにたかられる犠牲者のようだった。

車から耳が痛くなるほどの音楽が流れてきた。心臓の鼓動のような低いヒップホップのリズム。まるで呪文を詠唱しているかのような黒人のライミング。アルコールで澱んだ頭に、それは不気味に訴えかけてくる。

「やれ！　藤島もそれを望んでる」

棟方の声とあたりから湧き起こる怒号や絶叫に囲まれる。ぼくから思考を奪い取ろうとしていた。彼女がそれを望んでいる。

ぼくは身体をひるがえした。ボウガンを、島津から棟方へとその矛先を変えた。ふくれあがった熱狂が一瞬のうちに凍てついた。すべての者があっけにとられたような表情を浮かべた。

「動くな！」

ただ棟方だけが冷ややかにそれを見つめていた。自分が的になっているというのに。

「なにやってんだ、こら！」「頭、湧いてんじゃねえのか！」やがて凍てついていた空気が融け、熱のこもった怒気がぼくに向けられた。ボウガンを持つ両手が震えた。

棟方の手がズボンのポケットに伸びた。ぼくは思わずボウガンをかまえ直した。

「頼む、動かないでくれ」

彼が取り出したのはタバコの箱だった。タバコを取り出してくわえ、火をともす。あたりからバネがはじける音がした。誰かがナイフの刃を開く音だった。

ぼくはただの平凡な中学生にすぎなかったはずだ。少なくともこんな血なまぐさいこととは縁がないはずだ。なのに。脚から力が抜け、コンクリの床が融ける。湧き上がる後悔の念が、胸をちりちりと焦がした。

棟方が煙を吐きながら頭を掻いた。

「残念だな」

「ぼくたちを、解放してくれ!」

「おまえは、もう少しで満たされるところだったんだ。欠けていた箇所がちょうどよく符合するところだったんだ」

急に意識を埋没させてしまいかねないほどの眠気に襲われる。こんなとんでもない状況で! ぼくはわが身を疑いながら、頭を振って、どうにか自分を保とうとした。

「こいつはどうする?」

長髪の男が島津の首にナイフを突きつけていた。

「やめろ!」

棟方が答えた。

「さあな」

「やめろ！　撃つぞ！」

棟方は口を欠けた月のようにゆがめて笑った。とても不気味で、胸が焼けるように痛んだ。

「いいよ、撃て。おまえがそう出るというのは、残念でもあるが、たのしみでもある。せいぜい退屈させるなよ」

「そこからどくんだ」

島津の四肢を抱えた連中に、追い払うようにいった。長髪の男が離れ際にうなった。

「ふざけやがって、おまえもう死んだぜ」

明確に聞こえたのはそれだけだった。他の連中も口々になにかを叫んだ。わからなかった。呪詛や脅し文句だろう。足元の島津が、ぼくに訴えるような目で見上げていた。自分勝手なやつだと思った。恐くて、さっきから歯が噛み合わなくて、泣きだしてしまいたいのはぼくも一緒だ。

「歩けるか」

「ああ、ああ」

島津は、壊れたぜんまい仕かけの人形のように何度もうなずいた。引き金に指をかけながら、もういっぽうの腕で奴の肩をつかんだ。

激しくにらみつけられる。大量の憎悪だの殺意だのが痛いほど伝わってきて、ぼくの小さなかけらのような理性をはじき飛ばそうとしている。

ぼくは彼女に問いかけた。いったいどうして、彼女はこんな場所へと導いたのか。本当に島津を撃たせるために？　ぼくをぼくでなくさせるために？

彼女の期待には応えられなかった。彼女は失望するだろうか。この連中と同じく敵意をむき出しにするだろうか。

「でも、ぼくは間違ってるとは思えないよ」

心の中で彼女にそうつぶやきながら、のろのろと立ち上がる島津を確かめると、ボウガンで人垣をわけた。

「撃つぞ！」

駆けだそうとしながら思った。ここがどこかもわからないのに、逃げだせるはずなどない——。絶望的な気持ちを無理やりねじ伏せた。

走りだした瞬間、視界がぐるりと回転した。脳を揺さぶられるような衝撃と痛みが顎や肘に走った。いつの間にか身体が地面を這っていた。誰かに殴られたのではない。

自分で床に顔を打ちつけていたのだと知り、驚愕した。指先が振動した。あたりから悲鳴のような声があがった。倒れた拍子にボウガンの矢が飛びだす。鉛のように重みを増していく瞼をどうにかこじ開け、矢のなくなったボウガンを苦々しく見つめた。

「瀬岡！」

島津が頭上から叫んだ。ぼくは立ち上がろうとして床に手をつき、そしてふたたび転倒した。脚がすっかり萎えてしまったかのように、一切の力が入らない。激しい笑い声が駐車場に響き渡る。まるで身体は魂を失った人形のようだった。どうなってしまったというのか。驚きさえもかき消される。もうなにも考えられない。

「早く、なにやってんだよ！」

島津がぼくの腕を幾度も引いた。その力は馬鹿みたいに強く、ぼくの身体をずるずると引っ張った。やがて何本もの脚が近づいてきて、悲鳴をあげて逃げる島津の姿が視界の端に映った。ぼくはただコンクリートの冷たさだけを感じた。

見上げると棟方がすぐそばにいて、例の不気味な笑みを浮かべていた。棟方が金髪の男にいった。

「どれくらい？」

「入れたよ、興奮剤とか眠剤とか。適当に。味がかなり変わるから、バレるんじゃないかとひやひやしてた」

棟方がぼくを見下ろしていった。

「まあまあたのしめたかな」

「……ぼくは、死ぬのか？」

「どう思う？」

「藤島……」

いつのまにか彼女の姿があった。

茶色いジャケットと黒いパンツという私服姿で、すぐそばにたたずんでいた。こんな絶望的な状況にあっても、よく似合っているなと、闇と格闘しながら見とれた。大人っぽい姿や雰囲気を持った彼女には、それがぴったりのように思えた。

すでに声を出すことすらもかなわない。ぼくは彼女に向かって手を伸ばした。ぼくのやったことは間違っていたのか。いったい、どうしてぼくを。

彼女の顔はどこまでも透明で、なにも読みとれはしなかった。口も閉じたままだった。

「ぼくは……」

はたして見えているのは幻影なのではないだろうか。そうであってほしいと願った。本当の彼女なら、ぼくをきっと……。琥珀色の輝き。けれど彼女の宝石のような瞳は、幻影にしては美しすぎていた。

鳴り響く音楽の中で携帯電話の着信音がした。棟方が頭の上でしゃべっていた。そのあいだ、ぼくはじっと彼女を見つづけていた。どんなことになろうとかまいやしない。でもなにかを——。

「——ああ、わかった」

携帯電話を折りたたむ音と棟方の声。

「藤島、おまえの勝ちだ。チョウはこいつを気に入ったらしい。おれには、あいつの趣向がよくわからないがな」

「そう」

待ち望んでいた彼女の声がした。お願いだ、どうかぼくに……。

「そうじゃないかと思ってた」

「炯眼《けいがん》っていうのか、こういうのを。おまえには、かなわない」

なんのことをいっているのか。ぼくは彼女を見つづけた。どうかぼくに——。

脳にコールタールを流しこまれているような感覚。最後まで彼女には表情がなかった。

# 14

奴らの影におびえ、加奈子の微笑みに胸を突かれながら盗むように眠った。いつの間にか陽が昇り、灼熱の車内で目を覚ました。頭の包帯が汗を吸って重くなっていた。エンジンをかけ、エアコンで車内の熱を冷ました。まるでひどい宿酔《ふつかよ》いのような目覚めの悪さだった。熱したフライパンのようなアスファルトを横切り、混み合うトイレの個室で数度吐いた。腸が収縮を繰り返し、水のような便がほとばしった。軽い脱水症状と気づき、ペットボトルの水を三本含んだ。車内でシャツを着替え、電気剃刀で髭を剃った。ホームレスの風貌からまぬがれた。それでも頬がむくみ、顔色は黒くくすんでいた。

吐き気に襲われながら、車内で身を横たえた。太陽が高く昇っていくさまを黙って見つめた。ラジオの時報が十一時を告げていた。顔や頭に異様な熱を覚え、首から下はぞくぞくとした悪寒を感じた。

加奈子が急かしていた。ダッシュボードを開け、セカンドバッグのジッパーを開けた。助手席にすべてをばらまいた。加奈子が微笑みながらパケを差し出していた。ナイフの刃を当ててパケを慎重に開けた。透明な結晶をパイプの中にこぼした。

依存症者のたどる末路はいくらでも知っていた。身体を代償に払う者、散財し、家庭を崩壊させる者。藤島自身、すでに薬物の虜囚といえた。おそらく自分はのめりこむだろう。だが今はそれどころではない。

下からライターであぶりながら口にくわえて吸った。苦く酸っぱいような煙が肺を満たし、エアコンの空気がことさら冷たく感じられた。禁断の実に手を出したかのような背徳感が這い登ってくる。だがすぐには変わらない。胃腸は絞られるように痛み、身体はだるい。

肺を循環した煙が口から細くもれた。加奈子は微笑んだまま許そうとはしなかった。早く、私を。二つ目のパケをパイプに盛り、ライターであぶった。変化が起きるのを待ち望んだ。

三つ目のパケを蒸発させていた頃に、泥沼に沈んでいた四肢が浮かび上がった。頭がはっきりと冴えていく。すべては錯覚にすぎないはずだ。数時間後にはさらに深い泥沼が待っているはずだ。だが理性は胸の奥底に沈みこんでいった。

そわそわとして落ち着かなかった。気力が満ちていく。今までの疲労や苦痛が思い出せなかった。汗まみれのシートから身を起こした。まるで墓場から生き返ったような気分だった。彼女からの贈り物に感謝せずにはいられなかった。駐車場に出た。太陽とアスファルトのホットサンド。皮膚を焼かれる気分は、それほど悪くはなかった。

叫び回りたい衝動に駆られながらトイレに向かう。顔を洗った。必ず加奈子と会える。理由のない自信が泉のように湧き、鏡に映った自分に向かって笑いかけた。


岩槻インターで降り、調査書に書かれた小山順平の実家に向かった。前を行く車の尻に何度も追突しかけた。住所は事件が起きたコンビニ店とは目と鼻の先だった。赤信号にひどくいらだった。コンビニ店の前を通り過ぎた。いまだに敷地全体が青いビニールシートで覆われている。事件発生から一週間以上。だが途方もない年月を経たような空虚さが漂っていた。

自分がすでに車を停めていることに気づく。目の前には比較的大きな木造邸宅がそびえ立っていた。塀の中は手入れされた木々が植えられていた。指が呼び鈴を鳴らした。門柱には表札はない。玄関には忌中と書かれた紙。呼び鈴に反応はなかった。強いいらだちと焦りを感じた。二台分の車庫に車はなかった。

調査書に浅井が記したと思われる手書きの電話番号があった。久々に携帯電話の電源を入れて、通話ボタンを押した。小山の家から電話が鳴る音がした。受話器が持ち上げられる様子はなかった。きれいに並べられた鉢植え。青い実のついた柿の木があった。庭内には線香の匂いが残っていた。葬式に用いられたものと思われる菊の花びら。参列者とおぼしき無数の足跡。厚手のカーテンで仕切られた窓に触れ、施錠されていることに落胆した。

玄関にはマウンテンバイク。それに数ヶ月分の埃をかぶった黒い原付バイクが玄関の脇に立てかけられていた。バイク。藤島はそれをしばらく見つめ、スラックスのポケットを探った。長野から譲られた一本の鍵。スクーターのイジェクターに差しこんでいた。難なく奥まで入り、ひねるとハンドルロックが解かれ、エンジンを起動させる音がした。音を立てるだけで、エンジンはかかろうとはしなかった。

鍵を抜き、それがなにを指しているのかを考えた。シートの下部にある鍵穴に差し、ヘルメットの収納部を開けた。丸い空間の中にはヘルメットはなく、A4サイズの封筒が入っていた。かなり厚みがある。中身も確かめずにひっつかむ。庭を横切り、アコーディオン式の鉄柵《てっさく》を引き、車へと駆けた。アドレナリンが口からあふれ出してしまいそうなほどの絶頂感を覚えた。

時速五十キロから六十キロへスピードをあげ、ブレーキを思いきり踏んで停まる。タイヤが嫌なスキット音を立て、開け放っていた窓から焦げたゴムの臭いがする。なにをやっているのかと自分を問いつめた。のろのろと国道十六号を進み、陸橋のてっぺんから地平の先まで続く長大な蛇のような車列が見えた。窓を閉めたうえで、大声で悲鳴をあげた。早く！　早く！　何度となく後ろを振り返り、奴らの存在の有無を確かめた。すぐ後方には、大きな排気音で空ぶかしを繰り返すシーマ。威圧的に煽られ、神経が食い破られそうになった。

運転席のドアを開け、模造刀の鞘を払った。シーマのフロントウインドウに突きつけた。乗っていた中年の男女は途方に暮れたような顔で何度も頭を下げた。おとなしく車間距離を取り、次の交差点では逃げるようにして右に折れていった。自分の行為はひどく意味がない。羞恥と自責の念に駆られはしたものの――死んでろ、馬鹿が――爽快感のほうが大きかった。

市内へと入り、大宮駅の屋上駐車場に車を停めた。

青空に見守られながら、助手席に放っておいた封筒に手を伸ばした。中身はつるつるとした印画紙の束だった。どれもA４サイズに引き伸ばされていた。狭苦しい室内を撮ったカラー写真だ。天井にカメラを設置したのか、見下ろすような視点で撮られていた。ブレは見られなかったが、陰影が濃く、かろうじて人物の区別がつく程度のものだ。

据えつけられたダブルベッドに肥えた男の背中と尻が見えた。その下に女のものと思われる白い足があった。女の首筋をなめる男の後頭部が写っていた。女は虚ろな目であらぬ方向を見ている。茶色い髪と小麦色の肌、青いマスカラ。濃い化粧が年齢の特定をはばんでいた。それでも二十歳には届いていないだろうと思った。

写真をめくった。部屋の角から見た視点だった。扇情的と思えるような出来だった。ベッドの上には肩までに切り揃えられた黒髪の少女がいた。髪を立てた若い男に、ピンク色のローターを陰部に挿入されようとしていた。三枚目は同じく角から撮られた視点だった。思わず口元を押さえた。すでに髪は白く、背骨が浮きあがっている全裸の老人が床に膝を折り、腰ほどまでの背丈しかない少女の股間に顔をうずめていた。

写真を次々とめくった。どれもが男女の情事をとらえている。男は年かさの男が多かった。壮年、老年。彼らが抱いている相手はまるで娘や孫のような少女ばかりだった。幼いというべきか。七枚目でまた口元を押さえた。たっぷりと贅肉《ぜいにく》をまとわりつかせた男が、細い身体つきの少年に背後から覆いかぶさっていた。さらに次の写真では、やはり贅肉をまとわりつかせた男が、自分の陰茎を握りながら笑っていた。

そして彼女を見つけた。オレンジ色の髪をした長野が、固太りした中年の男に組み伏せられていた。男の胸に押しつぶされた長野の小さな乳房が見え、脛毛《すねげ》だらけの足のあいだから、彼女のなだらかな太腿が見え、欲情しかける己に気づき自己嫌悪した。のしかかっている男に目をやった。暗く、粒子は粗く、そして男が誰であるかはわからなかった。食い入るように見つめた。写真に写る男たちの幾人かには見覚えがあった。くそ。正体までは思い出せない。少女や少年がロープで後ろ手に縛られ、ベッドに這いつくばっていた。子供同然の娘が泣き顔のまま陰部に突っこまれていた。吐き気がしたが、股間は固くなっていた。血管の中を流れる覚せい剤のせいにしたかった。

すべてを見終えて目を閉じた。写真の風景である部屋を思い返してみる。クリーム色の壁紙とベッドとナイトテーブル、それに簡素な椅子とテーブルがあった。典型的なビジネスホテルやシティホテルの部屋のように見えた。どこかはわからない。写真をふたたび封筒にしまい、ペットボトルの水を頭から浴びた。

駅の屋上からキオスクまで、何度も振り返りながら歩いた。尾行する人間はいなかった。人ごみにまぎれながら、ぶつぶつと口走っている自分に気づいた。怖れの混じった冷たい視線に気づいた。歩くのがまどろこしく、駅の構内にいたる頃には駆け足に変わっていた。喉はからからに渇いていたが、ビールを欲しいとは思わなかった。ミネラルウォーターを袋いっぱいに買いながら、携帯電話を操作した。着信の履歴が二十件。操作し、電話をかけた。

「浅井です」

「どこにいる」

「今は――」

「例のファミレスで待ってる。三十分後だ」

「待ってください――」

通話を切った。そわそわと血が急き立てる。午前中の苦しみが嘘のように快調だった。怖れもなければ、憂いもなかった。大宮駅の西口に出た。松下と長野に会ったのも、この近くだった。背を向けて歩く長野の腕をつかんだ。おびえた目をしながら振り返った。

「な、なに?」

赤い髪の女が、変質者に出くわしたような顔をした。彼女とは似ても似つかない。わけもわからずに落胆し、背筋を焦がすような怒りが湧いた。

「くそ!」

つかんでいた腕を手荒く放った。カローラに乗り、大成町のファミリーレストランへ。浅井に電話をしてから、すでに三十五分が経過していた。運転しながら携帯電話を操作した。

「店を出て、前で立ってろ。拾ってやる」

電話を切り、助手席に放った。携帯電話が震えていたが放っておいた。浅井をレストランの前で乗せた。

ラジオの音量を下げた。互いに口をきくことはなかった。宮原駅入口を過ぎ、片側三車線の新大宮バイパスに乗った。立体交差を右折し、食品卸売市場や青果市場のある流通団地にまぎれこむ。バックミラーに何度も目をやり、尾行の有無を確かめた。人気《ひとけ》のない水産物卸売市場の近くに車を停めた。窓を少し開ける。生臭さをともなった潮の香りが漂っていた。藤島は座席のあいだに忍ばせていたシースーナイフを抜いた。元部下の首に突きつけた。

「なんの真似ですか」

「見ろ。誰だ」

グラブコンパートメントを開け、写真を出した。浅井に渡した。長野の上に乗っている眼鏡の男を指さした。浅井は印画紙に目を落とした。表情に変化はなかったが、頬が紅潮していた。口元に掌をやりながら、じっとそれを直視した。

「これは――」

「誰だ。見たことがある顔だ」

浅井は、考えに没頭するように何度もうなずいていた。

「おい」

「野田です。おそらく」

「野田?」

「野田一政に、よく似ています」

写真をひったくり、もう一度見つめた。厚みのある肌と太い腕が、小さな長野の身体を覆っている。性行為に励んでいる男の顔と、ちまたにあふれているPRポスターの顔を比べた。野田は浦和を地盤とした市会議員。藤島にはその程度の知識しかなかった。

「こいつが、奴らにやらせたのか?」

「わかりません。野田は、元は民事専門の弁護士で、左系政党の推薦議員です。県警にパイプがあるとは思えませんが」

「どいつが、奴らにやらせたんだ!」

「写真はもっとあるんですか?」

封筒を放った。昂奮した様子で浅井は受け取り、さっと中身を引き出した。厚みのある印画紙を膝に抱えた。浅井は黙って額の汗をぬぐいながら、一枚一枚に目を通していった。やがて空《くう》をにらみながら、その一枚を藤島に渡した。幼い子供の股間を愛撫している、背骨が浮き上がった老人。白い髪は薄く、頭皮が見え、醜悪な姿をさらしていた。顔は半分ほどしか見えなかった。

「誰だ」

「柿崎です。柿崎武典。市の商工会議所副会頭です。与野の工業会社の社長です」

写真に目を移した。顔をしかめざるを得ない。まるで見る者を不快にさせる悪趣味な芸術品のようだ。

「間違いないのか」

「確実とはいえませんが」

さらに浅井は差し出した。セーラー服を身に着けた中年の男だった。その姿はひどく滑稽だったが、笑えなかった。薄くなった後頭部と横顔が見える。

「わかりませんか」

藤島は首を振った。

「春日部署の三浦警部です。警務の」

「春日部署の、三浦……」

頭が熱を持ちつづけていた。身体は力がみなぎっていたが、脱水症状はまだ続いていた。熱にやられた脳ミソが幻《まぼろし》を見せる。加奈子が股を開かされ、何人もの男に愛撫され、皮膚をなめまわされ、くわえさせられていた。許しがたい光景に吐き気を覚えた。

「なぜだ」

カップホルダーのペットボトルの水を飲み干した。品のないげっぷをもらした。「なんでだ。ただおれは娘の行方を追っているだけだ。こんな変態どもの秘密を暴くためじゃない」

「これだけの人間を結びつけるには、よほど顔の利く人間がいたんでしょう」

「石丸組か」

「かもしれません。連中に飼われている警官がいたとしても、おかしくはありません」

深いため息がもれた。掌で顔の脂をぬぐった。サイドウインドウのそばでたたずむ加奈子にいった。おまえは馬鹿だと。

運営しているのが何者かはわからない。石丸組かもしれない。そうではない誰かかもしれない。そいつがアポカリプスや加奈子といった連中を動かし、少女や少年を誘い出し、覚せい剤の味さえ覚えさせた。連中の商売はうまくいっていたはずだ。野田や柿崎といった連中さえも引きずりこむまでにいたっていたのだから。

しかし藤島には信じられない。つきまとうリスクを考えずにはいられない。街の風俗店を経営するのとはわけが違う。無許可の裏風俗とも違う。現代に残存する数少ないタブーだ。運営に関わっていた人間には、現在なら間違いなく重い実刑が科せられる。客側も同じだ。刑務所暮らしはまぬがれたとしても、社会的には完全に抹殺される。

いや。陶酔しきった顔の、満たされたような表情の連中を見やり、考えをあらためる。だからこそ奴らはあえて踏みだすのだと。背徳という名の大河があるからこそ、その彼岸にある楽園がことさら美しく、甘い芳香を放っているように思えるのだ。だから必死になる。幾人もの命を奪いつづけても、その存在の秘匿のために。たとえそれが、ついた絵の具をごまかすために、バケツに入った色つきの水をぶちまけるような愚かな行為であったとしても。

おまえは馬鹿だ。もう一度つぶやいた。写真からわかることを整理した。額を押さえて推理した。

そもそも、なぜこんな写真が存在するのか。ひょっとすると記念撮影なのかもしれない。後で余韻をたのしむための。そんなはずはなかった。だがこれこそが運営側の目的なのだろう。連中を操《あやつ》るのに、これ以上のものはない。

撮影役には、殺害された小山が当たっていたのだろうか。彼には適任と思えるような経歴がある。加奈子がこれを盗んだ。あるいは小山に盗ませた。それでどうするつもりだったのだと、かたわらの彼女に訊いた。しらを切れるとでも思ったのだろうか。案の定、奴らを欺けはしなかった。彼は逃れられずに、代償として喉を裂かれ、コンビニに陳列されたパンや牛乳に自分の血をまき散らすはめとなった。

娘は姿を消した。もしくは――。考えずにはいられなかった。コンビニの時とは違い、極秘に身柄をさらわれたまま、ひっそりとどこかの山中に埋められたのかもしれない。奴らの粛清は止まらない。色つきの水をぶちまけたままだ。あきらかに常軌を逸していた。長野も、彼女らの企みに加担していたのだろうか。いや。恐怖に身をすくませている長野の姿を思い返した。なにも知らないまま、一方的に秘密を押しつけられただけのような気がした。

「これを、どうするつもりです？　このままでは係長の身が」

「わかってる」

「それでは――」

「おまえらにはやらん」

「これを狙っているのは、我々がマークしている連中だけじゃありません。石丸組や、彼らに飼われている少年どもにもつけ狙われるかもしれない」

「黙れ」

「譲ってください。これが回収できれば、県警のダメージは最小限に食い止められます。逆にいえば、これのおかげで県警は崩壊しかねない」

浅井の目には、これまでにないほどの強い光が宿っていた。

「おまえらの体面など、知ったことか」

「係長――」

「おまえらには渡さん。これはおれのヤマだよ」

「娘さんの命はどうなるんです」

「黙れ、しゃべるな」

「連中は娘さんの行方を追っています。そして間違いなく口を封じようとするでしょう」

「生きているかどうかもわからん」

「その写真が生存の証拠です。違いますか?」

浅井は取り引きを持ちかけていた。藤島が拒めば、即座に逮捕を辞さない。彼は振り返って、張り込みの有無を確かめた。なにも見えはしなかった。県警は事件の解明など、もはや考えてはいない。組織の保身で精一杯のはずだ。現役警察官と大物たちの買春行為。それに覚せい剤と殺人が絡んでいる。少なくとも十年は語りつがれるはずだ。その事態を避けるために全力を尽くすだろう。加奈子の身柄確保に躍起になるだろう。彼女は許してくれるだろうか。奔走した自分に感謝してくれるだろうか。桐子との仲を取り持ってくれるだろうか。父親として敬意を払ってくれるだろうか。

かたわらの加奈子は心を見透かすような嘲笑を浮かべていた。顔に燃え上がるような火照りを感じた。

「どのみち、おまえらにやるつもりはない。あれはおれのものだ。あれはすべておれのものだ。おまえらになど渡すものか」

浅井が冷えた目で見つめていた。右手が背広の懐《ふところ》へと近づいていく。

「動くな!」

シースーナイフを持ったまま、サイドブレーキをまたぎ越えた。右手のナイフを鳩尾《みぞおち》へと突きつける。浅井は抵抗しようとはしなかった。かすかに喉を鳴らした。エアコンの冷えた空気が背筋に当たり、流れ出る汗が冷えた。左手で浅井の背広をめくった。左脇腹にはホルスターと拳銃が見えた。グリップを握り、拳銃を抜き出した。

現れたのはニューナンブではなかった。リボルバーではなかった。異様なほどの重さを感じた。グリップは幾分、手垢にまみれていて、細かい傷がついていた。スライドの側面にコルトと刻まれてあった。少なくとも警官が持つものとは思えない。藤島は笑った。

「芝居がうまくなったな、浅井。はなからおれにやらせるつもりなんじゃねえか」

鈍く凶々しい光。拳銃とナイフを向けながら、ゆっくりとサイドブレーキをまたぎ、運転席へと身を沈めた。

戦場に赴くかのような気分。車内は着々と武装を強化していく。後部座席には模造刀があり、いくつものナイフがいたるところに隠されていた。戦意昂揚のための向精神薬まで完備してある。藤島は思った。おそらく自分は誰かを殺すだろう。危うい予感があった。すべての真相を知った時、引き金を引かない自信はなかった。薬室に弾丸を送るのを忘れていた。セイフティーレバーを下ろし、スライドを引いた。

「奴らは誰だ」

「まだ、いえません」

おびえてはいるものの、やはり浅井は頑ななままだった。

「降りろ!」

鋼鉄と油の武骨な匂いが鼻をついた。銃の重みに腕が疲労していく。

「我々の指示に従ってください。でなけりゃ娘さんの命が!」

「貴様らなんぞに触らせてたまるか!」

視界が醜くくらみ、強い怒気に襲われた。彼の肩を突き飛ばし、車内から追い出した。摂氏四十度の熱気が入った。ドアを開けたまま藤島はブレーキをはずし、アクセルを踏んだ。砂埃が車内に充満し、むせた。

国道十七号を北に進み、上尾市の中心部で左に折れた。そわそわし、膝をさかんに揺すり、流れるラジオの曲に腹を立てた。道はすいていた。制限速度を守るのに骨が折れた。荒川の河川敷に車を停めた。左にはホンダエアポートの広大な敷地が望めた。遠くには青緑色の田畑が広がっている。どこまでも牧歌的な風景が続いている。

助手席に転がしていた拳銃を手に取った。グリップからマガジンを引き出した。金色の弾丸がぎっしりとつまっていた。

丘の上にある寺院の階段を昇った。人気はなく、無数の蟬の合唱が降り注ぐ。石段から脇にそれて、草むらをかきわけながら木々の中へと身を投じた。頭上をエアポートから飛び立ったセスナが横切ろうとしている。蟬とプロペラの轟音が身体にのしかかる。

音が去らないうちに銃口を空に向けて、引き金を引いた。爆発的な音にめまいを覚え、銃を持つ手が跳ねた。金色の薬莢《やっきょう》が放物線を描きながら飛び出した。葉と木切れが落ちた。火薬の匂いと白い煙。藤島は魅入られたように、もう一度引き金を引く。

# 三年前　7

意識が浮かび上がっては埋没する。なにも考えられない。なにも感じられない。

蛸《たこ》のようにぐにゃぐにゃとなった手足と、無限にゆがむ視界。ひどい吐き気と泥沼のような眠気。軟体動物と化した四肢を誰かが持ち上げる。

恐怖も憤りも悲しみもない。なにも感じない。まるで心にまで麻酔を打たれたようだ。

勢いよく車の扉が閉まった。火薬が炸裂したような音が強烈に耳に響いた。泥沼から浮かび上がると同時にたまらない不快感が湧いた。こらえきれずにビール混じりの胃液を吐き出した。乱暴にタオルかなにかで口のまわりをぬぐわれた。ひどい臭い。

ぼくはどこかへと逃げ出さなければならない。わかっているが、強い意志にはならない。

闇の中へ。そこでは彼女が待っていて、今度こそ、ぼくが伸ばした手を受け取ってくれた。彼女のもう片方の手にはボウガンがあり、矢の先端を自身の胸へと向けていた。

「撃って」

ぼくは抗おうとするけれど、ついに指をねじ曲げられて引き金を引かされた。残像を残して飛ぶ矢は、なぜかぼくの胸へと吸いこまれていた。

痛みはなかった。けれどすごく悲しくなった。

意識が浮かび上がった。胃液が口いっぱいにたまっていて、閉じている唇のあいだから漏れ出していた。口にビニール袋があてがわれていて、びしゃびしゃと音を立てた。

思考はスローモーションのままだった。いまさらのように気づいた。ぼくはどこかに運ばれている。ぼくは人知れずに殺されるのだろうか。なにも湧き上がってこなかった。

「誰か助けて」

棒読み台詞のようなつぶやき。金髪の男がはしゃいでいる。

「スペシャルカクテルさ。とにかくいろいろ混ぜた。ダウナーとアッパーのスピードボールだ。いつまでもいつまでも泥を這いずってるような気分になれる。いいだろう？　自分がどろどろに溶けていくような感覚ってのは」

見ているのは夢なのか、それとも現実なのか。まだ車の中にいるのだろうか。どれくらい走ったのか。

やがて車がどこかで停まり、扉が開け放たれる音を聞いた。冷気が流れこんでくるのを肌で感じる。どうか夢であってくれ、こんなのぼくは——。

何度も頬を平手打ちされた。

「さ、行こうな」

金髪の男のやさしげな声がした。今すぐに彼女に会わせてくれ。きっと彼女は——。

両肩に誰かの腕が回されて、ぼくは持ち上げられた。食べ物と排気ガスの、街の臭いがかすかにした。

カンカン。鉄の階段を踏みしめる音だとわかった。空を舞っているような感覚をおぼえた。そして段々と強まっていく風を感じた。ここから逃げ出さなくては。それなのに腕一本さえも満足に動かせない。

スチール製の扉が開く重い音がした。風がやみ、街の雰囲気が消えた。静かになった。靴がカーペットを踏みしめる音に変わった。どこかの部屋に入る。空調が低くうなる音。カビの臭いのする部屋だった。壁に頭を打ちつけてうめいた。

身体を宙に投げ出されて、驚く暇もなく地面に叩きつけられた。しかしそれは地面ではなく、とてもふかふかで柔らかい。しびれた頭が、そこがベッドであると判断する。とめどない眠気が柔らかな布団からじわじわと流れこんできた。

頬を何度も平手打ちされた。口の中にぐいぐいとタオルのようなものが押しこまれた。それは喉のあたりにまで達し、ぼくは息がつまって咳きこんだ。

両腕を後ろに回されて、なにかで縛りつけられた。ベルトがかちゃかちゃと音を立てた。ズボンのホックがはずされ、チャックが下ろされ、脚が外気に触れるのを感じた。同時にトランクスを引き下ろされる。尻がむき出しになり、股間がシーツをこすった。

「たっぷりかわいがってもらえ」「いったろう。忘れられない夜になるって」

金髪の男の声とわかる。

人間の気配が消えていく。両腕が後ろ手に固定されているせいで肩が痛んだ。しんと静まる室内の中でぼくは起きているのか、眠っているのかさえわからない曖昧な時を過ごした。

身体を這いずりまわるなにかを感じた。強い口臭がした。尻やあそこのあたりをなにかが行き交う。ぼくは身体を硬直させた。

タオルを吐き出そうと声を張りあげ、舌で押し返そうとした。手首の縛《いまし》めを解こうとする。タオルは口いっぱいに押しこまれていた。手首には、硬いプラスチックのなにかが巻きついていた。身の破滅を告げられたような驚きと恐怖感が湧いた。

視界に男が入り、ぼくは悲鳴をあげた。タオルのせいで、小さくくぐもった声にしかならない。暗い照明が男の顔の造りをわからなくしていた。厚みのある顔つきとオールバックの髪型だけがぼんやりと見えた。刻まれた皺の形で、老人に近い歳であるとわかった。

重い瞼をこじ開け、できるだけ大きく見開いた。掌に爪を食いこませて睡魔に耐えた。男は裸だ。腹にはでっぷりとした肉がついていて、胸や臍のあたりには濃い体毛が密集していた。その下にグロテスクなほどに大きく勃起したあそこが見え、心がばらばらに砕け散りそうになる。いや、みんな砕けて、この世界から解放されたほうが自分にとって幸せなのではないかと思う。意図せずに喉がすり切れそうになるほどの悲鳴がもれる。

嫌だ！　嫌だ！　手首の縛めを振りほどこうと力をこめる。肉が食いこみ、手がしびれだす。血が出ているせいか、掌がぬるぬると滑る。肩や肘の関節が痛む。悪い夢を見ているとしか思えない。ぼくは奴らにクスリを盛られたせいで、今はただ悪い眠りについているにすぎない。そうなんだろう？　誰かそうだといってくれ。お願いだ、藤島……。

男の影がぼくを覆う。男がぼくに背中からのしかかる。汗をかいた男の肉が密着してくる。圧倒的な力に押しつぶされそうになる。荒い息遣いとオーデコロン、それに男自身の体臭。やめてくれ！　視界の端に男の舌のようなものが見える。全身の毛が逆立つ。頬のあたりを舌でなめられ、べとべととした唾液が唇へと流れこんでくる。

ふいに男がぼくの首に手をかける。大きな手で絞めあげられる。脳が爆発したように混乱する。萎えきった脚を緩慢に振り上げて、身をよじって逃れようとする。肩の筋肉がひきつれて痛む。頸動脈を流れる血の流れが止まり、脳がしびれていく。死という文字が大きくせり出した瞬間、男は首から手を離す。ぼくは鼻水やら涎を垂らしながら泣く。男は観察するようにぼくをのぞき、そして声をあげて笑う。男がぼくのあそこに触れる。身をよじって逃れようとする。絶望という名の暗黒が迫りつつある。

ぼくのあそこをこすりあげる。身体を左右によじっても、その手はしつこく追いかけてくる。あらゆる言葉を用いて、男に許しを願う。だが言葉になった例はなく、みっともないうめき声にしかならない。あそこはすごくちぢみあがっている。男はいつまでもいつまでももてあそぶ。ぬめぬめとしたなにかがそれを包みこんだりする。ぼくは目を固くつむって、なにが起きているのかを考えないようにする。その時になって、眠りに陥っていたほうがどれだけ幸せだっただろうかと思う。もう後の祭りだった。過ぎ去った眠気はふたたび訪れてはくれない。

肛門に指のようなものを入れられる。あまりのおぞましさに自分がどうにかなってしまうのではないかとさえ思う。けれど相変わらず正気でいることに気づき、愕然とする。尻になにかを塗りたくられる。ぬるぬるとした感触。やがてそれがなにを意味しているのかがわかり……いや、わかりたくなどない！　それは、どこか遠い世界で行われている出来事だと思っていた。どこか遠い国が戦争で爆撃に遭っているような感覚。嘘だといってくれ！　藤島の顔が浮かぶ。救ってくれとはいわない。でもお願いだ、ぼくをどうか殺してくれ。この世界を終わらせてくれ！

首根っこをつかまれ、顔をベッドに押しつけられる。肛門が引き裂かれるような激痛が走る。あまりの痛さに悲鳴すらあげることができない。ぐいぐいと鉄の棒を押しこまれているような感覚に、ひどいめまいを覚え、内臓をえぐられているような痛みを覚える。ベッドがぎしぎしときしみ、男の息が首の後ろに降りかかった。もはやなにも考えられはしない。恥辱だの恐怖だの感じる暇もない、圧倒的な苦痛だった。

男がさかんに背の上で跳ねる。そのたびに身体がベッドへと沈められ、押しつぶされそうになる。男の生あたたかい肉の量と滴り落ちる汗におぞましさをかき立てられる。下半身の筋肉がゆるみ、屁のような音がもれる。男の律動がさらに激しいものになる。下腹部や脚は痛みと共に電気を流されたかのようにしびれきっている。白い光がちかちかと明滅する。

「そこからだ」

男が激しい息遣いの合間から、興奮した口調でいう。新たな人間の気配を肌で感じる。床を踏みしめる靴の音。なにかのモーターが回転する音。白い閃光が目の前で炸裂する。強烈なフラッシュ。閉じていた目に光がさしこむ。

「そこだ」

またフラッシュが瞬き、瞼を通して目を焼こうとする。

「もっと」

もうぼくを壊すのをやめてくれ。魂を汚そうとしないでくれ。首にまた手を回される。男がうめくと同時に力がこめられ、気道が押しつぶされる。カメラのシャッターのような音。青白い光が発されるたびに意識が揺らぐ。

肛門より中の内臓に熱いなにかが忍び寄ってくる。中でなにかがはじける。そして幾度目の光に貫かれた瞬間、ぼくは悪寒と共に這い上がってくる闇にすべてを支配されていく。

## 15

夕刻。時計は六時半をさしていた。

積乱雲が市内を覆い、空を暗黒に閉ざしていた。揺るがすような響きと共に、大粒な雨がカローラの屋根を叩いた。窓越しの視界はかき消されていた。あちこちの街灯やネオンが灯りだす。白い閃光、少し遅れて紙が破けるような音の雷鳴が轟いた。

目をつむり、少しでも身体を休めようと思った。落ち着こうとした。だが雷光が気になり、滴る水音が気になった。遠くで聞こえる駅のアナウンスをぼんやりと口ずさんだ。新都心駅近くにある雑居ビル。二階の灯りが消えてから、ずいぶんと時間が経つ。背中の汗をタオルでぬぐった。

七時を過ぎた。雑居ビルからいくつもの傘が開かれるのが見える。数人の女たちが傘の中に身をすくませて、足早に駅方面へと歩み去っていった。ふたたび雑居ビルの二階にある辻村神経科の窓を見上げた。カローラから降りると肩や頭はたちどころに濡れそぼった。

雑居ビルの階段を静かに上がり、すでに診察時間を終えた辻村神経科の前に立った。ガラス扉の向こう側は水色のカーテンで仕切られていた。スチールのノブに触れた。施錠はされていなかった。音もなく扉は開き、カーテンをはらいのけて室内に入った。

薄闇に包まれた待合室を横切った。ブラインドの隙間からほのかに青い光が漏れ出ていた。カウンターの向こう側に人気《ひとけ》はなかった。灯りが漏れている診療室へと忍び寄った。人の気配らし

ちた。

ったポロシャツ姿の辻村が、驚きに目を見開き、身体をのけぞらせた。万年筆が手からすべり落

きものを感じた。ためらうこともなく、彼はすりガラスの扉を勢いよく開けた。黒革の椅子に座

「な……」

辻村は絶句したまま、ずり下がった眼鏡のフレームをつまんだ。

「無用心だな。人の心を扱ってるわりには」

感情をこめずにつぶやいたつもりだった。しかし嘲笑めいた響きをともなわずにはいられなか

った。蒼ざめていた辻村の顔が朱に染まった。本来の不遜な性格を取り戻そうとしていた。

「いったい、なんのつもりだ。君は」

「私を覚えてらっしゃいますか、先生」

藤島はキャップを取った。包帯の巻かれた頭を、辻村は薄気味悪そうに見上げていた。

「にせ刑事だろう。私になんの用だね」

「娘が見つからないままなんです」

「いったはずだ。君には、なにも教えられんと」

「警察がここに来たはずだ」

辻村はテーブル上の受話器を持ち上げた。

「ああ、来たとも。それで満足したかね」

「なんと、答えたんです？」

唇が思わずほころんでいた。急にたとえようのないおかしさがこみ上げ、白い歯がこぼれた。

「なんと、答えたんです？」

辻村の顔がこわばった。

「アルコール……いや、なにか薬物をやっているのか？」

彼の左手が電話機のボタンをプッシュした。テーブルの隅に置かれた名刺を見ながら。「警察を呼ばせてもらう。君は、自分がどんな状態にあるかわかってないようだ」

「好きにすればいい」

藤島は静かに笑いつづけた。その様子を辻村は無表情で見つめ、わずかに後じさった。受話器のコードがぴんと張りつめた。やがて辻村はいった。

「ああ、警察署ですか、こちらは——」

藤島が聞こえよがしに吠えた。

「あんたは、騎上位でやるのが好きなのか？」

辻村は眉をひそめ、理解できない相手を見るように目を細めた。言葉が一瞬、止まる。「あ、ああ、もしもし。私は——」

「チョコレート色の肌が好みなのか？　頭がゆるそうな娘が好きなのか？」

辻村はほうけたように口を開け、死んだ人間のように瞳孔を開いた。握っていた受話器が顔から遠のいた。藤島が持っていた封筒に手を入れ、写真を抜き出した。

床から天井を仰ぎ見るようなアングルだった。男がベッドに寝そべりながら、その上にまたがる陽焼けした少女の胸を握っていた。うなじとわずかにのぞける横顔、眼鏡の太いフレームだけが見えた。彼の反応を見て、その正体を確信する。

「もしもし、もしもし」

受話器から、女性オペレーターの声が繰り返されていた。辻村が写真を凝視していた。藤島は掌を下に向け、電話を切るように命じた。辻村は軽く肩をすくめてから、受話器を下ろす。

「それが、私だとでもいいたいのかね」

「娘に、加奈子に誘われたのか？」

「知らんよ。なんのことだか、さっぱりわからん」

「娘ともやったのか？」

「なにを——」

「どうだった、よかったか？」

ひどい息苦しさを感じていた。おかしみが消え、こめかみが痛むような怒りが湧いた。

「自分でなにをいっているのか、わかっているのか？」

「娘も上にしてやったのか？」

辻村は答えずにただ首を振った。

「あいつ、いい身体してただろうが」

笑いかけながら、一歩踏み出した。

「近づくんじゃない」

腹にさしていたコルトを抜いた。引き金に指をかけてかまえた。辻村の顔色が変わった。全身を硬直させながら後じさり、診療室の壁に背をついた。それではまだ満足できない。

「それは、本物なのか？」

尋ねる彼の髪をつかんでいた。「やめろ！」床に引きずられるような勢いで辻村が倒れる。変態野郎め。頭髪が指に強く食いこんだ。

なんの予告もなしに銃口を口にねじ入れた。太い銃身が歯にぶつかった。固い金属のような音と共に銃身が吸いこまれた。前歯が歯茎からもぎ取られた。その感触がはっきりと手に伝わる。辻村は目を固く閉じた。目尻から涙をあふれさせていた。

「答えろ！」

辻村は銃身をくわえたまま何度もうなずいた。そうだ。そうだ。銃身を抜き出した。口内にたまっていた血液が噴き出し、二人のシャツやジャージを汚した。床に何本かの白い歯がこぼれ、神経がついたままの歯が口内にぶら下がる。獣じみたうめき声が室内に響いた。藤島は拳銃を一振りし、こびりついた血や唾液を振り払った。

「加奈子に誘われた。そうだな？」

辻村は歯の痛みに我を失っていた。「そうだな？　そうだな？」やがて口を押さえたまま、半ばうんざりしたようにうなずいた。

「これはおまえだな？」

写真を振ってみせた。辻村は首を縦に振った。汗や涙で眼鏡が曇っていた。

「いつからだ」

「もう、何年も前だ。もう細かいことは覚えていない！」

「娘はおまえを誘ったのか？」

「元々、ここには縁のない自制心の強い娘だった。聡明で、精神的にもたくましかった」

「それで」

「彼女は話した。自分がしている事業のことを」

「事業？」

「それを彼女はクラブと呼んだ。私に告白した。スポンサーを得て、そこで厳選された女を、厳選されたメンバーらに紹介するのだと。私は尋ねた。君は女衒《ぜげん》になるつもりなのかと。彼女は笑って答えた。そんなところだと」

「あんたは、その言葉を信じたのか？」

彼の黒々とした頭が左右に振れた。

「当然、少女にはありがちな妄言癖だと思っていた」

「それなら、どうしてだ」

写真を振った。彼は屈辱に顔をゆがめた。

「後日、あるイベントホールで医師会の会合があった。その懇親の場で、私はある医師から一人の男を紹介された。あきらかに医者とは思えない、いかつい身体つきをした老人だった。いぶかる私に、そいつは君の娘の名をいった。彼女の言葉を裏づけたんだ」

「誰だ」

「趙《チョウ》義哲という実業家だ」

「実業家？」

「パ、パチンコ店とホテル、それにレストランを数店、経営しているといった。会ったのはそれきりだったが、気になった。調べさせた。確かに大宮や春日部にパチンコ店だのを抱えていた。埼京線の沿線にホテルを持っていた」

「調べさせただと？　興信所か」

藤島は蔑むように笑った。

「つまり、あんたはその気になったわけだな？　答えろ！　娘の言葉を信じた。そうだな？」

「そうだ、そうだ！　騙されているというのなら、あきらめもついた。だが……」

辻村は視線をそらしてうつむいた。藤島は思った。加奈子はずっと気づいていたのだ。辻村が自分を診断しながら、性的な眼差しで見つめていることに。だからこそ告白し、勧誘したのだ。

辻村はおびえながら続けた。

「大宮センターホテル。奴がオーナーをしている。そこに出向くと一室に通された。チンケなホテルだ。だが女を写真で選ぶことができた。どれも若く、美しかった。君の娘が応対してくれた。彼女が女たちを統括していたんだ」

「加奈子とは、やったのか？」

「やめてくれ！　断じてやってない。彼女には決して触れていない！」

「教えろ。いったい、あの娘はなんなんだ。なぜそんなことをする必要がある。目的はなんだ」

「わ、私は知らない」

銃のスライドを引いた。大げさに金属の音を響かせた。

「やめろ！　やめろ！　お願いだ。撃つなよ、撃たないでくれよ！　私にも家族がいるんだ。頼む！」

血で濡れた銃口を辻村の右目につけた。引き金を絞る指にも力がこもった。怒りの正体が嫉妬だと気づく。加奈子のことを父親である自分よりもよほど熟知しているかと思うと、たまらなかった。

「本当に知らない。彼女にとって、私はただの金づるにすぎない！」

息苦しかった。引き金にかけた指の関節が白くなっていく。

「わかった。わかった！　銃を下げてくれ。頼む！」

腕が硬直し、コルトを下ろすのに相当の力が必要だった。辻村はぶつぶつと祈るようなつぶやきをもらしていた。アンモニア臭を嗅ぎ、彼の股間が濡れていると気づいた。

「頼む。約束してくれ、私を殺さないと約束してくれ。まだ中学を出たばかりの娘と、小学校に通う息子がいるんだ」

「さっさと話せ」

「き、君は怒りだす。きっと」

「ふざけるな」

辻村は唇をわななかせ、逡巡しつつ口を開いた。

「彼女は強い。だが強迫的な神経症に悩まされていた時期があった」

「なんだと？」

「一種のコンプレックスのようなものだ。特定の人間に対しておびえ、敵愾心《てきがいしん》をつのらせる。彼女の場合は、ある一定の年代層に対して、その傾向があった。自分よりも年長の者、つまり母親や父親や教師を、そして私に対しても、理由もなく激しく憎悪してしまうと。診療の時でさえも、ひどく感情的な一面を見せる時があった。取り乱し、罵詈雑言《ばりぞうごん》を吐き、時には涙を見せることも」

「どういうことだ」

「はっきりと口にしたわけじゃない。これは、あ、あくまで私の分析にすぎない。彼女自身、夢なのか現実なのか判断はつかないといっていた」

「なんの話だ」

「君は、酔って彼女に暴行を加えた。彼女が中学二年の頃。それが深い精神外傷となって彼女を――」

反射的に脚が動いていた。つま先が辻村の腹にめりこんでいた。

「なんだと！」

後頭部に銃口を押しつけた。内出血を起こしそうなほど強く。辻村の額がカーペットにめりこんでいく。

「撃つな。撃たないでくれ！」

「なんだと！」

「今のは忘れてくれ！　なにもありはしなかった！」

「おれが……加奈子をだと？」

頭を鈍器で殴り払われたようだった。吸いこまれそうな暗闇。足元さえもおぼつかないめまいを覚えた。「おれがあの娘になにをしただと！」

徐々に大きなうねりとなって怒りが押し寄せた。笑い飛ばせない質の悪いジョークを聞かされたような。

「いえ。おれがなにをしただと？　いえ！」

「やめてくれ。私はなにもいっていない。君はなにもしていない！」

「いわなければ、撃ち殺す！　殺してやる」

辻村が叫びながら後頭部の銃口を払った。開き直ったように見上げて吠えた。

「四年前の夏だ。夏に入る前の時期に、眠っていた彼女に君は手を伸ばした」

「四年前。夏」

その頃の記憶を掘り返した。大宮署刑事課勤務。係長に昇進し、いくつもの事案を抱えていた。家には週に一、二度、顔を出す程度だった。新たな事案のたびに十日間は署に泊まりこんだ。帰れば、桐子が嫌な顔をした。いつも正体をなくすまで飲んで、帰った。家にいる記憶はいつも頼りない。だが帰宅すれば、桐子がいない日も多かったことは覚えていた。そのたびに怒りに焼かれ、アルコールを飲み下した。なにかを叩き壊した。部屋には加奈子だけがいた。

「私は彼女の言葉を事実だと思った。君の娘は、その克服方法を模索していた。あれを作ることで、見つけたんだろう。若い娘を抱かせることで、父親のような人間を支配しようとしたんだろう。そうして彼女は憎悪や恐怖を中和させて、自分を保っていたのだ」

「おれは……そんなこと、していない」どこか哀願するような口調になっていた。「貴様のいっていることは、すべてデタラメだ」

「真偽まではわからん！　知らん！」

わかりたくはなかった。だが彼女の告白が正しいとすれば、なにが娘をそこまで追いこんだのか。駆り立てたのか。無軌道とも思える彼女の行動の意味が今となってはわかってしまう。

加奈子は大勢の少女らを誘った。手段として薬を用いた。野獣のような少年らをバックに従え、脅迫した。趙という男とはどこで知り合うにいたったのか。欲望をむき出しにした連中どもを管理し、彼らを嘲笑することで憎悪や恐怖から逃れようとしたのだろうか。そしてついに逃れきれなかった。

「どうして。どうして加奈子はおれを殺さなかった」

疑問だけが残った。あふれる涙を袖でぬぐった。狂わせた原因が自分にあるのなら、あの娘はきっと許しはしなかったはずだ。

「知るものか。知るものか」

「なぜおれに報復しなかった。あんたは訊いたはずだ！　加奈子はなんと答えたんだ」

どんな形であれ、加奈子に振り向いてほしかった。

「知るものか」

「復讐するだけの価値もないというのか？」

果てしない孤独を感じた。コルトを辻村の眉間に向けた。

「すべて話した。う、撃たないと約束したじゃないか」

目の前の男を消したかった。黙らせたかった。己にまつわるおぞましい事柄の一つ一つを洗い流したかった。

彼女のためならなんでもしてやりたかった。贖罪といってよかった。視界に殺害された三人の男女の姿がちらついた。涙を流しながら息絶えた長野の顔が見えた。

ひざまずく辻村の頬を銃把で殴り払っていた。歯茎にぶら下がっていた歯が薬莢のように飛んだ。辻村は糸を切られた人形のように力なく崩れ落ちた。雨音だけが響いていた。動かない後頭部に向けて銃をかまえた。はずしようのない距離と的。銃口は震え、定まらなかった。

藤島は部屋を飛びだした。無人の待合室を抜ける。ビルの階段を降りた。激しい夕立。全身を濡れねずみにしてやろうと空が待ちかまえていた。豪雨の中を駆け抜け、カローラへ飛びこんだ。あたりを確認せずにアクセルを踏む。パッシングと長いクラクション。アリーナの横を過ぎ、人気の途絶えた高層ビルの谷間にたどりついた。車を停め、顔を両手で覆って泣いた。

# 16

胸の携帯電話が震えていた。番号も見ずに通話ボタンを押した。

「……誰だ」

「私よ」

「加奈子は、おれたちの娘は、帰ってきたか」

「まだ」

「連絡は」

「……まだ」

「手がかりは」

「……意地の悪い質問はやめて。私のところにはなにもない。わかっているでしょう?」

「さあな」

「うちにも刑事が来たわ。あなたや加奈子のことを根掘り葉掘り訊かれて。部屋のほうも見せてほしいって。結局、父が追い払ってくれたわ。とても見せられるはずないもの。なにもかもめちゃめちゃにされてて」

「すまなかった」

「それだけなの?」

「なんだ」

「あの娘の部屋、土足の跡とか血の跡まであったわ」

「……」

「あそこでなにがあったの?」

「なにもありはしない。おまえに出ていかれて、かっとなっただけだ」

「どうして、そんなふうにいうの？」

「なんのことだ」

「加奈子の友達が、殺されたって訊いたわ。それに発見したのはあなただって」

「だからどうした」

「今、いったい、なにが起きてるの？」

「探偵ごっこはもう終わりだ」

「……どうして？」

「もうたくさんだ。この十日間で、いくつ死体を拝《おが》んだと思ってるんだ。これ以上、あらぬ疑いをかけられるのはごめんだ」

「それじゃ、あの娘はどうなるの？　誰があの娘を見つけてやれるというのよ」

「捜索願を出したんだろう。それなら警察に任せるしかないだろうが」

「警察が役立たずといったのはあなたよ。いまさらなにをいってるのよ」

「おれは無能だ。認めてやる。必死で捜したが、めぼしい手がかりは見つからなかった」

「嘘よ」

「なにが嘘なんだ」

「私に……私にまであんなことをしておいて、どうして」

「なんとでも思うがいい」

「あなたを信用した私が馬鹿だったわ。わかりきってたはずなのに……」

電話が切られると同時に、冷えた寂寥《せきりょう》が全身に広がっていった。これで終止符は打たれたのだと。

同時にざわざわとした異様な胸騒ぎ。轟音のような耳鳴り。胸が破裂するかのように痛んだ。桐子は知っていたのだろうか。藤島はとっさに携帯電話に手を伸ばした。ボタンを押しかけて思い留まった。

彼女は今、いわなかったか？　私にまであんなことをしておいて。私にまで……。

まさか、そんなはずはない！　震えが止まらない。なにかの間違いであってほしい。みなぎっていた力が身体から抜けた。耐え難い恥辱に押しつぶされそうになった。おれはただ……。淡い記憶にまどろむ。あるべき姿の家族に戻りたかった。互いを意識し、尊重し、惹かれあっていた頃のように。そして子の誕生に素直に喜び、慈しんでいた頃のように。突きつけられた現実はあまりにも、藤島が思い描いていた世界と異なった。

「嘘だといってくれ！」

悲鳴をあげながらアクセルを踏んだ。気が狂いそうだった。

# 三年前　8

脊髄《せきずい》に刃を突き立てられたような痛み。

瞼がうまく開いてくれない。まるで打ち上げられた魚のように息苦しい。内臓が奇妙な動きをする。胃液が食道を一瞬にして通過し、口内からほとばしった。

緑色の風景と青い草の匂い。手に握っているのは雑草だった。外にいて、太陽はまぶしく照っていた。自分が朝露や土くれに濡れているとわかっているが、それどころではなかった。胃袋が握りつぶされたかのようにちぢんだ。胃液が何度もこみ上げた。頬のあたりに空缶の硬い感触があった。顔を涙と嘔吐物で汚した。

そろそろと下半身に手を伸ばした。尻は溶岩を埋めこまれたように熱い。裸ではなく、はいていたジーンズをまた身に着けていた。なにかの間違いであってほしい。祈るような気持ち。ジーンズにこびりついたたくさんの糞が、ぼくに現実を突きつけていた。

涙があふれた。けれどすべてを思い出す前に、またも内臓を裏返されたような吐き気に襲われた。誰もぼくを見ないでくれ。草むらに顔を埋めて四つん這いになった。苦しみはなかなか引かず、脚に力が入らず、ドブに身を浸したようなひどい悪臭がした。

唇の端から垂れる涎を袖でぬぐって、周囲に目を移す。すぐそばに水溜まりのようなゆるやかな流れの小川があった。苦しみが一段落すると、顔や身体中を蚊に刺されたようなひどいかゆみが駆け巡った。ジンマシンにでもなったように激しく皮膚を掻きむしった。

風景に見覚えがあった。大宮第二公園の近くだった。近くにすべり台つきのプールが見えた。周囲は田畑に囲まれて、遠くに新都心のビル群が見えた。朝が早いせいか、周囲には靄のようなものが漂っている。ため息をついた。家まで歩けないほどではないが、小一時間はかかるだろう。家か。たどりついたぼくは、そこでなんといえばよいのか。考えるだけですべてが面倒になり、顔を川に浸して絶命したくなった。

散らばっていた記憶がやがて一本の線となってつながろうとした。今となってようやく自分の身になにが起きたのかがわかろうとしていた。ぼくは……。立ち上がろうとして、脚を踏ん張った。熱をともなった尻の激痛に、悲鳴をあげて地面を転がった。奴らの闇に呑みこまれたのだと悟った。ぼくは牙を突きたてられた。考えたくはない。思い出したくはない。男の太い身体が踊った。あそこがすり切れたように痛んだ。男のオーデコロンと口臭が顔をなでた。

「どうして……」

自分のものとは思えないほどしゃがれた声が出た。そして目の前では、幻の彼女が感情のない瞳でぼくを見ていた。どうしてぼくを救ってくれなかったんだ。

「信じていた」

また涙があふれた。這うようにして川の中へと身を投じた。汚れた身体を洗い流したかった。茶色くぬるい水がぼくをつつむ。微笑んでいる彼女の姿をどこかに求めた。ぼくは信じていたんだ。どんな目に遭おうともかまいはしない。でもぼくは――。

ぬめる地面に脚を滑らせた。水しぶきが顔を洗った。下半身の痛みを消すために、顔を爪で引っかき、髪を抜けるほど強く引っ張り、新たな苦痛を生み出そうとした。

「お願いだ」

封印を願った。何度も記憶はよみがえった。もう一度、時間を戻してあの場所でぼくに声をかけてくれ。笑ってくれ。いつものように助けてくれ。全部なかったことにしてくれ。きっとなにかの間違いだと思いたかった。

昨夜の棟方の言葉を思い出した。

「おれたちはなにかが欠けているんだ」

よろけながら川から這い上がった。濡れそぼったジーンズが太腿に張りついたが、忌まわしい糞の臭いからは解放された。長い家路へと向かおうとした。駆け出そうとして、獣のように咆えようとして、そのどれもが無理なことがわかった。痛みがそれを許さなかった。片足を引きずるようにして歩いた。

「――だがあいつはでかいんだ。欠けた穴が、おれたちよりも。あまりにもその穴は深すぎて、まわりの人間を取りこんじまう。いってる意味わかるか?」

忍び寄ってくる言葉の一つ一つが槍となって降り注いだ。ぼくはそのたびに膝をつきながら、際限なくこみ上げる苦しみに耐えて歩いた。


朝帰りのぼくを、両親は文字どおり飛び上がるようにして迎えた。怒るよりもなによりも、その凄惨な格好に言葉を失っていた。ぼくは水浸しで泥だらけでもあり、さらに汚臭をまとわりつかせていた。ふだんはやさしく、必要以上に干渉をしてこない二人も、この時は詰問に詰問を重ねた。衣服を脱がせようとし、裸の身体を検分しようとさえする。

「触るな!」

衣服に手をかけようとする父の手をはじいた。感情のどこかが麻痺しきっているとしか思えなかった。打ちひしがれたような表情でいる彼を前にして、怒りや恐怖以外になにも湧いてはこなかった。

衣服を着たままシャワーを浴びた。

「寄るな、近寄るな」

両親を脅しながら願った。シャワーに長いあいだ打たれていても、身体の震えは止まらなかった。一枚、また一枚とシャツやジーンズを脱ぎ、全裸になった瞬間に浴室の扉が勢いよく開かれ、あの太った男が飛びこんでくる幻が見え、ぼくは悲鳴をあげた。驚いてやって来ようとする二人に、洗面器だの石鹸だのを投げつけて追い払った。救急箱を浴場へと引っ張りこんで、ガーゼで尻をふいた。いくらふいても血とゆるんだ便が漏れてくる。軟膏《なんこう》を塗った。ぬめぬめとした感触が、あの夜を思い出させ、浴場のタイルの上にまた胃液を吐いた。

部屋に戻って施錠をし、窓にきちんと鍵がかかっているのを確かめ、完全に窓が隠れるように安全ピンでカーテンを留めた。ベッドへとなだれこみ、布団を頭から引っかぶった。強い調子で扉がノックされた。ぼくは反射的に手近にあったラジカセを取って投げつけていた。コンセントをぴんと張りつめながら、ものすごいスピードでラジカセは落下し、けたたましい音を発して砕け散った。それは扉の向こうにいる二人を黙らせるには、充分なほどの威力だった。床いっぱいに散らばったプラスチックの破片や部品やコードを見やり、自分が狂ってしまったのだと実感した。階下から、床や扉を通して母の泣き声が耳に入ってきた。ごめんなさい、ぼくを許してください。

シーツにまで飛んだプラスチック片が身体を傷つけた。かまわなかった。今のぼくに、もう痛んでいない箇所などありはしない。

父は出社すらしていないように思えた。母も同様だった。けれど家の中は死んだように静かだった。なにも聞こえはしなかった。自分のすすり泣く声以外は。やがて脳の中のアドレナリンが嘘のように消え去り、マットレスに身が溶けてしまいそうなほどの疲労が覆いかぶさってきた。睡魔に襲われた。

浅い眠りだった。部屋の残骸が目に焼きついて離れない。そのうえ彼女が、今まで見たこともないような冷えた微笑を浮かべていた。まるでなにか下等な生き物を見るような目をしていた。シーツの中にはあの男がいた。毛むくじゃらの腕や脛が蛸のようにうねっては、ぼくにしがみつこうとする。着ていたTシャツをたくし上げて、乳首にキスをしようとした。せり出た腹の肉の中央には、誇示するように赤黒いあそこがいきり立っていた。

救いを求めて目を移すと、いつのまにか部屋には両親がいた。二人とも神妙な顔つきで、この荒れ果てた惨状を見渡していた。会話は不明瞭で、テープをゆっくりと回転させたようなもごもごとした口調だった。

「こいつはもうだめだ」「残念だけれど仕方ないわよね」「もう使い物にはならない」「生きていても、これ以上は恥になるだけだもの」

悲鳴をあげた。そのどれもが、ゆがんだ夢でしかなかったけれど、驚くほどリアルだった。あたりを見渡すと、朝が夜に変わっただけで部屋はそのままだった。ラジカセは欠けたまま床に転がっていた。ちくちくとした痛みに顔をしかめた。今度こそが現実で、破片で傷ついた腕から血が流れ、シーツをうっすらと汚していた。

そして尻に生あたたかい感触。手を差し入れてみるとやはり液状の便が指にこびりついて、ひどい臭いをまき散らしていた。我慢ができずにベッドから這い出し、歩こうとした。わき腹の筋肉が痛み、充分には動けなかった。

扉にもたれながら迷った。夢のかけらが、開けることをとまどわせた。向こう側には、あの男やぼくを消し去ろうとする両親が待ちかまえているような気がした。

何度か深呼吸をして、扉を開けた。廊下には、膳に乗った夕食が用意されていた。おかずは、ぼくの好物である焼いた豚肉と海老フライだった。盛られたご飯にはまだぬくもりが残っていて、いたたまれない気持ちにさせられた。指についた糞の臭いが混ざり合って、食欲など湧きそうになかったけれど。そして階下はやはり死んだように静かなままだった。ふいに彼女のことが思い出され、内臓がひきつるように痛んだ。部品や破片が散らばった床に、耐え切れずに手をつく。ひどく息苦しい。彼女の姿が脳裏に浮かんでは、ぼくを絶望的な気持ちにさせた。

彼女ははじめから――。

そんなはずはない。ぼくに向けられた微笑が偽りだったはずはない。腹の底から叫び声がほとばしった。信じられなかった。お願いだから嘘だといってくれ。今度も救うつもりだったといってくれ。だからといって彼女が――。思いたくはない。はなからぼくを罠に――。思えるはずもない。床をのたうち回った。この苦しみから逃れたかった。誰かぼくを終わらせてくれ！

「やめてくれ！」

同じクラスのAやB、それに島津の暴力にさいなまれていたぼくに、彼女はスポーツタオルを授けてくれた。その登場はあまりにもまぶしく、信じられなく、いまだ心の奥に強く焼きついていた。いまだにあのタオルの柔らかさや彼女の匂いを思い返すことができる。

「やめてくれ！」

二度目に彼女が現れたのは、ぼくが後ろ手に縛られ、制服のズボンをはぎ取られて、屋上に置き去りにされていた時だった。今だからわかる。彼女は命の恩人だった。彼女がその扉の鍵を開けて姿を現さなかったとしたら、なにをしでかしていたかはわからなかった。

青い空の下、ワインの瓶を抱えてやって来た彼女は、どこまでも颯爽《さっそう》としていて格好よかった。ぼくのズボンを取り返してくれた時から、ぼくは思っていた。彼女は、この世に遣わされた天使ではないかと。

「お願いだ……」

扉がノックされた。向こう側で誰かが涙声でなにかを訴えていた。違うよ、母さん、あんたじゃないんだ。やがてあきらめたようにノックの音がやんだ。

それから永遠と思えるほど長い夜を眠らずに過ごした。他の家から聞こえるテレビの音や子供のはしゃぎ声を耳にしながら。それが耳の痛くなるほどの静寂に変わり、それから車の轟くような排気音を聞き、奴らの存在を思い出して身体を震わせた。夜が深まると、わけのわからない鳥の不気味な鳴き声や遠くで犬の吠える声が聞こえ、新聞配達の原付バイクのエンジンが鋭くなった聴覚をおびやかした。膀胱が痛むほどの尿意に耐えかねて窓から放尿した。トタンの屋根に音が響かないように、外壁にあそこをこすりつけるようにして。尿の色は暗闇にまぎれてよくはわからなかったけれど、放尿中ずっとあそこが痛んで仕方がなかった。

部屋からは出られなかった。夜中になっても、夜明け近くになっても、たびたび母や父がノックを繰り返してはなにがしかの言葉をかけた。

ぼくは応じなかった。応じられなかった。彼らが偽者でない確証はない。彼女ならそれもやってのけるような気がした。本物をどこかへと消し去り、連中が父母の皮をかぶり、声を作りあげる。かろうじて頭の片隅に残っている理性が一笑に付そうとするが、心に植えつけられたなにかがぼくを頑なにさせた。

「藤島……」

いくら待っていても、彼女はぼくの前に姿を現してはくれなかった。言葉をかけてはくれなかった。あきれるほど長かった夜が過ぎて、いつもと変わりのないことを強調するように太陽が昇り、小鳥のさえずりが聞こえはじめても。「藤島……」

それでもぼくにはどうしても思えなかった。これまで行われてきた彼女の行為のすべてが、ぼくを陥れるためのものだったとは、どうしても。

背中を久しぶりに床から引きはがした。相変わらず脚に力が入らず、尻の中心がじくじくとあぶられるように痛んだ。けれど朝日で明るくなった室内が、ぼくにいくらかの勇気を与えた。

扉を開けた。廊下にはまだ昨日の夕食がラップに包まれたまま置きっぱなしになっていたが、階下では二人がすでに起きているような気配を感じた。あるいはぼくと同様に一睡もできずにいたかのどちらかだ。今すぐにでも駆け下りて、二人に向かって泣きすがりたいと思った。すべてを告白し、慰めの言葉をかけてもらいたい。そして辱められた息子のために涙を流してくれることを願った。

聞いてくれ、ぼくは――。

喉元まで声が這いあがってくるのをこらえて部屋の中に戻った。まだ終わってはいない。彼女をまだ見終わってはいない。彼女を見るまでは、すべてを受け入れるわけにはいかない。

服を脱いで裸になった。ウェットティッシュで汚れた尻をぬぐった。汗だの涙だのを吸ったTシャツを捨て、新しい黒のシャツを身につけた。汚物のついていない別のジーンズをはいた。

鏡に映った自分を見て、あきれはてた。その服装はぼくのお気に入りで、いまだに彼女に好かれたいという気持ちが強く残っていたのだと自覚した。そして机にあったカッターナイフを手に取った。こんなもので、あの連中から身を護れるとは思えなかったが、そうせずにはいられなかった。

ふいに棟方の声が聞こえる。

おれたちに使うのか？　違うだろう、おまえは――。チキチキと音を発しながら、刃をむき出しにした。銀色の刃に彼女の姿を見たような気がした。動悸が急に激しくなる。こんなものは使うはずもなかった。けれど。カッターナイフをポケットの中へしまった。

窓を開け放って、静かに屋根の上へと足を踏み下ろした。そろそろとできるだけ音を響かせないように歩を進めた。下半身の痛みに耐えて、屋根から塀へと飛び移った。そこから道路側へ降りて、腰をどうにか曲げて身を隠した。父と母に見つかるわけにはいかない。今はまだ。心の底から二人に詫びた。脚を引きずるようにして道を駆けた。

# 17

夜の九時を過ぎた。憤怒と悲嘆の中を泳ぐようにして大宮駅前へと戻った。桐子の言葉は聞き間違いだと思いこむことにした。忌まわしい記憶は封じこめた。

旧中山道を進んで路地に入った。大宮センターホテル。ビルとビルのあいだに挟まれた狭っ苦しいビジネスホテルだった。加奈子のような娘とはまるで縁のない場所のようだった。ここが暗黒の舞台となっていたとはどうしても思えない。

五十メートルばかり進んだところでカローラを停めた。ホテルの前を徒歩で通り過ぎた。ホテルのロビーに目をやった。ロビーには古ぼけた応接セットが鎮座しているだけで人気《ひとけ》はなく、フロントにホテルマンが一人、ひまそうに立っているだけだった。

カローラの中で二時間ほど過ごした。ホテルの窓からオレンジ色の灯りがのぞけ、そのたびに男どもに抱かれる女子供の姿がちらついた。ホテルの中へ入る人間を見るたびに、変態野郎、変態野郎とののしった。拳銃を掌でもてあそんだ。

趙らしき男の姿は見えなかった。拳銃を振り回し、フロントを突っ切り、すべての部屋を暴きたかった。奴を捕えれば、加奈子との距離はぐっと近づくだろう。

五時間が経過するまで、そのホテルの持ち主について考えた。奴はどんな過程を経て、加奈子と知り合ったのだろうか。どれほどの関係だったのだろうか。妄想じみた推測だけが湧き、鈍い頭痛に襲われた。奴は娘の雇用主だった。そして事業上のパートナー。そして愛人ですらあったかもしれない。クラブと呼んでいた彼らの組織は、奴にとってどれほどのものだったのかと考えた。単なる道楽にすぎなかったのか、事業の大きな柱として考えていたのか。

写真の男たちを思い返した。弁護士出身の市会議員、商工会議所の役員と警察官。あれにはまだ多くの、正体の知れぬ金満家や大物がいるのかもしれない。奴らとつながることで、趙がどれほどの利益を得たかを考えた。組織は、単なる饗応手段として用いられていたのだろうか、それとも脅迫の材料として用いられていたのだろうか……。

答えが出るはずもない。どのように考えたとしても、趙への憎悪がふくらむだけだ。奴さえいなければ、娘が危険にさらされることはなかった。死体の山が築かれることもなかった。

そして加奈子を想った。彼女はきっと藤島に復讐しようと考えていたはずだ。あのコンビニ殺人事件。日頃から彼は警備員として巡回していた。彼の担当区域だった。彼女はあの殺人狂を巧みに誘《おび》き出し、あの嵐の夜、藤島にぶつけるつもりだったのではないか。藤島は自嘲する。妄想の域を出ない。いくらあの娘が特別でも、そんな神の如き芸当ができるはずもない。

だがそうであってほしかった。たとえどんなに憎々しい表情をしていたとしても、あの娘に振り向いてほしかった。

張りこみは深夜に及んだ。何十台もの車やバイクのライトが通り過ぎた。時々、車が揺れるほど強くステアリングに頭を打ちつけた。彼女たちの声や姿を聞くこともなく、時は過ぎた。夜が明け、カラスが鳴きはじめた頃にイグニションのキーを回した。その巨大で呪われた祭壇から離れた。

それに気づいたのは県道二号線をしばらく進んだ時のことだった。一台置いた後ろを走る白いエルグランドだ。高い位置に据えられたライトがバックミラーに映っては視界を白く焼いた。岩槻インターから東北道に乗っても、その強い光は依然として追ってくる。

ステアリングを握る手がじっとりと汗ばんだ。深夜ラジオからは激しい調子のハードバップジャズが流れ、現実味を損なわせた。アクセルを踏み、スピードを百十キロから百四十キロへと上げた。カローラのエンジンとしてはそれが精一杯だろう。奇妙なうなりをあげ、車体が小刻みに揺れた。エルグランドとの距離を引きはがし、藤島の住処《すみか》となりつつある蓮田サービスエリアに突入した。周囲をおおう闇が薄くなり、東の空は淡い光をともなっていた。

手近な駐車スペースに停め、エンジンをかけたままで車を降りた。しゃがみこんで身を隠す。熱を放つ車体に背を預ける。緊張がこみ上げてくる。やがて充分にスピードを落としたエルグランドが静かに入ってくる。ライトを消したまま。

背骨を戦慄が駆け抜けていくのがわかった。まだ見ぬ趙とストッキングで覆面をした男たちが視界に躍った。腹にさしていたコルトを握る。奴らの車体が近くのスペースに停まった。

低く屈んでいくつもの車の陰に隠れた。街灯の届かない位置。エルグランドはエンジンを停止させた。それっきり動きはなかった。

いくつもの車体に身を潜めながら、小走りに近づいた。エルグランドの窓には黒いフィルムが貼られ、車内はうかがえなかった。何者かに向かって祈りを唱えた。奴らに向かって駆けた。車のスライドドアに手をかけ、一気に開いた。拳銃を車内に向けながらいった。

「動くんじゃねえぞ」

七人乗りの車内は紫煙とコロンの匂いでいっぱいだった。中にいた男の数は三人。目が一斉に藤島へと向けられ、凍りついたように動きを止めていた。銃口を一人一人に向けた。「動くなよ。殺すぞ」

運転席には派手なアロハシャツを着た色黒の男。助手席に赤いジャージを着た坊主頭が、携帯電話を耳に当てたまま固まっていた。後部座席にはダークブルーのジャケットに赤い開襟シャツ。赤ら顔の太った男がいた。金のロレックスとたくさんの光りものを身につけていた。一見してそれとわかる格好だった。銃口に臆することもなく、厚い瞼の下から昏い目を藤島に向けていた。

太った男にいった。

「おまえらだな」

「てめえ！」

助手席の坊主頭が携帯電話を振りかざしながら吠えた。反射的に銃口を向けた。心臓が激しく暴れ回っていた。坊主頭はひるむことなく藤島をにらみつけていた。拳銃のセイフティーレバーを下ろした。指が震えた。

「この野郎」

「やめろ」

太った男がいった。坊主頭が藤島をにらみつけた。今にも飛びかかりそうな勢いで。

「おまえらがやったのか。おまえらが殺したのか？」

藤島が太った男に拳銃を向けた。男の目がのろのろと藤島のほうへと移った。まるで薬物をやっているかのような緩慢な動きだった。

「あんた、少し自制しろ。もう少し場所を考えたらどうだ」

「黙れ」

顔にまとわりつく夜気や汗をぬぐった。焼酎を抱えたトラック運転手やカップルなどのやじ馬が周囲をうろつき、視線を投げかける。

「おまえら、石丸組だな」

男は大儀そうに肉でふくれた首を回した。ぽきぽきと乾いた音がする。

「乗れ。あんたには前々から会いたいと思っていた」

「おまえらはなにを知っている。なにをやった」

「あんた、娘の行方を追ってるんだろう？」

藤島は男の胸倉をつかみ、銃口を腹に突きつけた。

「どこだ。教えろ」

「てめえ！」

頭に固い金属のようなものを押しつけられた。助手席の坊主頭が拳銃を突きつけていた。何度も銃の先端がこめかみに当たった。だがかまわなかった。赤いシャツをつかんだまま太った男を揺すった。

「いえ。娘はどこだ」

「道具をしまえ」

男は前に座る二人にいった。まるで藤島の存在など意に介さずといった振る舞いだった。頰の筋肉がひきつる。頭に銃が強く押し当てられた。

「道具をしまえ。馬鹿野郎」

太った男は藤島の拳銃を振り払い、身を乗り出した。坊主頭と色黒を右の拳で殴りつける。肉を打つ音が車内に響いた。坊主頭の首が勢いよく回り、色黒は背中をハンドルに打ちつけてうめいた。男の動きはさほど速いものではない。だが藤島は見送ることしかできなかった。

男はふたたび大儀そうにシートに身を横たえた。

「あんたもあまり挑発するな。こいつらは脅しも本気も区別がつくほどの脳ミソも持っちゃいない。蜂の巣になりたいのか。警部補」

藤島は男をにらみつづけた。動けずにいた自分を恥じ、いっぽうで安堵する。坊主頭が、叱られた子供のような面《つら》をしながら武器をしまった。銃口を男たちに向けながら藤島はおずおずとシートに背を預けた。

「おい」

男が運転席の色黒に声をかけた。車が静かに動きだした。

「ドライブといこう。こう騒げば、どこかのおせっかいがタレこんでいてもおかしくはない」

車はサービスエリアを出て、ふたたび北へと走りだした。三車線のうち、左の車線を八十キロ程度のゆっくりとしたスピードで走った。男は自分を咲山と名乗った。年齢は三十代の後半ぐらいに見えた。坊主頭と金髪が男を若頭《カシラ》と呼んだ。つまり石丸組のナンバー2だ。

咲山は虚ろな瞳で空を見つめながらいった。

「おれはあんたの娘の行方など知らん。あのパチンコ屋の手に落ちたか、今でもどこかに潜伏しているかのどちらかだろう」

藤島は咲山の顔をのぞきながら息を吐いた。拳銃で脅したところで答えが変わることはないだろうと思った。

「あんたの娘は、たいしたタマだ」

「……」

「同時に救い難い馬鹿でもあった。あのパチンコ屋は極道じゃない。だがうなるほどの金を持っている。つまり極道以上に質が悪いってことだ。そんなやつを裏切るのは、馬鹿のやることだ。自分の娘がなにをしたか、わかっているか？」

「加奈子は、奴から写真を持ち出した」

「それから？」

「それから、とはなんだ」

咲山の瞳がゆっくりと藤島に向けられた。

「野田を知ってるか。市会議員の」

「ああ」

「大戸を知っているか。市の土木部長だ」

「いや」

「柿崎という爺さんは？　商工会議所の役員をやっている」

「皆、あのクラブの顧客たちだろう」

「クラブ？」

「趙と、加奈子がやっていた売春組織だ」

咲山は鼻で笑いながらうなずいた。

「二週間前だ。そいつらの事務所や自宅に、自分が女とやっている写真が送りつけられたのは。あそこに出入りしていた客のほぼ全員分だ」

思わず目をつむる。

「なぜ」

「知らん。写真をネタに、趙を脅すのなら話はわかる。だが、なんのためらいもなくそれをバラまいた。まるで野郎を痛めつけるのがはなからの目的だといわんばかりにな」

「なぜだ、なぜそんなことを」

「シマうちで起きていることだ。おおよその情報は入ってきていた。あんたの娘が、若くてとびきりの女をスカウトしてくる。まだ満足にメンスもきてないガキまでもな。うちもいろんな毛並みの女を扱っていた。黒いのや白いの。主婦やモデルあがりも扱っていた。しらばっくれて、学生も働かせてる時はある。だが奴はもっと時代の需要に答えていたんだろう。世の中はガキ好きの変態でいっぱいだ。気味が悪くなるほどな。リスクを背負いこむだけの儲けを手にしていた。おまけに客の変態行為を写真におさめていた。掟破りだが、あんなもんを見せつけられたら、客は野郎の尻をなめてでも許しを乞うだろう。取り引きの道具としては申し分ない」

藤島は反射的に拳銃をかまえていた。咲山はかたわらのセカンドバッグに手を伸ばし、ゆっくりとした手つきで煙草を取り出した。坊主頭が振り向いて、ライターをつけようとする。

「前、向いてろ」

咲山がシートを蹴り、みずからライターで火をともした。

「そもそも、なぜあのパチンコ屋が、そんな商売に手を出したかわかるか？　警部補」

「金と趣味以外に、なにがある」

「そりゃそうだが」咲山は苦笑した。「元は投資だ。新都心と国道十七号を結ぶ区画に、ショッピングモールを誘致するための。柿崎は元々、新都心付近の地主でもある。今でもあのあたりの一角はあの爺さんが所有している。議員の野本は、誘致推進の急先鋒だ。出店予定となってるスーパーの顧問職についていた。今もそのスーパーとのパイプは太い」

「それを加奈子が壊したというのか？」

「趙は追いつめられている。怒り狂ってもいる。でなけりゃ、あんな殺しができるはずもない。是が非でもあんたの娘と、それに協力した連中を死体に変えなければ気が済まないらしいな。おかげであんたの娘以外はみんなくたばった」

死んだ長野の瞳から、涙がこぼれていた。

「おまえらはくわしすぎる。つまり客たちがおまえらに泣きついた。そうだな？」

咲山が煙草をくわえながら、手を叩いた。ご名答とでもいいたいのだろう。こともなげに咲山はいった。

「趙の身柄《ガラ》をさらい、写真を回収する」

「アポカリプスの棟方を追わせたのも、そのためか」

「あいつにはがっかりさせられた。いくらかのシャブをさばかせてた。大半をあんたの娘や趙に流していた。それに情報も。おかげで野郎のガラをさらう前に逃す羽目になった。痛めつけて指をもぎ取るか、埋めるか迷っているところだ」

藤島は浅い息を繰り返した。

「まだ、ある。おまえらは加奈子の身柄もさらうつもりだろう」

「趙も、うちに頼みこんだ連中も、一番に怖れているのは、あんたの娘だ。マスコミや警察に飛びこめば、やっかいなことになる」

車内の緊張が高まっていく。膝のあいだに拳銃を突っこみ、引き金にゆっくりと指をかけた。彼らの頭を撃ちぬくイメージが湧いた。

深いため息をついた。

「写真なら、渡してやってもかまわない。だから――」

「コピーを持っているかもしれん。いや、あんたの娘ならきっとそうしているだろう」

坊主頭の首の筋肉が硬直していた。色黒が冷房の効いた車内で汗をぬぐった。拳銃を握る手が意志に反して跳ね上がりそうだった。血の臭いを嗅いだような気がした。

「どうすればいい。どうすれば、あいつを救ってやれる」

ウインカーが灯った。黄色い光が点滅し、男たちの横顔を照らした。車は久喜インターで降りた。運転席のウインドウが開かれ、生あたたかい風が飛びこんでくる。

「趙の居場所はわかっている。下手に逃げるよりも、都内に身を潜めていたほうが安全だと考えたんだろう」

「それで、おれにどうしろというんだ」

「野郎の犬に、釘をさすんだ」

「犬」

「犬だ。少しばかりイカレてるがな。コンビニで三人殺した。他にも若い女を一人殺ってる。二つともあんたが目撃したんだったな」

「誰だ」

「あんたの昔の仲間さ。現役のデコスケが交じってる。趙をさらうには連中が邪魔だ。なにをしでかすかわからんうえに、内務調査の警官どもがぴったりと貼りついている」

「連中」

「写真を見ただろう」

「春日部署の三浦」

咲山は首を振った。

「趙は三浦に警察の情報を流させていた。それだけじゃない。自分の犬となって働く男を紹介させた。それが入会の条件だったからな」

「……」

「それで現役のデコスケが一人、犬になった。わかっているのはそれだけだ。あとはあんたと同じくヤメデカかゴロツキだろう」

「誰なんだ」

「あんたも知っているだろう。大宮署の小山内。三浦とは同期だった」

「小山内……」

藤島は刑事時代の記憶をよみがえらせる。そして意外に思い、咲山の顔にその言葉の真実を見出そうとする。生活安全課の小山内巡査部長。少年係。刑事よりも教師向きの男と呼ばれていた。肉体派が揃う刑事部屋の中で、ただ一人ススキのように背が高く、痩せた身体つきをした男だった。前時代的な太い黒縁の眼鏡とまるで学者のような容貌。生まじめで世話焼きな性格らしく、補導した少年少女の将来を案じ、聞き流せばいい生活相談に耳を傾けていた。

小山内に関する記憶が掘り起こされた。二年ほど前の拳銃による連続殺傷事件だ。署の刑事の大半が駆り出された。本来ならば署の道場に泊まりこみながら、捜査に臨むことが慣習となっているなかで、小山内はどんなに捜査会議が長引き、夜が更けようとも帰宅の習慣を忘れなかった。酒のつきあいも悪かった。他の刑事の揶揄や反感を背に受けていた。藤島とは対照的な存在だった。

女の首を紐で絞め殺す小山内をイメージした。刃物で店員の腹をさばき、小山の喉を裂き、そして長野の胸を刃物で突く。うまく頭に思い描けなかった。

「間違いないのか」

乗っていたエルグランドは、料金所を過ぎると同時に反転し、ふたたび高速道路へと舞い戻った。東北道を南下した。

「三年前まで、奴は街金の常連だった」

藤島は咲山を見やりながら、また一つ記憶を呼び覚ました。

小山内の子供だ。内臓疾患だっただろうか。白血病だったかもしれないし、小児ガンだったかもしれない。たび重なる治療費と入院費で家の経済は常に逼迫しているという噂は当時もあった。共済組合から限度額いっぱいに借り受けていた。それでもなおサラ金に手を出したとは。警察官が消費者金融に手を出す。露見すればそれだけで辞職に追いこまれるほどの危険な行為だった。

「だがここ三年、金融屋に出入りした形跡はない。組合への借金も着実に減らしているという話だ。ガキは手術を受け、入退院を繰り返しているにもかかわらずだ」

「教えてくれ……本当に、奴がやったのか？」

「なにを」

「奴らが、あれだけの人間を殺したというのか？」

すがるような口調になっていた。いまだ藤島には受け入れ難い。警察という名の職場を追われ、憎悪にも似た感情を持ちつづけていた。同時に人生を賭けてきた戦場でもあった。誇りを持ちつづけていた。

汚職や暴行、セクハラは日常茶飯事だったが、殺戮《さつりく》という行為にまで踏み切る者がいるとは思えなかった。

それをいうならあんたは。ウインドウに映る加奈子があきれ顔でいった。私を犯したじゃない。人殺しとなにが違うというの？

「意外と堅物だな。警部補。あんたはケツから魂が抜け落ちるほど、博打にのめりこんだこともないんだろう。あちこちから金を摘んで、親兄弟から絶縁されたこともないだろう。借金で首を縊りたくなったことも」

藤島は押し黙ったまま彼の言葉に耳を傾けた。

「野郎に飼われた連中は、多かれ少なかれ、ひととおり修羅場を通り抜けてる。小山内もそうだ。そういう輩《やから》には理屈はない。ヤクでテンパってるようなもんだ。慈悲や寛容を忘れ、獣性やエゴをむき出しにしてなんでもやるようになる」

「……」

「納得してないって面だな」

「おれには……おれには理解できん」

「いや、理解できるね。誰にだって、人を殺してでも護りたいものがある。隠したいものがある。家族や己自身。誇りや後ろ暗い秘密。あんただってそうだろう？」

辻村の言葉がよみがえった。

心臓がひときわ、大きく鳴りひびいた。咲山のぼんやりとした瞳は、自分の精神の奥底までを見透かしているように思えた。

「あるだろう？　あんたにも」

「黙れ」

声がかすれ、言葉にならなかった。咲山の顔に笑みが広がっていくのを見て、視界が赤く塗りつぶされそうなほどの怒気と消え入りたくなるほどの恥ずかしさが湧いた。

車はふたたび側道に入り、岩槻インターチェンジを降りはじめた。ラブホテルのけばけばしい灯りが男たちの顔を照らした。ふたたび料金所で反転し、上りの高速道路へと入っていった。

「写真はおまえらにくれてやる。その代わり、娘には指一本触れるな」

「いいだろう。あんた、自分の娘を見つけて説得しろ。写真はコピーを含めてすべて消す。それが条件だ。あとは留学でもさせて、この国から追いだすんだな」

「趙をさらうといったな」

「あんたが犬の動きを止め次第。小山内を止めろ。野郎は休暇を取って行方をくらませている。あんたの娘をやるために」

「もう一つある。拉致にはおれにも立ち会わせろ。趙という男に話がある。頼む」

「あんたが消すか？」

藤島は答えなかった。奴らを理解できないといった。だがきっと趙が相手ならば、さしてためらいもなく引き金が引けるような気がした。加奈子と手を組み、裏切られ、つけ狙った男。娘を自分よりも知る男。娘の味さえも知っているかもしれない男。奴は、すでに娘の命を奪うにいったのかもしれなかった。息のかかった警官らに罪のない人間を葬らせ、少女に死の涙を流させた。鬼畜め。この手で葬ってやりたいという意志が、藤島の中にはっきりと存在していた。

車は、元のサービスエリアへと滑りこんだ。藤島のカローラの隣に停まった。スライドドアを開けて降り立った。東の空はすでに朝日で輝いていた。封筒に入った写真の束を、咲山に渡した。彼は口笛を鳴らし、満足そうにうなずいた。

「武運を祈ってる」

走り去っていくエルグランドの後ろ姿を、藤島はにらみつづけた。まるで悪夢だ。加奈子を追った。その前には、大きな意志や力が潮流となってうねり、姿は浮き沈みを繰り返しては消えていった。その距離は確実に近づいてはいた。だがやがて彼女の元にたどりついた時、その身体に生気は宿ったままなのか、それともすでに腐敗が始まっているのか。

終焉《しゅうえん》の予感を肌で感じながら、彼は車の扉に手をかけた。

朝食を食べ終えた頃だろうか。あの長いさらさらの髪を梳《す》いている頃だろうか。無数にある窓に目を移しながら、想いにふけった。エレベーターから人が降りてくるたびに、そのどれもが彼女ではないことに、胸をなで下ろしたり、落胆したりした。

心臓が耐え切れなくなるほど激しく鼓動した。はたして彼女はどんな顔をしながら降りてくるのだろうか。少しばかり張りつめたような表情だろうか、後ろめたさを感じ、身をすくませるだろうか。それともいつもと変わらないままだろうか。

そして自分はなにをすべきだろうか。まだなに一つ決めてはいない。ただ彼女を見た瞬間、自分というものが抑えられるのか、まるで自信がなかった。泣きだしてしまうかもしれない。怒りだすかもしれない。そして――。ポケットのカッターナイフをひどく意識する。

鈍色の空は今にも泣きだしそうだった。どきどきしながら、それを見上げた。

一台の黒いワゴン車が速いスピードでやって来て、ぼくが隠れている車の前で急停止した。目の前には鉄板の壁が、一瞬にしてそそり立った。ぼくは息をつまらせた。

危険を感じてポケットに手を伸ばそうとする。その前に扉が開かれ、同時に何本もの腕が飛び出してきた。圧倒的な力で腕や胸倉をつかまれ、頭髪をつかまれて首が痛んだ。視界が急転し、地面が近づいてきた。身体が前方につんのめった。

がつんという強い衝撃と共に、目の前を火花が走った。車のステップに口を打ちつけていた。歯茎から歯をもぎ取られそうな痛みに涙があふれた。口いっぱいに錆びた金属の味が広がった。痛みを実感する暇も与えられずに車内へと引っ張りこまれた。

スライドドアが勢いをつけて閉じられ、まだ完全に入りきれていなかった踵が挟まれ、骨に響いた。叫び声をあげる間もなかった。

激しいエンジンのうなりとタイヤのスキッド音。身体が横倒しになって足がもつれた。いくつもの腕に引っ張られ、男のものと思われる拳が待ちかまえていた。頬を殴られ、後頭部まで鈍い痛みが貫通していく。たった一発だったが、それだけで意識が遠のいた。脳ミソがぐらぐらと揺れ、ぼんやりとした不快な感覚が這いのぼってきた。痛みを感じる前に新たに顔を打たれた。

島津をつかんでいた長髪の男が唇を吊りあげて笑っていた。拳を握ったり、ゆるめたりしていた。ドレッドヘアーの男が昆虫を観察するような冷たい目で見下ろしていた。

ぼくはあっという間にめちゃくちゃにされた。内臓がのたうち回り、呼吸がうまくできず、肺が空気を求めてあえいだ。顔全体がしびれたように腫れあがっていくのを感じた。灼熱の風が吹きつけているようだった。

つかまれていた頭髪から手が離れ、ぼくは崩れ落ちて車の床に頭を打ちつけた。逃げ出さなくちゃ。激しい不快感と揺らめきと共に脳がさかんに警報を告げた。でも身体は思うとおりに動いてはくれなかった。

車がどこかに停まるのを身体で感じた。ぼくの鼻から血があふれて息苦しかった。黒いシャツやジーンズには、赤い滴が飛び散っていた。

「おはよう。自分がよほどの馬鹿だってことに、少しは気づいた？」

女の声で呼ばれ、ぼくは身を固くした。タバコをくわえた遠藤が盛大に助手席で煙を吐き出していた。

「おめでとう。あんた気に入られたのよ。少しは感じた？　ちょっとはよがり声あげた？　あのオヤジのアレ、すごかったでしょう。あんたみたいなガキとやる時は、わざわざクスリ呑んで、おっ勃たせてるの」

遠藤が顎で合図した。長髪の男がまるで肉食獣のような顔つきで、ぼくのはいていたジーンズのホックをはずした。大蛇のような腕に囲まれて、ジーンズを引き下ろされた。トランクスを脱がされる。あの夜を思い出して気が狂いそうになった。

「おまえたちは……」

車内に笑い声が響き渡った。

「そそるような声、あげるんじゃねえよ」「汚ねえ」「くせえ」

尻の肉をつかまれ、押し広げられた。

「見ろよ、ケツの穴がめちゃくちゃだぜ」

長髪の男がみずからはいていたカーゴパンツを脱ぎ下ろした。黒のブリーフ。それさえも脱ぎ去り、下半身をあらわにした。浅黒い肌の脚と、血管の浮いたあそこが目に入った。魂が奈落の底へと滑り落ちていく。遠藤と、ドレッドヘアーが喝采をあげた。口笛を吹いた。

「くわえろよ、どうせあのオヤジにもやってやったんだろう？　もう慣れたもんだろうが」

あそこの先はぬらぬらと輝いていた。目の前に突き出され、おぞましい男の臭いを、血で濡れそぼった鼻が嗅ぎわけた。

「おまえたちは、どうして……」

「くわえろよ、おい」

ぼくは目をつむり、これがなにかの間違いではないかと祈った。次に目を開けた時に、もっと違う風景になっていることを祈った。

「ねえ、もっと怖がれよ。小便ちびりそうなくらいにびびれよ。それじゃ全然つまんねえよ。おまえの友達、なんていったっけ？　あいつみたいにさ、かわいらしく悲鳴、あげてよ」

の子の匂いに変わった。

「島津を、どうしたんだ」

「どうしたと思う？」

遠藤は、顔色一つ変えずに男のあそこを眺めていた。

「あいつになにをしたんだ」

遠藤が腕を伸ばして、ぼくの襟首をつかんで引き寄せた。強い男の臭いから化粧水混じりの女の子の匂いに変わった。

「おまえのせいだろうが」遠藤は歯茎をのぞかせながら、怒りをあらわにした。「おまえみたいなやつが、レイプでもされないかぎり、どうしてうちらのパーティーに来れるのよ。教えてよ。なんでうちらに矢なんか突きつけられるの？　うちらをなんだと思ってるの？　馬鹿が。虫のくせにヒーローぶったからだろう。ゲロが出るんだよ、間抜け」

「あいつになにをしたんだ」

声がみっともないほどに震えていた。それが怒りのせいなのか、悲しみのせいなのかはわからなかった。

「おまえの代わりをやっただけさ」

答えたのはドレッドヘアーだった。クスリだの酒だのを含んでいるような、焦点の定まらない怪しげな目つきだった。

「なに……」

ドレッドヘアーは引き金を引くふりをした。ぼくは言葉を失い、遠藤と長髪の男に目を移した。

ドレッドヘアーが淡々といった。

「ニュースを見てねえのか。脳挫傷の重体だって。要は脳ミソがぐちゃぐちゃだってことだ。そのままくたばっちまえば、誰にもわかりはしねえ。生きていたとしても、一生口なんかきけやしねえ。おれたちはうまくさらったし、うまく放り捨てた。まさかおれたちをタレこむような物好きがいるとも思えねえ」

長髪の男があそこを振りながらいった。

「口がきけたとしても関係ねえ。下っ端のガキをおまわりに差しだせばそれで終わりだ」

遠藤がいった。

「妙な考えは起こさないほうがいいとだけ、いっておくわ。おまわりに泣きついたとしたら、誰かがおまえを間違いなく殺すから。絶対に」

「そんなことが、許されるもんか」

「へえ、そう。じゃあなにかやってみてよ」

遠藤が架空のカメラを持ち、シャッターを切る真似をした。それだけで心が打ち砕かれそうになった。

あの夜、肛門に焼けた鉄棒を突き入れられたような痛み。背の上で跳ねる男の肉の重み。汗の臭い、オーデコロンの臭い。そしてなにかのモーターが回転する音がし、白い閃光が目を焼いた。

絶句するぼくを、遠藤はさも満足そうに見下ろしていた。

「配ってあげる。学校にも、おまえの家にも。ビルの上からまいてもいいし、ネットで変態たちのおかずにしてやってもいい」

涙が鼻筋を通って滴り落ちた。容赦のない攻撃に、ぼくの心は他愛もなく揺らめく。写真を目にしているクラスメイトや両親の姿が脳裏に浮かんだ。汚物を見るような目と、暗いよろこびにほころんだ唇が見えた。父は彫像のように顔をこわばらせ、母はその場で耐え切れずに膝をついていた。

「もっとうれしそうな顔しなさいよ。これからは、うちらがなにかと声をかけてあげるんだから。呼び出されたら、飼い犬みたいに飛んで来るのよ。あのオヤジは、おまえのことを気に入ったみたいだから」

長髪の男が髪をつかんだまま、ぼくの頭を左右に振った。

「あいつが飽きたら、おれたちが相手してやる。てめえの歯を全部叩き折って、おれのをくわえさせてやる」

ドレッドヘアーが虚ろな目をしながら、引き金を引くふりをした。

「おまえ、もう終わってるんだよ」

ぼくはどうにか肘を動かして、顔にまとわりついたあらゆる体液をぬぐった。腕に血や涙がこびりついていた。

遠藤が唇をなめながらいった。

「ねえ、うちらのことが憎い？」

「……」

「殺したいくらい憎いだろう？　なあ」

遠藤の手が、しつこくぼくの頬を叩いた。絶え間なく嗚咽がこみあげていて、なかなか声になろうとはしなかった。

「でも、それは筋違いだってことに、もう気づいてるんでしょう？　全部仕組んだのは加奈子なんだから」

「嘘だ」

「いい夢、見てるのね」

「馬鹿ともいうがな」「痛々しくて、見てらんねえ」

遠藤にタバコの煙を顔に吹きかけられた。

「じゃあ教えてよ。どうしてうちらがここにいて、こうしておまえを痛めつけてられると思うのよ。加奈子がうちらを張らせていたに、決まってるじゃない。あいつは見抜いていたのよ。おまえがのこのこやって来るのを。今頃はどこかに身を隠してるわ。あいつんとこの家はガタガタだから、何晩でも消えてられるの」

「どうして、ぼくは……」

長髪の男の腕が伸びて、ぼくのジーンズのポケットに手を入れた。中のカッターナイフをつかみ、満足そうに目を細めた。刃を露出させ、自分の黒々とした陰毛を引き切った。

「これで、どうするつもりだったんだ。え?」

遠藤が頬をゆがめながら鼻を鳴らした。

「口ではなんだかんだいってても、やっぱり気づいてたんじゃない。そのカッターで、どうするつもりだったの?　加奈子の服でも裂いて、やる気だったんでしょう?」

「違う!」

悲鳴にも似た声がほとばしった。違う。ぼくはただ彼女に会いたかった。ぼくがどんな存在であったのかを訊きたかった。すべては間違いであったと、彼女の口から聞きたかった。ぼくの魂を救ってほしかった。

長髪の男がカッターナイフをぼくの頬に当てた。ドレッドヘアーがいった。

「これ以上、顔を傷つけるとまずい。チョウが怒りだすかもしれない」

遠藤がタバコの吸いさしを投げた。

「おまえみたいなやつの、そういうところがたまらなく嫌なのよ。くだらない見栄を張って。素直にいえばいいのよ。あいつと無理やりにでもまんこしたいとね」

「違う……」

「じゃあこういえばいい？　加奈子は最初から、おまえをハメるつもりでいたって」

「やめてくれ」

「イチコロだったそうじゃない。イジメられてるところで声をかけたら、犬っころみたいに喜んで尻尾を振ってきたって。加奈子がね、よくそういってた」

彼女が大きなスポーツタオルをぼくに差しだす。柔らかな生地がぼくを包みこみ、うっすらとさわやかな彼女の匂いが鼻をくすぐる。その姿はあまりにもまぶしく、あまりにも強く……。

「別にそんな手のこんだ真似する必要なんかないって、みんな思ったんだけど。そんなの、無理やりさらっちまえばいいだけの話だし。だけど加奈子がそのほうが盛りあがるっていったの。どうしてかわかる？」

屋上でズボンを取り返してくれた彼女は、ぼくにワインの瓶を渡す。それは甘く、なによりも後ろめたさが隠し味となって、口いっぱいに安らぎが広がっていく。

「なんか小難しいことをいうのよね、加奈子は。チョウのサディスティックな趣味を満足させるためだとか、なんとか。要はあんたを絶望の底まで突き落とすことが目的だったってわけ。加奈子が、頭が切れて、すごくきれいだってことは認めるわ。そんな娘が、どうしておまえみたいなやつに手を差しのべると思ってるの？　こんな目的以外に、近づくはずもないじゃない——」

床を這うようにして進んだ。遠藤が座る助手席のほうへ。指一本動かせなかったはずの身体が、熱をともなったうねりに突き動かされた。この女を黙らせなければ。腕を奴の顎へと伸ばした。内臓をえぐられるような強い一撃をくらった。まるで腹に鉛を埋めこまれるような。一瞬の熱を刈り取られ、ぼくは床にうずくまった。

「クソ、ふざけやがって」「今すぐにでも埋めちまいたいとこだがな」

遠藤は笑みを浮かべながら、悠然と二本目のタバコを取り出していた。

「残念」

車の扉が開け放たれた。外はすでに雨が降っていて、黒く濡れたアスファルトが目に映った。襟首をつかまれて、突き飛ばされた。ステップに背中を打ちつけながら転がり落ちた。道路にたまった水が身体にしみこんできた。雨粒が、ざあざあと顔に降りかかった。

「せいぜい身を清めておくことね。いつやられてもいいように」

タイヤがはげしく軋り、奴らのワゴン車が走り去っていく。派手な水しぶきをあげながら。ぼくは耐え切れずに、アスファルトの上に大の字になった。誰が見ていようとかまわなかった。腹の痛みが疼き、いっさいの力が抜け落ちていった。

彼女のことを思い出しながらただ重く濁った空を見つめた。

彼女は、学校の底辺にいたぼくを救いあげてくれた。あれだけぼくを虐げていたAやBが、それに島津が震えあがって、手を出そうとはしなくなった。机や黒板や教科書に書かれていたぼくへの罵詈雑言がぱったりとやんだ。中傷にまみれることもなく、暴力にさいなまれることもなく、一日を過ごせるというのがどれほどすてきなことなのかを彼女は教えてくれた。それはまるで、生きていることを許されたようで、凍えた心があたたかくほぐれていくようだった。心の底から笑える日もきっとやって来るだろうと、ほのかな希望さえも湧いていた。彼女さえもっと近くにいてくれれば。

悪い夢を見ているかのように心が悲鳴をあげた。あの夜、クスリかなにかを含まされて意識を失う寸前に、彼女を見た。その表情からはなんの感情も読みとれはしなかった。最初からあんたをハメるつもりだったのよ。どうしてあんたみたいなやつに手を差しのべると思ってるの？　遠藤の声がよみがえっては何度も頭の中で響き渡った。

ぼくは笑った。

「嘘だ」

声は空虚な響きしかともなわなかった。奴らの言葉ですべてがしっくりとくる。だがそれを認めてしまえば、自分がこのまま崩れ、消え失せてしまいそうな感覚にとらわれた。本当にぼくを陥れるために……。ぼくは目をつむり、揺れる視界を封じこめて立ち上がった。

確かめなければならない。彼女の声に耳を傾けなければならない。肛門が焼けるように痛み、ぼくの歩みをぎこちないものへと変えた。奴らはぼくを叩きのめした。だが今度こそ彼女はきっとぼくに微笑みかけてくれるに違いない。ぼくが男に組み伏せられているところを写真に撮っているという。あの男にこれからも辱められる日々が待っているのだという。そんなのは嘘っぱちだ。そんなはずはない。そうだろう？　藤島。

奴らの言葉が正しければ……。これまでにない感情が渦を巻いていた。胸がひどく息苦しい。自分がまるですり切れていくような、まるで焦げついていくような感じがした。やがてそれは凶々しい一つの言葉に集約されていく。

その時は殺してやる。

# 18

今までにない津波のような疲労を感じ、頭が傾いだ。

瞼が重みを増した。ほんの一瞬、まっ白に意識が飛んでいた。ふたたび目を開けた時には、大型ダンプの巨大な鉄塊が迫っていた。あわててブレーキを踏んだ。タイヤがアスファルトをこする嫌な音を立て、車はダンプの後部すれすれのところで停止した。

春日部のユリノキ通りだった。両脇は車の代理店やパチンコ店、消費者金融の無人店舗で埋めつくされていた。自分がどこにいるのかを思い出した。

血中をめぐる覚せい剤が切れたのだと悟った。夏の朝日を望みながら、どこか紗がかかったような薄闇が広がっていた。精神が泥沼の底へと沈んでいく。

煙草の味がこのうえなくまずく、窓から吸いかけを吐き出した。ドーパミンやアドレナリンはどこかへ消え去り、ふたたび深い眠気に誘われた。

地方庁舎を過ぎ、税務署を過ぎた。限界を感じ、目についた二十四時間営業のファミリーレストランへと車を入れた。

同時に、倒れこむようにしてダッシュボードを開けた。

セカンドバッグの持ち主が結局は誰であろうかと考えながら、覚せい剤のパケを一つ摘んだ。爪でビニール製のパケの封を切ろうとした。封が切れると同時に中の結晶が飛び散った。思わず短い悲鳴をあげ、車内のどこかへと散った結晶を探して、首をめぐらせた。

ふいに己のあさましさに気づき、身が震えるほどの恥辱を覚えた。慎重にパケを開けてから、春日部署にほど近い距離にいると気づき、逡巡《しゅんじゅん》した。

ほぼ四日分の睡眠欲に襲われた。コーヒーや軽い運動では紛らわせようのない泥のような睡魔が淀んでいた。だが止まるわけにはいかなかった。

アルミのパイプに結晶を盛ってから、バッグの中の注射器と蒸留水のボトルが目に入った。一刻も早く覚せいする必要があった。注射を選んだ。一刻も早く、加奈子を追うやつらを止めたかった。

いや。そんな言いわけなど自己を偽るための芝居にすぎない。助手席の加奈子が注射器をうやうやしく渡してくれた。

理由などありはしない。ただ早くこの薬の与える魔力に浸りたかったのだ。力に満ちあふれ、疲れを知らず、揺るぎない自信をみなぎらせた自分に一刻も早く戻りたかった。いつ加奈子と出会っても大丈夫なように。

ハンカチで上腕を縛り、肘の内側を叩いて血管を浮きあがらせた。くわしいやり方などわかるはずもない。生活安全課時代に違法薬物ですっかり頭のゆるくなったチンピラや外国人を挙げた。彼らが陶然と語ったさまざまな投与方法を思い返していた。

蒸留水を注射器で吸い上げた。結晶の盛られたパイプの中にそれを垂らした。パイプの中で、氷塊のように結晶が浮き沈みしていた。下からライターであぶった。

パチパチとアルミホイルがはぜ、熱せられた蒸留水が沸騰し、結晶が融解した。すべてが溶け合った水を注射器で吸い上げた。プラスチック越しに、指にあたたかさが伝わった。

ふと顔をあげると、登校する小学生らの集団が見えた。横断歩道には、保護者か教師らしき大人の姿が見える。フロントウインドウに、かすかだが注射器を持った己の姿が映る。それはいかにも汚らしく、タブーを犯しているような背徳感に襲われた。

浮いた青い静脈に針を刺した。皮膚に痛みが走るのにかまわずピストンを押した。熱い液体が腕に流れこんでいくのを感じる。熱く、冷たい。

全身が冷えていくと同時に、深い眠気が一瞬にして消え去った。目の前がちかちかと明滅し、濁っていた頭がすっきりと冴え渡っていく。羽毛のように身体が軽くなる。そわそわと、動かなければならないという義務感が頭をもたげた。自信と多幸感が泉のように湧いてきた。腕から注射器を抜いた。

「待っていろ、加奈子!」

車内で吠える。あまりの声の大きさに外まで漏れたのか、登校する子供たちが驚いたように藤島を見る。藤島はにこやかに手を振った。

春日部市内の住宅地に入った。だだっ広い運動公園と、小さな公園が点在する住宅地。白を基調とした、モデルルームのような家々が並んでいる。垣根や庭には、花やハーブが植えられていた。数メートル先には小学校があり、子供たちの喚声が聞こえてきた。小山内の家は警察官舎ではなく、住宅地の中にあった。

まわりの家々に比べ、赤いトタンの屋根は薄くはがれ、家は何十年も前に建てられたように古めかしく見える。庭はほとんどなく、壁は長い年月によって湿っぽく腐食していた。玄関先に置かれた郵便受けに家族の名前が記されている。小山内、彼の妻、子供、それに彼の母親とおぼしき名前があった。壁にはひょろ長い蔦《つた》が絡み、玄関の軒先にはいくつかの鉢植えが並んでいた。

そこから五十メートルほど離れた路上には白いブルーバード――いかにも覆面パトカー然とした車があった。車内には二人の男がいた。彼らを一瞥しながら、呼び鈴を押さずに玄関の扉に手をかけた。内務調査の警官どもは車から出ようとはしなかった。扉は施錠されてはいない。静かに開けて玄関へと入った。

不思議と緊張感はない。まさか小山内自身がいるはずもないだろう。ただ異様な昂奮と駆り立てられるような切迫感だけがあった。陽に焼けた廊下、年季の入った柱が目に入った。茶の間のテレビから、NHKの朝のドラマの音声が聞こえてきた。土足のまま上がりこんだ。キッチンと思われる場所から人の気配と足音を感じた。茶の間をのぞいた。

幼稚園の制服を着た小さな男の子がぼんやりとテレビを眺めていた。顔色は白く、黄色く、身体は不自然にふくれていた。茶の間に立つ藤島の姿を認め、驚いたように口を開けていた。コルトをかまえ、物音のするキッチンへと静かな足取りで近づいた。出し抜けに小山内の妻と思われる女と視線が合った。テーブルには弁当箱と思われるパックが置かれ、彼女の手には弁当のおかずが握られていた。彼女は反射的に後じさり、腰を流し台にぶつけた。まな板とその上にのっていた皿や包丁が、がちゃがちゃと鳴った。

「だ、誰?」

小山内の妻は、まだ三十代くらいの小柄で愛らしい顔だちの女だ。夫の異変を知ってか知らずか、エプロンをしめた身体は肉感的だった。これから息子を幼稚園へと送るつもりなのか、薄く化粧を施している。突然の闖入者に驚き、目を見開いていた。無言のままキッチンへと踏みこんだ。拳銃を隠し持ちながら。恐怖に駆られた彼女は背後の包丁に手を伸ばしかけた。

「よせ」

拳銃をまっすぐ彼女に突きつけた。状況を理解できないのか、彼女は包丁を手にした。藤島からさらに距離をとるように後じさった。顔は恐怖でひきつっていた。

「そいつを捨てて、こっちに来い」

テーブルの向こう側まで彼女は逃れた。包丁をかまえながら、挑みかかるような目を向けている。テーブル上のコードレスフォンに近づいていく。藤島は笑みを浮かべた。コルトのすさまじい轟音が室内に響いた。腕に強い反動。流しの下の扉がはじけ、ベニヤが飛び散った。小山内の妻は、身体を痙攣させ、唖然とした表情で飛び散った破片に目を落とした。藤島は開かれた窓から外を見やった。ブルーバードから誰かが降りる様子はない。

「来るんだ」

「どうして……あなた、いったい」

「そいつを捨てろ」

「あなた、あなたは……」

途方に暮れる彼女に、これ見よがしに拳銃を振ってみせた。手から包丁が滑り落ちた。

「おまえらも知っているんだろう。知らないとはいわせん」

「主人ですか。主人があなたを……」

「こっちへ来い！」

彼女は力なく首を振った。膝が震えていた。サディスティックなよろこびが湧いた。身体をなにかに乗っ取られているかのような強迫観念が湧いた。背後で何者かが忍び寄る音がした。振り向いた。小山内の妻が絶望的な悲鳴をあげた。

「来ちゃだめ！」

白桃のような頬をしている子供がいた。ただしまだ熟れきっていない頃のような、不自然な白さが際立っていた。母親に似た大きな目は心なしか黄色く濁っているように見えた。白い半袖の制服と帽子を少しだらしなく身につけ、子供が彼を見上げていた。

衣服の隙間から見える皮膚は炎症で赤くただれていた。かわいらしいとはお世辞にもいえない顔だ。だが思わず胸がしめつけられそうになった。鬱屈や怒りが、すぐに胸の痛みをかき消した。加奈子が、殺せといった。生きていられる理由などありはしないと。

「お願い、その子には！」

藤島は銃口を子供の頭に移した。自分でも不思議に思えるほどに、それは自然な動きだった。

「やめて！」彼女の絶叫が聞こえた。

ためらうこともなく引き金を引いた。

銃声は出ず、スライドが途中で止まり、薬室がむき出しになった。弾丸は一発しか入っていなかった。子供はぼんやりと銃口を見つめていた。小山内の妻は掌で口を押さえ、こらえきれずに床に尻餅をついていた。

「どうして、あなたは、どうして」

弾丸をポケットから取り出し、マガジンにそれを一つ一つはめていった。装着し、スライドを引いた。ふたたび子供の頭に突きつけた。

「今度こそ吹き飛ばす」

言葉にならない悲鳴が室内にこだました。銃をかまえたまま、ポケットから携帯電話を取り出した。彼女に向かって放った。それは固い音を立てて床を転がった。

「小山内に連絡をとれ。おかしな真似はするな。ガキの顔を吹き飛ばされたくなかったらな」

彼女は幾度もうなずきながら、震える指でボタンを押し、耳に電話をあてた。子供の黒い瞳が困惑で泳いでいた。藤島の唇からつぶやきがもれた。

「このままなにも知らずに、死んだほうがマシだと思うがな」

彼女は涙で濡れた顔をあげた。

「つながりません」

「つながるまでかけろ」

「お願い……お願い」

彼女はまるで祈りをこめるかのように、ふたたびボタンを慎重に押し、耳にあてた。やがて抑揚に欠けた機械じみた口調でいった。

「電源が、入ってない」

「いつもそうなのか？」

「違う……そんなことは」

「おかしいとは思わないのか？」

「主人は刑事です。だから……それに子供のこともあります。いつでもつながるようにしてあるはずなのに。なにがあったんですか？　あの人に」

まくれあがったエプロンから白いふくらはぎがあらわになっている。

「おまえらは、もう終わりだ」

ふいに子供が母親の元へと駆けていった。銃口がそれを追う。距離ははずしようもないほど近かった。母親がそれを抱き止めた。子供が苦しがるほど強い力だった。

「この子にはなにもしないで」

松下が長野を抱きとめながら、藤島をにらみつけていた。

「おまえらが殺した」

「殺した……」

まるで異国の言葉を口にしたかのような反応だった。ノースリーブのワンピース。隙間から白いブラジャーが見え隠れした。

「少女を殺した。そして誰もおまえらを救いはしない。おまえらは殺しつづけた。そして今度はおれの――」

加奈子が苦痛に顔をゆがめていた。奴らに責めたてられている姿が見えた。彼女の唇が動いた。私にしたことと同じ目に遭わせてやれ。激しい頭痛にさいなまれ、その場でうずくまった。

「おれは、なにもやっていない……おまえを愛していた。おれはおまえを……」

「早く！」

幻影が打ち破られ、現実にひき戻された。彼女は子供の手を引きながら、勝手口から逃げ出そうとした。藤島は伸び上がって腕を伸ばした。肩まである髪をつかまえ、引き倒した。シャンプーの香りがした。テーブルの角に彼女は背をしたたかに打ちつけた。テーブル上の弁当箱や惣菜がぶちまけられ、けたたましい音があがる。泣き叫ぶ子供をひったくる。

「やめて」

「なめた真似しやがって」

「お願い」

床に落ちた弁当のおかずを踏みつぶした。

# 三年前　９

十分の徒歩が、ぼくには重労働だった。

早朝、大成町の四丁目に向かった。そこは映画館も入っているような大型ショッピングセンターのある住宅地だった。朝の補習でも受けるのか、眠そうな目をした高校生が脇を抜けていく。ニューシャトルの駅へと早足で向かうサラリーマンたち。ショッピングセンター前の道路は、すでに国道へ出ようとする車の列でぎっしりとつまっていた。

つまりはいつもの朝が滞《とどこお》りなく始まろうとしていた。あれほど衝撃的な夜をぼくが過ごしたというのに。それはやはり揺るぐこともなく始まるのかと思うと腹立たしくもあった。

彼女もやはりいつもと同じ朝を迎えたのだろうか。茶色い色をした高層マンションを、ぼくは見上げながら思った。天使が住まう家。そこへ招かれる日を何度も夢見ていた。

なにかの冗談としか思えないけれど彼女の父親は警察官で、しかも刑事だという噂を聞いたことがあった。きっと岩のような頑固親父がいて、家に上がりこんだぼくに厳しい視線を投げかけては、根掘り葉掘り取調べのように尋問するのだろうかと思い、それも試練だと勝手に愛の物語を夢見ては、一人で盛り上がったりしていたものだった。

マンションはオートロックになっていて、中には入れなかった。これといった隠れ場所もなく、道端に停めてある車の陰に隠れるしかなかった。時間は七時三十分。彼女は朝のシャワーを浴び、

「服を脱げ」

絶望に彩られた瞳で彼女は見返してきた。

「早くしろ！　ガキを殺されたいのか？」

銃口を子供のこめかみに。火がついたような泣き声がした。怒号と悲鳴が錯綜し、部屋中を満たした。当然、待機している刑事らの耳にも届いているだろう。だが彼らが割って入ってくることはなかった。彼女は蠟人形のように色を失い、固まっていた。拳銃を腹とスラックスのあいだにさした。痛いほど硬く持ちあがった股間に銃身が触れた。

代わりにポケットからフォールディングナイフを出した。片手で刃を出し、子供の頬に突きつけた。勢いあまって刃の先端が埋没し、ぷつりと肌が裂け、血が白色の頰を伝った。泣き声とはもはや呼べない獣じみた悲鳴があがった。傷ついたわが子を目にすると、彼女は唇をわななかせながらエプロンをはずし、ワンピースを脱ぎ出した。白い下着が見えた。腕と顔だけがかすかに陽焼けしていた。胸や脚は血管が透けて見えるほどに白かった。その対比が彼の欲情をかきたてた。子供を荒々しく床に降ろした。

「泣くのをやめろ。そうしないとママを殺すぞ。いいな。ぼくだけじゃないぞ。ママもパパもきっと殺すぞ」

子供はけなげにも唇を嚙みしめ、泣き顔のまま掌で口を押さえた。

「……お願いです。子供だけは放してやってください。お願いです」

魅せられたように小山内の妻の身体を眺め回した。出し抜けにナイフを突いた。刃が胸の皮膚に触れる寸前で止めた。短い悲鳴があがった。胸から下腹部にかけてゆっくりとナイフの刃でなぞった。

「こうやって、殺した。こうやって」

何度もナイフを突く真似をした。そのたびに彼女の身体は短く跳ねあがった。

「おまえの亭主は人殺しだ。おれの娘も殺したかもしれない。おまえらは死んだ奴らの苦しみを味わわなければならない。おまえらは死ななければならない」

「嘘よ……そんなの」

「おまえの亭主は休暇をとって、行方をくらませている。知っていたか？　そこに停まっている車を見ろ。おまえを張ってる」

「どうして、あの人がそんなことを……」

藤島は子供を見下ろした。それで彼女は理解したようだった。放心したようにつぶやく。「そんな。嘘でしょう？」

「亭主の居場所を教えろ」

「……知りません」

「奴らの居場所を教えろ」

胸を覆っているブラジャーの肩紐を切った。ブラジャーがはがれ落ち、小ぶりな乳房があらわになった。隠そうともせずに彼女は言葉を繰り返すだけだった。

「知らない、本当に知らない」

半裸の彼女の上にのしかかった。共に床へと崩れ落ちながら、腰に腕を回し、顔をうなじへと近づけた。顎に掌が当たり、本能的に身体を守ろうとする強い力で押し返された。助けを求め、恐怖を訴える声が耳を聾した。

「黙れ」

周囲を焼きつくしかねないような激しい熱が頭蓋をあぶった。邪魔な腕を押さえつけ、見せつけるようにナイフをちらつかせた。

「それ以上動けば殺してやる。ガキも一緒だ。おまえらは報いを受けるべきだ」

いくつもの同意する声を確かに聞いた。自分自身の言葉に昂揚し、陶酔の渦に巻きこまれるほど、それは大きなものだった。腕を押さえつけながら、ショーツを引き下ろした。黒い恥毛がのぞいた。理性の決壊を感じながら、彼女の肌を吸った。


何度も射精した。快楽を通り越し、もはや痛みに近い感覚だけがあった。それでも陰茎は硬さを保ったままだ。やめることはできない。彼女の陰部はすり切れて血がにじんでいた。そのあいだ彼女はすすり泣きつづけ、神経をいらだたせた。桐子と同様に、覚せい剤の使用を考えた。実行はしなかった。それは憐憫や慈悲からではなく、単に量が減るのが怖かったからだ。代わりに棚にあったウイスキーを口に含み、口移しでそれを飲ませた。

子供はしばらく床に突っ伏して泣いていたが、それもやんでいた。泣き疲れ、涙で瞼を腫らしたまま眠っていた。何度か家の電話が鳴った。そのたびに行為を中断し、受話器を取らせた。背中にナイフを突きつけながら。助けを求めれば、突き刺してやると脅しながら。小山内からのものでないとわかると受話器を叩きつけ、行為を再開した。

魂が抜け落ちていくような、危うい感覚を渡りつづけた。疲れはまるで感じなかった。太陽は高く昇りつめ、室内の熱気は恐ろしいまでにふくれあがっていた。血管の中を駆けめぐる覚せい剤は、皮膚からとめどなく汗を噴き出させた。数度目の電話が鳴った。床に伏した小山内の妻は、酒の匂いを振りまき、四肢を投げ出したまま動こうとはしなかった。通話ボタンを押し、受話器を無理やり握らせて耳元にやった。

「おい。しゃべるんだ」

「……もしもし」

虚ろだった彼女の瞳に光が宿った。男らしき低い声色がもれてきた。相手は小山内――。受話器を彼女の手からもぎ取った。

「小山内だな」

「おまえは――」

小山内はしばらく絶句した後に、押し殺した声でいった。「妻に、なにをした」

「女房だけじゃない。ガキも忘れるな。あんたの女房、いい味していた。ガキも、もう少しで脳ミソをはじき飛ばすところだった。全部、おまえのせいだ」

「貴様……」

声帯がつぶれたような低い声がした。狂気の片鱗《へんりん》を感じさせる嫌なうめきだった。

「娘はどこにいる」

「娘」

「もう一度尋ねるつもりはない。さっさと答えろ。どこだ」

乱れた呼吸音が聞こえなくなり、静寂が広がっていった。

「まだ殺しちゃいない」

汗で濡れた床に膝を折った。生きているという安堵よりも、加奈子が捕えられているという事実が重くのしかかり、憎悪に目がくらんだ。

「声を聞かせろ」

「無理だ。仲間が別の場所に閉じこめている」

小山内の妻の頭髪を引っ張った。弱々しい悲鳴があがった。

「娘は本当に生きているんだろうな？　本当なんだな。そうでなけりゃ、即座に女房と子供にあとを追わせてやる」

「写真はおまえが持っているんだろう」

藤島は否定も肯定もせずに押し黙った。小山内がいった。

「交換だ。おまえの娘と。仲間を説得して外へ連れだす」

「おまえの女房と子供も連れていく。妙な真似をしてみろ。すぐにでも殺してやる。二時間後。中央青果市場の駐車場だ」

「おい――」

反論が出る前に、小山内の妻へと受話器を放った。

「お願い、いうとおりにして。それに、教えて。あなたが……人を殺しただなんて」

受話器をもぎ取った。

「文句があるのか？」

鼻水をすする音が続いた。小山内は泣いているようだった。

「おまえを、殺してやる」

「殺すのはおれのほうだ。娘を傷つけることなく連れてこい。さもなけりゃみな殺しだ」

いい終わらないうちに電話は切られていた。彼女の腕をつかんだ。力の抜けた人形のようだ。

「立つんだ。立って着替えてこい」

キッチンで涙の跡を残して眠っている子供を揺り起こした。

「その子には触らないで」

母親の叫び声を背後で聞きながら、藤島は子供にいった。

「お父さんに会いに行こうな」

困惑と不安が湧いた。加奈子は無事でいるだろうか。そもそも娘は、本当に奴らに捕えられたのか。小山内ははたして娘を連れてくるだろうか。そしてすべてが終わった時、加奈子は自分になんといってくるだろうか。答えは出るはずもなかった。覚せい剤が与える自信がそんな不安を一瞬に打ち消した。ただ拳銃を握りしめながら藤島は祈った。

# 三年前　10

ひっそりとした住宅地。

目印になるような建物や風景を求めてさまよい歩いた。やがて大河のような新大宮バイパスの歩道へと出た。そこではじめて自分のいる場所を確認し、すぐ近くに警察署や交通機動隊のある地区だと気づき、息が止まった。まるで自分がある境界線を踏み越えて、犯罪者にでもなってしまったかのようだった。その臭いは身体についたまま、永久に取れはしないような気がした。

歩道橋を渡って、足早にバイパスの反対側へと渡った。顔を腫らした濡れねずみの少年を、近くにうようよといるであろう警官が放っておくとも思えなかった。

木々の生い茂る総合公園へと入った。広場にも遊歩道にも人気《ひとけ》はなかった。公衆トイレを見つけ、個室に入って鍵をかけた。きつい小便の臭いがして、千切れたトイレットペーパーが床を埋めつくしていた。清潔ではなかったけれど、雨をしのげるだけで充分だった。洋式の便器がありがたかった。

身体に張りついたシャツを脱いだ。雑巾のようにそれを絞り、ドアに引っかけた。それで限界だった。便座に腰を落とし、パイプ管に背を預けた。昂奮のせいか、殴られたせいか、半裸になっても身体は異様なほど熱い。まるで悪い病気にでもかかったかのようだ。

すでに鼻血は止まっていて、唇の上でかさぶたのように凝り固まっていた。腹筋は指を這わせるだけでひどく痛む。それでも奴らが手加減したのだとわかる。ぼくをチョウに差しだすために、過剰に傷つけることを恐れたのだろう。

眠ろうとした。昂った神経がなかなか静まってくれそうにはなかった。ベッドに潜りこみたかった。でも家にはもう戻れない。両親に会ってしまえば、決意が鈍ってしまう。二人も、今度こそぼくを放っておきはしないだろう。

雨音と静寂。大きな疲労にからめとられて、うとうととした。それも誰かがトイレに足を踏み入れるたびに打ち破られた。奴らならば、そして彼女ならば、ぼくがどこに潜んでいようともすべて見破るような気がした。息を止め、震える膝を押さえてやり過ごした。ドアを打ち破られる幻影がちらつき、悲鳴をあげそうになった。ささくれだった神経をなだめるために身をすくめ、目を閉じた。

瞼に映るのは、いつも彼女だった。透き通った青空の下で、ワインの瓶を抱えていた。もういいじゃないか。ぼくがいった。そのきらめくような、満ち足りた思い出さえあれば。真実がどうあれ、その時ぼくが救われたのは事実だ。

いや、まだだ。まだ終わらせたりはしない。ぼくがいった。野卑な言葉を駆使して、彼女をおとしめた。どこまでも汚らしく、えげつない。ぼくはあの悪魔に失われたのだと。

二つがせめぎ合い、何万回もの死闘を続けた。やがて闘い疲れたぼくはまたうとうととした。それを繰り返しながら、時が過ぎていくのを待った。

窓から入る光が青から紺色に変わった。闇があたりを呑みこんでいく。トイレの入口で、切れかかった蛍光灯が白く点滅していた。シャツに袖を通した。いまだに水気をたっぷりと含んでいるが、気にはならなかった。

幻影を振り払いながら、ドアの鍵をはずした。トイレを出る前に鏡に目をやった。暗闇のせいでよくは見えなかった。顔の輪郭にそれほど大きな変化がないとだけわかった。今はそれでいい。少なくとも夜のあいだは人の目をひくことはない。

湿った木々の空気を吸った。雨はすでにやんでいて、公園の街灯や蛍光灯に無数の羽虫がたかっていた。総合公園を出て、ぼくたちの住む街へと歩きだした。道の途中で何度か、マフラーをはずしたバイクや派手に音楽を鳴らした車とすれ違った。それだけで内臓が焼けるような怒りを覚えた。

コンビニに立ち寄って、ガムテープを買った。光や音楽に満ちた場所。安堵のため息が漏れたけれど、店員や客の視線が、ぼくの顔に注がれているような気がしてたまらなかった。時間の感覚が麻痺していた。どれくらい夜の街を歩いたかはわからない。やがて時間が十時近くをさしていることを、学校の時計台が報せてくれた。校門を乗り越えながら、学校のすべての窓に目を走らせた。一階の職員室にも、体育館にも灯りはなかった。非常通路を示す緑色の光だけが不気味に輝いていた。人気はなく、周囲の闇をかき集めたかのように暗い夜が横たわっていた。校舎は意思を持った生き物のようにじっとぼくを見下ろしていた。

昔、夏休みに友人らとここで肝試しをしたことを思い出した。正面玄関も職員玄関も施錠されていたけれど、窓を一枚一枚確かめて、どうにか校内に入ろうと試みたものだった。

廊下の一枚が音もなく開き、ぼくらを昂奮させた。スリルを求めて、うれしさを噛み殺しながら提案しあった。理科室にある動物や人間の骸骨の標本を見にいこう。音楽室のピアノが勝手に動くというぜ。肖像画のバッハやベートーベンの目が光るんだって。

そのくせぼくらは窓から入ったところで立往生した。おまえ、行けよ。おまえこそ先に行けよ。そのうち誰かがわっと悲鳴をあげて窓から外へ飛びだした。続いて誰もが逃げ出した。その時は暗闇と静寂が怖ろしかった。

校舎の窓ガラスにガムテープを貼った。四角の形にそれを貼り、また対角線上にクロスするように貼る。テレビや映画に出てくる空き巣がこんなやり方をしていたと思う。転がっていた石を拾って、ガムテープの上からこつこつと叩いた。衝撃に耐えかねてガラスにひびが入った。ガムテープを静かにはがしていった。破片が散り落ちると、そこにぽっかりと穴が開いた。腕を伸ばして鍵を開けた。

廊下の先は真っ黒だった。耳が痛くなるほどの静寂が待っていた。けれどあの時のような恐怖やスリルは湧かなかった。違う生物に変わったような気がした。闇が濃いほど、幻影すらも塗りつぶされて、安堵を覚えた。目が暗闇に慣れるまで待った。ぼんやりと視界が開けたところで歩きだした。体育館寄りにある野球部の部室まで。

部室の扉には南京錠がかけられてあった。キーホルダーを取り出した。家や自転車の鍵と一緒にそれはあった。未練がましく持っていた甲斐があった。

鍵をはずして扉を開けた。久しぶりに嗅ぐ埃とエアーサロンパスの臭い。汚れたボールが山と積まれ、ビールケースに何本ものバットが突き刺さってあった。誰かが脱ぎ散らかしたスパイクが転がっていた。使いこまれたぼろぼろのグローブが棚に押しこまれてあった。車輪つきのピッチングマシーンがどんと居座っていた。雑然とした部屋。ぼくのすべてがあった部屋。

無邪気に仲間と語りあった。この臭う部屋でパンだのコロッケだのを食べた。タバコを吸った。すべて遥か遠い昔のことのように思えた。そこにかつていたのは、自分ではない別の誰かのように感じられた。

ここに捨てられていたぼくのズボンを、彼女は見つけてくれた。その時、彼女はなにを考えていたのだろうか。

金属バットをつかんだ。誰かの私物だろう。床に転がっていたソフトケースにバットをおさめた。棚には、キャプテンである石橋のスポーツバッグが残されていた。中には強い汗の臭いにまみれた練習着とタバコの包みとライターがあった。

暗闇の中で橙色の火がともった。薄く紫煙が立ち昇った。肺の奥深くまで取りこんだ。久々の煙からはスリルや背徳の味を感じることはできなかった。

椅子に腰かけて、彼らのあげるかけ声や笑い声に耳を傾けた。この部屋での無数のやり取りを思い出した。耐え切れずに泣いた。

# 19

落ち着け。そわそわとせわしなく動こうとする自分を抑えた。

小山内の妻をジーンズと長袖のシャツに着替えさせた。子供も同様の格好をさせた。二人とも足取りは重く、疲れきっていた。台所の勝手口から外へ出た。警官どもに戦いをはばまれたくはなかった。

隣家との境にある壁を乗り越えさせた。子供は藤島が抱え上げた。人気《ひとけ》のない隣家の庭をよぎって、藤島のカローラへと連行した。運転は彼女にさせた。後部座席で子供を脇に座らせながら銃をかまえていた。子供が車に酔い、十分もしないうちにコンビニの袋へと吐き出した。嘔吐物の酸っぱい臭いが車内に充満した。

携帯電話が鳴った。浅井の番号が表示されていた。

「なんだ」

「どこに向かっているんです」

浅井の口調は切迫していた。藤島は押し黙った。

「小山内の妻子をさらって、どこへ行くつもりです」

藤島は黙ったままだった。

「彼と連絡がとれたんですね」

「そうだ」

「どこで落ち合うつもりですか」

「おまえらのシナリオにつき合うのはここまでだ。ここからは教えるつもりはない」

「係長……」

「おれはおまえの犬じゃない」

「娘さんの命はどうなるんです」

「きれいごとはやめろ。おまえはおれを利用しただけだ。もうすぐ野郎が娘を連れてくる。あの娘を救えるのはおれだけだ」

「彼も……武装しているでしょう。それに一人とは限らない」

「だからどうした。殺してやる。必ずだ。殺してやる」

「係長、冷静に考えてください」

藤島は蒼い顔でおびえている子供を見やった。

「てめえらなんぞ知ったことか」

携帯電話の電源を切って、ポケットにしまった。

ステアリングを握る小山内の妻の手が震えていた。スピードはのろく、右の車線を走りながらも、次々と追い抜かれていく。藤島はシートを蹴飛ばした。

「ちゃんと運転しろ。ガキの命がかかっているんだぞ」

「主人に、会うんですね」

藤島は拳銃をもてあそんだ。マガジンを抜いて、弾丸の有無を確かめる。

「会って、殺す」

前方では、ボンネットがトラックの尻ぎりぎりにまで近づいていた。

「おい！」

シートを蹴飛ばした。同時にブレーキ。座席とのあいだに転がろうとする子供の身体を支えた。

「口をきくな。こんなところで止まるわけにはいかねえんだ」

「一つだけ、教えてください。主人が、あなたのお嬢さんを誘拐、したんですか？」

「殺したかもしれない。おれがおまえにしたようなことを、奴もしたかもしれない」

「主人は――」

「主人はそんな真似しない、か？」

藤島の頬が震えた。怒りと笑いが同時にこみ上げた。

「奴は、金を持った変態に雇われた。そいつの犬となって何人も殺しをやってる。腹をかっさばいたり、心臓を突き刺したりな。実際に手を下したのが奴でなかったとしても、現場にいたのは間違いねえ。イカレてんだよ。おまえの亭主は」

彼女は顔をハンドルに突っ伏したまま動かずにいた。信号が青に変わった。クラクションを鳴らされて、動きだした。

「信じられない。やっぱり信じられません」

国道十七号との合流点が近づくにつれ、渋滞がひどくなった。路上に止まった何百台という車から放射されるエネルギーが、空をゆがませていた。彼女はいった。

「その子、手術をした今でも、週に何度も透析を受けてます。入院も。今日みたいに外に出られる日は、限られてるんです」

「それで？」

「手術費用、それから治療費。これまでもだいぶ無理をしました。これからもいくら必要なのか、まったくわかりません。とにかく大金がいることしか」

「刑事の給料だけじゃ間に合わない。だが奴はどういうわけか都合をつけてきた」

「あなたの言葉を信じてはいません。これまでだって組合から借りたって、あの人は」

「野郎は三年前から、どこからも金を借りていない。金融からも組合からもな」

「……」

藤島は脇の子供を見下ろした。今は気丈にも、白い紙のような顔色のまま、なに一つ訴えようともせずに事態に耐えていた。

「そんな……でも、そんなのって」

藤島は舌打ちし、後部座席のドアから降りた。焼けつくアスファルトと立ち昇る熱気。運転席のドアを開けて、彼女に助手席へ移るように手を振った。ハンドルを片手で握り、左手で拳銃を彼女に向けた。妙な真似をすれば撃つと、これ見よがしに突きつけた。

助手席の彼女は、膝に顔をつけるようにして泣きじゃくった。あたりをはばかることもなく大声で泣いた。呼応するようにして子供がしゃくりあげた。それまで耐えていたものを吐き出すように。藤島は別の考えに思いを馳せた。奴が殺しを繰り返したのは、子供のためなどではない。殺人の快楽に溺れていただけではないのかと。おぞましいタブーを踏み越えた男。その先になにが見えたのかを知りたかった。

心臓が痛んだ。これからを想像した。たとえ生き延びたとして、安眠できる日は永遠に訪れないような気がした。

午後の青果市場に人気はなかった。国道十七号の高架橋近くだ。駐車場に停められた車の数はまばらだった。高架橋の陰に駐車場はすっぽりと包まれていた。拳銃をかまえながら小山内の姿を探した。加奈子の姿を求めた。指定した時間までまだ一時間。どちらも見当たらなかった。二人を車内に残したまま、藤島は駐車場で奴の姿を追った。ときおり、冷凍トラックやヴァンが埃を巻きあげながら、駐車場の脇を過ぎていく。そのたびに身体は緊張と殺意で燃え上がった。息がはずみ、汗が滴った。陽炎に揺らめく加奈子に惑わされた。

車内にいる小山内の妻子にも目を走らせる。妻は、ぐったりとした子供を膝に抱きながら、額の汗をハンカチでぬぐっていた。

三時を二十分過ぎた。約束の時間まであと十分だった。奴、もしくは奴らは見えない。何人であろうとも、討ち果たす自信はあった。全身を流れるあたたかく、冷えた血が疑念さえも差し挟ませはしなかった。ただ焦りだけが増幅されていった。ペットボトルの水を何度も含んでは口内をゆすいだ。

それは市場の方向からだった。独特のモーター音と共に、一台のフォークリフトが路上を走り、近づいてきた。アームにいくつもの木製パレットを積んでいるために、運転席はうかがえない。エンジンのうなりだけがけたたましく、スピードは恐ろしいまでに緩慢だった。

腹にさしていた拳銃を抜いた。セイフティーレバーを下ろしながら、フォークリフトがさらに近づくのを待った。駐車場から路上へと踏み出した。容赦のない陽射しが頭に降り注いだ。何度か振り向いては、牽制するように銃口を車中の親子に向けた。小山内の妻は息子をかばうように抱きしめ、息をひそめていた。

拳銃をかまえながら、それを凝視した。射程範囲内まで充分に引きつけた。道路を横切るように駆け、フォークリフトの正面から斜めに移動した。狙いを定めながら。積み重ねられたパレットの後方をのぞき見た。運転席には誰も乗ってはいなかった。唖然としながら、無人のまま走るフォークリフトに駆け寄った。やがて運転席のすべてがあらわになった。アクセルペダルにはガムテープが貼りつけられていた。ハンドルはビニールの紐で固定されていた。まるで見えぬ亡霊に操られているかのようだ。

刹那《せつな》、背後でタイヤのスキッド音を耳にした。白いセダンが路地を曲がり、突如姿を現した。左右に車体を揺らしながら猛然とスピードをあげて迫ってくる。振り向いた藤島の視線の先には、陰鬱な顔の小山内が見えた――。

身体を反転させ、迫り来る鉄の塊を避けようとする。とてつもないエネルギーが腰のあたりに衝撃となってぶつかる。天地が逆転する。身体がひねりあげられて回転する。状況を理解する間もなく肩から道路へと叩きつけられる。あまりの痛みに息がつまる。ライトの破片が散らばる。ドアミラーが路上を滑る。

ジャージの袖が肩口から破れていた。裂け目から土と埃の混じった血が滴った。全身がしびれたように動かない。腰に熱のある痛みが伝わってくる。肩は骨がひしゃげたように痛む。路上を転がる。

数メートル先でセダンが停まった。運転席のドアが開かれ、小山内の足が見えた。青く使いこまれたスニーカー。マンションに侵入したリボルバーの男がはいていたものと同じだ。

右肩から先の感覚が怪しかった。握っていたはずの拳銃は車の破片にまみれながら転がっていた。クソ。うめきながら這うようにして、それに手を伸ばした。自分でもあきれるほどの緩慢な動作だった。歩み寄る小山内に拳銃を拾われた。

拳銃を手にした小山内を見上げた。藤島が知る当時よりも頬はさらに削げ落ち、眼窩《がんか》は落ち窪んでいた。学者のような知性のきらめきを感じさせた瞳に輝きはなく、乾いた暗闇だけが広がっていた。気を失いかねない痛みに耐えながらいった。

「おまえ、一人か。一人なのか?」

小山内は無言のままだった。銃のスライドを引いて、銃弾の装填具合を確かめていた。藤島は半身を起こし、ドアが開いたままのセダンを見やった。他に人を乗せているような気配はなかった。夏の世界が暗くゆがんだ。

「加奈子をどこにやりやがった!」

奴は藤島を見やることもなく、駐車場のほうへと早足で駆けていった。ふざけやがって。左手でポケットを探り、フォールディングナイフの柄をつかんだ。腕一本では刃を出すことさえもままならない。頭をアスファルトに打ちつけたせいか、立ち上がろうとする脚に力が入らなかった。

小山内の背を目で追った。奴は藤島のカローラの前で、地に膝をつけた。後部座席の妻と子供の手を取りながら、まるで許しを乞うように頭を垂れていた。背中が震えていた。妻と子供は火がついたように夫の肩を抱きながら泣き叫んでいた。

昏い狂気と憎悪が内臓を掻きむしる。見せつけやがって! 奴らが妬ましかった。

ナイフの刃はうまく開かなかった。よろめき、路上を這いながら奴が乗っていたセダンに近づいた。トランクに彼女はいるのではないか。加奈子の姿を求めた。背後から足音がした。

脇腹を蹴られた。肺の中の空気を搾り取られる。あばら骨がゆがんだ。顎を熱せられたアスファルトに打ちつけた。己の肉が焼ける臭いがした。仰向けに転がり、小山内を見上げた。奴の目は赤く濡れていた。顔をゆがめ、藤島の腹を幾度も踏みつけた。藤島は咳きこみながら身体を丸めた。

「おまえは狂っている」

「おれの娘をどこにやった。答えろ。なぜ連れてこなかった」

小山内は息をはずませたまま答えようとはしない。黙したまま藤島を見下ろしていた。

小山内が銃口をのぞかせる。死が放たれる暗黒。だが恐怖はなかった。

「加奈子は、どうやってやった。裂いたのか。撃ったのか。首を絞めたのか」

一つ一つ言葉にするたびに加奈子の死にざまが頭をよぎった。精神を食い破られるかのような痛みを感じた。小山内がいった。

「まだだ」

「なんだと?」

「おまえの娘は見つかっていない。おまえはここで死ぬ。これ以上、嘘をついても仕方がない」

小山内が拳銃を振って誇示して見せ、袖口で涙をぬぐいながらいった。

藤島は深いため息をついた。魂が抜け落ちてしまいそうなほどの。安堵よりも、深い疲労に襲われた。小山内がさらに銃口を近づけた。藤島の額とは十センチも離れていない。

「写真はどこにある」

藤島は笑みを浮かべようとした。

「まだ、そんなことをいってるのか?」

「……」

「おまえはもう終わりだ。待っているのは死刑台だ」

「写真はどこだ!」

「正直になれよ。おまえはそんなものを探しちゃいない。ガキの治療費を得るためでもない。ただ殺しが好きでたまらない。それだけだろうが」

小山内が肩を蹴った。骨が折れているのか、火薬が破裂したような痛みが走った。悲鳴と共に藤島が叫んだ。

「おまえが狂ってんだ！　おまえこそが狂ってる！」

「おまえと、おまえの娘でそれも終わりだ」

「自分のガキも殺したらどうだ。おまえはやりたくて、たまらないはずだ」

小山内の顔が耐え難い拷問を受けているかのようにゆがんだ。

「黙れ」

震える銃口を凝視したまま、藤島は答えた。

「ダッシュボードだ」

「なに？」

「写真だよ。車のダッシュボードに入っている」

小山内の視線が駐車場のカローラへと向けられた。藤島は手首を振って、隠し持っていたナイフの刃を出す。奴の手へと突き立てた。固い骨の感触。腹の底から搾りだすように小山内が吠えた。

銃口から白い炎が噴き上がる。熱い息吹を顔に感じ、熱線がうなりをあげて頰の横を通り過ぎた。すぐそばのアスファルトがはじけ、小石が舞いあがる。一瞬の轟音。あとはなにも聞こえない。

拳銃を握る奴の手にすがりつく。拳銃をもぎ取ろうと体重を乗せた。銃口が目玉に、そして心臓に向けられた。慄然としながら刺したナイフに力をこめる。細い滝のように血がアスファルトに滴る。

振り払われ、頭に強い衝撃を受けた。頸椎《けいつい》まで響くような痛み。藤島は押さえきれずに額を押さえた。銃把で殴られたのだと気づいた。ふたたび衝撃。頬骨に命中し、首がのけぞった。意識が揺れた。奴の身体にもたれかかるように崩れ落ちた。

顔やジャージに奴の血が降り注ぐ。口内に砕けた歯のかけらが転げ回る。気管に血が入ってむせた。ナイフが路上に落ちる。血のこびりついたそれは、骨に当たって刃先が曲がっていた。

小山内の手首から血がぼとぼとと滴りつづける。コルトを左手に持ち替えていた。

「——殺してやる」

銃声でかき消された音が戻ってきた。小山内のうめきが聞こえた。藤島は砕かれた歯を吐き出して微笑んだ。

「おまえが死ね。おまえが死ぬんだ」

恐怖はない。激情が、迫りくる死の恐怖さえも塗りつぶした。

同時にいくつもの車のエンジン音を耳にする。何台かのセダンとワゴン車が猛スピードで向かってくる。急ブレーキのスキッド音とともに扉が開かれ、幾人もの男たちが路上にちらばる。車の陰や扉に身を隠す。小山内はそのさまを、表情を消して見つめる。

「小山内、銃を捨てるんだ！」

銃は、いまだに藤島の頭上にある。銃口が頭蓋骨をこすっていた。熱を持った銃身が藤島の頭皮を焼いた。上目で奴を盗み見る。今までの激情は消え去り、ぼんやりとした目で男たちを見ている。

「小山内！」

別の男が叫んだ。小山内は男たちを見やり、それからカローラに乗る家族を見やる。妻は子供を抱きながら、なにかを叫んでいた。奴は二人に向かって笑いかけた。果てしない労苦をにじませたようなくたびれた微笑だった。

藤島の頭から銃の呪縛が消える。

「銃を捨てろ！」「小山内！」「馬鹿な。やめろ！」

男たちの怒号が錯綜する。小山内は拳銃を己の頭に突きつけていた。妻のつんざくような悲鳴が聞こえた。それをかき消すような銃声――。

赤いしぶきが藤島の顔に振りかかった。灰色の脳ミソ、毛髪や脳漿《のうしょう》がまともに降り注ぐ。かたわらに膝をつき、小山内は糸の切れた人形のように倒れ伏す。打ち抜いたこめかみからは噴水のように血が噴き出している。わずかに見開かれた目はガラス玉。赤い蛇がアスファルトを伝い、あっという間に大きな血溜まりを作る。

扉や車の陰から男たちが飛びだす。全員が拳銃を手にし、防弾ベストで身体をふくらませている。

「馬鹿な野郎だ」

付着した血や脳漿をぬぐいながら藤島はつぶやいた。男たちがゆっくりと近づいてきた。

「確保！」

浅井が藤島の身体に触れながら叫んだ。小山内の遺骸をいくつもの脚が囲んだ。やがて見えなくなった。

痛みが全身に到達した。頭を包みこむ巨大な熱にはもはや耐えきれない。はじける。意識が薄らいでいく。男たちのざわめき。その中で小山内の妻の悲鳴が、鼓膜を震わせていた。

## 20

とぎれとぎれに意識が戻った。

ストレッチャーの震動によって。乗せられたワゴン車の揺れによって。強烈な痛みにしびれた。コルセットの窮屈さに息がつまった。だがすぐに深淵な闇の穴に入りこんで意識を失った。闇では、加奈子が裸体のままで待ち受けていた。身体にまとわりついて離れなかった。乳房の柔らかさを身体で感じた。肌は汗ばんでいた。藤島は顔を覆って泣いた。

意識を取り戻すと同時に、消毒液の匂いが鼻をついた。白いシーツ、白い布団、そして白い壁に囲まれていた。部屋には藤島以外に誰もいなかった。

身体が思うように動かない。首にコルセットが巻かれていた。おそらく鎖骨は折れている。肩は石膏のギプスで固められていた。腰にもコルセットがつけられていた。頭が締めつけられるように窮屈だった。左手で触れると幾重にも巻かれた包帯があった。右腕には針が刺され、吊るされた点滴の袋が揺れた。

痛みは薄らいでいた。鎮痛剤を打たれたのか、意識は混濁ぎみだった。悪い気分ではなかった。視界に彼らの内臓と目玉が、裂け目や血しぶきが見えなければ。

なにも考えられなかった。カーテンの隙間から漏れる夕日に目を焼かれた。何度かナースが部屋を出入りした。ここがどこの病院で、自分がどれほどのけがを負ったのかを尋ねようとした。口が重く、それがひどくおっくうに感じられた。

前触れもなくスライド式の扉が開いた。二人の男が病室に入ってきた。廊下にも幾人もの人の気配があった。水色の制服警官が戸口に立っているのが見えた。狭い個室が男たちの熱と臭いでいっぱいになった。鎮痛剤の甘い揺らめきが、藤島の顔を微笑ませた。

一人は手袋をし、活動帽子をかぶっていた。警棒を握っていた。もう一人の大男が怒気に満ちた表情で藤島を見下ろしていた。

二人とも嗜虐的な表情をしていたが、ぼろぼろと涙をこぼしていた。

大男が窓際にあった花瓶を引っつかみ、逆さに振った。芙蓉の白い花びらや枝が床に落ちた。

「ちくしょうが……」

帽子の男が警棒でシーツを突ついた。身動きのできない藤島に二人は唾を吐いた。

「てめえを許さねえ」

「どこまでとち狂ってやがんだ」

「知り合いのマルBに殺らせてやる」

「背骨折れるまで投げ飛ばしてやる」

「クソが」

「ずっと昔からクソだったぜ、こいつはよ」

「イカレブケホの藤島、噂どおりだ」

「野良犬野郎が。誰かれ構わず嚙みつきやがって」

最後に二人は唾を藤島の顔に吐きかけ、病室から出ていった。頬や鼻についた唾液を手でぬぐうために、相当の努力を要した。

三人目の男が部屋に入ってきた。皺のない濃紺のスーツ。灰色の頭髪を七三にわけた銀縁の眼鏡の男だった。民間企業の重役然とした風貌。藤島の知らない顔だった。

言葉をうまく発することができなかった。

「おれは――」

「彼らは、小山内巡査部長とは同期だった」

「おれは……おまえらの望みどおりに動いてやった。そうだろう？」

「わかっている。わかっている」

銀縁眼鏡はやさしげな口調でいった。

「奴は死んで当然だった。おれのせいじゃない」

「わかっている」

「奴は自分で引き金を引いた」

「そのとおりだ」

「あんたらは奴の死を望んでいた」

銀縁眼鏡はうなずいた。

「おれを、ここから出せ」

「そうはいかない」

「なぜだ」

「君はやりすぎた。不法に拳銃を所持していた。君は小山内巡査部長の妻に暴行を加えた。君は大量の覚せい剤を所持していた。血中からはアンフェタミンが検出された。まだある」

「おれを――」

　銀縁眼鏡が肩に手を置いた。

「彼は自殺した。それ以上はなにもない。わかっているな?」

「おれを――」

「わかっているな。返事をしろ」

「そのとおりだ」

「なにがだね」

「奴は自分の頭を打ち抜いた。自殺した」

「誰がだね」

「小山内巡査部長」

「よろしい」

　銀縁眼鏡は枕元のコールボタンを押した。ややあってから扉が開けられ、殺し屋のような冷えた顔をしたナースが現れた。有無をいわさず、点滴のされていないほうの腕をつかみ、注射器を突き立てようとした。

「おれは……娘を探さなければならない」

「当分は無理だ。すべてケリがつくまで、おとなしく寝ていろ。いいな。外には君を殺したがっている人間がゴマンといるぞ」

「娘を……」

　銀縁眼鏡が部屋を出ていった。待て――。腕に針の感触を感じると同時に、意識が揺らいだ。口が回らなくなり、視界が風車のように回る。だが闇に埋没することはない。悲憤と恐怖がそれを拒ませていた。

もう痛みはない。頭蓋が熱を持ち、皮膚がつっぱるような感覚。小山内に殴られた額がふくれあがり、赤い西瓜《すいか》のようにはじけ飛んだ。ゼリー状の脳ミソ、脳漿や毛髪のついた骨片が部屋いっぱいに飛び散った。それが幻覚であるとは百も承知だったが、息をのみながら見つめていた。

写真の少女らが藤島の身体をなめまわしていた。陰茎を口に含んでは顔を上下させていた。臍や脇腹を舌がなで、こらえきれずに笑った。くすぐったいぜ。彼女らの髪の匂いや唾液の匂いを確かに嗅いだ。桐子や加奈子の姿を求めた。二人は最後まで現れなかった。

## 三年前　11

そのアパートの一室からは、灯りらしきものは漏れていなかった。

商店街や会社の寮だのが雑然と集まっている地域だ。駐車場の車の陰に身を潜めながら、そこを見張った。二つある窓はどちらも黒々としていて、住人の不在を告げていた。ひょっとすると、とうの昔に眠りについているのかもしれなかった。時間はすでに二時を過ぎている。遠藤の家族は母親だけで、夜明け近くまで水商売をしているという話だった。

待つのはもう苦痛ではない。駐車場の暗闇は濃くて、おかげで幻から逃れられる。静寂がぼくの存在を薄くしてくれるようだった。

蚊に刺されて腫れた皮膚をいくつも掻いた。それさえも煩《わずら》わしいとは思わなかった。おかげで全身の痛みを忘れられた。どこからか漏れてくる深夜ラジオの時報が午前三時を告げた。それを待っていたかのようにアパートの前に、一台の車が近づいた。

待ち人は来る。ぼくを悪夢へと誘ったあの白いシボレーアストロだ。やはり胸を揺らすような音楽を鳴らしながら、深夜の静けさを打ち破った。扉をスライドさせて降り立ったのは制服姿の遠藤だった。なにかに酔っているせいか、道路に降り立つ身体はひどく頼りない。

運転席にはあの金髪、金歯の男だ。車には何人かが乗っているようで、いくつもの大声が飛び交った。背をそらして遠藤がげらげらと笑った。ぼくは息を潜めながら、ただその時を待った。

シボレーアストロが短いクラクションを鳴らして去っていった。赤いブレーキランプが遠ざかっていった。ゆらゆらと揺れている遠藤は、どこか名残惜《なごり》しそうにしばらくそれを見つめていた。車の陰から陰へ移った。バットを入れたソフトケースのチャックを下ろし、闇の一部になりきることを望んだ。奴はふてくされたように、面倒臭そうにアパートの扉へと近づく。バッグの中をあさる。鍵束がこすれ合うジャラジャラという音が聞こえた。

扉に鍵を差したところで飛び出した。ぼくの打順だ。バッターボックスへと駆けだした。右打席に立ち、グリップを握りしめる。金属バットが背中の肉を打った。しびれるような手応えと鈍い音がする。奴の身体がはずみ、ドアに勢いよくぶつかった。

首をめぐらせた奴は、信じられないという顔を浮かべた。ぼくは嫌悪感に囚われながらそれを見つめた。その種の顔にはうんざりしていた。ぼくのようなやつを、なにもできやしない昆虫かペットとでも考えていたのだろう。

奴が息を吸いこんだ。させるものか。叫び声の前にバットを腹へと振るった。古タイヤを打つよりもずっと柔らかく、気持ちの悪い感触が腕に伝わった。

奴の目が飛び出るくらいに見開かれた。腰を折り、前のめりになって崩れ落ちた。ぼくの膝にすがるようにして。奴はくぐもった声で咳きこみ、くの字に身体を曲げて転がった。叫びだされないためにも、もう一撃。腰のあたりに叩きつけた。打ち上げられた魚みたいに彼女はコンクリートの上でのたうつ。

グリップからなかなか手が離れなかった。差しこまれた鍵を回し、扉を開けた。生ごみと安い芳香剤の臭いがした。制服の袖をつかんで、部屋へと引き入れた。遠藤は抵抗する様子を見せなかった。痛みと苦しみでそれどころではなさそうだった。

奴を引きずりながら、狭い台所をよこぎる。バットを歯でくわえた。引き戸を滑らせた。パステルカラーで統一された部屋だった。ここが奴の部屋なのだろう。ベッドと丈の低いテーブル。床には雑誌や脱ぎ散らかされた衣服が乱雑に散らばっていた。

遠藤を壁にもたれさせた。奴は低く声をもらしながら身体をくねらせた。多量の汗を滴らせていた。ぼくはカーテンをめくり、外をうかがった。連中が舞い戻ってくる様子はなく、近隣の誰かが騒ぎだすところも見えはしない。

遠藤が台所に放ったバッグに手を伸ばそうとしていた。ぼくは駆けるようにして台所に踏みこんだ。救いを求める亡者のような奴を飛び越えて、先にバッグのストラップをつかんだ。奴の指が同じくストラップにかかり、ぼくとバッグを引っ張りあう。その力は思っていたよりもずっと強く、ぼくがバットを振り上げても、離そうとはしなかった。

ストラップが切れ、バッグは中身をばらまきながら落ちた。床に化粧瓶だの口紅だのといった小物が散らばった。ハンカチや、それにコンドームらしきものも見え、心臓が強く鳴った。ダイエット用のタブレット。白い粉末状の薬と、ぼくから奪ったカッターナイフだ。それにジャラジャラと装飾された携帯電話があった。奴は身体を投げだすようにして、救いを求めるように、それに腕を伸ばした。

バットを振り下ろした。狙いは寸分違わず、奴よりも速く、携帯電話を叩きつけていた。プラスチックの破片が飛び、コードやチップがむき出しになる。

遠藤は砕かれたそれを凝視しながら、唇を震わせていった。

「なに……とち狂ってんだよ……本当に終わったよ、おまえ。こんなことをして、本当にただで済むと思ってるのかよ?」

ぼくはカッターナイフを拾い上げた。

「もうとっくの昔に終わってる」

「こんなのが許されるわけない。あたしを、おまえみたいなやつがどうして」

「ぼくは幽霊なんだ。もう生きているのか、死んでいるのか、自分でもわからない。でも取り憑くことも呪い殺すことも、まだできるさ」

カッターナイフの刃をあらわにした。もう片方の手でバットのグリップを握った。「彼女はどこにいる」

遠藤はつまらなそうにおざなりな笑い声をあげた。

「知らない」

「嘘だ」

「知らねえっていってるだろ。ふざけろ。最初からこうすればよかったんだ。格好つけやがって、クソ馬鹿が。殺したければ殺せばいいし、やりたければやればいいだろう」

「うるさい」

ぼくはバットを振り下ろした。奴の太腿を打とうとしていたけれど、かばおうとして振りあげた腕に当たった。骨に当たったのか、かつんという金属音がした。

「クソ、クソ、痛えよ」

遠藤がうめきながら、身をすくめた。

ぼくは部屋の窓辺に飾られている一枚の写真に目をやった。遠くからでも、そこに写っているのが奴らだとわかった。棟方や、ぼくを闇へと案内した金髪の男や、ぼくをさんざんに殴りつけてくれた長髪の男が、つまらなそうにレンズを見やっているところだった。

ただ遠藤だけが、はしゃいだ様子で中指を突き立てながら笑っていた。藤島はその写真には写ってはいなかった。

　バットを部屋の壁に立てかけた。決して奪われないよう奴からは遠い位置に置いた。

「彼女が、新しい世界を見せてくれたんだ」

「クソ……馬鹿野郎が」

「それはとても美しかったんだ。あたたかくて、豊かで。一度、世界から放り出されたぼくには、それが楽園のように思えたんだ」

「なに……いってんだよ」

「でもそれも壊れかけようとしてる。それとも、最初からそんなものは存在していなかったのか。死ぬよりもつらいんだ。おまえたちのせいだ」

　流しの取っ手にかけてあったタオルをつかんだ。痛みで身動きがとれずにいる彼女に近づいた。腕を取って背中へと回し、タオルで縛った。遠藤の肌は柔らかく、手にとると体温は高く、アルコールと遠藤自身の甘い体臭が鼻をくすぐり、ぼくの心臓の鼓動を速めさせた。

「世界が壊れていくのを見たことはあるか？」

「うるせえよ。やりたければ、さっさとやればいいじゃない」

　ぼくは流しの上にあったふきんを取った。濡れていて、茶色く汚れていた。後ろ手に縛られた奴が身を屈ませながら、せわしなく瞳を動かした。

　憎まれ口を叩こうとするところへ、無理やりふきんを押しこんだ。頬にカッターナイフを突きつけながら。奴の目の底に涙がたまっていくのが見えた。ぼくはあらためて遠藤の顔を見た。汚れたふきんを口につめこまれ、開かれた唇の縁から涎がこぼれている。茶色いショートヘアーは水をかぶったように汗で濡れそぼっていた。

けばけばしくて、とげとげしくて、安っぽい。あの彼女とは比べられはしなかったけれど、それでも遠藤もきれいな顔だちをした少女には違いなかった。

「その顔、壊されたらどうなる。君は、このまま同じ世界に留まっていられるかな」

遠藤の目がぎらぎらと輝きを増す。憤りや恐怖や憎悪がない交ぜになったような、とても昏い目だった。

「殺したりはしない。ぼくがやられたようには、やり返したりもしない。だけど見るべきなんだ。ぼくと同じように。この世界が壊れていくところを」

ぼくが手を伸ばそうとすると、遠藤は必死に首をひねって逃れようとした。ブリーチで痩せ細った髪をつかんで向き直させた。殺してやる。貫くような視線がそういっていた。たくさん憎悪や殺意が流れこんでくる。だけどぼくの心は、どこかの回線を断ち切られたようで、驚くほどなにも感じなかった。

ぼくは彼女のピアスだらけの耳を引っ張った。そのつけ根にカッターナイフの刃をあてがう。奴は信じられないという顔をした。ぼくはかまわずに引き下ろした。刃がつけ根の肉に食いこみ、肉の抵抗にあい、左右にたわんだりする。たちまち血があふれ、赤く刃を濡らし、耳の穴に入り、奴のうなじや顎を伝っていく。

奴が顔をひねろうとする。そのたびに耳が引っ張られ、すさまじいうめき声が、つめこまれたふきんを通してもれた。

ひどく息苦しい。腕に力をこめた。もっとだ。ぼくの憎しみと悲しみをわけ与えたい。

制服の白い布地に血液が染みていく。毛髪の先から滴となって床へと垂れ、ぼくの指先さえも濡らした。錆びた金属のような臭いと生臭さが鼻をついた。奴の叫びが人間のものとは思えないような獣じみたものへと変わった。

「彼女はどこにいる」

遠藤の腹が大きく上下した。ぎらついていた瞳の輝きが曇り、白い顔色でうなずいた。

「絶対に叫ぶなよ」

彼女は疲れきったように首をがくがくと振った。痛みのせいか、出血のせいか、何度か白目をむいた。裂け目からカッターナイフを引き抜き、耳から手を離した。手術後の医師のように、猟奇殺人者のように、両手は赤く染まり、早くも乾いては掌に貼りつこうとした。人は血液のつまった袋なのだとはじめて悟った。

口に押しこめていたふきんをつかんだ。紅い唇がめくられ、そこから小さな滝のように涎が垂れた。ぼくは思わず顔をうつむかせた。ふきんには唾液の糸がまとわりついていた。とてもエロく思えた。

遠藤はすべての縛めから解かれたかのように身体を折った。肩で浅い息を繰り返した。床にまた別のなにかが滴り落ちた。顎から伝わるそれが涙とわかり、ぼくはショックを受けた。奴らにも流すことができたのだ。

「あたしの耳、ちぎったの?」

震える顎が言葉をあやふやにした。ぼくはうなずき、それから首を振った。

「まだ」

「おまえ、おかしいよ」

「おまえらがやったことに比べれば、まだたいしたことはやってないよ」

ていた。

ぼくは耳の裂け目に手を伸ばした。裂け目は周囲の闇を取りこむかのように赤黒い色に変わっていた。

「いや！」

無防備な悲鳴が部屋いっぱいに響いた。赤く濡れた刃を目の前に突きつけて、それがどれだけ無謀な行為であるかを教えた。潤んだ瞳の中で憎悪が恐怖に駆逐されていくのが見えた。

「彼女はどこにいる」

奴の唇は震えたままだった。歯をかちかちと鳴らし、ぼくの存在を打ち消そうとするかのように目をつむった。現実から逃れようと首を振った。ぼくは赤い耳をつまんでは引っ張った。深い闇をたたえた傷口が広がり、痛みが乗り移ってきそうなほどグロテスクに見えた。

「これを切り離したら、ぼくは止まらない。そんな気がする。でも、それを君に見せたがっているんだ。この世界が壊れていくというのがどんなものかを。鼻を削《そ》がれて、唇を切り落とされて。そんな君を奴らはどんなふうに迎えるかな」

彼女は犬笛のような、人の耳には聞こえないほどのかん高い悲鳴をあげた。ふたたび傷口にカッターナイフをそえると、彼女はようやく言葉をもらした。

「わかった。わかったから、あたしの耳をちぎらないで！」

「彼女は——」

「ホテルよ。きっとホテルにいるよ！」

「あの廃墟のホテルのことをいってるのか」

「違う。そっちじゃない。だから……」

「ふざけろ、てめえ——」

彼女の視線がぼくの顔から逸れ、小さな喉仏が上下した。それでぼくは理解した。「頼むから耳をちぎらないで」

「あそこに彼女が」

記憶が粘ついた泥のように身体を這い登ってきた。

鉄の階段を踏みしめ、スチール製の扉が重い音と共に開いた。空調の低くうなる音とカビの臭いがした。すり切れた手首の痛みとふかふかで柔らかなベッドがあって、ぼくは呪われた時間を過ごした。焼けつく痛みに貫かれ、永久に取れはしない汚物を魂にぶちまけられた。

水の中に落ちこんだように息苦しかった。心臓がいくつもの刃を突き立てられているかのように痛んだ。皮膚の上から爪を立てて掻きむしり、痛みを散らそうと心を砕いた。カッターナイフを持っていた右手が震え、気がつけば奴の耳をさらに傷つけていた。刃が金色のピアスに触れて金属の硬い感触が掌に伝わった。

遠藤の涙にぬれた悲鳴を聞いて我に返った。

「どこのホテル?」

「お、大宮センターホテルよ。ロフトや長崎屋の近くにある」

ぼくは目をつむった。脳の中で地図を作り、そこの風景を思い描いた。ごみごみとした商店街だ。終わりのない渋滞と錆びた自転車で埋めつくされた場所だった。なんとかあの夜に見た風景と結びつけようとしたが、ついにうまくはいかなかった。

「どうしてそんなところでぼくは、彼女は……」

「くわしいことは、あたしだってなにも知らない。ただチョウのおっさんがそこを好んで使ってるってことしか知らない」

「チョウ」

口に出してつぶやいてみた。なんの感情も湧いてはこなかった。

「そいつが、ぼくを」

あの日、暗い照明のせいで男の顔はわからずじまいだった。わずかに見えたのは、がっちりとした顎の形とポマードでなでつけたような真っ黒なオールバックだけだった。刻まれた皺と肉づき、それに臭いで初老ぐらいの年齢だと思っていた。

裸である男が割って入る。でっぷりと肉のついた腹をしていた。胸から臍まで絨毯のように茂った体毛に覆われていた。その下には怪物のように勃起したあそこが見えた。

「あたしが知ってるのは、そいつが、気分が悪くなるほどのド変態だってことぐらい。あと、金を持ってるってことと」

「おまえらは同じように緒方を、あの男に差し出してたんだ。そうなんだろう?」

水飲場にたたずんでいる緒方は、目を真っ赤に染めながら蛇口を叩いていた。割れた拳から血とピンク色の肉があらわになっていた。ちくしょうと何度も叫び、とても紅い唇を震わせていた。ぼくに気づいた彼は、微笑みながら泣いていた。

「もう忘れた。数え切れないぐらい、あのオヤジにはやったから」

異世界を舞台とした漫画や小説が頭をよぎった。怪物を崇拝する邪教の者たちのことが。生贄《いけにえ》を差しだしては快楽をむさぼり、禁忌をこれみよがしに破る。

「騙したり、脅したり。最近はみんな加奈子がやってた。いつか、いつかこんな目に遭うんじゃないかとは思ってた。まさかその相手があんただとは思わなかったけど」

ぼくは立てかけていたバットを手に取った。遠藤が虚ろな目でそれを追った。

「あたしを、殺すの？」

ぼくは床に散らばったバッグの中身に手を伸ばした。化粧品やアクセサリーをかきわけて、白い粉末状の薬をつまんだ。それを包んだビニール袋には黒い文字が記されていた。ガンマ－ヒドロキシ酢酸、ＧＨＢ。

「これは？」

遠藤が探るような目でぼくを見ていた。

「眠剤よ、ただの。スピードじゃない」

ぼくはビニールの封を切り、中身に鼻を近づけた。ラムネのようなかすかに甘い匂いがした。流しの蛇口をひねった。手近にあったコップに水をたっぷり満たす。薬とコップを彼女の前に差しだした。

「飲むんだ。死にたくなければ」

「え？」

「殺してやりたいさ。頭を叩き割ってやりたいし、ぼくがやられたようにやり返したい。気持ちが変わらないうちに早く」

彼女はぼくを見、それから薬を見ては、血で濡れた両手をゆっくりと伸ばして受け取った。どこか途方に暮れたような顔をしながら。

彼女はコップの水にしばらく目を落としていたが、意を決したように袋の薬を一気に含んだ。まずいのか、顔をしかめながらコップに口をつけた。

喉が鳴るのを確かめながら、ぼくはもう一袋、床から拾って突きつけた。

「一つで充分よ」

ぼくは首を振った。殺したい。でも。

「水くれよ。しょっぱくて、すごくまずいの」

差しだされたコップを取って、蛇口をひねった。

彼女が二袋目の粉薬を含んだ。飲み下すのを待って、さらにもう一袋を突きつけた。

「本気?」彼女は額の汗や血を手首でぬぐった。ぼくはうなずいた。

「これ以上、飲んだら……」

「飲むんだ。睡眠薬なんだろ? 眠らなかったら、君を殺さなきゃならない」

遠藤はあきらめたように首をゆっくりと振った。奪うようにして粉薬をぼくの手から取ると、少し芝居がかった仕草でざらざらと口に放った。喉を鳴らしながら水を飲み、せり上がるげっぷに耐えていた。

「これで満足かよ」

「ああ」

「絶対、飲みすぎだよ。ちくしょう」

ぼくはバットを握りながら、その時が訪れるのをじっと待った。彼女は切れた耳の裂け目におそるおそる手を伸ばし、痛みに顔をゆがませた。

「加奈子を殺してくれるの?」

薬を飲み終えてしばらくしないうちに彼女はいった。アルコールを含んだように瞳をとろりとさせながら。身体がぐらぐらと揺らいでいた。はたしてそうも早く効果が現れるものなのだろうかと、ぼくは疑りの目を向けた。

「そのつもりさ」

ゆるんだような、だらしのない笑み。

「そう。あいつが来てから、うちらもなんかすげえ変わっちゃった。なんか不気味なんだよね。みんながあいつのことばかり見て、あいつのことばかり話す。あいつのやることがイケてると思ってる。棟方ですら、そうだもん。みんな、あいつに惑わされてる」

「……」

「なんでそうまでして加奈子を追うの？　ぶっ殺されるのが怖くないの？」

「わからない」

「絶対に……殺して」

彼女は壁を背中でこすりながら横たわった。演技とは思えないほど強い調子で板張りの床に頭を打ちつけた。無造作に脚を投げ出し、身体をひねり、そのまま死体のように動かなくなった。

静寂が訪れる間もなく、寝息と鼾《いびき》が耳に届いた。ぼくは遠藤に対する印象を少しばかり変えた。疲れきったような彼女の寝顔は、血といろいろな体液でまだら模様に汚れていたが、厚く飾られた化粧が取れて、ずっと幼く見えた。親の帰りを待ちきれなくてふて寝を決めこんだ子供のように見え、悪夢に苦しむ悩み多き女の子のようにも見えた。

ぼくはカッターナイフの刃を、その小さな頬にあてた。先端が皮膚を突き破り、はじけるような手応えと共に奥深くまで沈んでいく。彼女は小さくうなり、眉間に皺を寄せたが、それきりだった。傷口からはまたも血の筋ができて、新たな模様を作った。

その刃を下まで引き下ろすには、かなりの力が必要だった。手首に負担がかかり、指先が震えた。皮膚の下にある筋肉や無数に張りめぐらされた血管の存在を、その手に感じた。

唇の脇まで行ったところで刃を抜いた。小さな湖と化した血を何度もふきんで吸い取り、唇から頬まで裂かれた傷を見た。その幼い顔だちとはまるでそぐわず、凶々しく、けれど見ずにはいられなかった。

こんなことに意味はない。眠りこけた彼女を置いて、黙って立ち去ればよかったのだ。けれどできなかった。殺したりはしない。けれどぼくの中に刻みこまれた暗黒を、わけ与えずにはいられなかった。

ひょっとするとこれしきのことでは、彼女の世界は壊れたりはしないのかもしれない。奴らの結束はぼくが考えているよりもよほど強く、あいだに流れる友情の量は少しも衰えることはないかもしれない。傷も、手術で簡単に治せるだろう。でもぼくは試したかった。誘惑からは逃れられなかった。

今後の彼女の未来に思いを馳せずにはいられない。目覚めた彼女は切れかかった耳と頬の傷を見て、どう思うだろうか。ぼくと同じように、悲しみと憎しみにからめとられて苦しむだろうか。奴らはとまどいの目を彼女に向けるだろうか。それとなく。それともあからさまに。どちらでもかまわない。友情だの愛だのが冷めて、彼女が孤独になるのを望んだ。流しで手を洗いながら凶暴な感情に心を奪われた。

彼女だけではない。この世にいるあらゆる人間は、同じように肉や心を欠いたまま、どこの世界からも放りだされてしまえばいい。

彼女を見下ろした。顔は血塗られていて、そのまま眠りこけている姿は死体のようだった。彼女が目覚めるのが先か、母親がいち早く見つけるのが先か。どちらもきっと驚くだろう。ショックで失神するかもしれない。両親のことが頭に浮かび、少しだけ心が痛んだ。

その後も何度か頬をふきんでぬぐった。やがて血液の粘度が強くなって、ふきんが頬に貼りついたところで玄関の扉を開けた。遠くでトラックらしき排気音を耳にしながら、夜の沈んだ空気を吸った。

# 21

眠っていたのか、それとも幻覚に惑わされていたのか、判然としないまま時が過ぎた。夕闇の茜《あかね》色はとうに消え、塗りつぶされたような闇が部屋を包んでいた。意識は溶けたチーズのようにとろけたままだ。憎悪も焦燥もない甘やかな感覚に囚われている。さらに多く、鎮痛剤があればと思った。

加奈子も、桐子も幻影で充分だとさえ思った。頭を吹き飛ばした小山内とその妻子からも、殺された三人や長野の亡霊からも逃れられる――。

枕に口を押し当てて叫んだ。顔に血が充満した。喉がすりきれるほどの咆哮。奴らからは逃れられなかった。彼らからは逃れられない。

尿道に差しこまれたカテーテルを抜いた。点滴の針を抜いた。闇に慣れた目で壁の時計を見た。午前零時三十分だった。藤島はベッドから身を起こして立った。膝に力が入らず何度も床に手をついた。半開きの口から涎が垂れた。身に着けていたジャージが隅の籠に、土と血がついたまま放置されていた。袖を通すと、乾いていない冷たい汗が肌にまとわりついた。埃と血の臭いがした。ポケットにはなにも入っていなかった。

おぼつかない足取りで扉に向かった。薄暗い廊下から、非常口を示す緑色の光が漏れてくる。耳をすませた。床に這いつくばって扉の隙間から廊下の様子をうかがう。人の気配は感じられなかった。扉を滑らせた。戸口の前にはパイプ椅子が二脚あるだけだった。遠く離れた詰所から男女の声が聞こえた。笑い声が時々混じっていた。

「ちゃんと見張ってろ。馬鹿が。馬鹿どもが」

扉を閉めて部屋の中へ戻った。窓を開け放って下をのぞいた。地面との距離はそれほど離れていない。藤島がいる場所は三階で、真下はレンガで囲まれた花壇だった。

ベッドから布団をかついできて、窓からそれを放り投げた。布団はふわりと花壇の上に舞い降りた。同じように枕を放った。敷き布団をかついできて、また放った。かつぐたびに折れた鎖骨が痛み、コルセットが巻かれた脇腹にじっとりとした汗をかいた。即席のクッションを作り上げた。何度も後ろを振り返った。人の気配は感じられない。

下をのぞいた。茶色い花壇の上には白い布団が積み重ねられていた。窓枠に足を乗せた。鎮痛剤のせいか心は麻痺していた。藤島は飛んだ。

脚から落下し、クッションの上に衝突した。思ったほど衝撃は少なかったが、尻をレンガの角に打ちつけ、喉元までこみ上げるうめきをあわてて呑み下した。布団をつかんで痛みをこらえた。立ち上がると脚がもつれた。

湿気を含んだ夜気に包まれた。見上げると、屋上には病院名が入った看板が掲げてあり、自分の居所を知った。東大宮だ。すぐそばには第二産業道路の高架橋があった。

JRの駅に向かって歩きだした。人気《ひとけ》もなく、街灯もない線路際の道を駆けた。足を踏みだすたびに痛む傷や骨の軋みを感じずにはいられなかった。

終電を過ぎ、灯りの消えた東大宮駅の前には、それでも数台のタクシーが停まっていた。ボロボロの汚いジャージを着た包帯だらけの彼に、運転手があからさまに不審げな視線を投げかけた。

無視して乗りこんだ。

行き先は大宮駅東口の銀座通りにある雑居ビル。運転手の顔がこわばった。行き先は石丸組の本部事務所だった。道すがら、何台かのパトカーとすれ違った。はたしてそれが自分を捜索するものなのかどうかはわからなかった。

大宮駅の南東側、ネオンまぶしい歓楽街の銀座通りも、すでに静まり返り、路上に山と積まれたごみ袋をカラスがついばんでいた。通りを過ぎてホテル街にいたった。タクシーが停まった。特徴のない雑居ビルだった。タクシーを待たせてビルの中に入る。いくつもの監視カメラに見られながら、鉄製のドアを叩いた。インターフォンを押した。

「藤島だ。咲山に会わせろ」

ややあってからドアのロックが解かれ、扉が開かれた。国防色の戦闘服を着た若者が一礼して迎えた。

深夜にもかかわらず、事務所の中には大勢の男たちが控えていた。人間の熱気と麻雀牌を洗う音に満ちていた。煙草の煙とアルコールの臭いで空気が淀んでいた。咲山は中央のデスクに足を乗せたまま、酒の入ったグラスを片手にぼんやりと天井を見つめていた。藤島の姿を認め、口笛を鳴らした。

「警部補。あんたもしぶとい人間だな」

「逃げた。病院の窓から」

「ほう」

「それとも、連中の犬になったと思うか？」

咲山は、藤島の破れたジャージや巻かれた包帯を見回した。唇を吊り上げて微笑んだ。

「いや。よく来てくれた」

咲山が煙草をすすめた。藤島は受け取り、デスク上のライターで火をつけた。

「小山内は、くたばったようだな」

藤島はうなずいた。咲山はいった。

「あんたの娘の行方を、奴は吐いたか？」

「知らないようだった。本当かどうかもわからんうちに自分で頭をぶち抜いた」

「まだ逃げ回っているかもしれないということか」

「趙と、小山内の仲間はどうしている」

「それだよ。あんたが派手にやったおかげで、やりやすくなった」

咲山はグラスを高く掲げた。グラスをもう一つ持ってこさせ、ウイスキーを藤島に勧めた。

「小山内と一緒に動いていた連中は、奴がデコスケどもに追いまくられた末に自殺したと知ってびびったんだ。趙と共に茗荷谷のマンションに詰めていたが、趙を放って逃げ出そうとした。うちの若いもんがとっ捕まえた。おかげで趙のいる部屋の鍵が手に入った」

「何者なんだ」

「小山内はいってなかったのか？　あんたと同じヤメデカだ。仕事にあぶれて、ホームレス同然のところを小山内が拾ったらしい」

「奴らは――」

「訊いてやった。あんたの娘のことを。連中は追っかけていたことは認めた。さらって埋めるつもりだったことも認めた。だいぶ責めたが居場所は吐かなかった。知らんのだろう」

藤島は深いため息をついた。咲山が続けた。

「もうじきうちの部隊が、趙の部屋に突入する」

藤島は拳を固めた。まるで自分が同じアウトローの住人と化したような錯覚を覚えた。いや錯覚ではない。加奈子の部屋に入って以来、すでにまともな世界から逸脱していた。

咲山はデスクから足を下ろして立ち上がった。

「おれもあんたの娘には興味を持っている。時間はある。来いよ、会わせたいやつがいる」

「誰だ」

「決まってるだろう。藤島加奈子を知っているやつだ」

ゆらゆらと揺れるようにして歩く咲山の後に続いた。男たちのあいだを縫うようにして事務所を出た。同じビルの階段を昇った。上のフロアの扉に咲山は鍵を差した。真っ暗な部屋。咲山が扉近くのスイッチに触れた。蛍光灯の寒々しい光が降りそそいだ。

ガランとした狭い部屋だった。家具や装飾品はなく、カーペットすらなく、コンクリートが打ちっぱなしになっている。窓にはベニヤ板が打ちつけられ、完全に外の光は遮断されている。中央に椅子だけが置かれていた。きつい汗と血の臭いがした。椅子の上には男が後ろ手にくくりつけられていた。

スキンヘッドの若い男だった。アポカリプスの棟方だ。気づくまで時間がかかった。それほどまでに顔の形を変えられていた。唇が腫れ、眉がふくれあがっていた。頰の傷がねじれていた。眉や耳のピアスは引き千切られたのか、皮膚が大きく裂けていた。

「おい」

咲山が椅子の脚を蹴った。のろのろと棟方は顔をあげた。瞼が切れ、目頭に血のかさぶたができていた。ぼんやりとした目で二人を見やった。

「若頭《カシラ》……」

棟方は咳きこみ、口内の血が床に散った。咲山が壁にかけてあったインターフォンを取った。「水、持ってこい」下の事務所に通じているのだろう。すぐにドアがノックされ、一礼して入った若者がミネラルウォーターを差しだした。

「解《と》いてやれ」

咲山は若者に命じた。縛めていたワイヤーを解いた。棟方は床に崩れ落ちた。放られたペットボトルをつかむと、一心不乱にそれを含んだ。咳きこんでは水を吐き出した。

咲山はポケットからピルケースを取り出すと、中に入った錠剤をミネラルウォーターで流しこんだ。

「なぜ裏切った」

「若頭……」

「金か」

「違います」

「女か？」

「いえ。元々、極道が嫌いだったから」

咲山が大げさに肩をすくめて藤島の顔を見た。

「これだよ。図々しいやつだと思わないか？」

「おれはただ、いつも祭りみたいにたのしみたかった。あんたらの掌で踊るのは、死ぬほど退屈だから」

「詫び入れて、やり直すつもりはないんだな？」

棟方はゆっくりと首を振った。

「そうか」

咲山の目に、なにかがよぎったように見えた。煙草に火をつけ、それっきり興味をなくしたかのように壁にもたれた。

「あんた。あいつは、加奈子は、見つかったのかよ」

棟方が藤島を見上げた。

「いや」

「だろうな。加奈子が、そう簡単に見つかるわけはねえと思ってた」

「娘の居場所を知ってるのか？」

「知ってるところは全部、探したよ」

棟方は仰向けに転がった。空虚な瞳が天井を向いた。藤島は顔を近づけていった。

「教えろ。どうして加奈子は、加奈子なんだ。昔はそんな娘じゃなかった。おまえらとつるむようになって、すべて変わった」

嘘っぱちだ。語るほど加奈子について知ってはいない。昔も今も。だがいわずにはいられない。

棟方の口から断続的に息がもれた。あばら骨を押さえ、痛みをこらえながら笑った。

「あんた、結局なにもわかっちゃいなかったんだな。加奈子は、加奈子だ。誰といようと変わりはしない」

藤島は見下ろしながらにらみつけた。棟方はふくれあがった唇を曲げた。

「おれたちはあいつに殺された」

「なぜだ。なぜあの娘はおまえらと関わった。なぜおまえや趙を裏切った」

「裏切ったか……違うな。あいつははなから、おれたちをハメる気でいたのさ」

「なに？」

「おれはそれを知っていたよ。だが、おれたちはアポカリプスだ。女一人になにができるとタカをくってた」

「教えろ。あの娘はいったい――」

「緒方を知ってるだろう」

「あの娘のボーイフレンドだった」

「殺したのは、おれたちだ」

「なんだと？」

「那美があいつを誘った。おれたちが酒と薬で意識を奪った。それから趙に抱かせた。脅して何度も抱かせた。だから首を吊った」

藤島の脳裏にいくつもの写真がちらついた。集合写真に写った遠藤那美。憂鬱と怒りをにじませたような表情をした少女だ。そしてあの写真。年老いた男たちが少年を組み伏し、蹂躙《じゅうりん》した。

「加奈子がそれを知ったんだな」

「みんな知ってた。那美自身がラリって、まわりにべらべらとしゃべりまくってた」

「そのために。復讐のために、加奈子は趙に取り入ったというのか？」

「趙だけじゃない。当然、那美やおれたちもだ」

目の前がふいに暗くなった。折れた鎖骨や頭の傷が疼きだした。

「那美は二年前にくたばった。加奈子に狂わされたガキに襲われた。顔と耳をナイフでめちゃくちゃに傷つけられて。ジャンキーだったあいつはひきこもって、さらにひでえジャンキーになった。加奈子がロハで与えつづけてたんだ。結局、あいつは鉄道に飛びこんで死んだ」

「加奈子に、狂わされたガキ……」

「瀬岡尚人。緒方と同じだ。おれたちは誘い、意識を奪い、抱かせた。逆上したそいつは那美を襲い、加奈子を襲った」

「それで……あの娘はどうしたんだ」

部屋の室温が高い。藤島は汗をぬぐった。浅い呼吸を繰り返した。

「決まってるだろう。加奈子が返り討ちにしたさ。おれたちは加奈子に魅せられてた。誰もがあいつのようになりたがっていた。いつの間にか趙さえも、あいつなしじゃいられなくなった。それに議員、金持ち、役人。この街の大物連中でさえも、涎を垂らしてあいつの餌を待つようになった」

棟方は腫れた瞼で藤島を見た。瞳は、終わった祭りを惜しむかのような寂しさに満ちていた。

「すべてはあいつの描いた絵図どおりになった。那美は死に、おれたちも終わった。仲間の頭を互いにかち割りつづけたからな」

咲山がいった。

「趙も終わりだ」

棟方がいった。

「加奈子の復讐は完成する。あいつはそのために生きてきたんだ」

目頭が熱くなる。棟方の言葉は受け入れ難かった。信じられなかった。だが謎は解けていった。また加奈子へと近づいた。彼女への愛と悲しみで胸がつぶれそうになった。緒方と共にいる加奈子は、可憐《かれん》な笑顔を浮かべていた。決して藤島の前では見せなかった表情だ。

加奈子の担任だった教師の言葉を思い出していた。

「弔意の表し方は、なにも涙を流すことだけじゃありませんよ……彼女は責めたのだと思います。自分を。誰よりも厳しく。徐々に悲しみから癒えようとしていた私たちとは逆に。日常へ戻ることさえも、よしとはせずに」

加奈子は彼の死を知り、なにを考えたのだろうか。そして死にいたらしめた人物たちの名を知って、なにを感じただろうか。藤島は顔を両手で覆った。狂おしい情念を感じた。感情の波に押し流された。彼女は悲しいまでに非情だった。復讐のためには犠牲をいとわなかった。覚せい剤を使った。棟方のような不良少年たちを使った。邪魔をするものには容赦はしなかった。そして幾人もの血を流しつづけた。

彼女の今を想った。誰にも行方をつかませず、忽然と姿を消した。今頃は祝杯をあげているのだろうか。遠く天に消えた緒方に祈りを捧げているのだろうか。

藤島は彼女の身を案じた。復讐はまもなく完結する。それを終えたあの娘ははたしてどうするつもりなのかと。彼女にはまだ先がある。未来がある。会いたかった。護ってやりたかった。そんな世界に身を投じた彼女を不憫《ふびん》に思った。会って、わかりたかった。

棟方が、煩悶する藤島をじっと見つめていた。

「会ったんだろう？　おれのおふくろとも」

藤島はうなずいた。棟方がさらに尋ねた。

「どうだった？」

「なにがだ」

「化粧を塗りたくって、このクソ暑いのに長袖の服を着てごまかしてたろう。バレバレだっててのになるんだ」

「おまえ――」

「ボロボロだったろうが。顔を痣だらけにして。目を離すとすぐにああなるんだ」

「あれは――」

「親父は病気だ。昔から酒が入ると、見境がなくなる。おふくろは馬鹿なんだ。何年も何年も痛めつけられて、逃げてはまた戻ってくる。おれもやられた。ガキの頃、よくでかいレンチでぶん殴られた。ガレージで正座させられてな」

棟方が欠けた歯をのぞかせて笑った。

「あいつが選んだのは緒方だった。だがおれと加奈子は同じ生き物だったんだ」

「待て」

「一度加奈子に訊いたことがある。どうしてダチを平気でシャブ漬けにできるんだ。おれたちに襲わせることができるんだ。どうしてそんなにクールでいられるんだと」

耳を掌で覆った。固められた石膏が邪魔をして、片方の手は耳に届かない。笑顔を消した棟方が射るような目でにらんだ。憎悪と蔑みがこめられていた。

「あいつはいってたよ。禁忌にさらされた人間に、禁忌はない。怖れもなければ、憐れみもない」

「黙れ！」

「親父のあんたに処女を奪われたってな。あんた、娘の身体をむさぼったんだ」

声にならない悲鳴をあげた。片腕を振りあげて棟方の顔を殴りつけた。蹴った。言葉が出ないように鳩尾を、喉を。

コルセットをつけた身体が痛んだ。だがやらずにはいられなかった。棟方の声がこれ以上届かないように、腹の底から叫びつづけた。拳がはずれてバランスを崩した。肩先から床に落ちて石膏が割れた。折れた鎖骨に激痛が走った。

背後から羽交い締めにされた。咲山が組みついていた。「離せ！」まったく身動きがとれなくなった。酒や薬を愛しているはずの咲山に、なぜそれほどの力があるのか。圧倒的な力で引きはがされた。棟方は殴られた口を押さえながら床を転がった。それでも射抜くような視線を藤島に向けた。

なおも藤島はわめきながら足を振り上げ、空を蹴った。

「嘘つきめ！　嘘つきめ！」

首を後ろに向けて咲山にいった。「こいつのいってることは嘘っぱちだ！」

昂りを抑えきれず、目頭が熱くなる。「この嘘つきめ……」全身の力が抜け、視界が水びたしになった。咲山が腕をほどいた。藤島はその場で崩れ落ちた。顔を爪で引っかきながら嗚咽をもらした。目の前にいる少年を殺したかった。背後にいる男を殺したかった。それを知っているというだけで我慢がならなかった。

「おれは、おれは、おれは――」

ふいに映像が割りこむ。布団をはがされ、パジャマ姿でおびえる加奈子がいた。化粧水とデオドラントの匂いがした。古めかしい黒人のポップスが聞こえた。巨大な刃が映像を裁断する。それ以上は耐えられない。記憶を封じこめた。おぞましさに肌が粟立った。

ふいに壁のインターフォンが鳴った。咲山が受話器を取った。会話は簡潔だった。「おれだ。そうか、わかった」咲山に肩を揺すられた。

「時間だ。行くぞ」

藤島は彼のスラックスの裾をつかんだ。

「おれに、やらせてくれ。おれに殺させてくれ」

立ち上がった。立ちくらみと激痛に襲われた。いまだに棟方は藤島をにらんでいた。藤島は濡れた顔でにらみ返した。

咲山は棟方を一瞥して扉を開いた。去り際にいった。

「さっさとこの街から消えろ。見かけたら埋める。いいな」

棟方は狂ったように笑いだした。叫ぶような笑い声が部屋いっぱいにこだました。咲山は振り向くこともなく部屋を出ていった。藤島は去りがたかった。どうしても少年の口を封じたかった。黙らせたかった。

# 三年前　12

その風景を見て、自分がかつてこの階段を昇っていったことを思い出していた。朝までやっている居酒屋が近くにあるせいか、食べ物が煮こまれたような、淀んだドブのような臭いがした。カンカン。鉄の階段と白い壁があった。どちらにも見覚えがあり、手足をかつぎ上げられて空を舞っているような感覚を思い出した。

拒絶してしまいたい記憶さえも掘り起こされた。街の深夜の顔を、なにかに蝕《むしば》まれながら見下ろした。午前三時半だ。あと一時間もしないうちに空は明るみだすだろう。待ってほしいと何者かに祈った。もう少しだけ、暗闇の中を歩ませてほしいと。

大宮センターホテルの非常階段で、金属バットをソフトケースから取り出した。今になって正面から乗りこむべきだったと後悔した。玄関からフロントをのぞいてはみたけれど、人気《ひとけ》などありはしなかったのだから。

最上階のスチール製の扉に手をかけた。扉は静かな音を立たせて開いた。施錠されていないことに驚かされた。緋色の絨毯と自動販売機のうなる音がした。耳をすましながら脚を踏み入れた。いくつもの部屋の扉からはなにも聞こえない。

脚が動いていた。まるで誰かに呼び寄せられているようだった。いや、覚えているのだ。ぼくはここを。連れこまれたこの場所を。９１１と記された扉の前で脚が止まった。心臓が痛みを感じるほど強く脈打つ。あの夜のことが頭を駆けめぐった。かつがれたぼくが壁に頭を打ちつけながら、部屋の中へと消えていった。中はカビ臭く、天井に据えつけられた空調がうなりをあげている。男たちがいった。「たっぷりかわいがってもらえ」「いったろう。忘れられない夜になるって」ここでぼくは暗黒を刻まれたのだ。

ここに彼女がいるという理由はない。でも確信していた。この場所に、この部屋に彼女はいる。ぼくを待っている。ドアノブに触れた。ぼくは静かに息を吐きながら、ドアノブをひねった。わずかに開いた扉の隙間から声がした。

「開いてるわ」

声の大半を扉に遮断された。けれど間違えるはずはない。バットを胸のところに掲げながら扉を開け放った。手首に強い手応えが返ってきた。茶色く木の色に塗られていたが、扉はスチール製で分厚かった。

彼女がいた。白いシャツに黒いベストを身に着けていた。黒く短いスカートが脚の長さを強調していた。長くて黒いソックス。よく似合っていた。いいようのないせつなさがこみ上げてきた。オレンジ色の暗い照明。それにプロレスができそうなほど大きなキングサイズのベッド。そうだった。昏い記憶が奔流《ほんりゅう》となってぼくを揺さぶった。肛門がナイフを突き立てられたように痛んだ。チョウの唾や汗の臭いが鼻をついた。

「この部屋だけ、オートロックじゃないの。人の出入りが激しいから。ここはあの男のプライベートルームみたいなものよ。人の悲鳴や物音も漏れることはない」

ここに彼女がいた。呪われた部屋に。破滅と悪意が巨大な口となって待ちかまえている。その伸びた舌の上に彼女は立っていた。

「藤島……」

彼女は変わってはいなかった。しなやかな身体つきも、その白い頬も。そしてまっすぐにぼくを見つめていた。

「来るんじゃないかと思ってた。君ならきっとここを見つけだすんじゃないかって」

ぼくは変わった。崩壊した世界に生き、焦げついてしまいそうな身体を引きずりながら、破壊と死を強く望んでいた。喉に胸になにかがつかえたような感覚。顎が震え、鼻がつまった。ただ彼女を目の前にしただけで、涙がこぼれそうになった。いいたいことは山ほどあったはずなのに、どれ一つ言葉にはなりそうになかった。

彼女はいった。

「あまりゆっくりとはしてられないわ」

ぼくは胸を締めあげられた。わかっていたはずなのに、悲しみで息ができなくなった。

「また、ぼくを罠にかけたのか」

彼女は無表情のまま答えなかった。ぼくは耐え切れずに視線をそらした。

「わかったんだ。少しだけ君のことが」

「そう」

扉に鍵をかけ、チェーンロックをした。永久に閉ざされたままでいてくれと願った。

「緒方さ。君はあいつを見ていたんだ。あいつだけをずっと」

ぼくは彼女に近づいた。シャツについた遠藤の血が見えるぐらいの距離まで。けれど彼女はじっとたたずんだままでいた。「奴らがあいつを殺した。だから君は心に誓ったんだ」

バットを掲げて、彼女の胸先に突きつけた。とてつもないタブーを犯しているようだった。

「きっと奴らに復讐すると。チョウやアポカリプスを死滅させると」

そしてそのためにはどんな犠牲もいとわないと。

池袋の駅前で緒方と共にいる彼女を見つけた。目がくらむような美しい笑みを浮かべていた。それは見ているこっちがなんだかせつなくなるような、とても幸福そうな笑顔だった。

「ぼくは君のことが好きだった」

ずっと胸にしまっていた言葉。あの時の屋上で、あの時の公園で口にすべき言葉。いや、もっとずっと早くに。本当にもっとずっと早くに。それを口にするために、今日まで生きてきたような気がした。

ぼくはバットを頭の上に振り上げた。自分の矛盾した行動に幻惑され、今にも壊れてしまいそうな危うい感じがした。

「どんなことでもやれると思った。君のためなら。ぼくを救ってくれたから。死ねといわれれば、きっと死んでいたさ」

彼女は怖れを見せようとはしなかった。その表情からは、嫌悪や蔑みさえも見られなかった。狂おしくうごめくなにかがぼくを突き上げた。どんな感情でもかまわない。彼女の心にぼくを存在させたかった。

「ぼくと緒方にどれほどの違いがあるというんだ」

心の底からの告白。奴らを憎んだ。殺したいと思った。ぼくを蹂躙したチョウという男を憎んだ。殺したいと思った。生贄として遠藤という少女をバットで払い、顔に憎悪を刻みこんだ。けれどぼくにとって一番の敵は、誰からもいじめられ、奴らの牙にかかり、みずから死を選んだ未成熟な少年だった。

彼女は静かにいった。

「彼と私は、同じ」

言葉はそれきりだった。意味はわからない。それでも彼女が過去に生きていて、今ここにいるぼくのほうを向いていないことだけはわかった。

「殺してやる」

彼女はぼくに教えてくれた。絶望の底から見える希望の光が、どれほどまぶしいものかを。

「殺してやる」

彼女はぼくを陥れた。魔法を使って、ぼくを人から畜生へと変えた。

頭上のバットが震えた。殺せ。ぼくが浴びせられた暗黒をわけ与えろ！

彼女を見上げた。名前は藤島加奈子。彼女はとてもきれいな顔だちをしていた。丸みを帯びた細い眉。白人のように色素の薄い大きな瞳。削げた頬と少し尖って見える顎。痩せた身体つきと、ぼくよりも高い背丈。とても同じ歳だとは思えない。少しも変わらない。腕の筋肉が硬直した。彼女の頭が打ち砕かれるイメージが何度もよぎった。そのたびに自分が打ちのめされているような錯覚を覚え、ぼくはよろめいた。

身体から力が抜けていった。床のカーペットに膝をついた。彼女が静かにぼくを見下ろす。そうだった。そうだったのだとぼくは思い返した。その宝石のような瞳を、いつまでも見ていたいと思っていたのだ。壊すことなどできるはずもなかった。

彼女が細い手を目の前に差しだした。バットを床に放り、その手をとる。かすかに柔らかな果実酒の匂いがした。そうだ。ぼくはその匂いにいつまでも包まれていたかったのだ。見上げながら、ぼくはいった。

「ここから、逃げよう」

どこだろうとかまわない。そしてたとえぼくのほうを向いてくれなくとも。陥れられたとしても、突き落とされたとしても。

彼女がいるというだけで、砕かれた世界にも陽が射すと知ったから。

彼女はゆっくりと首を振った。

「私は行けないわ」

「そう」

答えははなからわかっていた。彼女がそれだけ強固だということも、なにかに憑かれているということも。望んでいても、決して触れられないことも。わかっていた。ぼくは微笑もうとした。切り裂かれるような痛みに耐え切れず、これまでにないほど大きな悲鳴をあげたかった。

鍵がはずれる音がした。同時に扉が開かれた。チェーンが張りつめ、その衝撃に部屋の空気が震えた。ぼくはバットを握りながら、彼女を部屋の奥へと導いた。

隙間から巨大なニッパーのようなものが割って入った。鎖をくわえて、いとも簡単に噛み切る。バネのように勢いよく扉が開かれた。

入ってきたのは一人の男だった。チョウでもなければ、棟方でもない。

ススキみたいに痩せた身体つきをした中年の男だった。薄くなった頭髪と学者がつけるような黒く野暮ったい眼鏡。皺だらけのワイシャツとスラックスを身に着けていた。その姿は貧相で、死を与えにやって来た神としてはふさわしいように思えた。右手の先は腿の陰に隠れて見えなかった。男はぼくを一瞥するなり、憐れむように顔をゆがめた。

「どけ！」

暴力的な昂奮に突きあげられた。彼女をこの呪われた場所から連れ出そうと決めた。

バットを振りかぶり、頭を捕らえようとした。刹那、男の右手から黒い塊が現れた。その先端には穴が開いていて、深い闇がこぼれ出ていた。

闇が白く発火した。すさまじい轟音が耳に突き刺さり、胸に熱い衝撃を受けた。時間がゆるやかに進んでいった。脚が床を離れる。視界から男の姿が消え、天井へと向いていく。空に飛び散る血液の粒が見える。火薬の匂いを吸いこむ。

背中から床へと落ちた。びしゃっと水溜まりにはまったような濡れた音がした。起き上がろうとした。できなかった。凍えた痛みが胸から全身に広がる。力がどこかへと消え去ろうとした。

男がぼくを見下ろしていた。疲れきったような落ち窪んだ目で。

黒い塊をぼくの顔に突きつけていた。

「待って」

彼女が拳銃を押しのけた。男がしりぞき、彼女が近づいた。膝を屈め、その細い手でぼくの頭を抱えた。

「……藤島」

ほとんど声にはならなかった。喉や口内は血であふれ返っていた。

彼女は顔を近づけた。長い髪が、ぼくの顔に覆いかぶさり、二人だけの世界を作り上げてくれた。麻痺したぼくの心が、大きく揺れ動いた。

彼女の、そのきれいな瞳は潤んでいて、これ以上にないくらいに悲しそうな色をたたえていた。

それで充分だった。ぼくは微笑もうとした。ぼくは満たされた。視界が薄暗くなっていくまで、ただずっと見つめつづけた。

彼女が、血で汚れたぼくの口をその唇でふさいだ。

いつまでもそうしていてくれる。すべての感覚が薄らいでいくなかで、闇に覆われていくなかで、ぼくはずっと柔らかく包まれる。

# 22

「どうしたの、こんな時間に」

「教えろ……桐子」

「あなた、泣いているの？」

「おまえは知っていた」

「いったい、なにをいってるの？」

「決まってるだろう。おれとおれたちの娘のことだ」

「あなたとあの娘……」

「とぼけるな！」

「あなたとあの娘……」

「とぼけるな。おまえは知っていた。知ったうえでおれたちを捨てたんだ」

「いったい、なにを――」

「いわなきゃ、わからないというのか？　すべていわなければ、わからないというんだな？」

「待って、待って。お願い」

「おれは酔っていた。おまえがいなくて我を忘れた。あの娘だけがいた。だからおれは」

「やめて！」

「……知っていたな？　おまえは知っていた」

「だって、私にどうしろっていうのよ！」

「知っていながら、おまえはおれたちを捨てた」

「そんなの耐えられるわけがないじゃない！」

「豚め」


事務所は粛々《しゅくしゅく》と動きはじめた。趙の拉致に成功したのだろう。

麻雀に興じていた男たちが身支度をし、若い連中が車を用意しに事務所を出ていった。つめていた人間の大半が出ていくのだろう。判で押したようなやくざ丸だしの格好をした人間はいなかった。

キャップをかぶり、ベストを着用していた。つり竿用のソフトケースを抱えていた。もしくは太い作業ズボンと作業服。釣り人や作業員に姿を変えていた。若者が藤島に一礼して衣服を差しだした。釣具メーカーのロゴが入ったシャツやベストに、防水加工されたナイロンのズボンだった。血で汚れたジャージを捨て、それを身に着けた。シャツの袖は長かった。ズボンのウエストはゆるかった。ベルトで締めあげた。サイズは本来着ているものと変わりはなかった。ここ何日もの苦闘で身体は痩せ、縮んでいた。

趙。奴と会うことでこの果てしない闘いに終止符が打てるだろうか。わからなかった。加奈子とは会えるだろうか。わからなかった。だがとにかく動きつづけなければならない。

事務所を出ると、二台の白いワゴン車が待ちうけていた。藤島はその一台に乗りこんだ。釣り人の格好をした男たちは、一言も口をきかなかった。

ドライブは長時間に及んだ。車は国道十六号に乗り、川越へと進んだ。川越から関越自動車道へ。北に三十分ほど行き、花園インターで車は降りた。秩父の山奥で落ち合うつもりなのだろう。秩父には奴らが企業舎弟《フロント》として抱えている産業廃棄物の最終処分場がある。国道百四十号を南東に進んだ。道がやがて曲がりくねり、風景は黒々とした山々にさえぎられた。窓から入る空気が冷たいものへと変わった。

秩父市の中心部をさらに南へ進み、山梨との県境に近づいた時、車は県道をはずれ、舗装がされていない土の道を進んだ。ダンプのタイヤで踏み固められた道は、やがて処分場と思われる鉄条網で囲まれた施設へといたった。処分場は、ビニールの切れ端が風に舞い、地面は押しつぶされた金属やプラスチックであふれていた。すでに一台の車が停まっていた。数日前に咲山らが乗っていたエルグランドだ。処分場の荒涼とした雰囲気の中では、まるでそぐわなかった。

車が停まった。藤島はスライドドアを開けて降り立った。下水のような臭いがした。男たちが次々と降りた。いくら釣り人や作業員に身をやつしていても、放たれる剣呑《けんのん》な空気は隠しきれてはいなかった。

すでに処分場の産業廃棄物でできた山の上には、何人かの男たちが立っていた。咲山が山に向かうと、待ちかまえていた男たちが無言のまま頭を下げた。ワゴン車から降り立った男たちは反対に、処分場の入口へと散らばり、あたりを見張った。藤島は咲山の後に続きながら山を登った。土に混じった細かいガラス片を踏みしめた。土壌のあいだから得体の知れない液体がにじみ出していた。

山の上では、作業服に身をやつした男たちのあいだで、後ろ手に手錠をかけられた初老の男がひざまずいていた。白い下着と格子模様のトランクス姿だった。黒々と染め上げられたオールバックの髪はほつれ、乱れていた。その姿は威厳もなく、みすぼらしさだけが際立って見えた。山の冷気のせいか、恐怖のせいか、唇を紫に変えながら身体を震わせていた。頑健そうな頬に白い涙の跡が浮かんでいた。男が趙だと確信した。この男が。藤島は凝視しながら近づいた。この男のために加奈子は、己の人生を賭してまで闘ったというのか。熱をともなった怒りがこみ上げてくる。荒い息を何度もついた。

押しだしの強そうな大きな顔と広い額。固太りした胸や脇腹が下着をはちきれんばかりにふくれあがらせていた。ダブルのスーツなどを着ていれば、ひとかどの人物のように見えた。だが今は、かしずく部下もなく、装飾するアクセサリーもない。脛を丸だしにしたまま廃棄物の上でたたずむ姿は憐れを誘った。虚しさを覚えた。復讐に向かわせるほどの価値を感じさせなかった。

藤島は己を奮い立たせた。男は、彼に多くの死体を突きつけた。抜け出せない悪夢に誘った。娘を狂わせた。そして娘の命をつけ狙った。それはどれもが死に値する罪だった。

釣り人の格好をした咲山がソフトケースを開けた。取り出したのは、アメリカの警察官が持つような大きな散弾銃だった。抱え持つストックや先台が木製でできている。咲山はポケットをあさり、弾丸を一つかみすると、慣れた動作で銃身にそれをつめこんだ。

「二発もあれば充分だろう」

銃身を無造作につかむと、それを藤島に押しつけた。魅せられたように藤島は受け取る。趙の血走った目が大きく見開かれた。先台をポンピングした。金属が噛み合うような音と手応えがあった。咲山に目で尋ねた。彼はうなずいた。あとは引き金を引くだけだと告げていた。

「ま、待ってくれ」

野太い声で趙が下から訴えた。「ちょっと待ってくれ!」

咲山が煙草に火をつけた。

「早くだ、警部補。朝になれば殺れなくなる」

藤島は散弾銃をかまえた。ストックから火薬の匂いがした。銃口を奴の頭に向けた。距離は一メートルも離れていなかった。はずしようもない。趙が短い悲鳴をあげた。足に力が入らないのか、膝で土を蹴りながら転がった。囲んでいた男たちに押し戻された。蹴られた。それでも銃口から逃れようと男たちに寄ろうとした。喉を蹴られ、うめきをもらしてうずくまった。

藤島は銃口を後頭部に向けたままいった。

「おい。質問に答えろ。おれを満足させてみろ。うまくやれば、生き延びられる」

苦しみにもがく趙の動きが止まった。赤い目で見上げられた。瞳は恐怖と驚愕に満ちていた。奥底にわずかだが、打算めいた濁りが見えたような気がした。

藤島は笑みを浮かべた。昏い油の中に炎が投じられた。

「おれは誰だ」

趙はわからないという顔をした。それから藤島を凝視した。記憶をめぐらせていた。それから観念したようにわからないという顔をした。炎の勢いが増す。藤島はうなった。このおれを知らないだと！

「貴様のせいで……」

彼は散弾銃を空に向けた。男たちの表情が曇った。かまわなかった。「おれに気づかないというのか。馬鹿にしているのか。この野郎、コケにしやがって、この野郎」うわ言のようにつぶやいた。

「おれは父親だ。藤島加奈子の。知らないとはいわせん」

趙の顔に驚きは見られなかった。なぜか腹が立った。

「おれは誰だ」

語気を強めていった。

「藤島加奈子の、父親……」

「おまえは殺そうとした。加奈子を。おれの娘を。それとももう殺したのか？　どうなんだ、答えろ」

「私は、殺してない」

「だが殺そうとした、そうだろう？」

「私は、殺してない」

「あの娘は特別なんだ。何人差し向けようと、無駄だ。何人殺そうが、誰もあの娘に触れることはできやしない。そうだっただろう？」

「あ、ああ。そのとおりだ」

趙は迎合するようにうなずいた。唾を嚥下《えんげ》し、喉を何度も鳴らした。まるで狂人を見るような目をしていた。銃を持つ手が汗ばみ、引き金にかける指がしびれた。

「おまえは夢を見るか？」

「夢」

趙は落ち着きを取り戻し、その意味をつかもうと藤島の顔を凝視しつづけた。「ああ。たまに」

男たちの刺すような視線が痛かった。咲山だけが悠然と煙草をくゆらせていた。

「おれも見る。とびきりの悪夢をな。おまえらの殺った現場は残らず見る羽目になった。まどろんでいるとな、内臓をぶちまけてるやつだの、目玉が飛び出た女を見るんだ。若い娘の泣きっ面が訴えてくる。一生つきまとわれるだろう。おまえのせいだ」

「それで——」

「黙って聞け。それから答えろ。娘がどうしておまえを裏切ったか、わかるか?」

趙の表情から恐怖がどこかへと押しやられ、代わりに憎悪と屈辱にゆがむ。

「いや」

「悔しかっただろう。おまえは小娘にしてやられた。わからなかっただろう。おまえらはうまくいっていた」

「……」

「何年も前におまえは少年を抱いた。少年は自殺した。覚えているか?」

はじめて趙は驚きの表情を見せた。藤島は続けた。

「自殺した少年は、加奈子のボーイフレンドだった。どういうことかわかるか?」

趙は大きく口を開けた。藤島は続けた。

「見上げたもんだと思わないか? 復讐だよ。あの娘が望んでいたのは、おまえの死だ」

「……そのために、私に近づいたと——」

「あいつとはやったのか?」

趙は息をのんだ。藤島は銃身で顎を突ついた。

「あいつとは、やったのかって、訊いてるんだよ?」趙の唇が動きを止めた。どう答えるべきか迷っているように見えた。銃口を鳩尾に強く押し当てた。短くうめき、趙は身体を折りながら肺を患った老人のように咳きこんだ。「考えるようなことじゃねえだろう。やったか、やってないか。どっちだと訊いてんだ」

藤島の言葉が熱を帯びた。口から唾液が泡となって飛んだ。真っ黒な趙の頭髪に振りかかった。囲んでいる男たちの目が気になった。だが止まらなかった。

目に涙を溜めながら趙は何度もうなずいた。

また真夜中の深い暗闇に包まれているような気がした。趙は、撃つなという仕草で手を振った。その手を蹴りあげて払った。汚泥がはね、茶色いビニールくずが舞いあがった。

「口で答えろ!」

「確かに、私は何度か抱いた……あの娘のほうから近づいてきたんだ。拒む理由はない」

藤島は平静を装った。余裕の笑みを浮かべようとした。無駄だった。銃口が小刻みに揺れた。こめかみが強く痛んだ。闇の度合いが強くなり、全員の姿がおぼろげになった。奥歯が軋むほど強く噛んだ。イカレているとは思われたくはなかった。それが嫉妬だとは誰からも、死んでも思われたくはなかった。趙が身をくねらせていった。

「やめろ!」

息が荒かった。山の冷気とヘドロのような臭いが肺を満たした。思われたくはなかった。知られたくはなかった。

「なにを、なにをやめろというんだ」

「知ってる。知ってる。知っているから撃つな!」

下着姿の加奈子が頭をよぎった。ブラジャーはたくし上げられていた。よじれたショーツから陰毛がのぞけた。身体の詳細は曖昧だった。胸は大きかったり、小さかったり。腰が細かったり、細すぎたり、陰毛の量が眉をひそめたくなるほど多かったり、足りなかったり。

「なにを、なにを知ってるんだ?」

涙を見せたくはなかった。たくましくありたかった。

「あんたの娘だ。決まってるだろう。まだ死んでいない。居場所を知っている」

「どこだ」

趙は犬のように目を潤ませ、首をゆっくりと振った。

「いえば、即座に殺そうとするだろう?」

「どこだ」

趙は周囲にいる一人一人の顔を見回した。

「私と組め。まだまだ私は、百年の秘密を知っている」

趙が汗を飛ばして熱演した。「咲山さん、あんたたちにあの商売を譲る。女たちの名簿も、客たちの名簿も全部控えてある。ホテルの部屋を提供する。儲けは途方もない。あんたらが抱えている店の何倍もの売上げに値する。いくら値を吊り上げても、客はひきもきらない。この国の男どもは変態ばかりになった。女学生が好きだ。少年の尻が好きだ。それを脅しのネタに使ってもいい」

男たちは咲山を見ていた。言葉を待っていた。咲山は煙草を捨てて、藤島にいった。

「どう思う?」

趙の目が藤島に向けられた。

「私は藤島加奈子を捕えられなかった。だが居場所を知っている。あの娘は頭がすこぶるいい。この機会を逃せば、永遠に会えなくなるかもしれない」

「おまえは娘の居所など知りはしない」

「私は——」

「おまえの飼っていた犬は知らなかった。おまえが知るはずもない」

「知っている！　私は知っている！」

藤島は首を振って微笑んだ。よろこびに満ちた笑顔を浮かべているに違いない。彼女の望みに答えられる。刑事時代でもこれほどまでの充足感は得られなかった。はじめて彼女と同調できたような気がした。

「どちらでもかまわない。おまえが知っていても、知らなくても。娘の望みはおまえの絶命だ」

「私は——」

「あの娘はおれのものだ。あの娘の望みは、おれの望みでもある」

趙が痩せたのら犬のようにあえぎながら訊く。

「欲しくはないか」

「なにを」

「ビデオだ。あんたの娘が交わっているところを撮った」

藤島は笑顔をたたえたまま狙いつづけた。銃口は微動だにしなかった。ただ趙の目が不快だった。藤島の感情を読みとろうとしている。

「変態め」

「あんたは、欲しいだろう？」

藤島は首を振った。「変態め」

「私を殺せば、手に入らなくなる！」

趙は乱杭歯《らんぐいば》をのぞかせて笑いかけた。藤島は首を振った。

「欲しくはない」

藤島は涙声でいった。「欲しくはない」

趙が動いた。表情を固めたまま立ち上がった。背中を見せて駆けだした。泥で汚れた下着が遠ざかる。男たちがたたらを踏む。怒号が舞い飛ぶ。銃の引き金を引いた。荒い男たちの怒声がかき消された。衝撃で頭が揺れた。ぶれた風景の端で、趙の左足がちぎれるのが見えた。血煙が舞い、膝から糸のような神経が垂れ下がる。先をなくした骨がのぞく。バランスを崩した趙は廃棄物の山から転がり落ちる。埃、ビニール、紙くず。黒い塊のようなカラスが一斉に散る。世界の音が消えた。煙が目にしみ、硝煙の匂いにむせる。

発砲に身をすくめる男たちの脇を抜けて走った。山を駆け下りながら、銃身をスライドさせる。薬莢が落ちた。

趙は汚泥の上を這いずっていた。左膝から下は消し飛んでいた。血にまみれた傷口に、七色に光る泥が混じっていた。涙がレンズのように風景をゆがませた。朝日が目の前を白く塗りつぶした。ピンク色の肉に目を奪われ、千切られた筋肉の残骸を見て吐き気を覚えた。胃が激しく収縮を繰り返した。ごみから立ち昇る瘴気に内臓を溶かされた。

聴覚が戻った。血の臭いに頭上のカラスたちが昂揚していた。遅れて駆けてくる男たちの足音がした。泥とごみを掻く趙が首をひねった。目は油のような膜に覆われていた。

「た、助けろ。助けろ、私は」

藤島は散弾銃を顔に向けた。胃液と硝煙の臭いがした。

「やれ!」山の上で咲山が、肥えた頰を震わせて吠えている。「やれ、やれ!」圧倒的なボリュームだった。振り向いた。朝日のせいで表情はうかがえなかった。だがぎらぎらとした目の輝きだけは見てとれた。「やれ!」

趙が囁いた。

「助けろ……銃を奴らに向けろ。でなけりゃ、おまえもここで埋められる。なんでもしてやる。娘を捜し出させてやる」

かすれた趙の囁きは甘く、悲痛でもあった。

「部屋を与えてやる……囲えるだけの金もやる。今度は逃げられないようにすればいい」

「そんなことは、望んでいない」

「嘘をつくな……」

趙は力尽きたように土の上に横たわった。蒼ざめた顔色と虚ろな目玉。吹き飛ばされた膝からとめどなく血液があふれ出ていた。

「おれは父親だ」藤島は自分の胸を指していった。「おれは父親だ！」

趙が断続的に息をもらした。笑っていた。

「父親か……貴様は、あの娘のいったとおりのようだな」

「なに？」

「あの娘の歓心を得るために……何度も話を持ちかけた。人でなしの両親を消してやろうかと。あの娘は首を振ったよ……怒ってもいない。悲しんでも、いない。そんなことに意味は……ないとな」

「……」

「あの娘はいった。貴様らにはなにもするつもりはないとな。もはやいないものと見なす……振り向いてもやらない……それが貴様らにとっては、一番の苦しみに、なると――」

引き金を引いた。轟音がふたたびすべてをかき消し、まとわりつくカラスを払った。バケツでぶちまけたように大量の血が飛んだ。趙の頭を吹き飛ばしていた。灰色の脳ミソが汚泥の上に散った。髪と頭皮があたりに散った。下顎といくつかの歯と、散弾で穿たれた身体だけがとり残された。

藤島はこらえきれずに胃液を吐き出した。その光景は一生忘れられないだろう。毎晩のように夢として現れ、亡霊となって自分をさいなむであろう。だが藤島は満足だった。これで加奈子をつけ狙う者は姿を消した。

山から咲山と男たちが降りてきた。「お、すげえ」咲山は死体の脇に膝をついた。顎に手をやり、それまでの眠たげな様子から一転して目を輝かせた。露出した脊髄や突き出た足の骨を検分した。やがて満足そうに突き出た腹を叩き、ため息をついた。「運びだせ」

男たちは、かつて趙であった男の死体を手際よく青いビニールシートに包んだ。シャベルをかつぎ、ビニールシートをかつぎ、男たちはさらに処分場の奥へと進んで行った。藤島はその様子を眺めながらいった。

「おれを、殺さないのか？」

「おまえを？　なぜ？」

「おれは知りすぎた」

「そうだな。確かにおまえは知りすぎたかもしれない。だがおれは気に入ってるんだ。子の仇《かたき》を親が討つ。涙が出ちまうんだよ、警部補。極道はいつだってそういう話に弱い」

強まる陽光を浴びながら立ちつくした。加奈子について思いを馳せた。もしどこかに身を隠していたとしたら、一刻も早く伝えたかった。おまえを助けるために。おまえの代わりに仇を討つために動いた。この活躍を見てほしかった。

彼女は許してくれるだろうか。彼を父親と認めてくれるだろうか。お父さんと呼んでくれるだろうか。犯した罪を洗い流し、微笑んでくれるだろうか。無数の疑問が浮かび、不安と希望の入りまじった波に押しやられながら、飛散した趙のかけらを見つめた。

## 23

横浜にあるその組は、奇妙だった。

沢渡《さわたり》組といった。石丸組と同じく印旛会の傘下団体だった。咲山は藤島を殺さなかった。彼と藤島は盃《さかずき》を交わした。外兄弟となった。そして藤島は沢渡組に預けられた。

所帯は小さなものだった。構成員の数は七名だけだった。トルエンで歯をぼろぼろにしたマル走風の若者から、くたびれた安物のスーツを着たサラリーマン風の男までバラエティに富んでいた。

組員は概して寡黙な男が多かった。組長は背の低い痩身の老人だった。藤島が訪れると、組長である沢渡は、ドヤ街にいる仲介人のように、彼の身体を叩いて品定めをした。

「咲山が回してきたんだ。やることはやるだろう」

灼熱の日々から解放されたかのような、嘘のように穏やかな時を過ごした。

シノギとして競馬のノミ屋を任された。二十人程度の少ない顧客を相手に、電話を受け、集金日には各顧客のオフィスや店を訪れて精算をした。どの客も上客ばかりだった。金払いはよく、トラブルは一度もない。生活は平和そのもので、退屈ですらあった。

他の組員たちがなにを糧《かて》として生きているのかはわからなかった。興味も湧かなかった。男たちは、四六時中つまらなそうに麻雀牌をかき回し、漫画に目を落としていた。多忙を極めるでもなく、インテリを装うでもなく、垢抜けた振る舞いを見せるわけでもなかった。

それでも組の金回りは不思議と悪くはなかった。毎夜のように沢渡は、組員を連れて高級クラブへと繰り出した。愛人にやらせている店で飲み明かした。男たちの食欲は旺盛だった。全員が鋼鉄のような胃袋と、下品と表現するしかないほどの丈夫な肝臓を持ち合わせていた。加えて性欲に満ちあふれていた。沢渡以外は特定の女を持たず、ソープランドをハシゴし、中国人クラブにも、南米女やロシア女が揃った店にも顔がきいた。肌の色や話す言葉が異なろうが、わけへだてなく彼女らを抱いた。藤島にもその好意が与えられた。ベッドに入りこむ女たちに金をやって追い払ったが。

咲山に電話をかけて尋ねた。

「いったい、これはなんなんだ」

「気に入っただろう?」

「薄気味悪いやつらばかりだ」

「なるほど。あんた、まだそこのよさがわかっていないようだな」

「どういうことだ」

「もうじきわかるさ、きっとな。きっと気に入る」

「……そっちの問題はどうなったんだ」

「ああ。片がついた。県警の偉いさんは小便ちびっちまうほど喜んでたよ。趙のお蔵、少しのぞかせるだけでな。奴の客にはアカとブン屋も混じっていたらしい。これでしばらく、うちから不祥事が出ることはないとよ」

「これでおれも、大手を振って歩けるわけか」

「暇があれば、いつでも来るといい。だが用心するんだな。あんたを密かに吊るしたがっているポリは今も山ほどいる」

「かまうもんかよ。返り討ちにしてやる」

「なんにしても、今はそこに慣れろ。まあ、いずれ離れられないようになる」

咲山は笑った。プレゼントを渡す父親のような含み笑いだった。

答えは二ヶ月後に判明した。

その日、沢渡から名古屋行きを命じられた。組員全員が二台のライトバンに乗り、東名高速で西へと向かった。少なくとも、一人につき二丁は拳銃を懐に入れながら。ナイフや警棒、二連発式のショットガン、ガソリン、タイマー式の催涙スプレー缶を手渡された。冗談としか思えないほどの武器が車内に積まれた。男たちの目には、ふだんにはない生き生きとした快活さが見られた。まるでハイキングに向かう子供さながらだった。不気味な昂奮が車内いっぱいに広がっていた。

小さなビジネスホテルに泊まった。名古屋を地盤とする印旛会系の組幹部が、何人も挨拶をしにきた。短い接触だった。彼らは男たちを恐れていた。ウイスキーやスピリッツを狂ったようにあおる男たちにあきれていた。組幹部が一枚の写真を沢渡に差し出した。男が一人、写っていた。

翌日、昼日中にもかかわらず、彼らは催涙スプレーで写真の男を捕獲した。彼の素性は沢渡だけが知っていた。ライトバンの荷台へ放りこみ、何事もなかったように車を走らせた。紅葉に染まった岐阜の山中まで。県道から逸れて、雑草の生い茂った山道に入った。

沢渡たちは懐中電灯を数本と、一本のロープ、それに土で汚れたシャベルを持ち出してライトバンから降りた。荷台から目隠し、猿ぐつわの男を引きずり出し、首にロープを巻いた。彼らはロープの両端を藤島に託した。まるで藤島を試しているかのようだった。どこぞの部族の儀式のようだった。ぎらぎらとした目が向けられた。

つまり灼熱の日々は続いていたということだ。

虫の声を聞きながら、男の背後からロープを絞めた。男の手が空にもがいた。背負い投げの要領でかつぐように引っ張った。何度も揺すると、ロープを伝って男の頸椎が砕ける手応えを感じた。神々に供えられた生贄。男は動かなくなった。絶命の瞬間に、男たちは相好を崩して藤島を称えた。藤島を彼らの一員として認めたのだった。

山中の土を数メートルも深く、シャベルで掘った。男の遺骸を放りこんだ。その上から石灰の粉をまいた。男に対して、なんの感情も湧かなかった。彼だけではない。その日をさかいに、藤島の周囲をうろつく亡霊の影が薄くなっていた。男たちや女たちの夢を見る日が少なくなった。夢は見ず、深い暗闇だけが彼の眠りを支配した。

沢渡組は殺人を真のシノギとしていた。時には臓器売買。借金にまみれた人間を、印旛会と通じた病院で解体した。病院では角膜や腎臓、肝臓、心臓、皮膚や骨髄、脳ミソに含まれる分泌物までを摘出するという。

半月後、藤島はさらに殺人を犯した。趙を殺害した時と同じようなロケーションだった。福井の山中にある最終処分場で、老人の額を拳銃で打ち抜いた。やはり彼らは称賛した。ホームランを打ったバッター、トライを決めたラガーマンのようだった。なにも感じなかった。むしろ不思れた。

議な昂揚が彼を包みこんだ。老人の頭から噴き出た血や脳漿が、亡霊らをさらに塗りつぶしてく

注射器の扱いがうまくなった。腕の静脈周辺の皮膚が硬くなると、くるぶしに針を刺した。希望と自信に満ちあふれながら娘を捜すのが日課となった。埼玉では、妻の桐子が大々的な組織を組み、加奈子の捜索活動に乗り出していた。街頭に出ては、両親と共に加奈子の写真が入ったチラシを行き交う人々に配っているという。

それとは逆に県警の動きは小さく、コンビニや高速道路のサービスエリアに加奈子の写真が貼られることはなかった。公安どもが密かに動くのみで、大々的な公開捜査は行われてはいない。

一ヶ月後、県警はコンビニ強盗殺人犯として、四人の中国人を挙げた。金に困った不法入国者らの短絡的な犯行と発表した。小山内が現役だからこそ、こしらえられた脚本だろう。趙に雇われた彼とその仲間は、自殺、事故死、行方不明となってその罪を逃れた。長野殺しの容疑者はいまだ決まっていないようだった。

さらに一ヶ月後。咲山から小包が届いた。一本のビデオテープだった。趙が隠れ家にしていた茗荷谷のマンションに眠っていたという。

藤島は震える手でテープを機械に入れた。長い髪、長い手足、母親に似た細い鼻梁。小ぶりな胸と薄い陰毛。固定されたカメラが裸の加奈子を映していた。固太りした身体の趙にベッドへと押しやられ、脚を広げさせられた。加奈子の陰部が見え隠れした。カメラマンの趙が、加奈子の身体を脚からなめるように映した。カメラを見つめる加奈子の目は冷えていた。のぞき見る藤島をとがめているかのようだった。

趙が彼女の陰部に触れながらいった。

「父親のアレをくわえこんだのか?」

「そうよ」

藤島は顔の皮膚を掻きむしる。

「どうだった。よかったか?」

「痛かっただけ。乱暴だったから」

藤島は眉毛をこそげ取った。カメラマンの趙が加奈子の頬を軽く叩いた。

「嘘をつけ。おまえは天が遣《つか》わした売女だ。おまえははなから感じていただろう?」

加奈子が笑った。

「ええ。感じていたわ、お父さん」

藤島は叫び声をあげた。

趙にしなだれ、加奈子が趙の股間に顔をうずめた。やめてくれ。趙がまたがり、娘の柔らかな身体を押しつぶした。濡れそぼったペニスが音を立てて出入りした。加奈子が頬を紅潮させてせがんだ。ひどく淫猥な言葉を吐きつづける。

感じているのか? 藤島は問わずにはいられない。そんなものわかりたくもない! 趙が腰の動きを速めて卑猥な言葉を口にした。拳銃をブラウン管に向けた。

股間はいきり立っていた。顔を掌で覆ったまま嗚咽をもらした。それでもビデオをとめることもなく、映像を垂れ流しつづけた。

# エピローグ

女はエンジンを切って車から降りる。寒波が押し寄せているせいか、冷たく乾いた風が身を切り刻む。薄闇の中で吐く息が白く伸びる。後部座席を開けて、夕食の材料の入ったスーパーの買い物袋をつかむ。ミネラルウォーターをまとめて買ったために、袋のビニールがたわんで手に食いこむ。

「先生」

女は突然の呼びかけに驚き、振り向く。アパート近くに停められた黒い４ＷＤから一人の男が駆け寄ってくる。ダウンジャケットと灰色のセーターが見えた。見たこともない中年の男だ。短く切り揃えられた髪に盛り上がった眉間の皺と切れ長の目。鋭角な頬と薄い唇。どこか酷薄そうな顔だちを、精一杯崩して笑顔を作っている。

「東先生でいらっしゃいますか?」

「あなたは?」

「ああ、私は――」

男は名刺を差し出しながら、全国紙の記者を名乗る。

「いったい、私になんの……」

「藤島加奈子さんをご存じですか?」

「ええ」女はぶっきらぼうに答える。「私の、教え子でした。もう三年前の」

「彼女が、この夏行方不明となったのは、ご存じですか?」

「ええ」

「知ってのとおり、彼女はいまだに行方不明のままです」

「そうらしいですね。本当に信じられませんが」

「ご存じですか。彼の父親も、その数日後に姿を消している」

彼女はけげんな顔をして尋ねる。

「いいえ。そうなんですか?」

「父親は、娘である藤島加奈子さんの行方を追っていました。だがその途上で姿を消したんです。二人は、なんらかの事件に巻きこまれた可能性が高い」

「事件?」

女は信じられないとばかりに首を振る。

「彼女のことを教えてくれませんか」

尋ねられたのは二度目だった。美しいかつての教え子について。女は自宅であるアパートの窓を見やる。灯りはなく、小学校に通う娘はまだ帰宅していない。今日はバスケットボールのクラブがある日で帰りは遅い。

「お願いします。時間はとらせません」

男が一歩踏み出しながらいう。言葉には異様なほどの力がこもっている。白い息が顔に振りかかる。

おっくうだった。それにどことなく男からは、剣呑な気配のようなものを感じる。

「お願いします」

押し出しの強そうな男。たとえここで固辞したところで、その後何度でも押しかけてきそうな圧力を感じる。

「わかりました。ここじゃなんですから、どうぞ」

「ありがとうございます」

2DKの古ぼけた室内。ファンヒーターのスイッチを押す。やかんを火にかける。こたつのスイッチを入れ、男に座布団をすすめる。

「すいません」

胸がうわずる。男の声には聞き覚えがある。はたしてどこで耳にした声だっただろうか。

コーヒーを差しだしながら、女は以前と同じ話をする。優秀な学生で、卒業してからも暑中見舞いや年賀状を欠かさない義理固い女の子。男は言葉にうなずきながら逐一、メモをとっている。

「そりゃすごい。こんな素晴らしい娘さんがどうして失踪なんか」

「ええ、本当にどうして」

「ですが先生はご存じですか。加奈子さんには、一時的ながら不良少年たちと交友関係があった。薬物経験もあったことを」

顎に力をこめてうなずく。

「知っています。ですが、それは一時的なことにすぎませんでした。当時の彼女はボーイフレンドを亡くして、自分を見失っていたんです」

時計の針は六時を過ぎている。あと一時間もしないうちに娘は帰ってくるだろう。膝がそわそわする。男が早く去るのを願う。娘にはこの話を聞かせたくない。断じて。

男はペンの尻でこめかみを掻く。眉間に皺を寄せながら、ぼんやりと口を開く。

「ですが、それだと私の取材内容と異なってくる」

「というと？」

「彼女はその後も、薬物や不良グループとの縁が切れてなかった」

「そんな」

「これはどうですか？　高校に進んでいた彼女は、彼らから覚せい剤を仕入れていた。それを同級生に売っていた」

足元から凍てつくような感覚。思わず男を凝視する。男は微笑をたたえたままだ。

「そんな。信じられません」

「では、これはどうですか？　覚せい剤に溺れた同級生らは、売春を強要されていた」

彼女は男の正体を悟る。

「知りません……私はなにも知りません」

「この話はどうです？　彼女のコネクションは幅広かった。大きな売春組織を作り上げ、同級生だけではなく、もっと年端もいかない少女らを誘い入れた。金と薬物で」

「もう、結構よ。藤島さん」

男は微笑を消して無表情になる。整形でもしたのか、以前とはまるで造形が違っている。

「もう一つ聞かせましょう。客は変態野郎ばかりだった。加奈子はニーズに応えた。小学生のガキさえも引っ張りこんで、奴らにあてがった」

男は鞄の中からA４サイズの封筒を取り出す。封筒の中から一枚の印画紙を抜き取る。女は顔を掌で覆う。

「やめて！」

「小さな娘が、ナニをしゃぶってる」

「やめて！」

抑揚のない声で男が続ける。

「よく撮れてる。しかしこの娘、相当開発されたな。馬みたいなペニスをくわえこんでる」

女は顔を覆ったまま首を振る。

「あんたの娘だ」

女は目を閉じる。写真を目にすることはない。あまりにおぞましく、あまりに忌まわしい。だが娘の姿がまざまざと脳裏に浮かぶ。

夫とは死別した。それでも平和な家庭だと信じていた。娘の成績は悪くもなく、イジメにあっている様子もない。品行方正とまではいかないまでも、多くの友人に囲まれたごくふつうの女の子。バスケットボールとジャンクフードを愛している子供にすぎない。

あの時、携帯電話の音が平穏を壊した。電源を切るべきだったのだ。着信音を消しておくべきだったのだ。娘の顔色が蒼いものへと変わっていた。娘に携帯電話を買い与えた覚えはなかったのだから。以前から娘は欲しがっていた。だが女は拒みつづけていた。深い意味はなかった。ただ持つには早すぎると思っていた。

女は娘を問いつめた。誰が買い与え、誰が月々の料金を払っているのかを。なだめ、やんわりと脅した。やがて娘は電話の持ち主の名だけを話した。名前は藤島加奈子。かつての教え子だった。

「あんたの娘だな？」

藤島の顔がゆがんでいる。小刻みに歯を鳴らし、眉間に皺を寄せる。頭をガリガリと掻き、脱力したようにテーブルに肘をつく。だしぬけにジャケットの内側から黒い塊のようなものを取り出す。それが銃であるとわかる。銃はやけに長い。黒い銃口が迫る。女の額と距離はほとんどない。

女は、自分がやけに落ち着いていると思う。報《むく》いが来る日を、あるいは予感していたからかもしれない。深い闇をたたえた死の穴が目と目のあいだに向けられている。

あの日、テニス部の練習を早めに切り上げると、藤島加奈子が通っているという予備校の近くに車を停めた。何度、声をかけようとして思いとどまったかわからない。知るべきではない、関わるべきではないと思った。

講義を終えて予備校から出る彼女を、車の窓越しに見つめながら、耐え難い苦しみにさいなまれた。駅へと向かう彼女に、女は意を決して声をかけた。藤島加奈子は眉を軽く上げ、そして微笑んだ。バレてしまったかとでもいうようないたずらっぽい笑顔だった。

今思えば、どこかの喫茶店にでも入るべきだったのかもしれない。衆人のいる場所であれば、まだ自分を抑えられたかもしれない。

車の中に彼女と共に乗りこんだ。市内を流しながら、とはいえ渋滞のためにほとんど停止状態のまま、彼女と話した。

どうして私の娘に携帯電話を買い与えたりしたのか。料金を払ったりしたのか。女は尋ねた。どうしてそんなことをしたのか。一介の高校生にすぎないあなたが、どうしてそんなお金を払うのか。もっと率直に訊いたかもしれない。つまり、なぜ娘に近づいたのかと。

加奈子は悪びれる様子もなく答えたと思う。言葉は少なかった。その父親である男が取り出したのと同じように、封筒から写真を取り出していた。まるで既視感《デジャヴュ》。

他愛もなく悲鳴をあげた。吐き気を覚えるほど視界が回転した。うなじが凍りついた。横隔膜に差しこむような痛みを覚えた。こんな経験はもう二度とないだろうと思った。

嗚咽する女に向かって藤島加奈子はいった。モルモットを検分する科学者のような目で。

「つまり、そういうことよ。先生」

「これは……なんなの？　いったい、なんなの？」

「誤解しないでくださいね。別に晶子ちゃんに無理強いさせたわけじゃないんですから」

身体から力が抜けていった。表情が欠落し、弛緩していくのがわかった。夫が倒れたと聞かされた時も、これほどまでに衝撃を受けなかった。

「本当なの？」

藤島加奈子の言葉は自動販売機やＡＴＭの合成音声のようにのっぺりとしていた。

「写真をよく見て。よく見るの、先生。晶子ちゃんは、涙を流してますか？　叫んでいるように見えますか？　これは、彼女がみずから選んだ結果なの」

こめかみを押さえずにはいられなかった。目をつむらずにはいられなかった。なにも見たくはなかった。無理やり強姦されたのだと知らされたほうが、どれほど安らぎを得られたかわからない。

「たった、それだけのために。それだけのために？　私が買い与えなかったから？　そうなの？」

許しを乞うように女はいった。藤島加奈子がほんの少し、感情をあらわにしたような気がした。蔑みとも、昂奮ともつかない、白い歯のこぼれ出る皮肉っぽい微笑みだった。

どこをどう走ったかは覚えていない、気がつけば新都心の、建設途中のビルの谷間を走っていた。夕闇が迫り、あたりには車も人気もない。ウインカーも出さずに車を停めた。ハンドルにもたれながら、少女の顔を盗み見た。

かつての教え子。ボーイフレンドを悲劇的な事件で亡くした。同情して特別に目をかけた。自宅に何度か招いたこともある。娘は藤島加奈子の来訪を喜び、姉のように慕っていた。

女は思った。もしこの世に悪魔がいるすれば、それはきっと彼女のような姿をしているのかもしれない。欲望にとりつき、蠱惑的《こわくてき》な魅力を振りまき、人を破滅に追いやる。

心臓が今にも止まりそうだった。臓物をすべて取り除かれたかのような空虚。それから身体を燃えつくすような怒りが湧いた。

「娘を返して」

「あの娘は最初から自由でしたよ」

「ふざけないで。どうして……どうして私の娘を、あの娘をいくつだと思ってるの」

藤島加奈子は真顔で答えた。

「決まってるでしょう。だから引き入れたのよ」

「二度と、娘には近寄らないで」

「私がそうしなくとも、今なら晶子ちゃんのほうからやって来るわ」

視界が水浸しになっていった。

「娘には近寄らないで」

彼女の輪郭が崩れていった。

「残念ね。他の誰よりも人気があったから」

意識がおぼろげになった。彼女の声がゆるみきったテープのようにゆがんだ。

「あの娘はとても立派よ。もう立派な――」

女は悲鳴をあげた。娘に注いできた愛を、否定されたような気がした。

「返して！」

助手席に身体を向けて、両手で胸倉をつかんだと思う。強く揺すった。「娘を返して！」靄が晴れて記憶がいくらか鮮明になった。

サイドブレーキをまたぎ越え、彼女の細く白い首に手をかけていた。

「元に戻して！」

藤島加奈子が、絞めている女の手の上に自分の手を置いた。

力をこめていた。テニスで鍛えた腕は、彼女の首に必要以上に圧力を加えていた。激情にうながされるまま絞めた。

「戻して！」

「まだ、私は」

藤島加奈子が手に力をこめた。女は小さくうめく。手の骨が軋むほど、それは異様な力だった。どうしてこの美しい少女にそれだけの腕力があったのか、今でも不思議に思う。

だがそれはほんの一瞬だった。すぐに藤島加奈子の手がゆるんだ。

「戻してよ……」

あの時、彼女がどんな顔をしていたのかは覚えていない。涙がすべてをゆがめていた。なにも見えず、すべてが淡い。

少なくとも彼女が救いを求めてさえいれば。悲鳴の一つもあげていれば。許しを願ってさえいたら。もしくはもっと長く手首に力をこめてさえいれば。やはり女は思い返す。我に返っていたかもしれない。

「でも、もういいか」

彼女はかすかな声をもらすだけだった。身じろぎさえもせずに、なすがままだった。

「もう……いいよね」

それが彼女の最期《さいご》の言葉だった。彼女は女に首を絞められながらも、どこか遠くのほうをずっと見つめていた。

「あんたが殺した。おれの娘を」

かすれた声で男はいう。突きつけられた銃口が揺れている。

口を開こうとする女は掌で制される。

「娘をどこにやった」

「あなたはなにを――」

「やめろ。言い訳や嘘に耳を傾ける気はない」

男の言葉に疑念らしきものは微塵《みじん》も感じられない。どこか狂気さえ匂わせる頑なさがある。絶句する女に向かって男は続ける。

「何日か、車を密かに調べさせてもらった。トランクから長い髪の毛が見つかった」

「でも、それは――」

「あんたのじゃない。動物の毛でもない。おれには、まだ警察にコネが残ってる。加奈子が使ってた櫛から採った髪と鑑定させた。二つは、符合したよ」

静寂が周囲を支配する。時計の針が動く音がする。

女はうつむいたまま、口を閉ざす。得体の知れない震えが背筋を這い登る。まだ死にたくはない。死ぬわけにはいかない。

「答えないというのか？」

男は失望したように息を吐く。「いいだろう。答えるまで、おれはここにいる」

女が息をのんで顔をあげる。男がうなずく。

「もうすぐ娘が帰ってくる頃じゃないのか。おれの顔を見るだろう。先生、あんただけじゃ済まなくなるな」

「あなたたちは、本当に狂ってるわ」

「娘をどこにやった」

女は深いため息をつきながら、果てしない地の底へと落ちていくような感覚を味わう。

「一つだけ、約束して」

「なんだ」

「娘には、手を出さないで」

「それで？」

女は、秩父の山奥にある峠の名を口にする。

男は軽くうなずくと、拳銃の撃鉄を起こす。

「約束しよう」

女はふいに思い立ったように口を開く。

「ここでは――」

死にたくはない。娘に自分の死体を見せたくはない。だがいい切ることはできない。一瞬の閃光が明滅し、女は額を打ちぬかれた自分の姿を見る。

娘が見たら、きっと――。想像の羽は広げる前に摘み取られる。思考は閉ざされる。闇が――。

男は後部座席からシャベルを取り出す。すでに山林は見慣れた風景となりつつある。仕事の報酬で得たランドクルーザーで、雪深い秩父の山奥でさえも走破した。あたり一面は雪に覆われている。

女の答えが正しかったのかもしれない。たとえ正しかったとしても、広い山林の中で、彼女がいる場所が特定できるはずもない。たとえ何百人もの捜査員が投入されたとしても見つかりはしないだろう。

男は雪を踏みしめる。まるで導かれるように。

「わかっている」

雪原の上にたたずむ加奈子に向かってうなずく。男は思う。彼女と会えるのは、父親である自分しかいない。彼女の発見にはそれほど時間はかからないはずだ。

無限に続く雪原と林の中をかきわけて、やがて男はシャベルを凍った雪に突き立てる。

「ここだろう?」

彼女はうなずく。装いはまだ夏服のまま。灼熱の日々はいまだに続いている。

再会が叶った日には――。

シャベルで雪を掘り起こしながら、湯気のように立ち昇る汗をぬぐいながら、男は彼女に願う。おまえの本当の姿を見せてほしいと。そして心の中のすべてを打ち明けてほしいと。

そしてどうかおれを愛していてくれと。
そしておれを許してくれと。

この作品はフィクションです。実在する人物、団体等とは一切関係ありません。
単行本化にあたり、第三回『このミステリーがすごい!』大賞作品、古川敦史
『果てなき渇きに眼を覚まし』に加筆しました。

# 第三回『このミステリーがすごい!』大賞（最終選考会　二〇〇四年九月二十五日）

本大賞は、ミステリー&エンターテインメント作家の発掘・育成をめざすインターネット・ノベルス・コンテストです。
ベストセラーである『このミステリーがすごい!』を発行する宝島社が、新しい才能を発掘すべく企画しました。

【大　賞】『スロウ・カーヴ』水原秀策
※『サウスポー・キラー』水原秀策（みずはら しゅうさく）として発刊

【大　賞】『果てなき渇きに眼を覚まし』古川敦史
※『果てしなき渇き』深町秋生（ふかまち あきお）として発刊

第三回の大賞は右記に決定しました。大賞賞金は一二〇〇万円（今回は二作品にて分配）です。

●最終候補作品
『スロウ・カーヴ』水原秀策
『果てなき渇きに眼を覚まし』古川敦史
『血液魚雷』町井登志夫
『パウロの後継』深野カイム
『オセロゲーム』サワダゴロウ

# 第三回『このミステリーがすごい！』大賞　選評

## 「ディック・フランシスとジェイムズ・エルロイの代理戦争」　大森 望（翻訳家・評論家）

第一回受賞作の浅倉卓弥『四日間の奇蹟』がベストセラー街道を突っ走っているおかげか、今回は（他のミステリー系公募新人賞と比べても）ハイレベルな候補作が集まり、選考会も予想通りの激戦となった。

小説はべつに採点競技じゃないんだけど、新人賞の選考は採点競技の審判に近い。テクニカル・メリット（技術点）とアーティスティック・インプレッション（芸術点）を総合して判定を下すわけですね。評価の目安になる項目は、おおまかに言って、文章、キャラクター、ストーリー、アイデア（独創性）の四つ。平均してポイントを稼ぐ作品もあれば、得意項目で一点突破をめざす作品もあるが（この賞は、そういう応募作に対してわりと好意的）、落第科目がひとつでもあると受賞可能性は著しく低くなる。

最初に脱落したサワダゴロウ『オセロゲーム』は、無味乾燥な文章と平板なキャラクターのおかげで、小説を読む楽しみがあらかじめほとんど奪われている。ホワイダニットのアイデアはたしかに秀逸だが（伏線の張り方もうまい）、D難度の技を一本鮮やかに決めただけでは、基礎的な技術力の低さをカバーするまでに至らなかった。

深野カイム『パウロの後継』は、キャラクターとストーリーが高得点。『レオン』風の設定から、さらに派手なエンターテインメント方向に話が転がってゆく。リアリティに難はあるものの、リベリア料理をはじめとするディテールが劇画的なプロットをなんとか小説につなぎとめ、潜在的には大きなベストセラー力を秘めている。しかし、そうした芸術点の高さを帳消しにするほど文章に粗《あら》が目立った。冒頭の一行目からすでにへんだし（いくら急勾配でも、本郷通りを「険しい坂道」とはふつう言わないでしょう）、二行目にはテニヲハのまちがいがある。そういうガチャ文がずっと続くのに最後までぐいぐい読ませるんだから大した剛腕だ——という見方もできるわけで、文章を全面的に改めることを前提にすれば授賞もアリかなと思ったんだけど、他の三氏の賛同は得られませんでした。捲土重来に期待したい。

町井登志夫『血液魚雷』はアイデア賞。『ミクロの決死圏』の楽しさと、持ち前のグロテスク趣味を合体させ、一気に読めるユニークな娯楽作に仕上げている。しかしどう見てもB級で、誤字脱字が山をなす文章はとても真剣に書いたとは思えない。ホワイトハート大賞優秀賞の『電脳のイヴ』、小松左京賞受賞作『今池電波聖ゴミマリア』など、町井氏自身の旧作と比較しても、これで勝負しようという強い意気込みが感じられず、カヤマ氏の強力推薦にもかかわらず脱落することになった。とはいえ、公募新人賞の枠組をとっぱらえばじゅうぶんに魅力的な作品だし、読者の支持も期待できるので、加筆修正のうえ、いずれどこかで単行本化されることを祈る。

水原秀策『スロウ・カーヴ』は、ほとんど時代錯誤的にオーソドックスなハードボイルド。(タイトルに反して)ひねりのない直球のプロ野球ミステリーで、笑っちゃうほどそのまんまな臆面のなさが今は逆に新鮮だとも言える。こんなの昔いっぱいあったじゃん！　と思うけど、よく考えると最近のミステリーでは意外と穴場かも。ぬけぬけとした書きっぷりが嫌味になってないのは人徳か。真犯人の犯行動機とか、「いくらなんでもちょっとそれは……」と思う部分もあるが、かろうじて致命傷は免れている。すべての項目で平均して得点を稼いだ印象。

古川敦史『果てなき渇きに眼を覚まし』は、候補作の中でもっとも文章のパワーを感じさせてくれた作品。話の発端は、これまでに百回読んだような古典的ハードボイルドのパターンだが(元刑事の主人公が失踪した娘の行方を追う)、そこから破滅型ノワールへと転調し、やがて不在の娘・加奈子の影がしだいに大きくクローズアップされてくる。既成のフレームを使いながら微妙にずらしてゆく語り口は堂に入ったもの。随所に見られる破壊的なエネルギーの過剰な迸《ほとばし》りも好ましく、個人的に好きなタイプの作品ではないにもかかわらず(こんな小説読みたくないと何度思ったことか)これに最高点をつけた。

というわけで、最後は『スロウ・カーヴ』と『果てなき……』の一騎打ち。片や万人受けするライトなエンターテインメント、片や一部読者の熱狂的な支持を集める(かもしれない)ダークな重量級。正反対同士の対決は両者譲らず(ディック・フランシスとジェイムズ・エルロイの代理戦争という声もありました)、二作受賞の結果になった。即戦力としての活躍が期待される二人の新鋭のデビューに拍手を贈りたい。

## 「あくまで平等なる同時受賞」　香山二三郎（コラムニスト）

今回は接戦になりました。五作中四作が有力候補で、うち三作はどれが取ってもおかしくなかった――。

選考会もおおむねその流れで展開していきました。順を追って説明していくと、最初に落ちたのはサワダゴロウ『オセロゲーム』。高名な現代美術作家の夫人とそのかつての恋人の屈折した関係を軸にした愛憎サスペンスです。駒を動かすたびに優劣が目まぐるしく反転する表題通りの展開を期待しましたが、意外にあっさり片がついてしまう。主人公男女も魅力に乏しく、犯人の動機付けに感心したという声はあったものの、流れを覆すまでには至りませんでした。枚数規定の上限までだいぶゆとりがあるし、謎解き趣向にしろ、キャラ描写にしろ、もっと枚数を費やして凝りまくってもよかったのでは。

次に脱落したのは、深野カイム『パウロの後継』。この作品の最大の欠点は粗雑な文章でした。文章にはあまりうるさくない筆者でも、冒頭から何ヶ所も直しを入れたくなるほど。これは明らかに推敲不足が原因でしょう。リベリアというアフリカの小国での悲劇に端を発する異色の国際謀略活劇で、着想――設定もユニークだし、歪んだ少年少女のキャラも魅力的。ちょっともったいない気もしますが、これを本にするには全面改稿が必要ということで候補からはずされました。筆力の点では全員及第とみたはずです。ぜひ再チャレンジしてください。

熾烈なサバイバル戦から次に落ちたのは、残念ながら筆者イチオシの町井登志夫『血液魚雷』でした。

心筋梗塞患者の血管内で飛び回る謎の異物というアイデアにまず驚嘆。最新医療機器を駆使した探索描写は、まさに現代版『ミクロの決死圏』、彼らの正体をめぐる推理とサスペンスは息をもつかせぬ面白さでした。ただ体内活劇の素晴らしさに比べ、登場人物のキャラ造型や彼らが織りなす愛憎劇が今ひとつ平板であることは否めなかった。他の委員にはそこがネックになったようです。『パウロの後継』同様、推敲不足との声もあり、筆者以外に高得点をつけた人はいませんでした。

これを落としたら席立っちゃうもんね、と一瞬思ったけど、欠点は欠点として認めざるを得ない。それに書き手はすでに著書もあるプロ作家、ここで賞を逃しても作品を本にする機会はありましょう。町井さん、最後まで押し切れず申し訳ありません。体外ドラマに手を入れて刊行されたら各方面で推薦させていただきます。これでめげずに、ぜひとも近々に実現させてください。

残る二作は作風も対照的だし、完成度の点でも、甲乙付けがたかった。個人的には、古川敦史『果てなき渇きに眼を覚まし』のほうが贔屓《ひいき》でしたが、予選の膳所善造評でも指摘されていた通り、読者を選ぶ内容なので、これ一作のみの受賞というのはちょいとキツいかと。

さいたま市近郊のコンビニで複数の客が惨殺される。その一週間後、主人公の警備員は女子高生の娘が失踪したことを知るが……。物語は元刑事である彼の捜索行と娘の中学時代の男子同級生の身に起きた三年前の出来事が交互に展開していきますが、もともとアブない人だった主人公は話が進むにつれてどんどんぶっ壊れていき、娘にまつわる邪悪な事実も明らかになっていく。

ジェイムズ・エルロイや馳星周の影響下にある鬼畜系暗黒活劇で、女子供をいたぶるような描写もてんこ盛り。内容に反感を抱く女性読者も多いでしょうが、受賞後の改稿でもそこにはほとんど手は入っておりません。個人的には主人公の暴走ぶりといおうか、ギリシア悲劇も真っ青の因果応報家庭内悲劇に転じていく力業に感服しましたが、さすがに万人向けと主張する勇気はない。

いっぽう、水原秀策『スロウ・カーヴ』のほうはディック・フランシス・タッチの野球ミステリーです。作風的にはオーソドックスなハードボイルド系。主人公のピッチャーはストイックというか、クールな頭脳派で、旧弊な体質が抜けない人気ピカイチチーム（モデルはもちろんあのチーム）の中で孤軍奮闘する彼が奇妙な強迫事件に巻き込まれていくというのがメインストーリーです。一人称の語りはちょいと老成し過ぎですが、主人公のキャラは好感度高いし、美女相手のロマンスもちゃんと用意されている。激動の二〇〇四年プロ野球界を髣髴させるプラスアルファの魅力が付加されたこともラッキーでした。その反面、古川作品が持つ破天荒な魅力には欠けるわけですが、ミステリーファンならずともこれを支持する読者は少なくないでしょう。

古川作品は読者を選ぶし、水原作品は型破りな面白さに欠ける。どちらか一作に絞るとなると、苦渋の決断を迫られる……というわけで、選考は自ずと二作受賞へ。しかも金賞銀賞と分けた第一回のように差別化しない、あくまで平等なる同時受賞。『血液魚雷』の落選は痛かったけど、まずは納得の結論といっておきましょう。

## 「かつてないほど白熱した最終選考会」

茶木則雄（書評家）

大混戦である。大方の予想通り、最終選考会ではかつてないほど、白熱した議論が交わされた。

本賞の場合、候補作はA，B，Cの三段階評価で絞り込まれる。Aは大賞の有力候補、Bは優秀賞ならびに大賞候補として議論に値する作品、Cは賞の対象外、というのが評価の基準だ。過去二回の選考会では、AとB、もしくはBとCが混在することはあっても、AとCが混在することは一度もなかった。こと絞込みの段階においてはこれまで、比較的スムーズに議論は進行していたのである。対象外となる作品の検証は徹底して行われるにせよだ。

ところが今回、評価が真っ二つに分かれる事態がはじめて出来した。古川敦史氏『果てなき渇きに眼を覚まし』である。

ノワールとしてのみ評価するならなるほど、この作品に大いなる可能性を感じ取ることはできない。〝お約束〟を散りばめただけの典型的な似非《えせ》ノワールとの指摘は、言われてみれば確かに的を射ている。闇はあっても、そこに闇の深さがないのだ。眼を凝らせばそれが人為的に作り出された闇でしかないのは、歴然と映る。エルロイやトンプスンの作中に迸る暗黒の情念や内なる狂気は、この作品には残念ながら存在し得ない。

しかしノワールの枠組みを単なる一フレームとして捉えれば、この作品は俄かに輝きを放ちはじめる。作中に挿入される少年の独白は、いじめと虐待に焦点を当てた少年小説的興趣に富んでおり、ロレンゾ・カルカテラ『スリーパーズ』や重松清『エイジ』を彷彿とさせるものがある。物語の流れの中で、過去と現在を交錯させながら、本人は一度も登場しない少女の意外な内面を炙りだしていく手法は東野圭吾『白夜行』にも通じる、との意見も出た。様々なフレームを巧みに組み合わせて全体的なミステリーとしての結構を構築する技量は、捨て置くには余りにも惜しい。何よりも、評価すべきはその確かな文章力だ。これが文句なくプロの水準に到達しているのは、万人の認めるところだろう。

安定した文章力という意味では、水原秀策氏『スロウ・

カーヴ』も負けていない。ディック・フランシスを思わせる主人公の設定と語り口の上手さは、それだけで充分、何らかの賞に値するものだった。素晴らしいのは陰影に富んだ人物描写である。登場人物ひとりひとりの造形が際立っており、それぞれが負けず劣らず生彩を放っている。とりわけ見事なのは敵役の元刑事だ。主人公と相対峙するラストシーンは、読後、鮮やかな印象を残した。

　惜しむらくは、ワイズ・クラックや洒落た言い廻しが、全体の中で若干浮き上がっているところだろう。作品に無理なくこれらを溶け込ませるには、さらなる精進が必要かと思う。さらに言えば、クライマックスのプレー・シーンにも、個人的にはいささか不満が残った。圧巻、白眉《はくび》というには、明らかに枚数が物足りない。ここはあざといまでに徹底的して物語を膨らませ、書き込みを加えて欲しかった。それでこその野球ミステリーだ。

　この二作は、それぞれに長所もあれば欠点もある。作品の完成度と書き手の才能——いずれをとっても甲乙つけ難い。ディック・フランシスとジェイムズ・エルロイを比較するようなもので、あとは単純に好みの問題だろう。議論を積み重ねた結果、両者互角のダブル受賞、と相成った次第だ。

　残りの三作にもそれぞれ、捨て難い部分があった。個人的に最も未練が残ったのはサワダゴロウ氏『オセロゲーム』である。ホワイダニットのキレがとにかく抜群で、伏線の巧みさと相まってその非凡さは、強く印象付けられた。印象深いと言えば、町井登志夫氏『血液魚雷』のアイデアもまた然りである。平成版『ミクロの決死圏』とも言うべき《体内》活劇シーンは、まさに秀逸の一語に尽きる。タイトルのインパクトも申し分なしだ。深野カイム氏『パウロの後継』は、舞台設定とキャラクターに魅力を感じた。展開もユニークで荒削りながら読ませる。

　明暗を分けた最大の要因は文章力にある。受賞作とは、この点で大きな開きがあった。

　公募新人賞の作品を評価するポイントはいくつかあるが、最も重要視されるのはどこでも文章の力だろう。文章力は、競馬にたとえれば《持ち時計》のようなものである。混戦模様ではこれが、最後にモノをいう。

　文章は力だ。その力の差が、如実に出た選考会であった。

　ともあれ、改稿、推敲を重ね、欠点および弱点を克服した受賞作の刊行を寿《ことほ》ぎたい。両者とも『このミス』大賞受賞作にふさわしい作品に成り得た。そう確信する次第だ。

## 「今後の活躍が注目される二人」　吉野 仁（書評家）

今回、初の二作受賞となった。個人的には、五作を読んだのち、これはもう、この一本で決まりと思っていたのだ。ふたを開けてみるまでは分からないものだ。

その一作、水原秀策『スロウ・カーブ』は、プロ野球界を舞台にした、〝ディック・フランシス〟タイプの小説である。

明らかに某在京プロ球団をモデルにした設定だけに、選考会では、もっぱら野球に関するリアリティが問われることになった。だが、たしかに疑問を感じる部分がいくつかあったものの、大きな問題には感じなかった。発表する際、おかしな部分を訂正したり、フィクション性を少し強めて処理したりすればよいだけのことである。この手の小説は、どう直しても、現実はこうじゃない、と文句をつけるエラい人がでてくるに違いない。

わたしが感心したのは、自然と物語世界に感情移入できる語り口であり、登場人物に存在感があるということだ。個人的に、へらず口を多用する、気どったハードボイルド小説が大の苦手ながら、本作の科白まわしはけっして嫌味に感じられなかった。キャラクターもみな個性的に描かれて魅力がある。とくに〝高木〟が出色。

また、脅迫という地味な事件のわりに読みごたえを感じたのは、それぞれの場面の描き方がしっかりしているからだろう。次にどうなっていくのかという興味、すなわちサスペンスの運びも悪くない。ヒロインの登場とその後の展開など、緩急のつけかたも堂に入っている。

野球小説としての目新しさや現実にありうる物語かどうかを問うのではなく、あくまでフィクションとしての読みごたえという意味で、候補作中、この小説がもっともすぐれていると評価した。すなわち、題材にたよっておらず、ドラマとしてよく出来ている。今後も文句なしに「書ける」作家だ。

一方の古川敦史『果てなき渇きに眼を覚まし』は、選考委員のなかで、わたしだけが低い評価だった。読んでいてなんら感じるものがなかったのである。

狂った元警官だのシャブだのレイプだのと、数々の〝お約束ごと〟を話のなかに混ぜて一丁あがりといった感じで、肝心の暗黒はどこにもない。勧善懲悪ものの〝善〟と〝悪〟を単純にひっくり返してみせただけ。これぞ似非ノワールの典型である。（もっとも世間では、トンプスンやエルロイに何の興味もない方々が、こういうものこそ「本物だ」ともてはやす。何をか言わんやなのだが）せめて犯罪サスペンスとしてストーリーが面白いのならばいいのだが、現在と過去をめぐる展開も、やはり〝お約束ごと〟めいた意外性へと運んでいくためにつくられたとしか思えなかった。

最後まで受賞に反対しようと思ったが、なにせ三対一では勝ち目はない。たしかに候補作のなかで比較すると文章力は抜きんでており、小説として完成している。結局、二作受賞という結果におさまった。

できれば今後は〝エルロイもどき〟から脱却してほしい。頭のうわべで考え、一面的な世界でこしらえるのではなく、血と肉と骨を感じさせる小説をのぞむ。それが無理なら、せめて構成に力を注ぐなど、娯楽小説としての面白さを打ち出すべきだろう。

残りの三作のうち、もっとも低い評価だったのは、サワダゴロウ『オセロゲーム』だった。最終選考に残ったのは、作中のあるアイデアが秀逸だったからだろう。だが、タイトルから期待されるような、黒と白が次々に反転していく物語でもなく、長編小説としての内容にも乏しい。説明ではなくドラマを描写すべきなのだ。それが書けていれば、もうすこし高くになっただろう。

深野カイム『パウロの後継』は、とくに文章力が問われた作品だ。個人的に興味のある題材や要素がもっとも多く含まれていただけに、とても残念。既成作をこえるほどの迫力はないが、設定や展開はユニークなのだ。しかし文章は心がけ次第でいくらでも上達する。そのあたりを見直し、ぜひとも新たな作品に挑んでほしい。

最後に、町井登志夫『血液魚雷』は、今回の候補作のなかで、もっとも娯楽性の高い作品で、途中まで面白く読んだことは確かである。医学的にはハチャメチャでも、奇想サスペンス小説としてわるくない。だが、体内の場面をのぞくと、登場人物にせよ展開にせよ、あまりに都合のよい部分が目立ちすぎ、無理がある。結末もあっけない。さらに、こちらも「けれど」という言葉が頻繁に使われているなど、文章に対する配慮がまったくなかった。すでにプロデビューしているとはとても思えない原稿である。したがって落選となった。

というわけで、個人的には不満な部分もあるのだが、すべてはデビュー後の活躍にある。期待にこたえる次作をまっている。

| | | | | |
|---|---|---|---|---|
| 第1回 | 大賞金賞 | 『四日間の奇蹟』 | 浅倉卓弥 |
| | 大賞銀賞 | 『逃亡作法――TURD ON THE RUN』 | 東山彰良 |
| 第2回 | 大　賞 | 『パーフェクト・プラン』 | 柳原 慧 |
| 第3回 | 大　賞 | 『果てしなき渇き』 | 深町秋生 |
| | 大　賞 | 『サウスポー・キラー』 | 水原秀策 |

【原稿送付先】 〒102-8388　東京都千代田区一番町25番地　宝島社
『このミステリーがすごい!』大賞　事務局
※書留郵便・宅配便にて受付

【締　切】 2006年5月31日（当日消印有効）厳守

【賞と賞金】 大賞1200万円
優秀賞200万円

【選考委員】 大森望氏、香山二三郎氏、茶木則雄氏、吉野仁氏

【選考方法】 1次選考通過作品の冒頭部分を選考委員の評とともにインターネット上で公開します。
選考過程もインターネット上で公開し、密室で選考されているイメージを払拭した新しい形の選考を行ないます。

【発　表】 選考・選定過程と結果はインターネット上で発表
http://www.konomys.jp

| 2006年8月 | 8月 | 9月 | 10月 | 2007年1月 |
|---|---|---|---|---|
| 1次選考 | 2次選考 | 最終選考 | 大賞発表予定 | 大賞刊行予定 |
| 作品の推薦コメントと作品冒頭をネット上にUP | | | | |

【出　版】 受賞作は宝島社より刊行されます（刊行に際し、原稿指導等を行なう場合もあります）。

【権　利】 〈出版権〉
出版権および雑誌掲載権は宝島社に帰属し、出版時には印税が支払われます。
〈二次使用権〉
映像化権をはじめ、二次利用に関するすべての権利は主催者に帰属します。
権利料は賞金に含まれます。

【注意事項】 ○応募原稿は未発表のものに限ります。二重投稿は失格にいたします。
○応募原稿・書類・フロッピーディスクは返却しません。必要な場合はコピーをお取りください。
○応募された原稿に関する問い合わせには応じられません。

【問い合わせ】 電話・手紙等でのお問い合わせは、ご遠慮ください。
下記URL　第5回『このミステリーがすごい!』大賞　募集要項をご参照ください。
**http://www.konomys.jp**

ご応募いただいた個人情報は、本賞のためのみに使われ、他の目的では利用されません。
また、ご本人の同意なく弊社外部に出ることはありません。

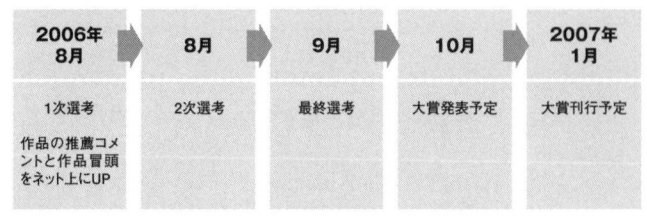

このミステリーがすごい!

インターネットでエンターテインメントが変わる!

大賞賞金1200万円

# 第5回『このミステリーがすごい!』大賞

## 募集要項

○本大賞創設の意図は、読者参加というネット最大のメリットを活かし、面白い作品・新しい才能を発掘・育成する新しいシステムを構築することにあります。ミステリー&エンターテインメントの分野で渾身の一作を世に問いたいという人や、自分の作品に関して書評家・編集者からアドバイスを受けてみたいという人を、インターネットを通して読者・書評家・編集者と結びつけるのが、この賞です。
○『このミステリーがすごい!』など書評界で活躍する著名書評家が、読者の立場に立ち候補作を絞り込むため、いま読者が読みたい作品、関心を持つテーマが、いち早く明らかになり、作家志望者の参考になるのでは、と考えています。また1次選考に残れば、書評家の推薦コメントとともに作品の冒頭部分がネット上にアップされ、プロの意見を知ることができます。これも、作家を目指す皆さんの励みになるのではないでしょうか。

【主　催】 **株式会社宝島社／日本電気株式会社／メモリーテック株式会社**

【運　営】 株式会社宝島ワンダーネット

【募集対象】 **エンターテインメントを第一義の目的とした広義のミステリー**
『このミステリーがすごい!』エントリー作品に準拠、ホラー的要素の強い小説やSF的設定を持つ小説でも、斬新な発想や社会性および現代性に富んだ作品であればOKです。また時代小説であっても、冒険小説的興味を多分に含んだ作品であれば、その設定は問いません。

【原稿規定】 **❶400字詰原稿用紙換算で400枚〜800枚の原稿**(枚数厳守)
・タテ組40字×40行でページ設定し、通しノンブルを入れる。
・マス目・罫線のないA4サイズの紙を横長使用しプリントアウトする。
・A4用紙を横に使用、縦書という設定で書いてください。
・原稿の巻頭にタイトル・筆名(本名も可)を記す。
・原稿がバラバラにならないように右側を綴じる(綴じ方は自由)。
※原稿にはカバーを付けないでください。また、送付後、手直しした同作品を再度、送らないでください(よくチェックしてから送付してください)。

**❷1,600字程度の梗概1枚**(❶に綴じない)
・タテ組40字詰めでページ設定し、必ず1枚にプリントアウトする。
・マス目・罫線のないA4サイズの紙を横長使用しプリントアウトする。
・巻頭にタイトル・筆名(本名も可)を記す。

**❸応募書類**(❶に綴じない)
・ヨコ組で①タイトル②筆名もしくは本名③住所④氏名⑤連絡先(電話・FAX・E-MAILアドレス)⑥生年月日⑦職業と略歴⑧応募に際しご覧になった媒体名、以上を明記した書類(A4サイズの紙を縦長使用)を添付する。

**※❶❷に関しては、1次選考を通った作品は2HDフロッピーディスクも必要となりますので(原稿は手書き不可、テキストデータに限る)、テキストデータは保存しておいてください(1次選考の結果は【発表】を参照)。**最初の応募にはフロッピーディスクは同封しないでください。

深町秋生（ふかまち あきお）
1975年、山形県生まれ。専修大学経済学部卒業。
現在、製薬メーカー勤務。

# 果てしなき渇き

2005年2月10日　第1刷発行
2005年7月7日　第2刷発行

著　者：深町秋生
装　画：小川サトシ
装　幀：松崎 理
発行人：蓮見清一
発行所：株式会社　宝島社
〒102-8388 東京都千代田区一番町25番地
電話：営業　03（3234）4621／編集　03（3239）0069
振替：00170－1－170829（株）宝島社
印刷・製本：中央精版印刷株式会社

落丁・乱丁本はお取替いたします

Printed and bound in Japan　ISBN 4-7966-4460-1